Christoph Hardebusch, geboren 1974 in Lüdenscheid, studierte Anglistik und Medienwissenschaft in Marburg und arbeitete anschließend als Texter bei einer Werbeagentur. Inzwischen widmet er sich ganz dem Schreiben. «Die eiserne Krone» ist sein erster historischer Roman. Er lebt und arbeitet in München.

Christoph Hardebusch

Die eiserne Krone

Historischer Roman

Rowohlt Taschenbuch Verlag

Für mein Herz

Veröffentlicht im Rowohlt Taschenbuch Verlag,
Reinbek bei Hamburg, September 2016

Umschlaggestaltung Hafen Werbeagentur, Hamburg
Umschlagabbildung Collaboration JS/Arcangel Images
Satz aus der Abrams Venetian PostScript, InDesign,
bei Pinkuin Satz und Datentechnik, Berlin
Druck und Bindung CPI books GmbH, Leck, Germany
ISBN 978 3 499 23445 3

Kapitel I

Südöstliches Mittelmeer, nahe Zypern

Frühsommer 1451

Fegefeuer oder schon Hölle? Die Frage kreiste in seinem Kopf, endlos und ohne Antwort. Der Gestank nahm ihm den Atem. Es roch nach Exkrementen, nach Urin, nach Schweiß und nach Angst. Es roch nach Schmerz. Er war sein ständiger Begleiter und sogar noch schlimmer als das Leid und die Erschöpfung, die er stets in sich spürte. Selbst jetzt, im nebligen Land zwischen Wachen und Schlafen, brannte der Schmerz in seinem Rücken. Und er wusste, dass er stank. Auf seiner nackten Haut spürte er den Schweiß, und sie juckte furchtbar. Doch das Jucken war nicht quälend genug, als dass er seine Erschöpfung hätte überwinden können, die ihn hatte zusammensacken lassen. Nicht einmal die unbequeme Bank, nicht einmal die Schmerzen an seinen Knöcheln, wo das Metall die Haut abschabte, reichten dazu aus. Denn er wusste, dass die Ruhepause nicht lange dauern würde. Schon bald würden wieder Befehle gebrüllt werden.

«Luca!»

Ein Wort aus der Ferne. Er schob es fort von sich,

doch der vertraute Klang riss ihn erneut aus seinen halbgeträumten Gedanken.

«Luca!»

Er öffnete ein Auge. Schon längst hatte er sich daran gewöhnt, dass der hagere Italiener neben ihm seinen Namen in seiner eigenen Zunge aussprach und das S am Ende unterschlug. Wenigstens einer hier kannte seinen Namen. Und er kannte seinen: Bisanzio. Es war nicht viel, das sie voneinander wussten, aber dennoch war da ein schwaches Band zwischen ihnen, eine Art von Bruderschaft trotz ihrer Verständigungsschwierigkeiten.

Auf der Brust des Mannes zeichneten sich die Rippen ab, und seine Wangen waren eingefallen. Die Haut war sonnenverbrannt, genau wie seine eigene. Lumpen bedeckten den Leib nur notdürftig, sie stanken ebenso wie der Mann selbst. In dem eingefallenen Gesicht wirkten die hellen Augen irgendwie fehl am Platz, sie hätten dumpf und matt sein sollen, aber sie zuckten umher, und in ihnen glomm Schläue. Es war leicht, diese Augen zu übersehen, die in einem schmutzigen Gesicht unter dicken Brauenwülsten lagen, halb verdeckt von verfilztem, ausgeblichenem Haar, das einst dunkel gewesen sein mochte, und einem struppigen Bart, der den Mund überwucherte.

Lukas kramte in seinem Gedächtnis nach den wenigen Brocken Italienisch, die er in den letzten Wochen aufgeschnappt hatte: «Was ist, Bisanzio?»

Jetzt war es vorbei mit dem seligen Vergessen. Um ihn herum saßen Männer, alles Gestalten wie er, schmutzig, zu Tode erschöpft, die Füße in den eigenen Ausscheidungen, gekettet an die hölzernen Bänke, auf denen sie saßen.

Wandelnde Tote, von der harten Arbeit und der schlechten Nahrung ausgemergelt. Leere Blicke, stumpfe Augen, so viele hatten sich schon aufgegeben. Und Lukas ahnte, dass dieser Tag auch für ihn nicht mehr fern lag. *O Herr, womit habe ich diese Strafe verdient?*

«Da!»

Die Stimme des Italieners riss Lukas aus seinem Stoßgebet. Sein Blick folgte Bisanzios Finger. Weit von der Galeere entfernt, kaum zu erkennen am dunstigen Horizont, blitzte ein grüner Streifen mit einem buckligen Rücken auf.

«Cipro!»

Lukas sah ihn verständnislos an. Als der Italiener schnell zu sprechen begann, schüttelte er nur müde den Kopf.

«Zu schnell, mein Freund, zu schnell», murmelte er und schloss die Augen. Er konnte die Aufregung des Mannes neben ihm nicht verstehen. Sie waren schon an vielen Inseln und Küsten vorbeigekommen, seit Lukas an Bord der Galeere gebracht worden war. Er konnte nicht einmal mehr sagen, wie lange das her war, aber aus dem Frühjahr war Sommer und nun Herbst geworden, auch wenn man das hier so weit im Süden, so viele tausend Meilen von seiner Heimat entfernt, kaum spürte.

Der kurze Gedanke an sein einstiges Zuhause ließ den jungen Mann zusammenzucken. Doch er drängte alle Gefühle zurück und verbarg sie wieder tief in sich, wo er sie nicht spüren musste.

«Cristiana!»

Bisanzio wedelte immer noch mit der Hand in Richtung Horizont. Woher der ausgezehrte Italiener die Kraft nahm, wusste Lukas nicht, nur dass seine eigenen Arme wie leblose Äste an ihm herabhingen.

«Und wenn schon. Selbst wenn dort Christen wohnen. Was sollen sie denn tun?»

Ungeachtet seines schwachen Protests, redete Bisanzio weiter auf ihn ein. Doch Lukas wusste, dass es für sie keine Hoffnung gab. Keine Schiffe würden herbeieilen, ihnen den Weg abschneiden, längsseits gehen und die Galeere entern. Niemand würde ihren Peinigern Einhalt gebieten.

«Unsere beste Hoffnung ist, dass uns jemand freikauft», erklärte er Bisanzio mit ruhiger Stimme. «Vielleicht Trinitarier. Aber das wird nicht geschehen.»

Lukas wusste, seine Familie würde ihn niemals freikaufen, selbst wenn sie erführen, was ihm zugestoßen war.

Er legte den Kopf auf die Seite und sah zu der fernen Insel, auf die Bisanzio noch immer wies. Er konnte nichts Besonderes an ihr erkennen, es war nur ein weiteres Eiland im Mittelmeer. Aber der Himmel über der Insel: Er hatte eine seltsame, fast violette Farbe, dabei war es mitten am Tag. Lukas kniff die Augen zusammen. Etwas Derartiges hatte er noch nie gesehen.

Noch während er sich fragte, was das zu bedeuten hatte, ertönte der Schlag des Gongs, den alle Sklaven fürchteten. Sofort setzte Lukas sich auf, alles andere würde nur eine Bestrafung nach sich ziehen. Er legte die schwieligen Hände auf das lange Ruder und löste es aus seiner Halterung. Bisanzio an seiner Seite tat es ihm mit geübten Bewegungen gleich. Lukas hatte versucht zu erfragen, wie lange der Italiener schon Galeerensklave war, aber er hatte die Antwort nicht verstanden.

Zwischen den Ruderbänken schritten Männer auf und ab. Bisanzio hatte Lukas bereits direkt nach seiner Ankunft gezeigt, wie man sich gegenüber den Antreibern, einfachen Soldaten mit langen Stöcken, zu verhalten hatte. Es waren raue Männer aus dem Maghreb, mit dunkler Haut und mächtigen Schnauzbärten, die krumme Klingen an der Seite trugen. Wenn sie nicht auf die Sklaven aufpassten, konnten sie lachen und scherzen, aber sobald sie ihre Stöcke in den Händen hielten, war mit ihnen nicht zu spaßen.

Lukas und Bisanzio saßen mittschiffs, knapp hinter dem Hauptmast, an dem die Antreiber sich vorbeidrücken mussten. Lukas riskierte einen Blick über die Schulter. Am Heck der Galeere ging etwas vor sich. Unter dem großen, prächtig verzierten Sonnensegel standen zwei Männer und diskutierten lebhaft. Ihre Kleidung war fremdartig, reich bestickte Röcke in leuchtenden Farben, dazu trugen sie einen großen, kompliziert gewickelten Turban. Hätte Lukas diese Tracht zum ersten Mal gesehen, er hätte die Männer für Fürsten gehalten, doch er wusste inzwischen, dass es nur die Offiziere der Galeere waren. Immer wieder deuteten sie zum Horizont, und um sie herum breitete sich Unruhe aus, die wie ein Raunen durch die Reihen der Ruderer ging.

Neben den Offizieren stand ein junger Mann, der weitaus weniger auffällig gekleidet war und mit leiser Stimme sprach, jedoch den Respekt der anderen zu genießen schien. Sein Rock war vom strahlenden Blau des Himmels an einem Sommertag und mit goldenen Tieren bestickt. Sein Turban war schmaler und flacher gewickelt, sah weniger wie eine Kugel aus. Lukas fielen vor allem seine gepflegten Hände auf, mit langen Fingern, die elegant seine Worte unterstrichen. Da er nicht zur Besatzung des Schiffs gehörte, musste er ein Passagier sein. Doch obwohl er von hohem Rang zu sein schien, konnte Lukas keine Diener oder Sklaven erkennen, die ihn begleiteten.

Lukas vermied es, den Mann anzusehen, der auf der nach oben versetzten Ruderbank ganz innen saß. Wie alle, die direkt am Laufgang saßen, war er ein freier Mann und nicht angekettet, und während sie ruderten, gaben er und seine Gefährten die Geschwindigkeit vor. Es waren harte Männer mit kalten Augen, die für die Sklaven nichts übrighatten. Beim kleinsten Anlass schlugen sie zu oder riefen gleich die Soldaten. Lukas saß direkt an der Bordwand und war so einigermaßen geschützt, aber Bisanzio war schon mehr als einmal so böse geschlagen worden, dass Blut aus seiner Nase lief und sich auf dem Boden mit dem ekelerregenden Unrat vermischte.

Ein lauter Befehl ertönte. Er ging Lukas durch Mark und Bein: «An die Riemen!»

Sofort packte er das lange Ruder und hob es gemeinsam mit Bisanzio und dem Freien aus der Halterung. Dort, wo das den Antreibern nicht schnell genug ging, schlugen sie mit ihren Stöcken gnadenlos zu, bis die Rudersklaven dem Befehl nachkamen.

Für einen letzten, köstlichen Moment war Ruhe, dann begannen die Rufe, und Lukas ruderte. Er hielt den Kopf gesenkt, die Hände fest am Holz, lehnte sich nach hinten und zog das Ruder mit sich mit. Dabei achtete er genau auf die Geschwindigkeit des Taktgebers. Mit einem lauten Platschen senkten sich die Ruder im Einklang ins Wasser. Jetzt schob Lukas mit seinem ganzen Gewicht das Ruder nach vorn. Die Freien mussten bei dieser Bewegung aufstehen, da das Ruder sonst über ihre Köpfe hinweggegangen wäre.

Sofort beschwerten sich Lukas' Arme, und ein schmerzhaftes Brennen zog seinen Rücken hinab. Er glaubte schon nach diesem ersten Schlag, nicht mehr zu können. Doch sein Leib bewegte sich unablässig, führte die Bewegungen immer und immer wieder aus, und er hätte nicht einmal die Taktrufe benötigt, so sehr hatte er sich an den Rhythmus gewöhnt. Zurück, absenken, vor, heben, immer wieder. Seine Gedanken verschwanden, ließen nur Leere zurück. Selbst die Schmerzen wurden unwichtig; sie waren noch da, aber weit weg, nur ein Gefühl und keine Einschränkung.

Die Galeere glitt nun schnell über das Wasser. Der Wind fuhr in die dreieckigen Segel an den beiden Masten, aber die Ruderer leisteten die Hauptarbeit. Lukas merkte nicht einmal, dass die Abstände zwischen den Rufen immer kürzer wurden, sondern machte einfach mit. Männer eilten über den Laufgang, Befehle wurden gerufen und weitergegeben, zwei Matrosen kletterten zur Reling und zogen ein Tau fest, aber Lukas bemerkte nichts von der Hektik um ihn herum. Sein Geist war nur mit Rudern ausgefüllt, immer wieder schloss er die Augen, und selbst wenn sie geöffnet waren, sahen sie nichts. In diesen Momenten war er kein Mensch mehr, kein Geschöpf Gottes, sondern ein Tier, das nur eine Aufgabe kannte: rudern.

Die Galeere fuhr so schnell, dass die Ruderer bald an die Grenzen ihrer Kräfte kamen. Sie hielt auf die Insel am Horizont zu. Sie fuhr direkt dorthin, wo sich der Himmel verdunkelte und ein Sturm sich zusammenbraute. Der

Kapitän hoffte, die Insel zu erreichen, bevor der Sturm ausbrach, und in einer Bucht Schutz vor den zerstörerischen Kräften von Wind und Wetter zu suchen.

Lukas bemerkte erst, dass etwas nicht in Ordnung war, als ihn eine eisige Böe aus seiner Apathie riss. Überrascht blickte er auf und wäre beinahe aus dem Takt gekommen, doch die schnelle Bewegung des Ruders riss ihn weiter mit.

Der Himmel war jetzt pechschwarz, die Wolken hingen so tief, dass man glauben konnte, ein Mann könne sie berühren, wenn er nur den Mast erklomm und seine Hand nach ihnen ausstreckte. Das Wasser war bleigrau und aufgewühlt, und auf den kleinen Wellen, die keine Richtung zu verfolgen schienen, bildeten sich Schaumkronen.

Einige Ruderschläge lang war es ganz still, als hätte die Böe alle Geräusche mit sich genommen.

Dann brach die Hölle los.

Von einem Herzschlag zum nächsten heulte der Wind auf. Er drückte das Schiff, das tief im Wasser lag, gefährlich auf die Seite. Menschen schrien auf, Ruder wurden umhergeschleudert und trafen mit dumpfem Schlag auf Leiber. Ein Antreiber stolperte und fiel zwei Bänke vor Lukas zwischen die Sklaven. Sein Kopf traf mit einem trockenen Knacken die Kante der Bank, er fiel zwischen die halbnackten Körper und sank hinab auf den mit Exkrementen besudelten Boden.

Bisanzio rief Lukas etwas zu. Doch obwohl er direkt neben ihm saß, konnte er nichts verstehen. Der Italiener hatte die Hände zum Himmel erhoben und schien den Allmächtigen selbst anzuschreien.

Die Besatzung versuchte, die Segel einzuholen, aber das war kaum möglich inmitten des Windes, der von allen Seiten auf die Galeere einzuschlagen schien. Befehle wurden gebrüllt, Antreiber hieben mit Stöcken nach Rudersklaven, doch das Chaos war zu groß, ihre Hiebe und Schreie gingen im Tumult unter. Auch Lukas wurde getroffen, ein scharfer Schmerz an der Schulter, und er duckte sich. Die nächsten Schläge prasselten auf Bisanzio nieder, der sich jedoch davon nicht beeindrucken ließ und weiter aus voller Kehle betete.

Die Galeere wurde von Wind und Wellen hin und her geworfen. Eines der Segel war herabgeholt worden, bedeckte hinter Lukas ganze Ruderbänke, aber die Matrosen waren schon dabei, es wieder einzurollen. Das große Segel am Hauptmast widersetzte sich hingegen ihren Bemühungen.

Ein Schwall Wasser schwappte über die Reling, durchnässte Lukas von Kopf bis Fuß, spülte jedoch auch die Ausscheidungen von den Planken. Als habe das kühle Wasser auch seine Starre mit sich genommen, sah er auf.

«Rudert, ihr Hunde! Rudert!»

Lukas verstand genug Türkisch, um zu wissen, was von ihm verlangt wurde. Er packte das Ruder und hob es gemeinsam mit dem Freien aus dem schäumenden Wasser. Nun zeigten die Schreie der Antreiber auch bei anderen Ruderern Wirkung.

Wieder ergoss sich eine Welle in das Schiff. Der Wind hatte die Galeere etwas gedreht, und Lukas konnte nun die rettende Insel sehen, weitaus näher und größer jetzt. Buchten, ein Hafen, Menschen.

Der Taktruf übertönte den Wind, und Lukas folgte

ihm instinktiv. Langsam und träge nahm die Galeere wieder Fahrt auf, schien sich gegen die Kraft ihrer eigenen Ruder zur Wehr zu setzen, schwankte und bäumte sich auf, als wolle sie die lästigen Sterblichen von ihrem Buckel schütteln und endlich frei sein. Doch die Ruder zwangen sie unter ihre Kontrolle, trieben sie gegen die Wellen an, mit jedem Schlag ein Stück näher an die Insel heran.

Selbst Bisanzio ruderte mit aller verbliebenen Kraft mit, aber noch immer bewegten sich die Lippen des Italieners in einem stummen Gebet.

Unvermittelt zuckten Blitze aus dem schwarzen Himmel herab, wurden einen Herzschlag später von einem Donnergrollen begrüßt, das Lukas in der Magengrube spürte. Die Wellen um die Galeere herum türmten sich höher und höher. Sie ruderten regelrecht die Wellenberge hinauf, nur um dann in ein Tal hineinzugleiten. Immer wieder tosten Wellen über die Reling, schon bald war jeder an Bord nass bis auf die Knochen. Zum ersten Mal seit Wochen war der Gestank verschwunden, doch Lukas konnte es nicht genießen. Eine eiskalte Angst hatte von ihm Besitz ergriffen. Für Unwetter waren die Galeeren nicht gebaut, ihre Bordwände waren zu niedrig, sie lagen zu tief im Wasser. Der Sturm machte mit dem Schiff, was er wollte, und Lukas spürte das kalte Wasser um seine Füße schwappen, mit jeder Welle stieg es höher.

Dann kam der Regen und ging in harten, eiskalten Schauern auf sie nieder. Irgendjemand hinter Lukas rief etwas, aber er konnte nichts verstehen. Jetzt war das Brüllen des Sturms zu laut für menschliche Kehlen. Der Regen lief ihm in die Augen, nahm ihm die Sicht, peitschte schmerzhaft auf seine sonnenverbrannte Haut.

Lukas ruderte weiter, ließ nicht nach, auch wenn um ihn herum alles in Dunkelheit versank. Jetzt kamen auch ihm Stoßgebete über die Lippen, unbewusst wiederholte er alte Kinderreime, befahl einem gnädigen Gott seine Seele an. Er wusste, wenn die Galeere sank, war er – ebenso wie alle anderen Sklaven – verloren. Sie würden an die Ruderbänke gekettet untergehen und ertrinken, ganz egal wie nah die Insel war.

Wieder zuckten Blitze, eine ganze Salve, und der Donner war lauter als alle Geschütze der Welt. Die Galeere neigte sich zur Seite, die Bordwand hob sich aus dem Wasser, und Lukas wurde gegen Bisanzio geworfen, das Ruder drehte sich hilflos in der Luft. Menschen schrien, taumelten, stürzten durcheinander. Einen Herzschlag lang verharrte das große Schiff in dieser Lage, nur eine Böe vom Kentern entfernt, dann fiel es zurück und prallte krachend aufs Wasser.

Lukas versuchte vergeblich, sich festzuhalten, und wurde mit roher Gewalt gegen die Bordwand geschleudert. Bevor er sich aufrichten konnte, schlug Bisanzio gegen ihn und trieb ihm die Luft aus dem Leib. Lukas drückte den Italiener von sich, sog gierig Luft ein.

«Wir leben noch!»

Ein unheilvolles Knirschen ertönte, ein Zittern lief durch die Galeere. Entsetzt sah Lukas hoch. Der Hauptmast splitterte der Länge nach, ganz langsam, und brach entzwei.

Die Schreie wurden immer verzweifelter und übertönten den Sturm. Neben Lukas stürzte ein massives, armlanges Holzstück herab, das ihm den Oberschenkel aufriss. Blut sprudelte aus der Wunde, wurde sofort vom

Regen davongespült. Einige Herzschläge lang starrte er nur auf die ausgefranste Wunde, dann raste der Schmerz durch sein Bein, und er keuchte auf.

Taue peitschten durch die Luft, und dann traf etwas Warmes Lukas mitten ins Gesicht. Bisanzio kippte tonlos nach vorn. Sein Schädel war gespalten, Hautlappen hingen herab, Blut rann in breiten Strömen über das Gesicht des Italieners. Bevor Lukas reagieren konnte, krachte die Rah auf die Ruderbänke nieder. Leiber wurden unter Segeltuch begraben, Taue fielen wie Regen herab, die Galeere neigte sich wieder auf die Seite.

Einer der freien Ruderer kroch direkt vor Lukas unter dem Segel hervor. Sein rechter Arm war seltsam abgewinkelt, und es dauerte einen Moment, bis Lukas erkannte, dass ein Stück Knochen aus blutigem Fleisch ragte. Der Mann starrte ihn mit geweiteten, glasigen Augen an.

Noch ein Ruck ging durch das Schiff, als Segeltuch, Taue und die Überreste des Masts ins Wasser glitten und gleich wie ein Treibanker wirkten. Die Galeere bäumte sich auf, der Freie wurde herumgeschleudert, seine gesunde Hand versuchte, etwas zu packen. Lukas sprang vor, doch die Kette an seinem Fuß hielt ihn zurück. Er konnte nur mit ansehen, wie der Mann schreiend über die Reling stürzte und in den tosenden Fluten verschwand.

«Bisanzio!»

Lukas wandte sich dem Italiener zu. Seine eigene Wunde war ihm gar nicht mehr bewusst; lediglich ein Pochen lief durch sein Bein, aber er achtete nicht darauf.

«Bisanzio!»

Der Italiener war halb von der Ruderbank gesunken, sein Kopf lag auf einem Gewirr von Tauen und Holzstücken. Lukas rutschte näher an ihn heran und zog ihn zurück.

«Wir müssen die Ketten lösen», rief er hastig, «sonst ertrinken wir alle!»

Bisanzios Kopf fiel nach hinten. Sein Mund war weit geöffnet, seine Zähne zertrümmert und blutig. Die rechte Kopfseite war nur noch eine fleischige, rote Masse, in der ein Auge blicklos ins Nichts starrte. Entsetzt ließ Lukas den Körper seines Gefährten los, der wieder nach vorne kippte. Er hatte schon genug Tod und Leichen gesehen, aber den einzigen Mann auf dem ganzen Schiff, dessen Namen er kannte, mit dem er geredet hatte, so zu sehen, ließ Übelkeit in ihm aufsteigen. Eiskalte Angst umklammerte seine Eingeweide. Er würgte. Der Sturm, die Schreie, das Entsetzen, das alles war mit einem Mal unendlich weit weg. Tief in ihm reifte die Erkenntnis, dass er sterben würde, hier und jetzt. Er versuchte, sich an ein Gebet zu erinnern, aber sein Kopf war wie leer gefegt.

Ein Schrei riss ihn aus dem Moment. Am Mast standen Soldaten, hackten mit Beilen und breiten Klingen auf Taue ein, versuchten, den Mast abzutrennen, der drohte, die Galeere in die Tiefe zu ziehen. Freie Ruderer halfen ihnen dabei, andere jedoch trieben Sklaven zurück, die versuchten, sich zu befreien.

Einer zeigte quer über das Schiff hinweg. Vor ihnen brach sich das tobende Meer an schwarzen Felsen, Schaum spritzte meterhoch in die Luft. Es sah nicht aus wie ein Bild aus dieser Welt, so gewaltig war die Kraft der Natur.

Die Männer am Mast verdoppelten ihre Anstrengungen. Lukas packte nasses, schweres Segeltuch und zog es zu sich, dann warf er ein Stück zerfetztes Segel über die Reling. Andere Sklaven taten es ihm gleich, gemeinsam unterstützten sie die Freien, denn in diesem Augenblick kämpften sie alle nur ums Überleben.

Lukas war vollkommen durchgeweicht, und ihm war entsetzlich kalt, doch er trieb die Sklaven an, riss an Tauen, warf Holzstücke über Bord. Noch immer hing die gesplitterte Spiere quer über das Deck. Mit jedem Tau, das durchtrennt wurde, löste sie sich etwas, aber die Takelage war so verknäult, dass sich die Überreste von Segel und Mast nicht abtrennen ließen. Lukas griff ein Tau und stemmte sich nach hinten. Das raue Seil scheuerte über seine Haut, aber er ließ nicht los. Andere Sklaven eilten hinzu und zogen gemeinsam mit ihm an diesem Knäuel aus Trümmern. Sein Rücken schmerzte, und seine Arme zitterten, doch nichts bewegte sich.

Endlich ging ein Ruck durch das Gewirr von Tau, Segel und Holz. Der junge Mann in dem prächtigen Rock war auf die Überreste des Masts gestiegen, der noch wie ein gebrochener Finger aus dem Rumpf ragte, und hieb mit einem Beil auf die Taue ein, die oben festhingen.

«Zieht!», brüllte Lukas, auch wenn er sicher war, dass kaum jemand seine Sprache verstand. «Zieht!»

Mit einem Knirschen löste sich die Spiere, und Lukas fiel nach hinten. Beim Versuch aufzustehen rutschten seine Hände auf dem nassen Boden weg, aber er packte die Ruderbank und zog sich hoch. Überall um ihn herum waren nun Trümmer, glitten über ihn hinweg, kratzten über seine Haut. Er hob ein Stück Segel hoch, packte die Überreste der Spiere und stemmte sie über seinen Kopf. Ein Ende verkantete sich an der Reling. Die See zog nun an den Tauen, wollte ihre Beute ganz und gar verschlingen.

Ein urtümlicher Schrei löste sich aus Lukas' Kehle, als er die Beine durchdrückte und die Spiere höher hob. Noch hing sie fest, und der Sog des Meeres spielte mit der Galeere. Dann kratzte das Ende über Holz, Lukas drückte sie ein letztes Stück empor, und sie wurde ihm aus der Hand gerissen. Taue peitschten umher, etwas traf ihn an der Schulter, warf ihn nach vorne, sodass er sich nur mit Mühe an der Reling festhalten konnte.

Die Galeere, wie aus einer unsichtbaren Klaue befreit, richtete sich wieder auf. Noch immer trieb sie mastlos ihrem Schicksal entgegen, doch wenigstens drohte sie nicht mehr jeden Augenblick zu kentern.

Lukas sank zurück auf seinen Platz und schloss die Augen. Mit einem Mal war ihm der kalte Regen willkommen. Sein ganzer Leib zitterte vor Anstrengung, und er rang nach Atem.

Erst als er einen Zug an der Kette an seinem Knöchel spürte, sah er auf. Der junge Mann in dem prächtigen Rock stand auf dem Laufgang und deutete auf die Kette. Ein Offizier stand neben ihm, schüttelte energisch den Kopf. Der freie Ruderer in Lukas' Reihe mischte sich ein, schrie etwas, aber der junge Mann wies erneut auf die Kette, und seine Miene duldete keinen Widerspruch.

Zu Lukas' ungläubigem Staunen kniete der Offizier nieder und löste die Kette aus ihrer Verankerung. Der Freie redete weiter auf ihn ein, bis der Offizier die Hand zum Schlag hob, was ihn zurückweichen ließ. Er blickte über die Schulter und warf Lukas einen hasserfüllten Blick zu.

Doch Lukas kümmerte sich nicht darum. Die Kette glitt durch den Metallring, der an Bisanzios Fußfessel festgeschmiedet war. Lukas schluckte.

«Du bist frei, Freund, du gehst ohne Ketten zu Gott», flüsterte er.

Dann glitt das Ende der Kette durch Lukas' Ring und verschwand klirrend zwischen seinen Füßen. Atemlos blickte er auf und sah den jungen Mann, der immer noch das Beil in der Faust hielt. Die dunklen Augen musterten ihn eindringlich, doch er konnte nichts in ihnen lesen.

Er wollte ihm einen Dank zurufen. Vielleicht würde er sterben, aber er würde es als freier Mann tun. Und wenn er lebte – Lukas wagte es nicht, den Gedanken weiterzudenken.

Mit einem ohrenbetäubenden Krachen lief die Galeere auf einen Felsen auf. Lukas wurde zu Boden geschleudert, als sich das Schiff wie ein waidwundes Tier aufbäumte. Andere wurden einfach über Bord geworfen, als habe die Galeere genug davon, sie auf ihrem Rücken zu tragen. Holz splitterte, beindicke Ruder brachen wie dürre Ästchen. Die See warf sich brüllend gegen das Schiff, trieb es weiter auf die Felsen. Lukas klammerte sich an die Bordwand. Der Freie schlang seine Arme um die Bank, die glitschig von Wasser und Blut war, verlor den Halt, rutschte an ihr hinab und schlug dumpf auf Holz. Lukas bekam noch seine Hose zu fassen, aber eine Welle riss den Mann einfach fort, die See nahm ihn zu sich.

Die Galeere ächzte und stöhnte, als sei sie lebendig. Holz knirschte, Taue rissen mit einem Knall.

Dann verschlang das Meer seine Beute. In einem Moment voller Klarheit spürte Lukas, wie die Galeere auseinanderbrach. Das Holz unter ihm zerbarst, schüttelte ihn ab wie ein lästiges Insekt. Er prallte auf das Wasser, eine Welle überspülte ihn, zog ihn hinab in die Dunkelheit. Dinge schlugen gegen ihn, aber er konnte nicht einmal sagen, ob es Körper oder Teile des Schiffes waren. In seiner Brust brannte es, sein Leib gierte nach Luft, wollte atmen. Er wurde umhergewirbelt wie ein Spielball. Er musste atmen, das Brennen war nun überall in ihm, von den Fingern bis zu den Zehen. Er machte einige unbeholfene Schwimmbewegungen. Wo war oben, wo war unten? Er konnte nicht länger die Luft anhalten. Er öffnete den Mund.

Sein Kopf durchbrach die Wasseroberfläche. Er sog gierig die Luft ein, dann schwappte eine weitere Welle über ihn hinweg, doch diesmal leistete er Widerstand und tauchte gleich wieder auf. Überall um ihn herum trieben Trümmer, Leiber, er sah abgetrennte Köpfe und Arme.

Neben ihm trieb ein Fass, und Lukas packte es, hielt sich mit aller Kraft daran fest. Er spürte eine Berührung am Bein, sah einen Körper im Wasser, vermutlich eine Leiche. Dennoch ließ er das Fass mit der Rechten los und zog die Gestalt nach oben. Er fühlte prächtigen Samtstoff, golden bestickt. Der junge Mann, der das feine Gewand trug, sah Lukas an, Blut lief aus einer Wunde an seiner Schläfe.

«Festhalten», befahl Lukas. «Wenn du leben willst, halt dich fest.»

Lukas war kalt, so kalt, dass er sich nicht mehr bewegen konnte. Er war müde, wollte nur noch die Augen schließen und schlafen. Sein Bein pochte mit jedem Herzschlag, aber der Rhythmus wurde schwächer und schwächer, langsamer und langsamer.

Der Wind trieb sie an den Riffen vorbei auf eine schmale Bucht zu. Als das Fass an Land gespült wurde, hatte Lukas längst das Bewusstsein verloren, aber immer noch klammerte sich sein Leib an das Holz, als wäre er von einem eigenen Willen beseelt. Blut floss aus der Wunde an seinem Bein, und mit jedem Tropfen verließen ihn seine Lebensgeister.

Während der Sturm mit wilder Wut über die Insel tobte, Bäume entwurzelte und Häuser zum Einsturz brachte, während Dutzende Menschen im kalten Wasser ertranken, verblutete Lukas langsam am sicheren Strand.

Zwischenspiel

Edirne

Frühsommer 1451

An jedem anderen Tag hätte der lichtdurchflutete Bogengang einen friedlichen Eindruck auf Ali Bey gemacht, doch heute schienen die Säulen zu eng beieinanderzustehen, das Licht war viel zu grell, zu entlarvend in seiner Helligkeit. Obwohl er den tiefen Wunsch verspürte zu rennen, zwang der Höfling sich zu einem gemessenen Gang.

Dieser Teil des Palastes war zu jeder Tageszeit belebt, und immer wieder musste er einen Entgegenkommenden mit einem kurzen Gruß zur Kenntnis nehmen. Die Blicke der Bediensteten und der Gefolgsleute des Herrschers schienen sich bis in sein Innerstes zu bohren, doch sie gaben ihm auch Kraft und stärkten so seine Entschlossenheit. Trotz seiner Position, um die ihn wohl die meisten im Reich beneideten, war er einer von ihnen, einer von vielen, nur ein kleiner Mann im Palast des erhabensten Reiches der Welt. Noch. Denn schon bald würde er herausgehoben werden, anerkannt als loyaler Diener des jungen Sultans, einer der Ersten, die ihm ihre Treue beweisen konnten.

Gemeinsam mit dem gesamten Hofstaat und vielen Würdenträgern der Stadt war er vor die Tore Edirnes gegangen und hatte den neuen Herrscher empfangen und gemeinsam mit ihm den Tod seines Vaters betrauert. Seine Stimme war nur ein winziger Teil des gewaltigen Klagelieds gewesen, das bis in die Himmel geschallt haben musste, während ein jeder versucht hatte, die anderen zu übertönen und die Aufmerksamkeit des Sultans auf sich zu ziehen.

Doch Sultan Mehmed, Sohn des Murad, der Zweite seines Namens, hatte Ali Bey ausgewählt, seinen Willen zu vollstrecken, ihn und keinen anderen.

Doch trotz dieser Gedanken zitterten seine Finger, und er traute seiner Stimme nicht. Äußerlich war ihm nichts anzumerken, die Jahre am Hof hatten ihn gelehrt, seine Gefühle und Gedanken hinter einer Maske unverbindlicher Höflichkeit zu verbergen. Anders waren all die Intrigen und Ränkespiele nicht zu überstehen, die untrennbar mit dem Palast verbunden waren wie die Steine, aus denen er erbaut worden war.

Sein Weg führte ihn über den weitläufigen Innenhof mit dem großen Springbrunnen, an dem wie immer einige Günstlinge saßen. Dank des Brunnens und der Wasserrinnen, die den Hof durchzogen, war es hier selbst an den heißesten Tagen angenehm kühl, ein guter Ort, um Gespräche zu führen, Bündnisse zu knüpfen und die neusten Gerüchte zu hören. Die bunt gefliesten Bogengänge, die den Hof begrenzten, spendeten Schatten, und Steinbänke luden zum Verweilen ein.

Als Ali Bey an den Männern am Brunnen vorüberging, hörte er, dass sie über Kunst sprachen. Obwohl er selbst mehr als ein Mal an diesen Zusammenkünften teilgenommen hatte, würdigte er sie heute keines Blickes. Die Luft war kühl. In der Hitze des Sommers war dieser Ort ein Segen, aber jetzt, zu Beginn des Sommers, fröstelte es Ali Bey.

Sein Weg führte ihn durch einen weiteren Bogengang, geschmückt mit kunstvoll gemalten Suren.

Im Namen Allahs des Erbarmers, des Barmherzigen! Du bist wirklich einer der von Gott Gesandten und auf einem geraden Weg, las Ali Bey an einer Säule. Er konnte nur hoffen, dass der Sultan ihn tatsächlich auf einen geraden Weg gesandt hatte.

Er erreichte eine Tür am Ende des Ganges. Das Schloss war ungewöhnlich klein für eine so massive Tür mit wuchtigen Beschlägen, die so gar nicht zu der Leichtigkeit und Verspieltheit der Umgebung passen wollte. Seine Hände zitterten immer noch, und Ali Bey benötigte zwei Anläufe, um den Schlüssel in die Öffnung zu führen. Unbewusst hielt er die Luft an und seufzte erleichtert, als sich das Schloss leise klickend öffnete.

Er betrat einen kleinen, düsteren Raum, der nur durch eine winzige runde Öffnung nahe der Decke Licht erhielt. In diesen Teil des Palasts hatte Ali Bey noch nie einen Fuß gesetzt und auch nicht erwartet, dass er es je tun würde.

Von nun an musste er sich auf die Beschreibungen verlassen, die man ihm gegeben hatte, um seinen Weg zu finden, und er zögerte einen Moment. Dann aber dachte er daran, was geschehen würde, wenn er an diesem Ort gesehen würde, und eine Angst besiegte die andere.

Leise schloss Ali Bey die Tür. Von seinem würdevollen

Gang war nichts geblieben, jetzt bewegte er sich wie ein gemeiner Dieb in der Nacht.

Der nächste Raum wurde offenbar als Lager benutzt, Stoffballen stapelten sich an der Wand. Danach führte ihn sein Weg in einen schmalen Gang aus grobem Stein, der an einer weiteren, sehr niedrigen Tür endete.

Mit laut klopfendem Herzen presste Ali Bey sein Ohr an das kühle Holz und lauschte. Nichts war zu hören, aber dennoch befürchtete er, gleich in das wütende Gesicht einer Wache zu blicken. Allein seine Gegenwart in diesem Teil des Palastes stellte ein Verbrechen dar.

Vorsichtig drückte er die Tür auf und zuckte zusammen, als sie vernehmlich knarrte. Doch dahinter wartete kein Bewaffneter, sondern nur ein heller Korridor. Große Fenster tauchten die Mosaike in warmes Licht. Ali Bey eilte schnellen Schrittes den Gang hinab, die Türen auf der linken Seite zählend.

Bei der vierten hielt er inne. Keine Menschenseele war zu sehen, kein Laut zu hören, genau so, wie es ihm versprochen worden war. Lautlos trat er in die Gemächer. In der warmen Luft konnte er einen leichten Rauchgeruch ausmachen. Für die prachtvolle Einrichtung hatte Ali Bey kein Auge. All seine Aufmerksamkeit richtete sich auf die kleine Bettstatt in der Mitte des Raumes.

Ali war mit dem Knaben ganz allein. Der Mutter des Kindes war eine Audienz beim jungen Sultan gewährt worden, um ihm ihr Beileid zum Tod seines Vaters auszusprechen; und Mehmed würde dies erwidern, hatte sie doch ihren Ehemann verloren.

Auch von der Dienerschaft war niemand hier. Ali Bey war ganz allein, so, wie es ihm versprochen worden war.

Er trat an das Bett heran und sah auf das Kind hinunter. Es war in eine Decke gewickelt und schlief, die Augen fest geschlossen, die kleinen Hände zu Fäusten geballt. Er schluckte schwer, sein Mund war so trocken, dass seine Kehle schmerzte. Aber dann erinnerte er sich an die Worte des Sultans: «Handle schnell, handle sicher. Und wisse, dass deine Taten zum Wohl des Reiches sein und meinen Gefallen erregen werden.»

Ali Bey beugte sich hinab, hob den schlafenden Säugling empor und sah sich um. In einer verborgenen Tasche seines Gewands befand sich eine Bogensehne, aber der Gedanke daran, sie zu benutzen, bereitete ihm Übelkeit.

Stattdessen ging er mit langsamen Schritten in das angrenzende Bad und hielt vor einer kleinen Wanne inne. Der Säugling in seinen Händen bewegte sich. Ali Bey musste an seinen eigenen Sohn denken und den Stolz, den er empfunden hatte, als er ihn das erste Mal in den Armen gehalten hatte. Die winzigen Ärmchen strichen unbeholfen durch die Luft, und der kleine Kopf drehte sich, ohne dass er die Augen öffnete.

«Es ist alles gut», murmelte Ali. Er vertrieb die Erinnerung an seinen Sohn und dachte daran, wie gut es ihm und seiner Familie fortan gehen würde. Wenn er sich dem jungen Herrscher erst einmal unentbehrlich gemacht hatte, würde sein Sohn sich nie wieder um Ansehen und Wohlstand sorgen müssen. Der Gedanke daran stärkte seine Entschlusskraft.

Er beugte sich über die kleine Wanne, achtete nicht darauf, dass die Ärmel seines Gewands ins Wasser fielen und sich vollsogen.

Plötzlich öffnete der Säugling die dunklen Augen und sah ihn an. Doch Ali zögerte nicht. Er gab sich einen Ruck, wandte den Blick ab und drückte den Säugling unter Wasser.

«Handle schnell. Handle sicher», sagte er mit zittriger Stimme.

Die Worte schienen von den Wänden widerzuhallen. Ali Bey presste die Lider zusammen, ihm stockte der Atem. Es war zum Wohle des Reiches. Die schlangenzüngigen Byzantiner würden jeden Thronprätendenten willkommen heißen, würden ihn mit Geld versorgen und ihn wie einen verborgenen Dolch führen, stets mit Bürgerkrieg und Usurpation drohend. Solange er lebte, war die Gefahr eines Bürgerkriegs allgegenwärtig.

Noch war Ahmed klein, aber er würde zu einem Jungen heranwachsen und dann zu einem Mann, einem Bruder des Sultans, mit dem Blute Murads des Zweiten.

Doch Ali konnte sich nicht dagegen wehren, dass sein ganzer Leib bebte, während das kleine Leben in seinen Händen verzweifelt zuckte.

«Das Wohl des Reiches», brachte er keuchend hervor, um das Plätschern des Wassers zu übertönen. Er wiederholte die Worte, wieder und wieder, bis das Wasser ruhig war.

Er atmete heftig. Eine Träne lief aus seinem Augenwinkel, und lange Zeit konnte er die Finger nicht von seinem Opfer lösen. Sein Mund bewegte sich noch immer, aber keine Worte kamen über seine Lippen. Still kniete er vor der kleinen Wanne, die Arme im Wasser.

Dann ließ er los und erhob sich, ohne hinzusehen. Er

taumelte aus dem Bad, durchquerte die Gemächer wie im Traum.

Als er aufsah, war er wieder im Bogengang, ohne zu wissen, wie er dorthin gekommen war. Und dann geschah etwas Seltsames. Eine eisige Ruhe erfasste ihn, sein Antlitz, bis gerade noch eine Maske des Schreckens, entspannte sich. Er presste das Wasser aus seinen Ärmeln, trocknete die Finger am Saum seines Gewandes und trat aus dem Schatten in den lichtdurchfluteten Hof. Mit jedem Schritt im Sonnenschein entfernte er sich von seinem dunklen Geheimnis.

Als er jetzt an den anderen Höflingen vorüberschritt, suchte er ihre Blicke und grüßte sie höflich.

Mit ruhigen, gemessenen Schritten erreichte er das private Haus des Sultans. Die Wachen, grimmige Janitscharen, ließen ihn anstandslos passieren. Niemand stellte sich ihm in den Weg; im Gegenteil, ein niederer Diener lief vor ihm davon und überbrachte die Nachricht seiner Ankunft. Und Ali Bey wusste, dass alles nun genau so war, wie es sein sollte. Die Erinnerung an den kleinen Körper, der sich unter seinem Griff wand, das warme Wasser, das seine Finger umspielte, und die gespenstische Stille verbannte er mit aller Macht aus seinem Geist.

Als er in das kleine Zimmer kam, in dem der junge Herrscher Audienzen gab, verließen die Berater von Mehmed dem Zweiten bereits den Raum, selbst Çandarlı Halil Paşa, der Großwesir, einst Regent und enger Vertrauter des alten Sultans, musste gehen, auch wenn der alte Mann Ali einen misstrauischen Blick zuwarf.

Lediglich die vier Janitscharen blieben im Audienzzimmer, doch die Loyalität der Sultansgarde war ebenso legendär wie ihre Verschwiegenheit. Ali blieb in respektvollem Abstand stehen, verneigte sich tief und verharrte in dieser Haltung.

«Evrenosoğlu Ali Bey, welch gute Nachrichten bringst du mir zu dieser Stunde?»

«Küçük Ahmed ist tot», sagte Ali mit fester Stimme und blickte auf. Der Sultan war in eine prächtige Robe gekleidet, darüber trug er einen strahlend blauen Mantel mit weißem Pelzbesatz, auf dessen Stoff in dunklerem Blau symmetrische Muster gestickt waren. Sein Turban war hoch und breit, und eine rote Kappe ragte noch ein Stück daraus empor.

Mehmed der Zweite hatte sein zwanzigstes Jahr noch nicht erreicht und war erfüllt von der Kraft der Jugend. Er war kein schöner Mann, doch sein Antlitz war ebenmäßig, und der Bart, etwas heller als die dunklen Augenbrauen, war sorgfältig gestutzt. Er strahlte Stolz und Würde aus. Ein Lächeln zeigte sich auf den Lippen des Mannes, der nun die Geschicke des größten Reiches des Glaubens auf Erden lenkte.

«Du hast gut getan. Der erhabene Staat muss von einem Einzigen gelenkt werden. Es darf keinen Zwist und keinen Krieg unter Brüdern geben. Nur so sind wir stark genug, gegen die Feinde des Glaubens zu bestehen. Nun habe ich die Freiheit, die Pflichten zu erfüllen, die mir auferlegt wurden. Mein Blick ist nicht länger nach innen gerichtet. Du schenktest mir diese Freiheit, und dafür danke ich dir.»

Ali Bey schwieg und gestattete sich, das Lächeln zu erwidern. Er spürte eine Verbindung zwischen sich und diesem Mann, diesem Herrscher, dem er einen großen Dienst erwiesen hatte.

Wer konnte schon ahnen, wohin ihn sein Weg noch führen würde? Ein neuer Sultan benötigte neue Berater, neue Köpfe. Und selbst ein so mächtiger und reicher Mann wie Çandarlı Halil Paşa würde nicht ewig Großwesir bleiben.

«Das Wissen um den Dienst, den du allen Gläubigen erwiesen hast, soll dir Aufmunterung und Trost sein», rissen die Worte des Sultans Ali Bey aus seinen Träumen. Der Sultan hob die Hand und wandte sich ab. Zwei Janitscharen stürmten vor und packten Ali Bey an den Armen. Er war zu verwirrt, um sich zu wehren. Brutal drückten sie ihn auf die Knie.

«Großwürdiger Herrscher! Ich habe Euch treu gedient!»

Noch einmal drehte Mehmed sich um. Er lächelte milde.

«Nicht mir, Evrenosoğlu Ali Bey, nicht mir. Dem Reich.»

Damit wandte er sich ab, und die beiden Janitscharen zerrten Ali Bey durch eine kleine Pforte aus dem Raum. Als sich die Tür hinter ihm schloss, verstummten kurz darauf seine Protestschreie, und im Audienzzimmer war es still.

Kapitel II

Zypern

Sommer 1451

In der Nacht erklang Musik, ein Lied, gesungen von einer dunklen Frauenstimme, getragen, aber nicht schwermütig. Immer wenn Lukas in der Dunkelheit zu versinken drohte, rief ihn die Stimme zurück. Die Worte ergaben keinen Sinn, und selbst wenn er die Sprache verstanden hätte, war er viel zu müde, um sich auf den Sinn zu konzentrieren. Doch der Gesang hinderte ihn daran, sich einfach fallen zu lassen, um ganz in die Schwärze einzutauchen, auch wenn er sich nichts anderes wünschte, als ewig zu schlafen.

Seine Träume waren wirr und zusammenhangslos. Oft brachten sie ihn zurück in seine Heimat. Mal war er wieder ein Kind, das von seinem Vater in die Luft geworfen und wieder aufgefangen wurde, dann hörte er die Stimme seines Bruders, die ihn einen Bastard nannte, ohne dass er verstand, was es bedeutete.

Zwischendurch wurden seine fiebrigen Träume düsterer, dann sah er das blasse, eingefallene Gesicht seines Vaters mit den weit aufgerissenen Augen.

Doch gerade als er in seinen Träumen nach langer Reise die sonnigen Gestade Venedigs erreicht hatte, wachte er auf, auch wenn sein Leib sich anfühlte, als würde er noch immer im Traumland zwischen Leben und Tod schweben.

Die endlos scheinende Nacht war vorüber, und es war hell, so hell, dass er die Augen wieder schließen musste. Alles um ihn herum schien leuchtend weiß zu sein. Erst allmählich lösten sich langsam Umrisse aus der blendenden Helligkeit. Ein Fenster, durch das die Sonne schien. Ein Holztisch mit Schnitzwerk, auf dem einige Tiegel standen. Er versuchte, aus dem Fenster zu sehen, aber die Bewegung war so absurd anstrengend, dass er den Kopf zurück aufs Kissen sinken ließ.

Seine Hände lagen auf einer dünnen Decke aus hellem Stoff, und er betrachtete die braun gebrannten, schwieligen Finger, als gehörten sie einem Fremden.

Ein beständiges Rauschen drang an seine Ohren, und die Erkenntnis, dass es das Meer war, das er hörte, das Geräusch der Wellen, die sich am Strand brachen, holte ihn in die Wirklichkeit zurück. Tatsächlich lag der salzige Geruch der See in der Luft, auch wenn da noch mehr war, ein süßer Duft wie von wilden Blumen.

Er schloss die Augen wieder. *Wasser. Splitterndes Holz. Todesschreie.* Mit einem Mal erinnerte er sich wieder an alles: die Ruderbänke, die Ketten, Bisanzios Ende und das todgeweihte Schiff. Er erinnerte sich daran, wie er sich mit tauben Fingern an ein Fass geklammert hatte. Doch danach war sein Geist wie leergefegt. Aber die Mutter Gottes musste seine Gebete erhört und ihn an Land gespült haben. *Welches Land mochte das sein?*

Vorsichtig öffnete Lukas die Augen einen Spaltbreit und stöhnte. Er blinzelte, doch er zwang sich, sie nicht wieder zu schließen. Diesmal gelang es ihm, den Kopf ein Stück anzuheben.

Die Wände waren schmucklos und weiß gekalkt, und alles, was er durch das Fenster sehen konnte, war ein Stück blauer Himmel und die grünen Äste eines Baumes, der sich in einer leichten Brise hin und her bewegte.

Ein Geräusch lenkte ihn von der Aussicht ab, Kinderlachen, und er wandte seinen Kopf der Tür zu, durch die eben zwei Jungen mit dunkler Haut und schwarzem Haar getreten waren. Der Ältere von beiden konnte kaum älter als zehn sein. Noch bevor Lukas ein Wort sagen konnte, blickte der kleinere Junge ihn an, riss die Augen weit auf, drehte sich um und lief aus dem Raum. Lukas verstand nicht, was er rief. Der Größere folgte ihm auf dem Fuß.

Lukas versuchte, sich zu sammeln, formte Sätze in seinem Kopf, doch dann erschien schon eine weitere Gestalt im Türrahmen.

Es war eine junge Frau mit gebräunter Haut und langen, dunklen Locken, die unter dem bunt bestickten Tuch hervordrängten, das sie um ihren Kopf geschlungen hatte. Sie musterte ihn prüfend aus hellen Augen. Dann erschien ein Lächeln auf ihren Lippen, und sie sprach leise ihm unbekannte Worte, bevor sie über die Schulter sah und laut etwas rief.

Lukas wollte sich aufrichten, aber es gelang ihm nicht. Er spürte seinen Körper unter der Decke, schmerzend und schwer wie Blei. Worte sprudelten ihm in den Sinn, doch aus seinem Mund drang nicht mehr als ein erschöpftes Keuchen.

Sie drehte sich wieder zu ihm um und schüttelte schnell den Kopf. Immer noch lächelnd, trat sie ans Bett und legte ihm eine Hand auf die Stirn, während sie den Zeigefinger der anderen an die Lippen führte. Lukas wollte ihr widersprechen, wollte ihr sagen, dass er reden konnte, aber sein eigener Mund strafte ihn Lügen.

Sie stellte anscheinend eine Frage, wobei sich ihre schmalen Augenbrauen hoben. Sie hatte eine dunkle, angenehme Stimme, jetzt erinnerte er sich wieder an das Lied, das sie gesungen hatte. Er schüttelte unmerklich den Kopf, um ihr zu zeigen, dass er sie nicht verstand. Aber sie redete weiter sanft auf ihn ein, so wie man mit einem verängstigten Pferd spricht. Er seufzte.

Als er kurz die Augen schloss, kamen die Bilder zurück, die Galeere, hilflos dem Wüten des Meeres ausgeliefert, Chaos und Tod um ihn herum.

Seine Miene verzog sich bei der Erinnerung, und er schlug die Augen wieder auf. Ein Schatten huschte über das Antlitz der Frau. Lukas sah die Sorge in ihren Augen und rang sich ein Lächeln ab, welches sie erwiderte.

Draußen schien es Abend zu werden. Das Licht im Zimmer verblasste rasch, die Wände wurden grau, bald war die Frau kaum mehr als ein Schemen. Ihre Stimme schien sich zu entfernen.

◆◆ ◆◆

Als Lukas erwachte, war der Raum in sanftes Licht getaucht. Einige Atemzüge lang genoss Lukas die kühle Nachtluft und sammelte seine Kräfte, dann legte er den Kopf auf die Seite. Die Bewegung fiel ihm unerwartet leicht.

Die junge Frau war noch immer bei ihm, wie er jetzt bemerkte. Sie saß auf einem Schemel direkt neben einem Tisch, auf dem ein Öllämpchen stand. Die Flamme war beinahe regungslos, ebenso wie sie. Auf ihrem Schoß hielt sie ein kleines Büchlein mit einem ledernen Einband, kaum größer als ihre schlanken Hände. *Ein Buch? Sie liest ein Buch?* Es mussten wohlhabende Leute sein, die ihn aufgenommen hatten.

Sie musste seinen Blick bemerkt haben, denn sie sah auf, und wieder war ihre erste Reaktion ein warmes Lächeln.

«Danke», murmelte er. Zumindest versuchte er es. Sein Mund war trocken, und seine Zunge fühlte sich geschwollen an.

Behutsam legte die Frau das Buch auf den Tisch und nahm einen Becher. Sie schob ihre Hand unter Lukas' Kopf; ihre Finger waren warm, ihr Griff sanft, aber bestimmend. Sie hob ihn vorsichtig an und setzte ihm den Becher an die aufgeplatzten Lippen.

Mit einem Mal spürte er, wie unendlich durstig er war. Wasser lief über seine Lippen, aus seinen Mundwinkeln, tropfte vom Kinn auf seine Brust, aber ein wenig rann ihm auch in die Kehle, wunderbar kühl und erfrischend. Trotz der Schmerzen in seinem Hals nahm Lukas noch einen Schluck, dann noch einen.

Die Frau setzte das Gefäß wieder ab und ließ Lukas zurückgleiten. Er atmete schwer, so sehr hatte ihn diese einfachste aller Bewegungen erschöpft.

Wieder flüsterte er: «Danke.»

Diesmal klang es deutlicher. Ihr Lächeln wurde breiter, und sie antwortete ihm in ihrer Zunge, die Lukas noch nie gehört hatte. Dennoch lauschte er ihren Worten mit geschlossenen Augen, versuchte, einzelne Worte zu verstehen, doch es wollte ihm nicht gelingen. *Weder Italienisch noch die Zunge der Türken.*

Wieder stellte sie eine Frage. Er öffnete die Augen, sah sie an. Sie wiederholte die Worte, und als er nicht direkt antwortete, sprach sie schnell weiter.

«Ich verstehe nicht», unterbrach er ihren Redefluss.

Sie beugte sich über ihn. Eine Locke ihres Haares löste sich aus dem Tuch und fiel ihren Hals hinab, bevor sie auf seiner Brust zur Ruhe kam.

«Alexia», sagte sie mit Nachdruck und berührte ihre eigene Stirn mit der flachen Hand. Dann wieder: «Alexia.»

«Alexia», murmelte Lukas. Er wollte sie ansehen, ihr Gesicht genauer studieren, aber seine Lider waren schwer, und er musste einfach die Augen schließen.

«Ich bin Lukas», murmelte er, während er in die Schwärze hinabglitt. Einmal noch wiederholte er seinen Namen, dann waren alle Worte aus seinem Geist getilgt.

◆◆ ◆◆

Als er erneut erwachte, war Alexia fort, und es war kühler geworden. Das Licht, das durchs Fenster fiel, war gräulich und blass. Er sah sich um und verspürte einen Stich der Enttäuschung.

Lukas hob langsam den rechten Arm, bis er seine Hand sehen konnte. Sie kam ihm einerseits vertraut vor, andererseits erschien sie ihm fremd, wie die Hand eines anderen, mit brauner Haut, auf der jedoch eine kränkliche Blässe lag.

Er wollte sich aufsetzen, aufstehen, aber er wusste, dass noch kein Verlass auf seine Gliedmaßen war. Erst bewegte er die Finger beider Hände, dann den rechten Arm, und ganz langsam verließ ihn das seltsame Gefühl, nicht Herr über den eigenen Körper zu sein. Als er den linken Arm bewegte, durchzuckte ein dumpfer Schmerz seine Schulter.

Sachte hob er die Hand zum Gesicht, legte Finger auf Stirn, Mund und Nase. Seine Fingerkuppen glitten über seine Haut. An seiner rechten Schläfe fühlte er eine raue Kruste, doch sonst schien sein Kopf unversehrt zu sein.

Die Erinnerung an den Untergang der Galeere kehrte zurück, und Lukas sog Luft tief in seine Brust. Er konnte sich wieder an die Wunde an seinem Bein erinnern, das viele Blut, an den schrecklichen Schmerz. Angst überkam ihn. Er atmete schwer, als er versuchte, die Zehen zu bewegen.

Wie eine glühende Lanze fuhr der Schmerz in seinen Oberschenkel, flüssiges Feuer ergoss sich vom Knie bis zur Hüfte. Beinahe hätte er geschrien, doch er biss sich auf die Lippe. Tränen liefen ihm aus den Augenwinkeln, vor Schmerz ebenso wie vor Erleichterung.

Danke, o Herr. Danke. Danke.

Das Meer hatte so viele gefordert, hatte sie mit Haut und Haaren verschlungen, doch es hatte ihn freigegeben. Und er hatte sein Bein behalten.

«Ich werde für meine Kameraden beten», versprach er in den leeren Raum hinein. «Ich kann nichts anderes geben, aber ich werde für sie beten.»

Lukas hatte ein grausames Unglück überlebt und war nun an einem sicheren Ort, auch wenn er nicht wusste, wo dieser lag. Er war verschont worden, und er war überzeugt, dass all dies einem höheren Zweck diente. *Gott hat noch etwas mit mir vor.*

Die Bewegung hatte ihn wieder erschöpft, aber diesmal sank er nicht zurück in die Dunkelheit. Vor dem Fenster saß ein Vogel im Baum und begrüßte den Tag mit einem hohen, jubilierenden Trillern.

Mit dem Tag erwachten auch die Menschen. Hinter der Tür hörte er Holzgeklapper, zwei Frauen unterhielten sich, ein leises Lachen. Obwohl er noch nicht viele Bewohner gesehen hatte, ahnte er, dass dies ein großer Haushalt sein musste. Die Betriebsamkeit in diesem Haus gab Lukas das gute Gefühl, wieder unter den Lebenden zu weilen.

Fast hätte er daheim sein können, in seiner Kammer, und den Geräuschen der Burgbewohner lauschen, die gerade den Tag begannen. In der Zeit, bevor der Tod gekommen war und alles verändert hatte. Aber sosehr er sich auch wünschte, alles ungeschehen machen zu können und zu jenen Tagen zurückzukehren, er wusste, dass es nie wieder sein würde wie früher. Selbst wenn er die Aufgabe, die sein Bruder ihm übertragen hatte, würde erfüllen können, würde der Ort, zu dem er zurückkehrte, nicht mehr sein Zuhause sein. Doch er war zu erschöpft, um sich zu sorgen. Die Erinnerungen waren da, aber sie lasteten nicht auf ihm.

Die Tür öffnete sich, und die junge Frau erschien. Er musste sich eingestehen, dass er ihren Anblick bereits vermisst hatte. Sie hielt einen Krug in der einen Hand und helle Tücher in der anderen. Lukas hob den Kopf und begrüßte sie: «Alexia.»

Das Wort zauberte ein Lächeln auf ihre Lippen. Sie neigte den Kopf.

«Lukas.»

Der Klang ihrer Stimme ließ den Morgen noch ein wenig heller erscheinen.

Sie schwieg, während sie ihre Last auf dem Tisch abstellte. Er lächelte, und sie sagte etwas und wies nach draußen, bevor sie frisches Wasser in den Becher goss. Nun konnte Lukas sie genauer betrachten. Keine Frau aus seiner Heimat und keine der Frauen, die er auf seiner langen Reise gesehen hatte, war so wie sie. Ihre Haut war ebenmäßig und weich, ihr Gesicht anmutig, mit hohen Wangenknochen und einem schmalen Kinn. Ihre Augen waren trotz der dunklen Haut von einem hellen Blau, und sie trug ein einfaches Gewand aus buntem Stoff.

Als sie das Wasser eingegossen hatte, nahm sie seine Decke und warf sie mit einer schnellen Geste zu Boden. Lukas bemühte sich, an sich herabzuschauen, doch bevor er mehr als einen kurzen Eindruck erhaschen konnte, senkte sich eine neue Decke auf ihn herab. Er war in eine einfache Tunika gehüllt, aus der seine Beine wie zwei Äste hervorschauten. Das rechte Bein war von der Hüfte bis zu den Knien mit Bandagen umwickelt. Der Anblick beruhigte ihn dennoch, denn er hatte sich Schlimmeres vorgestellt.

Alexia reichte ihm erneut den Becher, dann berührte sie ihre Lippen mit den Fingern und machte leise, schmatzende Geräusche, wobei sie den Kopf fragend zur Seite neigte.

«Ich habe Hunger», stellte Lukas überrascht fest, als er in sich horchte. Es war ein gutes Zeichen. Auf sein Nicken hin trat Alexia an das Fenster und rief etwas hinaus, dann wandte sie sich wieder ihm zu.

«Ich spreche deine Sprache nicht, aber vielleicht finden wir trotzdem gemeinsame Worte», erklärte Lukas schließlich, bevor er in gebrochenem Italienisch sagte: «Ich bin Lukas.» Er versuchte es noch einmal, diesmal auf Arabisch, aber auch das brachte ihm nur ein Kopfschütteln ein.

Sein Blick fiel auf das ledergebundene Buch, das auf dem Tisch lag und in dem er sie hatte lesen sehen. *Gewiss war sie keine gewöhnliche Frau, wenn sie in einem Buch lesen konnte.* Mit einiger Anstrengung versuchte er, sich an seine Lateinlektionen zu erinnern.

«Nomen meum ... Lukas est», brachte er schließlich hervor.

Ihr Lächeln füllte den ganzen Raum, als sie erfreut nickte. «Alexia sum.»

Kapitel III

Zypern

Sommer 1451

Die Sonne ging bereits unter und tauchte die See in ein glanzvolles Farbenspiel. Mittags herrschte noch immer große Hitze in der Stadt, aber es wurde zunehmend früher dunkel, und der Wind, der vom Meer kam, sorgte für kühle Nächte.

Sie würde bald aufbrechen müssen, wenn sie nicht den gesamten Winter über hier festsitzen wollte. Noch ließ es das Wetter zu, aber der Untergang der Galeere hatte gezeigt, dass die Stürme schon jetzt tückisch sein konnten. Alexia fröstelte bei dem Gedanken, als sie den ummauerten Garten verließ und auf den Eingang des weiß getünchten Hauses mit den schmalen Fenstern zuging, um nach ihrem Gast zu sehen.

Wer war er? Selim hatte gesagt, dass Lukas ein Sklave gewesen war, aber das konnte sie kaum glauben. Er war gebildet, beherrschte mehrere Sprachen. Sie konnte noch immer kaum glauben, dass er Latein verstand. Als ihr Onkel sie gebeten hatte, sich um den Fremden zu kümmern, war sie zunächst alles andere als angetan gewesen, aber dann hatte der ungebetene Gast schnell ihre Neugier geweckt.

Sie hatte nie zuvor so blondes Haar an einem Mann gesehen, und das Lächeln, mit dem er sie bedachte, jedes Mal, wenn sie sein Zimmer betrat, hätte sie als unverschämt empfunden, wenn es nicht so voller Dankbarkeit und Wärme gewesen wäre.

Ihr Onkel erwartete sie in der Tür. Wie lange er dort schon gestanden und sie beobachtet hatte, wusste sie nicht. Er war in ein weites, graues Gewand gekleidet, und nur der mit gehämmertem Silber verzierte Gürtel verriet, dass er kein Bediensteter, sondern der Herr des Hauses war.

«Bist du auf dem Weg zu unserem Gast?», fragte er. Manuel Hyakos war kein junger Mann mehr. Sein sorgfältig gestutzter Bart und das lichte Haupthaar waren von grauen Strähnen durchzogen, und sein Gesicht verriet Besorgnis.

«Ich wollte sehen, ob er noch etwas braucht.»

«Die Diener können das übernehmen. Es geht ihm schon viel besser, und allmählich schickt es sich nicht mehr, dass du so viel Zeit bei ihm verbringst. Schließlich wissen wir nichts über seine Absichten.»

«Es war Selims Wunsch, dass wir ihn bei uns aufnehmen, Onkel», erinnerte Alexia ihn.

Manuel zog die Brauen zusammen. «Selim hat ein großes Herz. Aber er hat keine Ahnung, wer der Mann wirklich ist oder warum er auf dieser Galeere war. Vielleicht ist er ein Verbrecher, der uns alle im Schlaf ermorden wird, sobald er die Gelegenheit dazu hat.»

«Dazu müsste er erst einmal aufstehen können», gab Alexia sanft zurück.

«Wenn der Arzt recht hat, wird das bald genug der Fall sein. Und was sollen wir dann mit ihm machen?»

«Selim wollte, dass wir ihn nach Byzanz bringen, wenn er genesen ist. Er könnte mich begleiten», schlug die junge Frau vor.

«Willst du die Reise etwa noch in diesem Jahr antreten?» Der Onkel schien zunehmend besorgter.

«Ich vermisse Byzanz», stellte Alexia ruhig fest. «Und ich habe meinem Vater versprochen, noch vor dem Frühjahr zu Hause zu sein.»

«Dann wirst du bald genug zurückkehren», entgegnete ihr Onkel. «Aber bevor ich dich mit diesem Kerl auf eine Reise schicke, will ich wenigstens wissen, wer er ist, ob Heide, Jude oder Christ, Bettler oder Fürst. Wir können ihm nicht einfach so vertrauen, nur weil Selim das sagt. Erinnerst du dich an das Massaker am Hafen?»

Alexia nickte langsam. Wie hätte sie dies vergessen können? Im Sommer war ein leichtes Schiff in den Hafen gekommen, und die Mannschaft hatte ein furchtbares Blutbad unter den Bewohnern der Stadt angerichtet, bevor sie alles raubten, was sie tragen konnten – einschließlich der Töchter der Fischer und Handwerker.

Einzig die Mauern und die Bewaffneten, die Manuel Hyakos bezahlte, um seinen Besitz zu schützen, hatten sie vor den Piraten gerettet.

«Vielleicht ist er einer von diesen Verbrechern. Nein, bevor ich ihn gehen lasse, muss er mir zuerst erklären, was ihn auf dieses Sklavenschiff geführt hat.»

«Und wie willst du das herausfinden?»

«Ich habe nach dem Tuchmacher geschickt», erklärte

Manuel. «Er ist aus demselben Land wie der Fremde, und er kann für uns mit ihm sprechen.»

◆◆ ◆◆

In dem kleinen Krankenzimmer war es angenehm kühl. Lukas hatte sich auf seinem Lager aufgesetzt, den Rücken an die Wand gelehnt und aß aus dem hölzernen Napf, der ihm gebracht worden war. Zu dem schmackhaften Gemüseeintopf gab es dickes, dunkles Brot, das er immer wieder in den sämigen Brei tunkte.

Seit er aus seiner Ohnmacht erwacht war, hatte man ihn bestens versorgt, aber sein Hunger war gewaltig. Wenn er nicht schlief, dann aß er, und beides zusammen nahm den größten Teil seiner Tage und Nächte in Anspruch.

Gerade als er den Napf mit dem letzten Stück Brot ausgewischt und sich den Bissen in den Mund geschoben hatte, öffnete sich die Tür. Halb erwartete er, Alexia zu sehen, doch es war ein alter Mann, gebeugt und mit einem schütteren Kranz grauer Haare um den faltigen Schädel, der ins Zimmer trat. Lukas lehnte sich vor – noch immer bereitete ihm jede Bewegung Schmerzen – und stellte den Napf auf den Tisch, dann rieb er sich mit dem Handrücken über den Mund.

«Du bist Lukas?»

Es dauerte einen Herzschlag, bevor Lukas begriff, dass er die Worte verstanden hatte, ohne nachdenken zu müssen.

«Ich bin Cunradt. Ich wohne unten in der Stadt.»

«Cunradt», erwiderte Lukas, drückte den Rücken

durch und nickte dem Alten zu. «Ich freue mich sehr, einen Landsmann kennenzulernen.»

Er sah sich um und deutete auf den Schemel am Tisch. Cunradt nickte und ging mit langsamen Schritten dorthin, bevor er sich mit einem hörbaren Seufzen setzte.

«Du musst mir verzeihen, aber ich bin nicht mehr der Jüngste.» Er lächelte zaghaft. «Aber das ist nicht wichtig. Du musst viele Fragen haben. Sie sagen, du verstehst kein Griechisch?»

«Ja. Und ich weiß nicht einmal, wo ich hier bin. Ich ... das Schiff ... ich bin schiffbrüchig», erklärte Lukas zögernd. Vermutlich war es besser zu verschweigen, dass er als Sklave an Bord gewesen war. *Sonst bin ich vielleicht schnell wieder zurück in den Eisen.*

«Die Galeere, die im Westen gesunken ist», stellte Cunradt fest. «Auf der Insel sprach man tagelang von nichts anderem. Du hast Glück gehabt, dass du überlebt hast. Die meisten wurden tot an Land gespült oder vom Meer verschlungen – Gott sei ihren Seelen gnädig!»

Lukas nickte. Seine Erinnerungen hatten ihn nicht getrogen.

Der Alte zögerte einen Moment und blickte Lukas forschend an. «Du warst als Sklave auf der Galeere, nicht wahr?»

Erst wollte Lukas den Kopf schütteln, aber er hatte das Gefühl, dass es keinen Zweck hatte, den Alten anzulügen.

«Ich sehe es an deinen Armen. Die Male der Ketten. Auch bist du nicht der Einzige, der überlebt hat. Man sagte mir, dass du einem Mann das Leben gerettet hast.»

Jetzt erinnerte sich Lukas an den jungen Mann mit

dem goldbestickten Gewand, den er aus dem Wasser gezogen hatte.

«Er hat es geschafft?», fragte er überrascht.

Cunradt nickte. «Dank dir, nach allem, was ich höre.»

Lukas schluckte. Wenn sie wussten, wer er war, konnte seine Freiheit nur noch von kurzer Dauer sein.

«Ja, ich war ein Sklave auf der Galeere», gestand er ein.

«Nun, jetzt nicht mehr. Der Herr dieses Hauses hat mir gesagt, dass dir deine Freiheit geschenkt wurde.»

Lukas riss die Augen auf.

«Was? Wie ist das möglich? Von wem?»

«Ich weiß nicht, wie der Mann heißt, den du gerettet hast, aber ich bin mir sicher, dass du seinen Namen noch erfahren wirst.»

Lukas schüttelte den Kopf. Es fiel ihm schwer zu begreifen, was Cunradt ihm soeben gesagt hatte. Dann drängte eine andere Frage in seine Gedanken. «Wo bin ich hier eigentlich?»

«Auf Zypern.»

Lukas sah ihn verständnislos an.

«In Limassol. Zypern ist eine Insel, nicht weit vom Heiligen Land. Hier leben Griechen, aber auch andere, so wie ich.»

Lukas sah wieder Bisanzio vor sich, der aufgeregt auf ein Eiland gezeigt und lachend gerufen hatte: *Cipro*. Und *Christiana*.

Eine Insel, auf der Christenmenschen lebten. Wahrhaft eine Gnade.

«Woher stammst du, dass du meine Sprache sprichst?»

«Aus Konstanz, ursprünglich. Aber das ist lange her

und eine lange Geschichte, die ohne Bedeutung für dich ist.»

«Ich würde sie dennoch gerne einmal hören.»

Cunradt lächelte. «Dann werde ich sie dir beizeiten erzählen, aber mir scheint, es gibt noch einiges, was du wissen möchtest.»

Lukas überlegte, während seine Finger abwesend mit einem Faden spielten, den er aus der Decke gezogen hatte. «Dieses Haus – wem gehört es?»

«Sein Name ist Manuel Hyakos, und wie du vielleicht schon erraten hast, ist seine Familie sehr reich. Sie sind Händler, aus Konstantinopel. Dies hier ist eines ihrer Kontore, und Manuel Hyakos ist der Bruder des Patriarchen der Familie.»

Verwundert blinzelte Lukas. Wer hätte ahnen können, wohin ihn seine Reise führen würde?

«Es heißt, dass Symeon Hyakos reicher als der gesalbte Kaiser selbst ist. Er treibt Handel mit den Venezianern und den Sarazenen. Seine Schiffe sind überall zu finden, in jedem Hafen.» Cunradt sah aus dem Fenster. «Und hier liegt ein wichtiger Hafen, auch wenn es momentan Ärger mit den Sarazenen gibt. Aber Symeon glaubt noch an uns, wie man sieht. Seine Tochter hast du ja bereits kennengelernt.»

«Tochter?»

«Alexia Hyakos? Man sagte mir, sie habe sich um dich gekümmert.»

«Alexia ... sie ist die Tochter dieses reichen Handelsfürsten?»

«Ja.» Cunradt lächelte schelmisch. «Du kannst dein Glück kaum fassen, was?»

«Nein, wirklich nicht. Ich dachte, ich würde sterben ... und jetzt ...»

Bevor er den Satz beenden konnte, öffnete sich die Tür erneut, und Alexia betrat den Raum. Lukas senkte den Blick und begrüßte sie respektvoll auf Latein.

Aber Alexia blickte ihn nur an, als ob sie ihn nicht verstanden hätte, schüttelte leicht den Kopf und sagte etwas auf Griechisch.

«Sie grüßt dich», übersetzte Cunradt langsam. «Und fragt, ob es dir gut geht.»

Sie will nicht, dass er weiß, dass wir uns verständigen können, schoss es Lukas durch den Kopf. Er spielte mit und wandte sich in seiner Muttersprache an Cunradt: «Sag ihr bitte, dass es mir besser geht und dass ich mich bei ihr und ihrer Familie für die Aufnahme bedanke.»

Alexia war neben den alten Mann getreten und hatte ihm die Hand auf die Schulter gelegt. Sie blickte Lukas ernst, aber freundlich an, als sie weitersprach.

«Sie sagt, dass du eine große Tat vollbracht hast und dass es eine Ehre ist, dich unter diesem Dach als Gast zu haben.»

Verständnislos blickte Lukas sie an.

«Was meint sie?»

Cunradt blickte Alexia mit konzentriertem Gesichtsausdruck an, bevor er übersetzte: «Du hast Selim gerettet. Er ist ein Geschäftspartner von Manuel Hyakos, und die Familien der beiden sind eng miteinander verbunden. Selim hat Alexias Onkel gebeten, sich um dich zu kümmern, bevor er weiterreiste.»

«Selim», flüsterte Lukas mehr zu sich selbst. Der junge Türke, den er aus dem Wasser gezogen hatte. Eine Entscheidung, die er, ohne zu überlegen, in einem Moment gemeinsamer Not getroffen hatte, als es keinen Unterschied zwischen ihnen gab. Lukas schüttelte den Kopf und lachte kurz auf.

«Da versprechen sie einem das Himmelreich, wenn man die Heiden tötet, und ich werde aus der Sklaverei befreit und wie ein Fürst empfangen, weil ich einem von ihnen das Leben rette!» Er sah Cunradt an und fügte hastig hinzu: «Übersetze das nicht!»

Der alte Mann lächelte wissend. Alexia blickte ihn irritiert an, doch als er nichts sagte, fuhr sie fort.

«Ich selbst bin dir zu größtem Dank verpflichtet.» Cunradt verlieh Alexias Worten mit einem ernsten Nicken noch mehr Gewicht. «Denn ich bin Selim versprochen, und du hast mir den Verlobten gerettet.»

Kapitel IV

Ägäis

Spätsommer 1451

Der feine Nebel aus Gischt, der Lukas immer wieder einhüllte, brachte eine willkommene Abkühlung mit sich, und der salzige Geruch des Meeres vertrieb den Gestank der Tiere unter Deck, der an ruhigen Tagen kaum auszuhalten war. Zumindest schienen sich die Schafe und Ziegen an das Schaukeln des Schiffes gewöhnt zu haben, denn das angsterfüllte Blöken der ersten Zeit war nach und nach verstummt.

Lukas stand am Bug und blickte zum Horizont. Auch wenn die Erinnerung an den unerbittlichen Zorn des Meeres noch frisch war, fühlte er beim Anblick des blau funkelnden Wassers sein Herz höher schlagen. Das Schiff glitt geschmeidig durch die Wellen, nur vorwärtsgetrieben von seinen großen, dreieckigen Segeln. Es gab weder Ruderer noch Sklaven, wie Lukas zu seiner Erleichterung festgestellt hatte, als er die *Sancta Caecilia* im Hafen von Limassol zum ersten Mal gesehen hatte. Die lange, qualvolle Zeit an Bord der Galeere erschien ihm mit jedem Tag, der verstrich, mehr und mehr wie ein ferner Albtraum.

Die *Sancta Caecilia* war nicht das größte Schiff im Hafen gewesen, und auf Lukas machte es den Eindruck, als sei es den Schiffen der Sarazenen nachempfunden, aber Cunradt hatte ihm versichert, dass sie eines der schnellsten in der Flotte der Familie Hyakos sei, bemannt von den erfahrensten und vertrauenswürdigsten Seeleuten. *Nur das Beste für Alexia, und damit auch für dich,* hatte Cunradt mit einem Augenzwinkern hinzugefügt.

Ob die Seeleute wirklich so erfahren waren, konnte Lukas nur schwer einschätzen, denn sie hatten bislang weder mit stürmischem Wetter noch mit schwerer See kämpfen müssen. Die Reise war schnell und angenehm verlaufen, begünstigt von vorteilhaften Winden. Hier und da hatten sie in der Ferne Segel gesehen, manchmal auch Schiffe und Boote in ihrer Nähe, die sich meist jedoch als Fischer herausgestellt hatten. Niemals hatte Isaac, ihr Kapitän, besorgt ausgesehen.

Am Heck hatte der Kapitän ein Sonnensegel spannen lassen, unter dem sich Alexia meist aufhielt. Isaac, den sie wie einen nahen Verwandten begrüßt hatte, tat alles, um der jungen Frau die Fahrt so angenehm wie möglich zu machen. Zwar hatte sie sogar eine eigene Kabine, doch dort musste es ebenso drückend heiß sein wie im Laderaum, wo Lukas seine Hängematte aufgespannt hatte. Als er zu Alexia hinüberblickte, sah er, dass sie sich angeregt mit Isaac unterhielt, der ihr gegenüber auf einem Kissen saß.

Umgeben von Seeleuten, aber nicht Teil der Mannschaft, fühlte Lukas sich außerordentlich unnütz. Zwar verstand er inzwischen ihre Sprache zumindest ein wenig, doch im geschäftigen Treiben an Bord, dessen Sinn und

Zweck er oft nur erahnen konnte, gab es für ihn keinen Platz. Und natürlich stand es ihm nicht zu, Alexias Gesellschaft unter dem Sonnensegel zu suchen. Zum Glück gab es die Stelle am Bug, zwischen der Reling und einem kleinen Verschlag voller Taue, wo er niemandem im Weg war und wohin er sich zurückziehen konnte, um dem Gewusel auf dem Schiff zu entgehen. Er hatte so lange zwangsweise Zeit in der Gesellschaft von anderen verbracht, Tag und Nacht, dass es ihm jetzt wie ein unerhörter Luxus erschien, allein sein zu können.

Am Horizont zeichneten sich Inseln ab, diesig-verschwommen in der Ferne. Sie hatten schon einige kleinere Eilande passiert, und Isaac änderte immer wieder den Kurs, ließ die Ausrichtung der Segel anpassen, suchte und fand einen Weg durch dieses Labyrinth aus Landfetzen, das aussah, als sei es von einem Riesen achtlos ins Meer geworfen worden.

«Dir geht es gut?»

Isaac stand plötzlich hinter Lukas. Der Kapitän mochte gut dreimal so alt wie Lukas sein, aber vielleicht täuschten sein schlohweißes, von der Sonne gebleichtes Haar und der ebenso farblose Vollbart dies auch nur vor. Sein Gesicht war von Falten zerfurcht, die sonnengebräunte Haut zäh wie dickes Leder. Doch der Blick seiner dunklen Augen zeigte einen wachen, frischen Geist, und er bewegte sich sicher wie ein junger Mann. Lukas hatte ihn ein Stück Tau erklimmen sehen, schneller und geschickter, als er es sich selbst zugetraut hätte.

Isaac hielt sich an der Reling fest, beschattete die Augen mit der anderen Hand und ließ seinen Blick über den Horizont streifen.

«Ja», erwiderte Lukas und fügte bekräftigend hinzu: «Alles gut.»

«Bald erreichen wir Marmara.» Isaac sah Lukas mit einem Lächeln an. Er sprach besonders langsam und deutlich. «Kleines Meer, ja? Dann sind wir bald am Ziel.»

Lukas nickte, dankbar dafür, dass der Kapitän sich um eine einfache Sprache bemühte. Alexia hatte ihm schon einiges beigebracht, aber vieles blieb ihm immer noch unverständlich.

Wenn er aber Isaacs Worte richtig gedeutet hatte, würden sie Konstantinopel bald erreichen. Auch wenn er sich freute, seine ursprüngliche Reise fortsetzen zu können, erfüllte ihn dieser Gedanke auch mit einem seltsamen Gefühl. Zu viel war geschehen, seit er aufgebrochen war. Es war nicht mehr derselbe Mann, der einfache Pilger, der nach Jerusalem aufgebrochen war. Lukas sah zum Heck, wo er im Schatten Alexias Gestalt erahnen konnte.

Isaac folgte seinem Blick. «Alexia hat mich übrigens gebeten, dich zu ihr zu schicken», sagte er und deutete über die Schulter.

Vorsichtig setzte Lukas einen nackten Fuß vor den anderen, denn zwar hatten sich seine Beine schon halbwegs an die fortwährenden Bewegungen des Schiffes gewöhnt, doch waren seine Wunden noch immer nicht ganz verheilt. Der Schmerz kam nur noch, wenn er sich ungeschickt bewegte, aber er würde ihn vielleicht nie mehr verlassen; er war nun ein Teil von ihm.

Es gelang ihm, den Schatten des Sonnensegels zu erreichen, ohne über eines der Taue zu stolpern oder einen der Seeleute anzurempeln, die gerade von Isaac mit lauten Rufen dabei angeleitet wurden, das vordere, größere Segel an einer Seite fester zu zurren. Dabei riefen sie rhythmisch, spornten sich gegenseitig an. Es war harte Arbeit, die Muskeln arbeiteten unter schweißnasser, sonnenverbrannter Haut, als sie sich gegen die Kraft des Windes stemmten und das Segel Stück für Stück einholten.

Alexias kleiner Bereich wirkte inmitten der Betriebsamkeit und der Enge an Bord wie aus einer anderen Welt. Sie saß in einem niedrigen Stuhl mit kurzer Lehne und Armstützen. Vor ihr stand ein kleiner Tisch mit geschickt gearbeiteten Vertiefungen, in denen Holzbecher und eine kleine Amphore steckten. Ihr Kleid war von einem Blau, so dunkel wie die nächtliche See, durchwirkt mit helleren Fäden, die ein komplexes Muster ergaben. Ihr Haar hatte sie unter einem Tuch verborgen, aus dem jedoch zwei Locken hervorsahen. Neben ihr lag ein unachtsam fallengelassenes Tuch, das sie wohl vorher um ihre Schultern geschlungen, nun jedoch in der Mittagshitze abgelegt hatte.

«Nimm Platz», bat sie und wies auf einen gepolsterten Hocker neben dem Tisch. Vorsichtig ließ Lukas sich nieder.

«Magst du etwas Wasser?»

Auch sie sprach langsam und deutlich. So verstand er die einfachen Worte gut. Er nickte, goss etwas Wasser aus der Amphore in den Becher, der vor ihm stand. Es war überraschend kühl und mit Wein versetzt, und damit herrlich erfrischend.

Alexia sah ihm lächelnd beim Trinken zu. Als er den Becher behutsam zurückstellte, fragte sie: «Sollen wir beginnen?»

Schon als Cunradt ihm noch bei der Verständigung

geholfen hatte, war es ihr eine offensichtliche Freude gewesen, ihm die Sprache ihrer Heimat, das Griechische, beizubringen. Seit sie an Bord waren, hatte sie ihre Bemühungen nur noch weiter verstärkt, was Lukas recht war, gab es ihm doch die Möglichkeit, Zeit mit ihr zu verbringen.

Ohne seine Antwort abzuwarten, wies sie auf den Tisch, den Lukas pflichtbewusst benannte. Ihr schlanker Finger fuhr von Gegenstand zu Gegenstand, deutete auf Becher, Stühle, auf Mast und Segel, berührte kurz Nase und Mund, bevor er weite Bewegungen beschrieb, die das ganze Meer, den Himmel und die Küste anzeigten. Jedes Mal durchwühlte Lukas sein Gedächtnis nach dem richtigen Wort.

«Wasser», brachte er schnell hervor, als Alexia einige Tropfen aus der Amphore rinnen ließ.

«Und?»

Verwirrt zog Lukas die Augenbrauen zusammen, dann verstand er.

«Wein.»

Sie lachte leise, ein Geräusch wie das Klingen von Silber.

«Sehr gut. Du bist ein gelehriger Schüler!»

Nicht immer gelang es Lukas, ihre Prüfungen so gut wie diese zu bestehen, aber er spürte, wie er jeden Tag Fortschritte machte.

«Ich habe eine gute Lehrerin», sagte er den Satz, den er sich gestern zurechtgelegt hatte. Die Aussprache fiel ihm noch schwer, oft stockten die Worte auf seiner Zunge, wollten nicht richtig hinaus.

«Du hast genug gelernt, um schon zu schmeicheln»,

tadelte Alexia ihn, lächelte aber dabei. «Deine Worte sind wie süßer Honig.»

Gerne hätte Lukas ihr erwidert, dass seine Fähigkeit zur Schmeichelei doch wohl der beste Beweis für ihre Begabung als Lehrerin sei, aber dafür fehlten ihm noch die Worte. Stattdessen musste er sich mit einem energischen Kopfschütteln samt «Nein» zufriedengeben. Besonders geistreich war das noch nicht.

Alexia sprach halb auf Griechisch, halb erklärte sie auf Latein, ein Kauderwelsch, das Lukas das Verstehen erleichterte, auch wenn er oft von ihrem Wechsel zwischen den Sprachen überrascht wurde.

«Bald sind wir in meiner Heimat», erklärte sie ernst. «Wir mussten früh aufbrechen, damit wir den Stürmen der kalten Jahreszeit ausweichen.»

Bei jedem dritten oder vierten Wort fügte sie eine kurze Erklärung ein, meist nur ein schneller Begriff im Lateinischen, manchmal auch mehr, meist unterstrichen von Gesten. Lukas befeuchtete seine trockene Kehle mit einem weiteren Schluck Wasser. Vom Schiff nahm er kaum noch etwas wahr. Die Seeleute mit ihren Rufen, das Knattern der Segel im Wind, ja selbst das ständige Auf und Ab der Wellen war fern.

«Konstantinopel», sagte er und nickte. Natürlich hatte er schon vorher von der großen Stadt gehört, wenn auch wenig Gutes. Die dort lebenden Christen sollten kaum besser als Heiden sein. Sie hingen seltsamen Vorstellungen und Bräuchen an, fügten sich nicht der weisen Führung des Heiligen Vaters und pflegten in jeder Beziehung Umgang mit den Ungläubigen. Seit er die Gastfreundschaft der Familie Hyakos genossen hatte, war Lukas gewillt, diese Anwürfe nicht mehr so ernst zu nehmen, doch die Verwicklung von Alexias Familie mit muslimischen Händlern gab ihm dennoch zu denken.

«Ja, Konstantinopel!» Alexias Augen leuchteten, als sie den Namen wiederholte. Ein Wortschwall ergoss sich aus ihrem Mund, zu schnell für Lukas' Ohren, auch wenn er einige bekannte Begriffe auszumachen glaubte. Lächelnd hob er die Hände.

«Zu schnell, zu schnell!»

Alexia hielt inne, hob die Schultern und legte die Hand vor den Mund. Sie murmelte lachend eine Entschuldigung. Dann blickte sie zum Bug des Schiffes, über das Meer bis zum Horizont. Ihre Miene wurde wieder ernst.

«Konstantinopel ist wundervoll. Die schönste Stadt der ganzen Welt. In ihr lebt der Geist des Imperium Romanum. Nichts auf Erden kommt ihr gleich, sie ist strahlender Abglanz des Paradieses.»

Sie hob eine Hand in einer schwungvollen Geste.

«Oh, kaiserliche Stadt, befestigte Stadt», begann sie und Lukas hörte an ihrem Tonfall, dass sie rezitierte. «Stadt des großen Königs ... Königin der Städte, Lied der Lieder, Glorie der Glorien!»

Sie schenkte ihm ein schüchternes Lächeln.

«Wer hat das gesagt?»

«Niketas Choniates, ein weiser Mann meiner Heimat, der in furchtbaren Zeiten gelebt hat.»

Ihre Lippen bewegten sich, sie suchte nach den passenden Worten. Dann hellte sich ihr Antlitz auf, und sie sah Lukas wieder an, den ihre strahlenden Augen gefangen nahmen.

«Konstantinopel ist die Krone der Welt.»

Zwischenspiel

Bursa

Spätsommer 1451

Im Hof war es selbst im Schatten noch drückend heiß, doch in der Küche war es geradezu unerträglich. Michael stand sofort der Schweiß auf der Stirn. In der Küche herrschte ein seltsames Spiel aus Licht und Schatten, an das Michael sich zunächst gewöhnen musste. Aus den Öfen leuchtete der Feuerschein, während die Fensterläden geschlossen waren und nur wenig Tageslicht durch die Ritzen drang. Es roch nach einer Unzahl von Köstlichkeiten, nach den teuersten Gewürzen und dem besten Fleisch. Ihm lief das Wasser im Munde zusammen.

Dazu kam die hektische Betriebsamkeit um ihn herum. Ein gutes Dutzend Männer und Frauen arbeiteten unter dem strengen Blick und den harschen Befehlen des Leibkochs, die Häupter und Blicke gesenkt, nur darauf bedacht, nicht seinen Zorn auf sich zu ziehen. In der Stadt mochte nun der neue Großherr das Sagen haben, aber hier in der Küche gab es nur ein Wort, das galt, und nur einen, der Befehle erteilte: Dâwûd. Andere Herrscher waren weit weg. Es mochte in der Vergangenheit Despoten gegeben haben, die mehr gefürchtet worden waren, aber für Michael stand Dâwûd selbst dem Kaiser von Byzanz, Andronikos I. Komnenos, in nichts nach. Obwohl er dem Koch gar nicht unterstand, tat er es doch allen gleich und neigte den Kopf.

«Was willst du, Bursche?», fuhr Dâwûd ihn gleich grob an, in einem Griechisch, das den Namen kaum verdiente. «Steh nicht im Weg! Zur Seite, zur Seite!»

Michael tat, wie ihm geheißen, auch wenn es ihn schmerzte, den Befehlen eines Mannes nachzukommen, der irgendwo in diesem verfluchten Land als Sohn schmutziger Ziegenhirten geboren worden war. Zumindest ging so die Legende, auch wenn sicher niemand gewagt hätte, das in seiner Nähe auszusprechen.

«Der ehrwürdige Anastasios lässt höflich fragen, wann die Speisen zubereitet sein werden», verkündete Michael gerade so unterwürfig, wie er es vortäuschen konnte; mehr konnte man nicht von ihm verlangen.

Falls Dâwûd die Falschheit in seiner Stimme erkannt hatte, überging er sie einfach. So wie die gesamte Frage. Stattdessen trat er näher an den Tisch heran und wies auf eine flache, irdene Schale, in der dampfendes Fleisch in einer dunklen Soße schwamm. Er musste nichts sagen – die junge Frau mit den großen, blauen Augen, die den Hammel anrichtete, brachte Michael die Schale und stellte sie vor ihm ab, ohne dabei ihren Blick zu heben.

Auch über das Gesicht des Koches lief der Schweiß in dünnen Rinnsalen, obwohl er doch an die Hitze gewöhnt sein sollte. Er beugte sich etwas vor, wobei sein fetter Bauch wackelte, schloss die Augen und hob den Kopf, der direkt ohne Hals auf seinem Körper zu stecken schien, was ihn noch grotesker erscheinen ließ. Mit einem lauten, schniefenden Geräusch sog er den Duft des Essens ein. Seine wulstigen Lippen verformten sich zu einem Lächeln.

Selbstverständlich war es eine kalkulierte Beleidigung, ihn warten zu lassen, aber Michael ertrug sie so stoisch, wie er konnte. Der Herr des Hauses selbst schätzte die Kochkunst dieses Fleischberges von einem Mann über alle Maßen, was ihn faktisch unantastbar machte.

Aber da war noch mehr. Der Blick, den er der jungen Frau zuwarf, wie er sich vor ihr aufbaute. Verschreckt schob sie eine kurze Strähne zurück unter die Haube, unter der sie ihr dunkles Haar verbarg. Michael betrachtete sie genauer. Unter ihrer formlosen Kleidung zeichneten sich ansehnliche Rundungen ab. Offenbar gab es zumindest einen Vorteil, in der Küche zu arbeiten. Ihr Gesicht war rund, nicht ganz sein Geschmack, mit einer zu groben Nase und einem leicht schiefen Mund. *Aber ich würde ja auch kein Bildnis von ihr malen, sondern ganz andere Dinge mit ihrem Mund anstellen.* Der Gedanke entlockte ihm ein Grinsen.

Betont langsam senkte der Leibkoch einen Finger in die dampfende Soße, hob ihn an die Lippen und leckte die fettig glänzenden Tropfen genüsslich ab. Obwohl es ihm ganz offensichtlich mundete, herrschte er sie sofort an.

«Mehr Kümmel, du dummes Weibsstück!»

Sie bat leise, fast schon flehentlich um Entschuldigung und wollte die Schale wieder davontragen, aber der Koch schlug ihr so fest auf die Hand, dass sie mit einem unterdrückten Schmerzensschrei zurücksprang. Dâwûd funkelte sie immer noch finster an, während er selbst die Soße nachwürzte. Erst als er erneut gekostet hatte und die Speise nun zu seiner Zufriedenheit schmeckte, entließ er seine Küchenhilfe aus seinen Klauen.

Sie verschwand rasch, dankbar dafür, der Aufmerksamkeit des Kochs zu entgehen, und Dâwûds Blick richtete sich auf ihr Hinterteil. Seine Augen wirkten klein in seinem gewaltigen, fleischigen Kopf, schienen fast nur aus dunklen Pupillen zu bestehen. *Jetzt lässt du sie laufen, aber heute Nacht muss sie für den vermeintlichen Fehler bezahlen, was?*

Alle in der Küche hatten sich im selben Augenblick schlagartig wieder ihrer eigenen Arbeit zugewandt, einerseits froh, dass der Zorn des Kochs nicht sie getroffen hatte, andererseits voller Angst, dass sie die Nächsten sein könnten.

Das Schauspiel hatte etwas Faszinierendes. Michael hatte schon hohen Herren gedient, die trotz ihrer gesegneten Geburt über weniger Macht verfügten als dieser dicke, verschlagene Mann. Unglücklicherweise gab es tausendundeinen Weg, wie er ihm das Leben schwer machen konnte, weshalb Michael weiterhin in der Ecke neben der Eingangstür stehen blieb und schwieg. Nicht einmal ein leises Räuspern entrang sich seiner Kehle, obwohl er den Peiniger gerne zurechtgewiesen hätte.

«Es wird noch dauern», erklärte Dâwûd schließlich großzügig und wedelte mit der Hand, als könne er Michael so entlassen. Doch dieser blieb stehen und versagte sich ein Lächeln. Aber auch wenn man ihm die Genugtuung nicht ansah, in seiner Stimme war sie sicherlich zu vernehmen.

«Es ist nur», sagte Michael in einer Lautstärke, dass es

jeder in der Küche hören konnte, «dass der Gast bereits eingetroffen ist und alles für das Mahl bereitsteht. Nun, außer dem Mahl selbst.»

Er fuhr beinahe zusammen, als der Leibkoch in seiner eigenen Zunge fluchte. Michael verstand genug von seiner Sprache, um lästerlichste Flüche zu erkennen, die einem gottesfürchtigeren Mann sicherlich die Farbe aus dem Gesicht getrieben hätten. Er jedoch blieb ganz ruhig, den Blick wieder in falscher Demut gesenkt, die Arme vor der Brust verschränkt, ganz das Inbild des ergebenen Dieners.

«Das sagst du mir erst jetzt, Bursche? Ich sollte ...»

Der Leibkoch rang nach Worten. Sein Gesicht war nun so purpurrot, dass Michael sich fragte, ob der Mann vielleicht doch von höchster Abstammung war. *Immerhin trug er nun die Farbe der Kaiser auf seiner eigenen Haut!*

«Ich kam, so schnell ich konnte, nachdem der ehrwürdige Anastasios die Neuigkeit überbracht hatte», log Michael freundlich. Weder Anastasios noch er selbst hatten sich beeilt. Zu oft hatten sie schon unter der scharfen Zunge und dem grausamen Zug des Kochs gelitten, und nun kostete er diesen kleinen Moment der Rache aus.

«Wir ... wir können Spezereien bringen», stotterte der Koch schließlich, dessen Wut überraschend schnell in Angst umgeschlagen war. «Und dann die Vorspeisen auftischen.»

Trotz der hohen Stellung ihres Herrn gab es nur selten Besuch von solcher Wichtigkeit, und ein Fehler mochte selbst die besondere Stellung des Kochs in seinem Herzen – oder eher seinem Bauch – gefährden.

«Wir stehen bereit.»

Damit verschwand Michael aus der Küche. Draußen warteten die anderen Diener darauf, das Festmahl aufzutragen, aber er schritt an ihnen vorbei, ohne sie eines Blickes zu würdigen. Sein Interesse galt nur dem Schatten des Säulengangs. Vorhin noch hatte er die Hitze hier draußen leise murmelnd verflucht, jetzt atmete er erleichtert auf.

Die anderen mochten seine Überheblichkeit hassen, aber es gab einen Grund, warum Anastasios ausgerechnet ihn in die Küche gesandt hatte, die Höhle des Löwen, und es lag nicht daran, dass er ihn bestrafen wollte. Nein, ganz im Gegenteil, denn Michael war der Liebling des alten Mannes. Er führte den Haushalt des Gesandten nun schon viele Jahre. Es war nicht einfach gewesen, vor allem, da Michael ein Fremder war, geboren in Trapezunt und damit in den Augen der Byzantiner ein halber Barbar, auch wenn er eine bessere Ausbildung als die meisten von ihnen genossen hatte. So hatte er sich hocharbeiten müssen, hatte die niedersten Aufgaben verrichtet, bis man anfing, ihm zu vertrauen, und bis zu diesem Tag, da Anastasios ihm das Geschenk machte, diese kleine Rache an Dâwûd zu üben.

Sie waren erst seit sechs Tagen in diesem Haus einquartiert, das eigentlich der Familie des Großwesirs Çandarlı Halil Paşa gehörte, die es dem Gesandten in ihrer bekannten Großzügigkeit zur Verfügung gestellt hatte. Es hieß, dass die Familie Çandarlı unermesslich reich sei, reicher selbst als die Sultane. Lediglich in Macht und Ansehen standen sie diesen nach. Es war also für den Großwesir nur eine kleine Geste, eines seiner Anwesen bereitzustellen, vor allem wenn man bedachte, welche Freigiebigkeit des Kaiserreiches ihm dafür zuteilwurde.

Michael fand Anastasios mit besorgter Miene im Vorzimmer der Speisehalle. Dank der prunkvollen Kleidung hätte ein Bauer ihn sicherlich für einen hohen Herren gehalten, und in gewisser Weise stimmte das auch. Im Haushalt des Gesandten geschah nichts ohne sein Wissen, und er war vermögender als so mancher Landbesitzer. Seine Haut war schon lange faltig, sein schütteres Haar längst ergraut, aber sein Blick konnte immer noch hart und kalt wie Stahl sein, und niemand käme auf den Gedanken, dass das Alter seinen Geist geschwächt hätte.

«Erst kommen Spezereien, dann die Vorspeisen. Der Rest ... ist wohl noch nicht ganz bereit», berichtete Michael unaufgefordert.

Mit gespielter Enttäuschung schüttelte Anastasios den Kopf und schürzte die Lippen.

«Ich hatte mehr von Dâwûd erwartet», stellte er sanft fest. Michael erlaubte sich ein kleines, kurzes Lächeln, ein Zeichen ihrer Verbundenheit in dieser Sache, aber Anastasios zog missbilligend die Augenbrauen zusammen.

«Wird es unserem Herrn gelingen, Konstantinopel zu beschützen?», fragte Michael eilig, um von seinem fehlerhaften Verhalten abzulenken. Er hatte sich verrechnet; Anastasios galt das Ansehen alles, und selbst wenn sie unter sich waren, wich er nicht davon ab.

«Selbstverständlich.» Langsam schritt er auf die massive, reich mit Schnitzereien verzierte Tür zu, die in den Speisesaal führte. «Du musst wissen, Mehmed ist ein unerfahrener Junge, kaum älter als du selbst. Er hat bereits einmal regiert, mit katastrophalen Folgen. Wir wissen, wie man mit solchen Herrschern umgeht. Schmeichel ihnen einerseits, drohe ihnen andererseits. Und mit Prinz Orhan in Konstantinopel haben wir den perfekten Dolch im Gewand, verborgen unter dem feinsten Stoff, doch sichtbar genug für alle.»

Michael versuchte, so gelehrig wie möglich zu blicken, mit so viel Bewunderung für das Wissen und die Schläue des Alten, wie es gerade noch glaubwürdig war.

«Aber sei jetzt still und leise, wie es sich geziemt», befahl Anastasios, als er die Tür behutsam öffnete und gefolgt von Michael in den Saal trat.

Eine laute Stimme schlug ihnen entgegen. Michael riss die Augen auf, und sein Kinn klappte fast herunter. Am anderen Ende des Saals, hinter der langen Tafel, an der bald aufgetischt werden würde, standen ihr Herr und sein Gast, Großwesir Çandarlı Halil Paşa, einer der mächtigsten und reichsten Männer des Türkenreiches. Ein Mann, ebenso alt wie Anastasios, aber noch prächtiger gewandet mit einem pelzbesetzten Mantel in schimmerndem Gelb und einem gewaltigen Turban auf dem Haupt. Sein dichter weißer Bart unterstrich seine würdevolle Erscheinung.

Die jedoch von dem wütenden Redeschwall gebrochen wurde, der sich in erlesenstem Griechisch über ihren Herrn ergoss.

«Ihr dummen Griechen! Ich kenne eure verschlagenen, falschen Wege! Der verstorbene Sultan, an dessen Grab sein Sohn nun weint, war euch ein nachsichtiger und gewissenhafter Freund. Doch unser neuer Großherr ist von anderem Gemüt. Sollte Konstantinopel seinem mutigen und ungestümen Griff entgehen, dann nur, weil

Allah eure hinterhältigen und niederträchtigen Intrigen übersieht!»

Der Großwesir riss die Arme empor, als sei er der Angelegenheit müde, aber dann fuhr er noch aufgebrachter fort: «Ihr seid Narren, wenn ihr wirklich glaubt, uns bedrohen zu können, jetzt da die Tinte des letzten Vertrages noch nicht einmal trocken ist! Wir sind keine Kinder ohne Stärke und Verstand! Ruft Orhan in Thrakien zum Sultan aus, ruft die Ungarn über die Donau, greift nach den Ländereien, die ihr längst verloren habt! Nur zu! In keiner dieser Angelegenheiten werdet ihr Erfolg haben. Das wenige, was euch geblieben ist, werdet ihr auch noch verlieren!»

Sein Finger wies auf den exzellent gewebten Wandteppich, mit verschlungenem, blau-goldenem Muster, das um ein großes Rund in der Mitte gewunden war.

Ihr Herr, der bislang kein Wort gesagt hatte, sah den alten Großwesir mit eisiger Miene an. Dann fiel sein Blick auf die beiden Diener, die gerade den Saal betreten hatten. Sein Antlitz verfinsterte sich.

«Hinaus!», brüllte er so laut, wie Michael es noch nie vernommen hatte. «Verschwindet gefälligst!»

Hastig zogen sie sich zurück. Michaels Herz schlug ihm bis in den Hals, sein Mund war trocken, er fürchtete zu ersticken. Neben ihm war Anastasios aschfahl geworden. Die Hände des alten Mannes zitterten unkontrolliert.

Michael wusste nichts zu sagen, nichts zu denken. Er sah nur, worauf Çandarlı Halil Paşa gedeutet hatte. Die Mitte des Wandteppichs nahm eine Karte von großem Detailreichtum ein, in deren Zentrum wiederum eine Stadt thronte, als beherrsche sie die ganze Welt: Konstantinopel.

Kapitel V

Marmarameer

Spätsommer 1451

Die Stimmung an Bord war ausgelassen. Dies war ein sicheres Zeichen, dass sie ihr Ziel bald erreichen würden. Obwohl der Kapitän aufgrund des ungünstigen Windes oft den Kurs wechseln ließ, was für die Seeleute viel harte Arbeit bedeutete, lachten sie neuerdings oft und stimmten sogar ein Lied an, dessen Melodie Lukas bekannt vorkam. In ihren Gesängen schien es um eine Frau zu gehen, auch wenn Lukas viele der Worte nicht verstand, und nach einer scharfen Ermahnung durch Isaac, die einige von ihnen schuldbewusst zu Alexia blicken ließ, sangen sie ein anderes Lied. Jetzt ging es, soweit Lukas das erkennen konnte, um die Sehnsucht eines Seefahrers nach seiner Heimat.

Lukas konnte das gut nachempfinden. Er war erst im Sommer des letzten Jahres von zu Hause aufgebrochen, und doch schien es ihm unendlich lange her. Obwohl er sich noch gut an den Zorn erinnerte, der ihn damals beherrscht hatte, kam ihm das grimmige Versprechen, niemals mit leeren Händen zurückzukehren und seine

Aufgabe um jeden Preis zu erfüllen, nun seltsam naiv vor. Ganz so, als sei er damals ein anderer gewesen. Er hatte geglaubt, dass ihn die Rechtschaffenheit seiner Unternehmung dazu befähigen würde, die lange Reise zu überstehen und den notwendigen Beweis zu finden. Stattdessen war er in den Klauen von Sklavenhändlern gelandet, bevor er auch nur den ersten, vermeintlich leichteren Teil seiner Fahrt hinter sich gebracht hatte.

Nun stand er an der Reling der *Sancta Caecilia* und war im Begriff, den Weg fortzusetzen, den sein jüngeres Selbst eingeschlagen hatte. Und doch verspürte er keine Erleichterung oder gar Freude bei dem Gedanken.

Der Gesang verstummte. Lukas wandte sich um und sah Isaac und Alexia zum Bug kommen. Der Kapitän hielt einen respektvollen Schritt Abstand, achtete aber genau auf sie, offenbar besorgt, dass sie stürzen könne. Alexia jedoch ging sicheren Schrittes, als sei sie es von Kindesbeinen an gewöhnt, über schwankende Decks zu laufen.

Mit einem knappen Befehl wies Isaac einen jungen, braun gebrannten Kerl mit hellem Haar an, am Bug Platz zu schaffen. Alexia wartete geduldig, bis der Seemann das aufgerollte Tau über die Schulter geschwungen und davongetragen hatte, und schenkte ihm ein dankbares Lächeln.

Lukas rückte dichter an die Reling, als sich Isaac neben ihn stellte. Der Kapitän sah prüfend zum Segel am Vordermast empor. Seine Stirn legte sich in Falten, und er bellte einen Befehl über die Schulter. Erst als die Männer das Segel weiter einholten und das leise Schlagen des Stoffes erstarb, blickte Isaac wieder zufrieden drein.

«Wäre es nicht besser, wenn ...»

Lukas suchte vergeblich nach den richtigen Worten, also machte er die Bewegungen eines Rudermannes, die er so sehr zu hassen gelernt hatte. Isaac sah ihn verdutzt an, dann lachte er herzlich auf.

«Nein, keine Ruderer. Die Sancta Caecilia ist doch keine Galeere! Nur Segel.»

«Sie ist sehr schnell», mischte sich Alexia ein. «Aber sie hat auch nicht viel Fracht.»

Sie deutete unter das Deck, um Lukas das fremde Wort zu erklären. Isaac nickte.

«Wenig, aber teuer! Gut!», fasste Isaac fröhlich zusammen und entblößte seine Zähne – oder das, was von ihnen übrig war – in einem breiten Grinsen.

«Mein Vater besitzt größere Schiffe. Auch Galeeren, ja. Aber keines segelt so schnell wie die Sancta Caecilia.»

Lukas hatte bemerkt, wie forsch das Schiff selbst bei ungünstigem Wind durch die Wellen schnitt.

«Isaac ist der erfahrenste Kapitän meines Vaters», fuhr Alexia fort. «Er hat schon alles auf See erlebt. Stürme, Piraten, Kriegsflotten.»

Der alte Kapitän verstand offensichtlich nur die Hälfte, denn Alexias Angewohnheit, für Lukas ihre Worte mit Latein zu durchflechten und kurze Erklärungen einzufügen, verwirrte ihn offensichtlich.

«Euer Vater muss sehr besorgt um Euch sein, wenn er Euch auf seinem schnellsten Schiff und mit seinem besten Kapitän sendet.»

Alexia lachte hell auf.

«Aber ja.» Sie strich sich eine Locke aus der Stirn. «Aber es könnte auch daran liegen, dass wir Preziosen aus Ägypten geladen haben!»

Unsicher, was er dazu sagen sollte, schwieg Lukas und sah wieder auf die See hinaus. Und was er dann sah, verschlug ihm den Atem. Lukas hatte für das geübte Wirken der eingespielten Besatzung keinen Blick mehr übrig. Vor ihnen löste sich ihr Ziel aus dem Dunst, der am Horizont hing. Lukas' Augen weiteten sich, während Alexia aufgeregt in die Hände klatschte.

Hügel um Hügel, dicht bebaut. Schlanke Türme, die in den Himmel ragten. Dächer, die hellrot im Sonnenschein leuchteten. Eine gewaltige Mauer, welche die gesamte Stadt zu umspannen schien. Mit jedem aufgeregten Herzschlag konnte Lukas mehr Einzelheiten erkennen. Die Mauer war hoch, schier unfassbar hoch, und schien direkt aus dem Wasser emporzuragen. Gefertigt aus hellem Stein, mit Bändern aus roten Ziegeln. In regelmäßigen Abständen standen dicke, trutzige Türme in ebensolcher Bauweise, mit roten Bögen über Schießscharten und Türen. Allein die Mauer wirkte wie aus einer anderen Zeit; Lukas konnte sich kaum vorstellen, dass sie von Menschenhand errichtet worden war.

Doch nicht nur die Befestigungsanlagen erschienen ihm unwirklich. Die Stadt schien kein Ende nehmen zu wollen, war größer als alles, was Lukas auf seinen Reisen bisher gesehen hatte. Städte, die er passiert und für gewaltig gehalten hatte, wie Frankfurt und Mainz, schrumpften im Vergleich auf Zwergenmaß hinab. Er sah Kirchen, vielstöckige Häuser, Paläste. Sein Geist konnte dies alles kaum erfassen.

«Das ist das neue Rom!», rief Alexia freudig aus. «Verstehst du jetzt, was ich meinte?»

Lukas konnte nur benommen nicken. Sie deutete auf einzelne Gebäude, benannte sie in so schneller Abfolge, dass er ihr nicht folgen konnte.

«Auf sieben Hügeln erbaut, musst du wissen. Wie das alte Rom. Wir fahren vom siebenten Hügel in Richtung des ersten Hügels. Dort hat Konstantin der Große vor über tausend Jahren seinen Palast errichtet und von dort das gesamte Römische Imperium beherrscht.»

«Es ist wundervoll.»

Die hellen Mauern hoben sich von dem dunkelblauen Wasser ab, und die zahllosen, dicht an dicht auf den Hügeln stehenden Gebäude, die sie beschützten, schienen in den Himmel zu wachsen. Alles glänzte und funkelte im gleißenden Licht der Sonne. Lukas hatte Rom immer für die prächtigste Stadt der Welt gehalten, aber schon jetzt vermochte er sich nicht vorzustellen, dass irgendein Ort auf der Welt an den Glanz Konstantinopels heranreichen konnte.

«Du hast Glück», riss Alexia ihn aus seinen Gedanken. «Die Kontore meines Vaters liegen auf der anderen Seite der Stadt, am Goldenen Horn. Wir werden sie fast zur Gänze umsegeln.»

Isaac verließ die beiden und spornte seine Mannschaft an. Auf dem Wasser waren viele Schiffe, Galeeren und Segler, und der erfahrene Kapitän suchte ihnen einen Pfad zwischen ihnen hindurch.

Lukas konnte jetzt Öffnungen in der Mauer sehen, die in die drei Häfen führten, welche in Buchten entlang der Flanke der Stadt lagen, wie Alexia ihm erklärte. Jeder der Häfen war von weiteren Mauern geschützt, sodass es keine Lücke im Verteidigungsbollwerk der Stadt gab.

Von den Türmen hingen breite Banner mit Zeichen, die Lukas nicht deuten konnte.

Viele Gebäude waren aus demselben hellen Stein errichtet wie die Mauern, andere aus roten Ziegeln, die auch genutzt wurden, um Muster in die Fassaden zu arbeiten. Den größten Eindruck jedoch machten die gewaltigen Gebäude am östlichen Ende der Stadt. Dort schien es nur Paläste zu geben, einer größer als der andere, überragt von der goldenen Kuppel einer Kirche. Das Bauwerk war für sich gesehen schon riesig, aber die Kuppel der Kirche hatte eine Spannweite, die jedes menschliche Maß zu sprengen schien.

«Das ist die Hagia Sophia», erklärte Alexia lächelnd. «Und da siehst du den Großen Palast und das Hippodrom.»

Sie wies auf majestätische Gebäude, neben denen die hohen Häuser und Villen der Umgebung winzig wirkten.

«Einst konnten dort einhunderttausend Menschen den Pferderennen beiwohnen! Kaiser haben dort ihren Favoriten zugejubelt.»

Lukas glaubte, sich verhört zu haben. Es war unmöglich, dass eine so große Zahl von Menschen in einer Stadt lebte, geschweige denn sich an einem Ort versammelte! Doch das hohe Rund der Mauern zeigte ein anderes Bild: jubelnde Menschenmassen, eine riesige Ansammlung, Abertausende Leiber dicht gedrängt. Für ein Pferderennen!

Lukas hatte Mühe, sich zu konzentrieren, zu überwältigend waren die Eindrücke. Gerade verlaufende Straßenschluchten waren zwischen den Gebäuden zu erkennen, in nahezu regelmäßigen Abständen. Hier und da konnte er sogar kleine Gestalten ausmachen, Menschen, die inmitten dieser glorreichen Stadt ihrem Leben nachgingen. Lukas fragte sich, wie es wohl sein mochte, von so vielen Menschen umgeben zu sein, so vielen Fremden, die man niemals kennenlernen würde, niemals alle kennen konnte. Auf der Burg, auf der er aufgewachsen war, kannte jeder jeden, jeder Tod und jede Geburt waren ein Ereignis gewesen, das alle Mitglieder der Gemeinschaft anging.

Geschickt ließ Isaac die *Sancta Caecilia* um die Stadt herumfahren. Die Mauern verliefen tatsächlich die gesamte Länge entlang, selbst am Wasser, sodass sie das komplette Stadtgebiet umschlossen.

«Dort ist die Kirche des heiligen Demetrios. Er war ein Soldat aus Thessaloniki, dessen Glaube so stark war, dass er für ihn zum Märtyrer wurde.»

Es war sicherlich eine schöne Kirche, die jenseits der Mauern lag, doch angesichts der sonstigen Wunder der großen Stadt hatte Lukas kaum Blicke für sie übrig.

«Würden wir an der Stadt vorbeisegeln, so kämen wir in den Bosporus und durch ihn hindurch bis zum Schwarzen Meer, so wie Jason einst mit den Argonauten gefahren ist.»

«Jason?», fragte Lukas verwirrt.

«Ein Held der Griechen. Ein großer Seefahrer und Krieger. Kennt man ihn in deiner Heimat nicht?»

Lukas schüttelte den Kopf.

«Sieh. Das Goldene Horn!»

Sie deutete auf einen schmalen Meeresarm, der sich hinter der Stadt verborgen hatte. Das Wasser war dort ruhiger und funkelte im Sonnenlicht. Am Ufer bemerkte Lukas eine dicke schwarze Kette, die ins Wasser ragte.

«Was hat es damit auf sich?»

«Im Kriegsfall kann die Kette straff gezogen werden und versperrt so die Zufahrt zum Goldenen Horn.»

«Die Kette läuft unter der Wasseroberfläche entlang?», fragte Lukas ungläubig.

«Ja. So sind die Häfen im Goldenen Horn sicher.»

Lukas leuchtete sofort ein, was für ein wirkungsvolles Verteidigungsinstrument solch eine Kette sein musste für eine Stadt, die größtenteils von Wasser umgeben war.

Alexia blickte über die Schulter zu Isaac, der von einer Seite des Schiffs zur anderen ging, ständig die Segel und Taue überprüfte und ohne Unterlass die Mannschaft antrieb. Er rief ihnen etwas zu.

«Wir müssen vorsichtig sein», übersetzte Alexia. «Die Strömungen hier können tückisch ein.»

Doch die Erfahrung ihres Kapitäns machte sich bezahlt, und die *Sancta Caecilia* glitt sanft in die ruhigeren Gewässer des Goldenen Horns. Hier waren noch mehr Schiffe und vor allem kleine Boote zu sehen, ein ständiges Kommen und Gehen. Einige setzten zu einer weiteren Stadt über, die am anderen Ufer lag, andere fuhren in die Häfen, und wieder andere verließen das Goldene Horn und trugen ihre Fracht in alle Welt. Es gab Schiffe aller Größen, von kleinen, heruntergekommenen Ruderbooten bis hin zu gewaltigen, dickbäuchigen Handelsgaleeren mit drei Masten. Bunte Segel, bestickte Segel, farbenfrohe Wimpel und Flaggen zeigten die stolzen Besitzer der Schiffe an, die aus aller Herren Länder zu kommen schienen. Lukas erkannte die weiß-goldenen Farben der Venezianer, aber viele andere sagten ihm nichts.

«Wir werden im Neorion-Hafen ankern. Dort, hinter

dem Phosphorion-Hafen. Du wirst dich dort wohlfühlen, da sind die Viertel der Lateiner.»

Stumm nickte Lukas. *Sie haben ein ganzes Viertel nur für die, die Latein sprechen?* Er konnte sich noch kaum vorstellen, wie es sein würde, diese Stadt zu betreten.

Aber erst einmal war es das Wichtigste, dass sie die Fahrt heil überstanden hatten. Lukas schickte ein kurzes, stummes Gebet zum Himmel, um dem Herrn für die sichere Reise zu danken.

Die *Sancta Caecilia* wurde langsamer, als Isaac sie aus dem Wind nahm. Dann suchte er einen Platz zwischen vielen anderen Schiffen und ließ sie eine letzte, kurze Wende machen. Während Isaac die Segel einholen ließ, fiel der Anker mit einem dumpfen Schlag ins Wasser. Ein Stück trieb das Schiff noch, dann spannte sich die dicke Leine, und die *Sancta Caecilia* drehte ihren Bug in die Strömung.

Sie waren in Konstantinopel angekommen.

Kapitel VI

Konstantinopel

Spätsommer 1451

Schon im Goldenen Horn war die See ruhiger geworden. Nachdem sie in den Hafen eingelaufen war, geschützt durch dicke Mauern, zwischen denen es nur zwei schmale Durchlässe gab, wiegte sich die *Sancta Caecilia* in einer schwachen Dünung. Ihre Wimpel hingen schlaff von den Masten herab, da das Schiff im Windschatten der Mauern lag. So war es der Besatzung auch ein Leichtes, die verbliebenen Segel einzuholen.

Hatte Lukas bislang gedacht, dass mit dem Einlaufen in den Hafen die Arbeit der Seeleute getan sei, wurde er nun eines Besseren belehrt. Noch immer lief Isaac über das Deck und rief Befehle, trieb die Männer an und ließ keinen von ihnen auch nur einen Moment ruhen. Zumindest bei den einfachen Arbeiten konnte Lukas sich endlich nützlich machen, und so schulterte er einen schweren Ring aus Tauwerk, den er unter Deck in den kleinen Laderaum trug und dort verstaute.

Als er aus dem stickigen Halbdunkel wieder in die Sonne trat, sah er ein prächtig geschmücktes Boot, das sich unter den rhythmischen Rufen seiner Ruderer näherte. Die Planken waren farbenfroh bemalt, abwechselnd grün und rot, und ein bestickter, königsblauer Baldachin schenkte dem einzigen Passagier Schatten, der sich trotzdem noch Luft zufächelte. Das Boot glitt neben die *Sancta Caecilia,* auf Kommando hoben sich die Ruder der einen Seite, und dann schabte das Holz des Bootes über die Bordwand, bis Isaac eine Leine hinabwerfen ließ, um die beiden ungleichen Schiffe zu verbinden.

«Wer ist das?», erkundigte sich Lukas leise, als sich der Passagier daranmachte, die Strickleiter zu erklimmen. «Ein Prinz?»

Isaac lachte auf, doch in seinem Gesicht zeigte sich keine Freude.

«Nein, das ist kein Prinz.» Isaac schüttelte den Kopf, dann zischte er leise: «Das ist eine blutsaugende Wanze.»

Unter erheblichen Schwierigkeiten gelang es dem so geschmähten Mann, an Bord zu gelangen. Er war einen guten Kopf kleiner als Lukas, der aber ohnehin die meisten an Bord überragte. Der Neuankömmling war in prachtvolle Gewänder gehüllt, die jedoch nicht verbergen konnten, dass er von äußerst stattlicher Gestalt war. Nichtsdestotrotz waren seine Schritte geschmeidig. Er wirkte wie ein Mann, der einst kräftig und geschickt gewesen war, den aber zu viel gutes Essen behäbig hatte werden lassen. Er schwitzte, aber damit war er nicht alleine.

Zwei seiner Ruderer kletterten flink über die Reling, und einer reichte dem Neuankömmling eine kleine Wachstafel samt Stift, die er mit großer Geste in Empfang nahm.

Isaac sprach mit schnellen Worten auf den Mann ein,

wies zuerst auf die Masten, dann hinab, vermutlich auf den Laderaum unter ihren Füßen. Der Kapitän schüttelte bei jedem Satz den Kopf, seine Miene war ein einziges Schauspiel von Trauer und Entsagung. Der Mann blickte ihn ungerührt an, ignorierte die Hinweise und Fingerzeige. Lukas verstand nicht viel von dem, was gesagt wurde, doch es schien um Gefahren zu gehen, die sie überstanden hatten, Fährnisse, die überwunden worden waren, jedoch zu einem hohen Preis. Immer wieder wurde Geld erwähnt, wurden Summen genannt, jedoch weit außerhalb der wenigen Zahlen, die Lukas schon kannte. Es ging um gierige Ungläubige, überzogene Zölle und irrsinnige Gebühren. Obwohl Lukas sich kaum die Hälfte der Geschichte zusammenreimen konnte, ahnte er, dass es eine herzzerreißende Erzählung sein musste, die Isaac vortrug.

Die jedoch keinerlei Wirkung zeigte. Langsam, fast unmerklich schüttelte der Mann den Kopf. Dann unterbrach er Isaac rüde, und aus dem Monolog wurde ein Geplänkel, ein schnelles Hin und Her von Fragen und Antworten. Es ging offenkundig um die Größe der *Sancta Caecilia*, um ihr Fassungsvermögen, um den zurückgelegten Weg und um ihre Ladung. Bei jeder Antwort des Kapitäns machte der Mann sich kurze Aufzeichnungen auf seiner Wachstafel. Immer wieder versuchte Isaac, unauffällig darauf zu schauen, doch der Mann verbarg seine Schrift stets geschickt vor seinen Blicken.

Während ihrer hitzigen Besprechung schritten sie das gesamte Deck ab. Die Mannschaft wich ihnen aus, und auch Lukas beeilte sich, nicht im Weg herumzustehen. Beachtung schenkte ihm jedoch ohnehin niemand, viel zu vertieft waren die beiden in ihr Gespräch.

Allmählich dämmerte es Lukas, dass er Zeuge eines Schauspiels wurde, das halb einstudiert war und halb aus dem Moment geboren wurde. Was er für einen Kampf gehalten hatte, war vielmehr das Vor und Zurück eines Tanzes, bei dem jeder Teilnehmer genau wusste, wann er welchen Schritt zu machen hatte.

Der Austausch der beiden Männer endete unter Alexias Sonnensegel, wo Isaac Erfrischungen auftischen ließ. Noch eine Weile redeten sie, erst mit ernsten Mienen und fast zornigen Worten, dann löste Isaac einen Beutel von seinem Gürtel, seufzte laut und vernehmlich und legte ihn in die Hand des Mannes. Der wog ihn prüfend in der Hand, nickte dann zufrieden. Der Beutel verschwand in den Falten seines Gewandes. Sofort wurden die Worte freundlicher, es wurde gelächelt, und als der Mann samt seinen Ruderern von Bord ging, schien es fast, als seien er und Isaac alte Freunde, die sich nach langer Zeit wiedergesehen hatten, so überschwänglich war ihr Abschied.

Erst als das Boot weit genug entfernt war, verdunkelte sich Isaacs Miene wieder.

«Raub am helllichten Tage», beschwerte er sich und spuckte in das trübe Wasser des Hafens.

«Zölle?», vermutete Lukas, was Isaac sarkastisch schnaufen ließ.

«Und Gebühren und dies und das und jenes. Was immer den Krämerseelen noch einfällt, um ehrlichen Händlern das Gold aus den Taschen zu ziehen.»

Er blickte sich verschwörerisch um, so als bestünde selbst hier an Bord die Gefahr, dass ihre Worte belauscht werden könnten.

«Aber der größte Teil des Geldes ist für diesen Hurensohn selbst bestimmt. Sein Säckel wird gut gefüllt, damit er an den richtigen Stellen ein Auge zudrückt. Da kann ein armer Mann wie ich nur kuschen.»

«Er lässt sich kaufen? Wieso stellt ihr ihn nicht bloß?»

Für Lukas war ein Beamter, der sich auf Kosten der Händler und seiner Herren bereicherte, ein Sünder vor Gott und der Welt, da gab es keinen Grund zu zögern.

«Weil es weniger kostet, als alles zu bezahlen», erklang Alexias Stimme hinter ihnen. Überrascht fuhr er herum. «In seinen Berechnungen sind einige Fehler, das Schiff ist kleiner oder leichter beladen ...»

«Oder hat weniger kostbare Ware an Bord», mischte sich Isaac ein.

«Und keine Passagiere, die den Preis hochtreiben.» Alexia stellte sich an die Reling. «Hätte er gewusst, dass ich an Bord bin, so wäre es gleich doppelt so teuer geworden.»

Sie schlug ein Tuch über ihr Haar.

«Wir sollten gleich an Land gebracht werden», stellte sie fest. «Solange er noch mit dem Geldzählen beschäftigt ist.»

Isaac nickte und wies auf den befestigten Uferdamm.

«Euer Vater erwartet uns bereits.»

Ein Lächeln breitete sich auf Alexias Gesicht aus, so voller Freude, dass es heller strahlte als die Sonne. Auch Lukas musste lächeln.

Das erste Ruderboot, das sie erreichte, war klein, doch bis über die Bordkante mit Früchten und anderer Nahrung beladen, und die beiden Männer, die es ruderten, schrien schon von weitem, priesen ihre Waren an und lobten ihre niedrigen Preise. Isaac versuchte, sie von der *Sancta Caecilia* fernzuhalten, doch die Händler ließen sich von seinen Rufen nicht beirren, sondern gingen längsseits. Mehr Boote folgten, die Fisch und Fleisch anboten, und zwischen den Besatzungen entspann sich bald ein reger Handel. In einem Boot saßen zwei junge Frauen, deren Kleidung reich mit Gold und Edelsteinen bestickt war. Bei näherem Hinsehen entpuppte sich dies jedoch als Täuschung, das Gold als Flitter und der teure Schmuck als Tand. Gerudert wurden die beiden verschleierten Frauen von einem alten, hageren Mann. Isaac warf einen schnellen, fast scheuen Seitenblick auf Alexia und rief dem Hageren zu, sein Boot auf der anderen Seite anlegen zu lassen.

Doch dann schob sich schon ein großes Boot zwischen all die Händlerboote, drängelte sich durch sie hindurch und schob einen kleinen Fischkahn sogar beiseite. Das Boot war groß genug, um einen eigenen Mast zu haben, der jedoch umgeklappt war und zwischen dem guten Dutzend Ruderern lag, die sich zielstrebig ihren Weg bahnten. Einige Händler protestierten, riefen laut und wedelten mit den Armen, aber der bärtige Mann am Steuer beachtete sie nicht einmal. Sein Haar war rabenschwarz, ebenso wie sein gewaltiger Bart und die buschigen Augenbrauen, unter denen seine Augen kaum zu sehen waren.

Als er die *Sancta Caecilia* beinahe erreicht hatte, versperrten dem Boot noch zwei Händler den Weg, die an der Bordwand lagen und mit den Seeleuten feilschten. Isaac rief ihnen zu, dass sie Platz machen sollten, aber entweder vernahmen sie seine Worte nicht, oder ihre Gier war zu groß.

Den Bärtigen kümmerte das nicht. Er bellte einen Befehl, worauf die Ruderer am Bug aufsprangen und begannen, die Boote mit ihren Rudern aus dem Weg zu schieben. Als einer der Händler unter lautem Protest versuchte, sie daran zu hindern, und eines der Ruderblätter ergreifen wollte, sprang der Bärtige geschwind auf, lief zum Bug, entriss einem der Männer sein Ruder und schlug nach dem Händler, der mit einem lauten Schrei nach hinten fiel und zu fluchen begann. Die Seeleute lachten, die Ruderer verhöhnten ihn, und selbst die anderen Händler erheiterte sein Schicksal. Unter lauten Flüchen rieb er sich den Kopf, machte jedoch Platz für das große Boot.

«Es gibt Geier, die sind höflicher zu den Kadavern, über die sie herfallen», stellte Isaac mit einem Schmunzeln fest, dann deutete er hinab auf das Boot. «Hier muss ich mich verabschieden.»

Alexia umarmte den alten Mann stürmisch, was diesen sichtlich überraschte. Er zögerte einen Moment, dann schloss er sie ebenfalls gerührt in die Arme. Jedoch nur kurz, dann befreite er sich und hielt sie auf Armeslänge von sich entfernt.

«Ich bin dankbar, dass es die Sancta Caecilia war, die ausgesucht wurde, Euch nach Hause zu bringen. Geht mit Gott!»

«Du auch. Mögen Wind und Wellen dir stets wohlgesinnt sein!»

Schneller, als Lukas für möglich gehalten hätte, glitt Alexia über die Bordwand und kletterte die Strickleiter hinunter. Verblüfft sah er ihr nach.

«Sie war schon immer wild», erklärte Isaac mit einem

Lachen. «Sie hat nie auf uns gewartet, bis wir den Kran fertig hatten.»

«Jetzt ist wohl auch für mich die Zeit gekommen, Lebewohl zu sagen.»

«So ist es, mein Junge. Ich wünsche dir alles Glück der Erde bei deinen weiteren Reisen.» Isaac ergriff Lukas' Arme und nickte freundlich. «Aber wenn du jemals zur See fahren willst, erinnere dich an uns. Einen kräftigen Burschen wie dich können wir immer gebrauchen.»

Da er nicht wusste, was er sagen sollte, nickte Lukas nur schnell und folgte Alexia dann. Sie stand längst im Boot, breitbeinig und mit federnden Knien. Ihm bereitete die Strickleiter mehr Schwierigkeiten, aber hilfreiche Hände empfingen ihn unten und zogen ihn in das Boot.

Der Bärtige rief eine Order, noch bevor Lukas sein Gleichgewicht gefunden hatte, und die Ruderer stießen das Boot ab. Alexia sprach leise mit dem Steuermann, der Lukas keines Blickes würdigte, als sich das Boot aus dem Schatten der *Sancta Caecilia* schob und den Bug Richtung Ufer wendete, das noch ein gutes Stück entfernt war.

Auch wenn Isaacs Angebot gut gemeint gewesen war und Lukas auf der kurzen Reise an Bord der *Sancta Caecilia* einen Geschmack davon bekommen hatte, wie verlockend ein Leben auf See als freier Mann sein mochte, freute er sich dennoch auf festen Boden unter seinen Füßen.

Am Ufer herrschte geschäftiges Treiben, wie Lukas schon von weitem sehen konnte. Boote lagen an der Mauer, Waren stapelten sich allerorten, viele Menschen liefen umher, trugen schwere Lasten, beluden und löschten Schiffe, Kähne und Boote.

Dahinter ragte die gewaltige Stadtmauer von Konstantinopel auf, doch zunächst musste ein wahres Labyrinth von Schiffen passiert werden, von kleinsten Booten bis hin zu großen Handelsschiffen, deren Masten hoch in den Himmel ragten. Lukas setzte sich in den Bug des Bootes. Das in der Sonne glitzernde Wasser sah verlockend aus, und so ließ er einen Arm über die Bordwand hängen und durch das kühle Nass gleiten. Erst als ein Knäuel Unrat direkt an ihnen vorbeitrieb, knorriges Holz und der aufgedunsene Kadaver einer fetten Ratte, zog er die Hand wieder zurück.

Je näher sie dem Ufer kamen, desto enger wurde es, denn hier waren mehr Schiffe und Boote unterwegs. Sie wichen einer gewaltigen Galeere aus, die sich behäbig auf der Stelle drehte; die Ruder hoben und senkten sich im Takt lauter Rufe, die zu ihnen hinüberhallten, und Lukas fragte sich unwillkürlich, ob die Ruderer Sklaven oder Freie waren. Ein Windhauch trieb den Gestank der Galeere zu ihnen, eine grausame Mischung aus Fäkalien und Schweiß. Lukas konnte sich nicht vorstellen, dass freie Ruderer in so einem höllischen Gestank leben mussten. Der bestialische Gestank stand in kaum erträglichem Widerspruch zur Pracht der Galeere, an der es kein Stück Holz ohne Verzierung, kein Metall ohne Goldbeschlag zu geben schien. Ihre Segel waren noch gerefft, aber der Stoff war von einem dunklen Rot und golden bestickt. Große Löwenköpfe zierten das Heck, die Mäuler weit aufgerissen, die furchterregenden Zähne gebleckt.

Dann waren sie an der Galeere vorbei, die ihren Bug langsam auf die Öffnung in der Hafenmauer ausrichtete. Eine Reihe kleinerer Handelsschiffe hatte direkt an der Mauer angelegt, teilweise lagen sie in zwei oder drei

Reihen vor Anker. Ihre Masten waren ein wahrer Wald, wirkten auf Lukas wie kahle Bäume im Winter seiner Heimat.

Hier, nahe an der Kaimauer, waren noch mehr kleine Boote unterwegs, die meisten von ihnen gerudert. Sie brachten Leute von und zu den Schiffen, entluden die weiter draußen im Hafen liegenden Handelsschiffe, wurden von Händlern benutzt, um ihre Waren zu verkaufen. Es wirkte auf Lukas wie einziges, großes Durcheinander, aber es schien eine Ordnung zu geben, denn entgegen seinen Befürchtungen kam es zu keinem Zusammenstoß, auch wenn der Bärtige zweimal laut rufen musste, um kleinere Boote aus ihrem Weg zu drängen.

In die Ufermauer waren in regelmäßigen Abständen Stufen eingelassen. Die größeren Schiffe hatten Decks, von denen aus man direkt an Land gehen konnte, aber ein kleines Ruderboot wie das ihre war viel zu niedrig. Doch sie waren nicht die Einzigen, deren Ziel eine der Treppen zwischen den Rümpfen der großen Schiffe war, und so mussten sie einige Zeit warten, bis ein Platz für sie frei wurde. Der Bärtige behielt die Umgebung genau im Auge und verteidigte ihre Position mit finsteren Blicken.

Dann endlich löste sich ein winziges Ruderboot von der Hafenmauer, gerudert von einem kleinen Mann und absurd hoch mit bunten Stoffballen beladen, und sie nutzten die Gelegenheit, um anzulegen.

Die Hafenmauer war vollständig von grünem Moos bedeckt. Im Wasser wiegten sich lange Bahnen von Unterwasserpflanzen in den sanften Wellen des Hafenbeckens. Die Mauer war alt; überall konnte Lukas Stellen erkennen, an denen sie ausgebessert worden war. Doch an noch mehr Stellen bröckelte der Stein, zeigten sich Spalten und ganze Lücken, wo Mauersteine herausgebrochen waren. Die Treppenstufen waren schief und glänzten nass, aber wenigstens sorgte die ständige Benutzung dafür, dass sie halbwegs frei von rutschigem Moos waren.

Der Bärtige warf einem jungen Mann auf der Mauer eine Leine zu, dann ließ er die Ruderpinne los und kam mit schnellen Schritten zu Lukas. Er zwängte sich wortlos an ihm vorbei, packte eine weitere Leine und warf auch diese auf die Mauer empor. Er roch streng, nach Schweiß und irgendwie ölig. Unter seiner weiten Kleidung spürte Lukas harte Muskeln, als er von ihm achtlos zur Seite gedrückt wurde. Seine Hände waren groß, mit rauer Haut voller Schwielen und kleiner Narben. Lukas sah auf seine eigenen herab, kleiner zwar, aber ebenso gezeichnet. Der Bärtige hatte mit Sicherheit ebenso wie er ein Schwert geführt, und nicht nur ein Mal. Er sprang geschickt über die niedrige Bordwand auf die Treppe, stellte sich breitbeinig auf und streckte eine Hand aus.

Alexia ging zu ihm. Wo seine Schritte stampfend gewesen waren, als wolle er dem schaukelnden Boot seinen Willen aufzwingen, wiegte sie sich mit jedem Schwanken, fing jede Bewegung geschickt ab. Nicht minder geschickt sprang sie an Land, und Lukas hatte den Eindruck, dass sie die dargebotene Hand nur deshalb ergriff, weil sie den Bärtigen nicht brüskieren wollte.

Noch bevor sie die Stufen erklomm, wandte sie sich zu Lukas um.

«Komm.»

Ihr Lächeln stand im Kontrast zu dem finsteren Gesicht des Bärtigen, und Lukas ließ sich nicht zweimal bitten.

Unbeholfen sprang er auf die Treppe. Einen Herzschlag lang glaubte er das Gleichgewicht zu verlieren, doch er war es einfach nicht mehr gewohnt, festen Boden unter den Füßen zu haben.

Als sie oben waren, zog der Bärtige etwas aus einem kleinen Beutel und warf dem jungen Mann, der immer noch die Leine straff gespannt hielt, eine kleine Münze zu. Eine Hand ließ die Leine los, fing die Münze auf und ließ sie in einer einzigen geschmeidigen Bewegung in seinem Hemd verschwinden. Als der Bärtige nickte, warf er die Leine zurück ins Boot, das die Ruderer abstießen und das nun dem nächsten Platz machte.

Hatte die Kaimauer schon vom Schiff aus belebt gewirkt, trat Lukas nun in eine gewaltige, unablässig sich bewegende und rufende Masse von Menschen. Mit offenem Mund blieb er stehen, während ein nicht abreißen wollender Strom an ihm vorbeizog. Arbeiter trugen Waren auf den Schultern, Säcke, Kisten, Ballen. Andere trieben Fuhrwerke an, auf deren Ladeflächen sich Kostbarkeiten aus aller Welt stapelten. Es gab Verkäufer, die laut schreiend ihre Waren feilboten, weiter hinten an der Stadtmauer waren einfache Stände aus groben Holzbrettern errichten worden, von denen köstliche Gerüche herüberzogen, die sich mit dem strengen Gestank des Hafens vermischten. Kleine Garküchen, Töpfe mit Suppe, frisches Brot, Käse, hier und da Fleisch. Lukas wäre das Wasser im Mund zusammengelaufen, hätte er nicht einen dicken Mann gesehen, der sich kaum zwei Schritt von ihm entfernt über die Ufermauer erleichterte.

Die Menschenmenge wirkte auf Lukas wie ein einziges Lebewesen, ein Lindwurm, der sich über das gesamte

Hafengebiet schlängelte, ein vielarmiges, lärmendes Biest. Die Gesichter der an ihm vorbeieilenden Menschen verschwammen vor Lukas' Augen, ihre Augen, die Kleidung, er konnte sie nicht auseinanderhalten, so viele waren es.

Er schloss kurz die Augen, in der Hoffnung, die Welt käme dann zur Ruhe. Als er sie wieder öffnete, blickte er in das Gesicht des Bärtigen.

«Alles gut?», fragte er mit zusammengezogenen Augenbrauen.

Lukas war schwindlig. Alexia blickte ihn besorgt an, der Bärtige hatte sich mit dem Rücken zu ihnen postiert, die Arme vor der Brust überkreuzt, ein Fels in der Brandung aus Leibern.

«Ja. Es ist nur ... ich habe noch niemals so viele Menschen gesehen», gestand er ihr leise. Nicht einmal zu den großen Märkten kamen in seiner Heimat so viele Menschen zusammen. Auf seinen Reisen hatte er geglaubt, bereits alles gesehen zu haben, doch dieses bunte, wilde, laute Durcheinander übertraf alles.

«Ja, schlimmes Volk», erwiderte Alexia trocken mit einem Blick auf den Bärtigen. «Aber Bojan wird uns durch sie hindurchführen.»

Lukas zweifelte keinen Moment daran, aber ebenso wenig konnte er sich des Eindrucks erwehren, dass er Lukas am liebsten ins Hafenbecken geworfen und zurückgelassen hätte.

«Er mag mich nicht sonderlich, habe ich recht?»

Alexia hob die Hand vor den Mund und kicherte.

«Bojan mag niemanden», raunte sie ihm zu. «Aber er dient meiner Familie schon, solange ich denken kann. Bei ihm sind wir sicher. Komm!»

Sie rief Bojan ein Wort zu, und er führte sie in den Strom der Leiber, teilte ihn, schuf mit Worten und Händen und sogar Fäusten genug Platz, um seine Herrin und ihren Begleiter unbehelligt hindurchzuführen.

So tauchte Lukas in die große Stadt Konstantinopel ein.

Von einem kleinen Verschlag, aus dem heraus eine junge Frau geräucherten Fisch verkaufte, drang appetitanregender Geruch zu ihnen, der sich jedoch mit dem Hauch von Erbrochenen vermischte, der ihnen zwischen den Häusern entgegenwehte. Alexia rümpfte die Nase, aber Lukas hatte auf seinen Reisen und besonders auf der Galeere weit Schlimmeres ertragen müssen und verzog keine Miene. Zumindest fehlte der scharfe Geruch von Urin trotz der Menschenmassen – vermutlich weil sich alle direkt in das Hafenbecken erleichterten.

Die Gebäude waren massiv und mehrstöckig, sodass die Straße im Schatten lag. Sie steuerten auf eine kleine, unauffällige Kutsche zu, kaum mehr als ein Verschlag auf Rädern, die direkt an einer Hauswand stand. Das Holz war dunkel lackiert, um es vor Wind und Wetter zu schützen; einst mochte die Farbe rot gewesen sein, doch nun wirkte sie eher braun. Ein Junge mit dunklen Locken in schlichter, aber sauberer Kleidung stand bei den beiden Pferden, die Zügel in der Hand. Er trug eine so würdevolle Miene zur Schau, dass Lukas schmunzeln musste.

Bojan trat neben die Kutsche, warf einen misstrauischen Blick die Straße hinauf, dann öffnete er die Tür und ließ Alexia einsteigen. Als Lukas ihr folgen wollte, knallte Bojan sie zu und schüttelte grimmig den Kopf. Stattdessen deutete er auf das Ende der Kutsche und knurrte ein gutturales Wort. Lukas nickte und kletterte hinten auf die Kutsche, wo es ein schmales Trittbrett und Griffe gab. Das Gefährt schaukelte, als sich Bojan auf den Kutschbock schwang und sich die Zügel reichen ließ.

Ohne Vorwarnung setzte sich die Kutsche mit einem Ruck in Bewegung, sodass Lukas beinahe hinuntergefallen wäre. Nur mit Mühe konnte er sich mit einer Hand festklammern. Zu seinem Glück war das Gefährt schwer und gewann nur langsam an Fahrt.

Der Junge kam um die Kutsche gelaufen und wollte auf das Trittbrett springen, hielt jedoch inne, als er Lukas sah. Lukas streckte ihm die Rechte hin. Nach kurzem Zögern ergriff der Junge sie, und Lukas zog ihn neben sich hoch. Geschickt nutzte der Junge den Schwung, sprang auf das Trittbrett, fand mit seinen nackten Fußsohlen Halt und schob seinen Arm durch den Griff und hakte sich ein. Er sah Lukas neugierig aus dunklen Augen an und lächelte dann so offen, wie es nur Kinder können. Lukas erwiderte das Lächeln, nahm sich ein Beispiel an ihm und schob ebenfalls einen Arm unter den Griff, was die Fahrt tatsächlich angenehmer machte.

Bojan trieb die Pferde nicht sonderlich an, sondern ließ die Kutsche gemütlich den Hügel hinauffahren. Obwohl sie langsam fuhren und die Kutsche genug Lärm auf der gepflasterten Straße verursachte, musste Bojan mehrmals laut rufen, damit ihnen Platz gemacht wurde. Zwei Straßenhändler mit Körben voller Brotlaibe liefen neben ihnen her und riefen laut, bis Bojan sie mit einer Schimpftirade vertrieb.

Erst als sich Lukas an das Ruckeln und Schaukeln der Kutsche gewöhnt hatte, konnte er seine Umgebung genauer betrachten. Hier oben in der Stadt waren immer noch viele Menschen unterwegs, nicht mehr die Masse wie am Hafen, aber doch ein ständiger Strom von Männern, Frauen und Kindern. Ihre Kleidung war seltsam, bunter, als Lukas es kannte, mit weiten Hosen und luftigen Hemden, Schleiern und seltsamem Schuhwerk.

Doch es waren die Häuser, die seine Aufmerksamkeit fesselten. Sie waren alle aus Stein, als wären sie für die Ewigkeit gemacht. Doch jetzt, aus der Nähe, sah Lukas den abblätternden Putz, die gähnenden Öffnungen der Fenster, die wie Wunden im Gemäuer wirkten. Offenstehende Türen, Risse im Mauerwerk, sogar eingestürzte Dächer. Dazwischen standen immer wieder sorgsam gepflegte Häuser, die umso prächtiger zwischen den Ruinen wirkten.

Verwundert blickte Lukas sich um. Aus der Nähe war die Stadt weit weniger beeindruckend als es der Anblick von See aus versprochen hatte. Eine vergilbte Schönheit, alt und heruntergekommen, vom Leben und der Zeit gezeichnet.

Für einen Augenblick war es ihm, als zögen sie durch eine Geisterstadt. Er schaute zu einem der leerstehenden Häuser auf, und es war ihm, als wären die dunklen Fenster Augen, die auf ihn hinabstarrten.

Die Stadt mochte von Leben erfüllt sein, doch der Tod wohnte hier ebenso.

Lukas riss sich zusammen. Die Sonne schien brennend auf sein Haupt. Ohne die kühle Seebrise wäre es sicher unerträglich heiß gewesen. Das Schreien der Möwen und die Vielzahl der Stimmen auf der Straße drangen wieder an seine Ohren. All die Geräusche und Gerüche, die auf ihn einstürmten, gehörten zu Menschen aus Fleisch und Blut.

Alexia rief ihm etwas zu und holte ihn endgültig ins Hier und Jetzt zurück. Als er sie ansah, verflog jeder Gedanke an Tod und Verfall.

Die Eindrücke prasselten auf ihn ein, Haus um Haus, Straße um Straße, Gesicht um Gesicht. Jedes Rütteln der Kutsche, jedes Knacken und Knirschen des Holzes untermalte ein neues Bild. So lange, bis Lukas wie betäubt war. Vor seinen Augen verschwamm alles, die Stadt wurde zu jeder Stadt, durch die er jemals gereist war, zu jedem Dorf, jeder noch so kleinen Ansammlung von Hütten und Ställen. Die Sonne brannte auf ihn herab, ließ ihn schwitzen, und eine unangenehme Hitze stieg in ihm auf, erfüllte ihn von den Füßen bis zur Decke seines Schädels.

Als die Kutsche endlich in einen dunklen Torbogen einbog und hielt, atmete Lukas erleichtert auf. Im Schatten war es sofort kühler. Seine Beine waren leicht und wirkten zu weich, als er heruntersprang, aber seine Lebensgeister kehrten mit jedem Atemzug ein wenig mehr zurück.

Vor Lukas erstreckte sich ein prächtiger, weitläufiger Innenhof, umgeben von mehrstöckigen Gebäuden mit ausladenden Arkaden. Der Hof war gepflastert, aber in zwei gegenüberliegenden Ecken waren kleine Gärten angelegt, mit niedrigen, sorgfältig beschnittenen Bäumen und Büschen, umgeben von bunten Blumen. Insekten schwirrten durch die Luft, und der Lärm der Straße wurde von den dicken Mauern verschluckt, kaum dass Lukas das Torhaus hinter sich ließ.

Zwei Bedienstete in einheitlicher Kleidung, ein dunkelgrünes Hemd über einer leuchtend roten Hose, kamen sogleich aus den Arkaden gelaufen und begrüßten Bojan unterwürfig, der ihnen jedoch kaum Beachtung schenkte. Einer der Diener öffnete die Tür der Kutsche, während der andere zu einem großen, doppelflügeligen Tor schritt und kräftig anklopfte. Das laute Pochen hallte über den Hof und vertrieb die Stille.

Alexia stieg aus der Kutsche und sah sich mit einem breiten Lächeln um. Sie begrüßte den Diener herzlich, der sich wieder und wieder vor ihr verneigte. Sogar Bojan sprang nun vom Kutschbock herunter und begann ohne viel Federlesens, die Pferde samt Kutsche hinter sich her in Richtung Tor zu führen.

Mehr Bedienstete kamen heran, folgten der Kutsche in den Stall oder begrüßten Alexia. Lukas stand inmitten des kleinen Aufruhrs verloren herum, nickte hier und da Dienern zu, die ihn neugierig musterten, murmelte Worte der Begrüßung und ließ das Schauspiel auf sich wirken. Offensichtlich war Alexia bei der Dienerschaft ihrer Familie beliebt.

Dann öffnete sich eine kleinere Tür direkt gegenüber der Hofeinfahrt, und ein imposanter Mann trat aus den Schatten der Arkaden ins Licht. Sofort verstummte das Stimmengewirr.

Er mochte einen Kopf kleiner als Lukas sein, doch er hielt sich aufrecht, das Haupt erhoben, als blicke er auf alle hinab. Es gab keinen Zweifel daran, dass dies der Herr des Hauses war. Seine Kleidung war von erlesenster Qualität, feinste Seide aus dem Osten, die im Sonnenlicht schimmerte. Ein blaues Wams mit goldenen Stickereien, dazu eine rote Hose, neben der sich die bereits prächtigen Hosen der Diener wie Lumpen ausnahmen, gesteckt in Stiefel aus dunklem, weichem Leder. Goldene Ringe steckten auf mehreren Fingern, verziert mit blauen und roten Edelsteinen. Doch vor allem seine dunklen Augen zogen den Blick an, die alles wohlwollend betrachteten, scharf und kühn unter schwarzen Augenbrauen. Ein dichter Bart verbarg das Kinn, sorgfältig gestutzt und eingeölt. Die schmalen Lippen verzogen sich zu einem Lächeln, als der Mann Alexia erblickte. Die Ähnlichkeit zu Manuel Hyakos war unverkennbar, auch wenn er jünger wirkte, sein Haar war voller und vor allem kaum ergraut.

Sie ging schnellen Schrittes auf ihn zu, musste sich ganz offensichtlich zurückhalten, einfach loszulaufen, und umarmte ihn schließlich innig. Er nahm ihr Gesicht in seine Hände und sah sie liebevoll an.

Doch dann fiel der Blick des Hausherrn auf Lukas, und seine Stirn legte sich in Falten. Alexia fasste ihn an der Hand und führte ihn über den Hof.

«Vater, dies ist Lukas. Er kommt weit aus dem Norden, noch jenseits von Venedig, aus dem Sacrum Romanum Imperium.»

Ihr Vater nickte wissend. Sein Gesichtsausdruck war nur schwer zu deuten, aber er schien nicht abweisend zu sein, eher freundlich interessiert.

«Er hat Selims Leben bei einem Schiffbruch vor der Küste Zyperns gerettet!» In ihrer Stimme lag deutlicher Stolz, der Lukas überraschte und verlegen werden ließ. «Ohne Lukas wäre er von den Fluten des Meeres verschlungen worden.»

Jetzt lächelte ihr Vater, trat einen Schritt vor und hob die Hände in einer ausladenden Geste: «Willkommen in meinem Haus, Lukas. Ein Freund meiner Tochter ist auch ein Freund von Symeon Hyakos!»

Lukas verneigte sich tief.

«Ich fühle mich geehrt, Euer Gast zu sein», erklärte er ein wenig steif, aber doch sicher in der fremden Sprache. Als er wieder aufblickte, sah er, dass Symeon Hyakos jetzt breit lächelte.

«Ein gebildeter Deutscher», entfuhr es ihm, und er klatschte verzückt in die Hände. «Er spricht die Sprache der Kultur!»

«Ich habe sie ihm beigebracht», mischte sich Alexia ein, die sich bei ihrem Vater unterhakte. «Aber er konnte schon Latein.»

Wohlwollend nickte Symeon, dann zeigte er auf einen jungen Diener.

«Du, bring unseren Gast in das Osthaus.» Er sprach jetzt schnell und wie jemand, der es gewohnt war, Weisungen zu erteilen. «Richte ihm alles nach seinen Wünschen her.»

Der Diener senkte das Haupt und trat einen Schritt an Lukas heran.

«Erhole dich von deiner Reise, Lukas», fuhr Symeon nun milder fort. «Und verzeih mir, dass ich dich allein lasse, aber ich muss nun mit meiner Tochter sprechen und mir all ihre Erlebnisse erzählen lassen.»

«Ihr seid zu großzügig», entgegnete Lukas mit einer weiteren, weniger tiefen Verbeugung. Als er wieder aufsah, hatten sich Alexia und ihr Vater bereits abgewandt und gingen Arm in Arm ins Haus.

«Bitte folgen», murmelte der Diener an seiner Seite, die Stimme dunkel und offensichtlich nicht an die griechischen Worte gewöhnt. Lukas sah ihn forschend an, konnte jedoch nicht sagen, woher er ursprünglich stammen mochte.

Der Diener lief voran, den Kopf gesenkt, ein wenig zu schnell, so als sei er es gewöhnt, viel zu laufen.

Einen letzten Blick ließ Lukas über den Hof streifen und bemerkte Bojan, der im schattigen Eingang des Stalls stand und ihn mit finsterer Miene musterte. Hatte er ihn die ganze Zeit über beobachtet? Einen Schritt hinter ihm, fast gänzlich verborgen, stand der Junge, kaum mehr als ein Umriss, doch sein breites Grinsen leuchtete in der Dunkelheit.

Dann betrat Lukas die Arkaden, tauchte selbst in den Schatten ein, wurde durch eine breite und hohe Pforte in das Haus geführt. Seine Augen mussten sich erst einmal an das Zwielicht gewöhnen, denn obwohl es hohe, wenn auch schmale Fenster gab, waren sie von Läden verschlossen, wohl um die Mittagshitze auszusperren. Tatsächlich war es angenehm kühl in der kleinen Eingangshalle.

Die Familie Hyakos musste tatsächlich sehr wohlhabend sein. Zwei Truhen aus erlesenen Hölzern standen an den Wänden, beide mit ziselierten Verschlägen und Intarsien. Es gab ein kleines Marmorpodest, auf dem eine Bronzebüste stand, ein bärtiger Mann mit Adlernase. Ob es sich um einen Ahnen der Familie, einen Kaiser oder einen Philosophen handelte, vermochte Lukas nicht zu sagen. An den Wänden hingen Porträts in strahlenden Farben neben dicken Vorhängen, und der Marmorfußboden war von einem prächtigen Teppich mit exotischen Mustern bedeckt.

Der Diener hatte keine Augen für all die Pracht, sondern lief geschwind eine breite Treppe mit flachen Stufen empor. Lukas folgte ihm, ließ dabei seine Hand über den marmornen Handlauf gleiten. Der polierte Stein war glatt und kühl. Für einen Moment fühlte sich Lukas all den unbekannten Menschen verbunden, die vor ihm über diese Treppe gestiegen waren und deren Hände diesen alten Marmor berührt und im Laufe vieler Jahre so glatt und glänzend gerieben hatten.

Das erste Geschoss war nicht weniger eindrucksvoll. Ein langer Flur öffnete sich vor ihm, dunkle Holztüren auf beiden Seiten, dazwischen Erker mit Skulpturen aus Metall und Marmor. Im Vorbeigehen sah Lukas Fabelwesen, griechische und römische Götter, Heldenstatuen, Büsten, alle kaum mehr als zwei Ellen hoch. Einige von ihnen glaubte er aus den Erzählungen Alexias zu kennen, Poseidon etwa, den Gott des Meeres mit seinem Dreizack, und den Kriegsgott Mars mit seiner Lanze.

Unvermittelt blieb der Diener stehen, drehte sich zu Lukas um und riskierte einen verstohlenen Blick, schlug dann jedoch die Augen nieder und öffnete die Tür.

So betrat Lukas zum ersten Mal die Räumlichkeiten, die fortan sein neues Zuhause sein würden und in denen mehr Reichtümer angehäuft und ausgestellt waren, als ein einfacher Mann wie er jemals hoffen konnte zu besitzen.

Kapitel VII

Konstantinopel

Spätsommer 1451

Als Lukas das Fenster aufstieß, strömte eine kühle Brise hinein, die der Abend vom Meer mitbrachte. Lukas ließ seine Hand über das kühle Glas fahren und bestaunte, wie genau er die Welt dahinter erkennen konnte, kaum durch Schlieren verzerrt, alle Farben genau so, als würde er sie direkt sehen. Nur an wenigen Stellen waren winzige Blasen im Glas gefangen, wie ein Vorhang aus klarem Wasser, der sich im Rahmen ergoss.

Der frische Meereswind rüttelte sanft an den Fensterläden. Für einen Moment schloss er die Augen, genoss die Berührung des Windes, spürte, wie sein Haar sich mit ihm bewegte, dann atmete er tief aus.

Die Stadt unter ihm war in goldenes Abendlicht getaucht. Lukas ließ seinen Blick über die Straße schweifen, die sich schnurgerade den Hügel hinabzog, die Häuser zu beiden Seiten, weiter unten die Stadtmauer und dahinter das Meer, nun von einem dunklen Blau und hier und da gekrönt von kleinen Schaumspitzen.

Noch immer fuhren Schiffe auf der Wasserstraße, die

meisten kehrten mit dem günstigen Wind zurück in die Häfen der Stadt, doch andere zogen ihre Bahn vorbei an Konstantinopel, segelten die Wasserstraße entlang, entweder in den Fernen Osten oder von dort kommend, wohl beladen mit den Kostbarkeiten ferner und fremder Ländereien. Lukas versuchte, sich vorzustellen, was sie wohl in ihren dicken Bäuchen trugen.

Ein leises Klopfen an der Tür ließ ihn herumfahren. Er wollte den Gast hereinbitten, war sich dann jedoch der passenden Worte nicht sicher und lief mit zwei schnellen Schritten zur Tür und öffnete sie mit Schwung.

Der junge Diener fuhr erschrocken zusammen, fing sich dann aber und senkte den Blick.

«Erfrischung für den Herrn, ja? Bitte folgen, ja?»

«Bitte warte kurz», bat er und wies über die Schulter in den kleineren zweiten Raum, wo eine Waschschüssel stand. «Ich will mich eben ...», Lukas fiel das Wort nicht ein, «... waschen. Ja?»

Der Diener lächelte unsicher, ohne aufzusehen.

Da er so wohl nicht weiterkam, wandte sich Lukas einfach ab und ging schnell zu der tönernen Waschschüssel, und schüttete sich mit beiden Händen Wasser ins Gesicht. Das kühle Nass lief über seine Haut, rann seinen Nacken und Hals hinunter, wurde vom dicken Stoff seines Hemdes aufgesogen. Lukas schüttelte die Tropfen aus seinem Haar, dann wischte er sich mit dem Ärmel über das Gesicht. Am liebsten hätte er sich das Hemd ausgezogen und sich die Schüssel einmal über den Kopf gegossen, aber er vermutete, dass dies den Diener nur noch mehr verwirrt hätte, also gab er sich mit der kurzen Erfrischung zufrieden.

Ohne ein weiteres Wort schritt der Diener voran und führte Lukas zurück über den Korridor, doch anstatt die Treppe nach unten zu nehmen, betraten sie einen weiteren langen Flur. Der Diener ging wieder so schnell, dass Lukas fast laufen musste. Es war an der Grenze zur Unhöflichkeit, und Lukas hatte Mühe, sich den Weg einzuprägen. Das Anwesen war noch viel größer, als es von außen erschien. Wozu dienten all die Räume? Wie viele Menschen mochten hier wohnen?

Der Flur mündete in ein großes, in dunkles Blau gehaltenes Zimmer mit hoher Decke, doch der Diener lief unbeirrt hindurch. Lukas sah erneut üppige Gemälde, mit Schnitzereien verzierte Stühle und Tische, einen Kamin, der schon längere Zeit nicht benutzt worden zu sein schien, dann waren sie schon durch eine weitere Tür hindurch, durch einen weiteren Raum, ähnlich möbliert, doch von der Farbe Grün beherrscht.

Ruckartig bog der Diener ab und riss eine Tür auf, und sofort war Lukas geblendet von gleißendem Sonnenlicht. Vorsichtig folgte er dem Schemen des Mannes vor ihm hinaus ins Freie. Er musste heftig blinzeln, bis sich seine Augen an die Helligkeit gewöhnt hatten. Er fand sich auf einer Terrasse wieder, groß genug für einen Tisch, um den drei Stühle angeordnet waren. Ein zwischen den Wänden gespanntes Tuch spendete etwas Schatten, doch die Sonne stand bereits zu tief. Zwei Diener standen etwas abseits, die Hände hinter dem Rücken verschränkt.

An dem Tisch saßen Alexia und ihr Vater, in ein Gespräch vertieft. Der Junge blieb abseits stehen, seine Aufgabe offensichtlich erfüllt, und so trat Lukas zögerlich näher, da er seine Gastgeber nicht stören wollte. Doch kaum dass Symeon ihn erblickte, winkte er ihn mit großer Geste heran.

«Komm her, Lukas. Du musst hungrig und durstig sein!»

Lukas nickte. Seine letzte Mahlzeit an Bord lag lange zurück, wie ihm sein plötzlich knurrender Magen bestätigte. Einer der Diener sprang vor und rückte den Stuhl zurecht, und Lukas setzte sich mit einem dankbaren Lächeln. Er kniff die Augen gegen das helle Licht zusammen, doch bevor er etwas sagen konnte, stellte sich einer der Diener so an das schmiedeeiserne Geländer der Terrasse, dass sein Schatten auf ihn fiel.

Eine weitere Tür hinter Lukas öffnete sich, und eine wahre Prozession von Dienern erschien, die der Reihe nach kleine Silberteller und -schälchen auf dem Tisch verteilten. Zwischen dampfendem Lammfleisch standen kandierte Früchte, frisch gebackenes, duftendes Brot wechselte sich mit verschiedenen Käsesorten, Würsten und saftigem Schinken ab. Alexia lächelte Lukas breit an, und ihr Vater machte eine einladende Geste.

«Greif zu, werter Gast, auch wenn das Haus Hyakos dir nur wenig bieten kann.»

Lukas ließ sich nicht lange bitten und riss ein Stück Brot ab. Unvermittelt hielt er inne, unsicher, ob er sich in den Augen seiner Gastgeber nicht gerade wie ein unzivilisierter Barbar benahm, aber sowohl Alexia als auch Symeon nickten ihm freundlich zu.

Als er sich das erste, herrlich weiche und noch warme Stück Brot in den Mund schob und genüsslich kaute, brach sich auch Symeon ein Stück ab, auf das er ein Stück hellen Ziegenkäse und eine Ecke dunkle Wurst drapierte. Bevor er jedoch hineinbiss, sah er Lukas abschätzend an.

«Du bist weit gereist, nicht wahr?»

Lukas nickte lediglich, da der Händler keine Antwort zu erwarten schien.

«Wir werden dich im Namen von Selim unterstützen, welche Pläne du auch immer haben magst, Lukas», erklärte Symeon. «Aber», fügte er hinzu, biss in sein Brot und kaute genüsslich.

Lukas blickte Symeon fragend an. Der Händler hob den Finger und kaute weiter, ließ sich Zeit.

«Aber ich frage mich, ob du nicht mehr als ein Gast im Hause Hyakos sein willst», sagte er endlich.

Lukas runzelte die Brauen.

«Ich verstehe nicht ...»

«Lass uns über deine Zukunft reden, Lukas», schlug Symeon vor und legte ihm die Hand auf den Arm. «Ich möchte ganz offen sein: Jemanden wie dich könnte ich in meinem Haus gut gebrauchen.»

◆◆ ◆◆

Noch lange gingen Lukas Symeons Worte durch den Kopf. Seit seiner Befreiung vom Los des Galeerensklaven hatte er kaum einen Gedanken an seinen weiteren Weg verschwendet. Alles war einfach passiert, und er hatte nur wenig dazu beitragen können. Was sollte er auch anfangen, als mittelloser und im wahrsten Sinne des Wortes Gestrandeter an fremden Gestaden?

Ein Teil von ihm war davon ausgegangen, dass er seine

Reise einfach fortsetzen würde, sobald er an Alexias Seite Konstantinopel erreicht hatte. Von hier aus sollte er keine Schwierigkeiten haben, ein Schiff zu finden, das ihn ins Heilige Land brachte; vielleicht konnte er sogar auf einem Schiff der Familie Hyakos mitfahren.

«Das Heilige Land», murmelte Lukas vor sich hin. Er war allein in seinen Gemächern, die in seiner Abwesenheit gesäubert und aufgeräumt worden waren. Er musste nach Jerusalem, nach wie vor, um Antworten auf die Fragen zu finden, die ihn beschäftigten. Fragen, welche ihm die längste Zeit seines Lebens unwichtig erschienen waren, obwohl sie sein Innerstes, ja, sogar seine eigene Herkunft betrafen. Würde er genug Hinweise auf seine Abstammung finden, um seinen Bruder zu überzeugen? Als illegitimer Sohn, als Bastard, blieb ihm nur, sich den Wünschen seines Bruders zu beugen, zumindest seit dieser das Erbe angetreten hatte. Lukas war in seinem eigenen Heim nicht mehr willkommen, seit sein Vater gestorben war. Er seufzte.

Die Zeit auf der Galeere hatte all dies in weite Ferne rücken lassen. Nicht, dass es an Dringlichkeit verloren hatte, aber der pure Wille zu überleben hatte alles andere überlagert. Erst jetzt, da er zu Gast bei der Familie Hyakos war, fühlte er sich wieder frei in seinen Entscheidungen.

Das Angebot war jedenfalls verlockend. Einige Zeit in der Stadt verbringen, in den Dienst der Familie eintreten, sein Wissen und Können zur Verfügung stellen und dafür entlohnt werden. Eine Auffrischung seiner Reisekasse konnte nur hilfreich sein, wenn man bedachte, dass ihm nicht einmal die Kleidung gehörte, die er am Leib trug.

Zwar hatte Symeon Hyakos versichert, dass er Lukas auch dann mit einer Börse ausstatten würde, falls er beschließe, die Stadt zu verlassen, aber es erschien ihm unredlich, die Gastfreundschaft und Großzügigkeit der Familie derartig auszunutzen.

Vor allem jedoch war da ein Gedanke, verborgen zwischen all seinen sonstigen Zweifeln an einem baldigen Aufbruch, kaum bewusst und doch schwer in seinem Geist – wenn er Konstantinopel hinter sich ließ, bedeutete dies auch, Abschied zu nehmen von Alexia.

Erneut klopfte es an der Tür. Lukas erwartete halb, den jungen Diener zu sehen, doch stattdessen stand ein dunkelhaariger Mann vor ihm, der ihn mit einem schiefen Lächeln begrüßte. Ein sorgfältig gestutzter Bart zierte sein Kinn und gab ihm trotz seiner krummen Nase, die offensichtlich mindestens ein Mal gebrochen wurde, ein vornehmes Aussehen.

«Darf ich?», fragte er auf Italienisch, und Lukas trat verdutzt einen Schritt zur Seite, um ihm Einlass zu gewähren. Der Neuankömmling sah sich interessiert um. Seine Kleidung war von einfachem Schnitt, aber guter Qualität, eine dünne Hose aus Leder in hohen Stiefeln, ein schlichtes, hellbraunes Hemd mit weiten Ärmeln, die in Lederstutzen steckten. Besonders auffällig war jedoch der tiefsitzende Waffengurt, an dem eine Scheide mit einem langen, dünnen Schwert hing, das eine aufwendig gearbeitete, silbern glänzende Parierstange aufwies. Der Dolch, der an der anderen Seite saß, war hingegen ganz und gar schmucklos.

«Ich bin Giacomo. Man hat mir das hier gegeben.» Der Mann zog einen Beutel vom Gürtel und warf ihn in die Luft, nur um ihn dann geschickt wieder aufzufangen. Münzen klimperten. Es dauerte einen Augenblick, bis Lukas bemerkte, dass er jetzt fließend Griechisch sprach. «Um dich ein wenig einzukleiden, Lukas.» Es war ganz offenbar, dass Italienisch seine Muttersprache war.

Lukas blickte an sich hinab.

«Was stimmt mit meiner Kleidung nicht?»

Giacomo verknüpfte den Beutel geschwind an seinem Gürtel.

«Sie ist gut für eine Reise, aber für die Stadt?» Er schüttelte lächelnd den Kopf. «Nein, nein. Du bist Gast im Hause Hyakos. Du brauchst mehr als diesen Kittel da.»

«Ihr wirkt nicht wie jemand, der solche Aufgaben erledigt», stellte Lukas mit einem Blick auf die Klinge des Italieners fest.

Giacomo zwinkerte Lukas zu. «Ich werde für allerlei Dienste bezahlt, und heute ist dieser Dienst, dass ich dich einkleide. Du siehst, man vertraut meinem Auge und meinem Geschmack.»

Zweifelnd blickte Lukas auf die eher schlichte Kleidung des Italieners. Giacomo lachte auf, als er seinen Blick auffing.

«Das trage ich nur, damit du nachher neben mir umso beeindruckender erscheinst. Würde ich mich so kleiden, wie es mir zustünde, dann wärst du – verzeih mir den Vergleich – wie ein Rebhuhn neben einem Pfau ... und ich müsste mir anhören, dass ich meine Pflicht nicht ordentlich erfüllt hätte!»

Lukas musste ebenfalls lachen. Die gute Laune des Italieners war ansteckend.

«Nun komm, Lukas, suchen wir die besten Schneider

auf und lassen dich in edelste Stoffe hüllen, auf dass alle Frauen dich mit Gier und alle Männer mit Neid anblicken!»

⬥⬥ ⬥⬥

Die Kleidung fühlte sich auch nach Tagen immer noch ungewohnt an. Die enge Hose aus dunklem Stoff, die in hohen Lederstiefeln steckte, war noch der angenehmste Teil, und auch das Hemd in dunkelroter Farbe, fast wie geronnenes Blut, hatte fast den Schnitt seiner alten Kleidung. Doch darüber trug er eine lederne, gefütterte Weste und Armschienen, die steif und hart an seiner Haut anlagen. Lukas wusste, dass sie einigen Schutz boten, doch inmitten der Stadt fühlte er sich damit zu dick und vor allem zu sehr wie ein Soldat gekleidet.

Es half wenig, dass an dem breiten Waffengurt ein Schwert in einer einfachen Scheide hing, dazu ein langer Dolch, der ihm beim Gehen immer wieder gegen den Oberschenkel schlug. Das Schwert verdiente diesen Namen kaum, maß es doch nicht einmal anderthalb Ellen, doch die Klinge war scharf und sicherlich tödlich.

Selbst hier im Schatten des Torbogens war es noch warm genug, und Lukas zog die Handschuhe aus und steckte sie in den Gürtel. Er stand mit Giacomo etwas abseits von Bojan, der die beiden keines Blickes würdigte, sondern intensiv seine Finger betrachtete und die Nägel mit seinen Zähnen säuberte.

«Er ist schon ein geselliger Mann, was?», murmelte Lukas. Jetzt warf Bojan ihnen doch einen finsteren Blick zu, und Giacomo musste sich ein Lachen verkneifen.

«Vermutlich kratzt er das Blut von vergangener Nacht darunter hervor. Wie alle Serben soll er die Straßen unsicher machen, sobald es dunkel wird, und Schlägereien anzetteln.» Giacomo hob einen imaginären Becher an die Lippen. «Und er säuft.»

Lukas wusste nicht recht, ob er das glauben sollte. Er kannte Bojan nun seit sechs Tagen und hatte noch nicht eine Wunde an ihm bemerkt, keine Blutergüsse, keine Kratzer. Und obwohl er ihn schon einmal mit einem Becher gewürzten Wein gesehen hatte, schien er auch nicht sonderlich der Trunksucht verfallen zu sein.

«Was ist er eigentlich? Wohl kaum ein Diener.»

«Er ist die rechte Hand unseres großzügigen Freundes, des Mannes, der uns alle in Lohn und Brot hält. Solange Bojan in der Nähe ist, traut sich kein noch so wagemutiger Handelspartner, dem edlen Symeon Hyakos zu widersprechen.» Giacomo fletschte die Zähne, von denen nur ein einziger fehlte. «Aus Angst, gefressen zu werden!»

Er machte kauende und schmatzende Geräusche, und jetzt musste Lukas husten, um sein Lachen zu überspielen.

Lukas strich sich über das glatte Kinn. Im Haus Hyakos gab es einen ausgezeichneten Barbier, der ihm jeden Tag die Stoppeln von der Haut kratzte. Er hatte sich entschieden, seinen Bart gänzlich entfernen zu lassen, hauptsächlich wegen der Hitze. Giacomo hingegen ließ sich einen geschwungenen Schnauzbart stehen, der durch einen Kinnbart ergänzt wurde, wie Lukas es in Italien oft gesehen hatte.

Eine junge Frau, fast noch ein Kind, kam mit einem Krug in den Händen über den Hof auf sie zu. Sie ließ ihren

Blick über die bewaffneten Männer wandern, wirkte aber nicht ängstlich. Zunächst bot sie Giacomo Wasser an, der den Krug dankbar entgegennahm und sich einen großen Schluck genehmigte, bevor er ihn an Lukas weiterreichte. Das kühle Nass reinigte die Kehle, vertrieb den schlechten Geschmack aus dem Mund und schien sogar die Luft klarer und angenehmer zu machen. Lukas trank begierig, dann hielt er Bojan den Krug hin. Halb rechnete er damit, dass er ihn abweisen würde, doch stattdessen murmelte er sogar so etwas wie einen Dank in seinen Bart.

Giacomo zog hinter Bojans Rücken eine Augenbraue hoch und nickte Lukas anerkennend zu, so als sei es sein Verdienst, dass der grimmige Mann mit einem Mal freundlich war.

«Wie lange dauert so etwas deiner Erfahrung nach?»

Giacomo sah abschätzend über den Hof zu dem großen Gebäude des Kaufmannes, mit dem Symeon eine Unterredung hatte, das halb Wohnhaus und halb Lagerhaus war. Er wiegte seinen Kopf, schnalzte mit der Zunge, dann hob er die Hände.

«Schwer zu sagen», befand er schließlich lakonisch. Aber daran hatte sich Lukas schon in der kurzen Zeit ihrer Bekanntschaft gewöhnt – Giacomo tat nichts ohne große Geste. Vermutlich betrat er nicht einmal den Abort, ohne seine Vorhaben mit blumigen Worten anzukündigen.

«Wenn es um eine große Angelegenheit ginge, dann hätte man uns sicher mit hineingebeten», fuhr er fort. «Es gäbe Speisen, Wein und die bewundernden Blicke des Weibsvolkes aus der Küche für so schmucke und stattliche Männer wie uns. Es wird sicher nicht lange dauern.»

Lukas nickte verstehend.

«Aber manchmal werden aus kleinen Fragen große Probleme. Hoffen wir einfach, dass man uns nicht hier draußen vergisst, während drinnen ein Festmahl aufgefahren wird und alle schlemmen.»

Das konnte Lukas sich nicht vorstellen. Alexia begleitete ihren Vater zu diesem Treffen mit einem Handelspartner, und während Symeon Hyakos sicherlich nicht ständig an das Wohl seiner Untergebenen und Soldschwerter dachte, würde Alexia ihnen wohl zumindest eine Nachricht zukommen lassen.

«Und du bleibst uns also erhalten?»

Die Frage riss Lukas aus seinen Gedanken an Alexia. Jetzt war es an ihm, eine Schau daraus zu machen und sich mit der Antwort Zeit zu lassen. Hauptsächlich aber deshalb, weil er sich einfach noch nicht sicher war.

«Ich möchte mich für die Gastfreundschaft erkenntlich zeigen», antwortete er, und das war zumindest die halbe Wahrheit. «Und es ist sehr großzügig, dass mir die Möglichkeit dafür geboten wird.»

«Man hatte mir gesagt, dass du bald weiterreisen würdest. Nach Osten?»

«Ich habe ... familiäre Angelegenheiten zu regeln», erklärte Lukas ausweichend. Obwohl er den Italiener gut leiden konnte, widerstrebte es ihm, so freizügig über sich selbst zu sprechen. Zumal er die Tatsache, dass sein eigener Bruder ihn fortgeschickt hatte, als große Schmach empfand.

Doch Giacomo hob beschwichtigend die Hände.

«Das geht nur dich etwas an. Ich bin auch nicht hier in der Stadt, weil ich so gerne unter Griechen lebe ... wobei, die griechischen Frauen sind vielleicht weder so hübsch noch so feurig wie die Italienerinnen, aber dafür umso anschmiegsamer. Zumindest hat noch keine versucht, mich mit einem Holzscheit zu erschlagen!»

Lukas musste grinsen.

«Das ist dir in deiner Heimat passiert?»

«Nicht nur ein Mal», erwiderte Giacomo gespielt zerknirscht. «Und stets war ich vollkommen unschuldig!»

«Selbstverständlich, du ...», hob Lukas an, wurde jedoch unterbrochen, als Symeon Hyakos auf den Hof trat, begleitet von Alexia und seinem Schreiber, einem kleinen Griechen, der aussah wie ein Fass. Der Händler lächelte ihnen zu, Alexia begrüßte sie freundlich, nur der Schreiber beachtete sie gar nicht, als sei es unter seiner Würde als gelehrter Mann, sich mit Söldlingen abzugeben.

«Wir kehren zurück», erklärte Symeon knapp, was Bojan mit einem ebenso kurzen Grunzen bestätigte.

«Ich würde liebend gerne noch Theodora meine Aufwartung machen», fiel ihm Alexia ins Wort. «Ich habe sie so lange nicht gesehen.»

Bevor Symeon widersprechen konnte, redete Alexia schnell weiter.

«Lukas könnte mich begleiten und –»

«Es ist schon spät. Du weißt, wie unsicher es sein kann.»

«Wir sind vor Sonnenuntergang wieder zurück, Vater.»

Alexia schenkte ihm ein süßes Lächeln. Symeon seufzte vernehmlich.

«Nun gut, aber ich nehme dich beim Wort, Kind. Vor Einbruch der Dunkelheit seid ihr zurück!»

Fast schien es, als sei dieses kleine Gespräch eine Art Spiel zwischen den beiden. Sie nickte und verneigte sich vor ihrem Vater.

«Selbstverständlich!» Dann wandte sie sich an Lukas: «Komm!»

Symeon Hyakos warf ihm einen ernsten Blick zu.

«Ich vertraue dir ihr Wohlergehen an, Lukas.»

«Ihr wird nichts geschehen», erwiderte er ernsthaft. «Ich schwöre es.»

Auf Giacomos Antlitz erschien ein schiefes Grinsen. Symeon bedachte Lukas mit einem langen, ernsten Blick.

«Gut.» Damit wandte er sich ab und winkte Bojan zu sich heran. «Wir kehren nach Hause zurück.»

Alexia und Lukas beobachteten, wie ihr Vater mit seinen drei Begleitern auf die sonnige Straße trat, kurz innehielt, um eine Sänfte vorbeizulassen, und dann in der Menge verschwand.

«So, jetzt zeige ich dir die Stadt», erklärte sie und legte ihm die Hand auf den Unterarm. Lukas' Herz setzte einen Schlag aus.

«Wolltest du nicht deiner Freundin einen Besuch abstatten?»

Er war überrascht, wie leicht ihm die Worte über die Lippen gingen, fühlte seine Zunge sich doch an, als sei sie mit trockener Wolle belegt.

«Damit fangen wir an», erklärte Alexia, als sie ihn aus dem Torhaus führte. «Aber das wird nicht lange dauern. Theodora ist alt und hört nur sehr schlecht, sie wird bald ermüden. Dann haben wir Zeit.»

«Wofür?»

«Einen Spaziergang. Durch die größte und schönste Stadt der Welt. Ich möchte, dass du sie mit meinen Augen siehst.»

In genau diese blickte Lukas nun und ließ sich von ihrer Begeisterung anstecken.

«Dann los!»

Zwischenspiel

Kız Kalesi

Spätsommer 1451

Der Blick vom Ostturm, der die anderen sieben Türme der Festung überragte, war atemberaubend an diesem sonnigen Tag, an dem nur wenige Wolkenbänder den ansonsten strahlend blauen Himmel verzierten. Von Süden, von der See her, kam ein Wind, der die bunten Wimpel laut knattern ließ und Béla immer wieder Strähnen aus dem Zopf riss und mit ihnen spielte. Der Soldat ertrug es stoisch, die Miene unbewegt, obwohl es ihn danach drängte, die Haare hinter die Ohren zu streichen.

Aber er blickte weiterhin stur geradeaus, vorbei an der kleinen Gesellschaft, die sich hier oben eingefunden hatte. Die anderen Soldaten taten es ihm gleich, auch wenn sie dem Herrn der Mädchenburg dienten und nicht, wie Béla, dem Gesandten aus dem fernen Konstantinopel. Fast empfand er eine Art soldatische Verbundenheit, ein Band zwischen ihm und diesen Männern, die gezwungen waren, außerhalb des Schattens des kleinen Baldachins zu stehen, so reglos und ehrfurchtgebietend wie möglich, während ihnen der Schweiß unter den Lagen Eisen,

Leder und Stoff hinablief; vermutlich würden sie Pfützen hinterlassen, wenn sie endlich gehen durften. Aber dann erinnerte sich Béla, dass es Heiden waren, die falschen Propheten und einem falschen Gott dienten und denen er sich früher oder später vielleicht auf einem Schlachtfeld gegenübersehen mochte, Stahl in ihren Händen, Hass in ihren Augen, Gier auf sein Blut in ihren Herzen.

Béla seufzte leise. Es wäre nicht das erste Mal, dass er gegen Soldaten kämpfen müsste, die vor kurzem noch zu seinen Verbündeten gezählt hatten. Er hatte zu viele Schlachten gekämpft, die Narben trug er überall auf dem Leib. Er hatte sogar in der Winterschlacht am Pass von Slatiza gefochten, als sie durch den Schnee stapfen mussten, um ihre Feinde zu erreichen. Damals waren es Türken gewesen, morgen mochten es wieder Türken sein. Vielleicht sogar genau diese hier, sosehr Béla auch hoffte, dass sein neuer Posten als Leibwächter bedeutete, dass die Zeit des Kämpfens für ihn vorüber war.

«Wisst Ihr, warum man diese Festung die Mädchenburg nennt?»

Die Worte des Dolmetschers wehten zu Béla heran. Er hätte ihn gar nicht gebraucht, er hatte die Frage des İbrahim Bey auch so verstanden. Drei Jahre hatte er gar nicht weit von hier, in Mersin, als Söldling seine Klinge an die Ottomanen verkauft und dabei genug von ihrer seltsamen Sprache gelernt. Was tat ein Mann nicht alles, wenn er Hunger hatte?

Ohne auf eine Antwort zu warten, redete İbrahim Bey weiter, der Dolmetscher hing immer einen Satz zurück, in Bélas Ohren eine schwierige Mischung von Sprachen, Worten und Satzfetzen. Dennoch verstand er ihren Sinn.

«Die Burg trägt ihren Namen von dem Mädchen, das von seinem Vater hierher verbannt wurde – aus Liebe. Denn schon bei der Geburt des Kindes war prophezeit worden, dass es einst von einer Schlange gebissen würde und dass das Gift dieser Schlange seinen Tod bedeuten würde.»

İbrahim Bey machte einige schnappende Bewegungen mit der Rechten, als wäre seine Hand eine Giftschlange auf der Suche nach einem Opfer. Er war kein junger Mann mehr, aber sein Bart war noch dicht, seine Augen klar, und er saß mit durchgedrücktem Rücken und breiten Schultern auf dem niedrigen Sessel, den seine Diener auf den Turm getragen hatten. Der Bey wirkte wie ein Herrscher, der seine Schlachten selbst schlug, wie jemand, dem ein Soldat folgen konnte, wie Béla sich widerwillig eingestehen musste.

Der Gesandte hatte eine interessierte Miene aufgesetzt, auch wenn Béla vermutete, dass Romanos wenig übrig für Ammenmärchen hatte. Doch er ertrug die Geschichte des Beys nicht nur, sondern schien sie sogar zu genießen. Angesichts der Schattens und der kühlen Getränke, an denen er sich laben konnte, war diese Schauspielerei vermutlich leichter als Bélas ausdruckslose Miene.

«So verbrachte das Mädchen sein Leben in dieser Festung hier», fuhr Bey fort, «gefangen auf einer Insel, auf der es nur Soldaten und Krieger gab.»

Béla spitzte die Ohren. Die Festung nahm fast die gesamte Fläche der kleinen Insel ein. Für eine Prinzessin war es ein trister Ort.

«So wähnte ihr Vater sie sicher. Jedoch eines Tages brachten Diener einen Korb mit Früchten zu dem Mädchen. Ihr müsst wissen, dass dieses kleine Mädchen ganz versessen auf Süßes war, denn Früchte waren doch ihre einzige Freude auf dieser einsamen, kargen Insel.»

Für eine süße Frucht, vielleicht einen saftigen Apfel, hätte Béla in diesem Augenblick einiges gegeben, und er musste sich mühen, nicht mit trockener Kehle zu schlucken.

«Und als das Mädchen in den Korb griff, da zuckte es plötzlich zurück», fuhr İbrahim Bey fort und ahmte die Reaktion des Kindes nach. «Zwei kleine Blutstropfen rannen ihre Hand hinab. Denn zwischen dem Obst hatte sich eine Schlange verborgen, unbemerkt von allen Dienern, und hatte sie gebissen.»

Der Bey erhob sich aus dem Stuhl, breitete die Arme aus und drehte sich langsam im Kreis.

«All dies hier, die trutzigen Mauern, die hohen Türme, die Soldaten, die Abgeschiedenheit konnten sie nicht vor ihrem Schicksal beschützen, nicht einmal das weite Meer, das die Mädchenburg vom Festland trennt, war genug.»

Er beugte sich zu seinem Gesprächspartner hinab.

«Nichts kann einen Menschen vor seinem Schicksal bewahren.»

«Eine kluge und lehrreiche Erzählung», befand Romanos schließlich und genehmigte sich einen Schluck Wasser. Das Trinkgefäß, eine goldener Becher, besetzt mit Edelsteinen, kündete vom Reichtum des Beys. «Aber gibt es nicht auch Menschen, die dem Schicksal ihren Willen aufzwingen?»

İbrahim Bey grinste breit, während er den Kopf schüttelte.

«Lest ihr Griechen denn nicht einmal mehr eure eigenen

alten Geschichten?», fragte er mit gespielter Empörung. Nur für den Bruchteil eines Augenblicks zog Verärgerung über Romanos' Antlitz, verschwand jedoch sofort wieder hinter einer sorgfältig aufgesetzten Miene.

«Natürlich kenne ich die Werke meiner Vorfahren», erwiderte er knapp mit einem Hauch von Missbilligung in der Stimme.

«Es mögen Ungläubige gewesen sein, aber sie wussten, wovon sie sprachen. Kein Mann kann sich gegen sein Schicksal auflehnen. Früher oder später holt es einen ein. Alles ist vorbestimmt, und nur ein Wille entscheidet.»

«Und was ist das Schicksal von İbrahim Bey?», erkundigte sich Romanos gelassen, trank aus seinem Becher und lehnte sich zurück. «Er hat diese Festung erobert. Er hat Städte belagert und große Siege errungen. Doch stets werfen die Osmanen ihren langen Schatten über sein Reich. Ist es sein Schicksal, sich dem neuen Sultan zu unterwerfen? Das Knie zu beugen?»

Die Augen des Beys wurden zu Schlitzen, und er strich sich über den dunklen Bart. Er stand jetzt direkt vor Romanos, eine Hand in die Hüfte gestützt, blickte auf ihn hinab wie auf einen Hund, der seinen Herrn ankläfft ohne Verstand. Jetzt musste Béla schlucken. Er stand hier allein gegen drei Soldaten des Beys, erfahrene Krieger ihrem Aussehen nach, gut gerüstet und bewaffnet. Kurz wirkte es so, als wolle İbrahim Bey dem Gesandten einen Schlag verpassen. Béla spannte unwillkürlich die Muskeln an, dann aber legte Bey den Kopf in den Nacken und lachte.

«Ihr Griechen! Eure Worte sind so ölig wie eure Haare!

Ihr wisst es ganz genau, wie ihr es anstellen müsst, einen Mann bei seinem Ehrgeiz und seiner Ehre zu packen!»

Romanos zuckte mit den Schultern und hob die Hände.

«Harmlose Fragen, werter Gastgeber, alles nur harmlose Fragen.»

Mit einem Schlag wurde İbrahim Bey wieder ernst.

«Der Frieden mit Murad ist eine Schande. Hätten die verfluchten Ungarn ihren Teil der Abmachung eingehalten, so wäre ich niemals gezwungen gewesen, den Bedingungen der Türken zuzustimmen, aber sie mussten ja auch ihren dummen Feldzug fortsetzen und sich von Murad besiegen lassen. Von Murad, dem nichts heiliger war als der Frieden!»

«Varna», warf Romanos ein. Bei der Nennung des Namens zuckte Béla zusammen. Er hatte keine guten Erinnerungen an diese Schlacht. Sie war schlimmer als alles gewesen, was er je zuvor erlebt hatte, eine bittere Niederlage für die Christenheit und ein großer Sieg der Türken.

«Ja, dreimal verfluchtes Varna.» İbrahim Bey spie aus. «Sie sind ihm wie Lämmer auf die Schlachtbank gefolgt. Und ich bin derjenige, der die Konsequenzen trägt!»

«Aber wie Ihr wisst, gibt es jetzt einen neuen Sultan», gab Romanos leise zu bedenken. «Er ist jung und unerfahren.»

Die Worte zeigten Wirkung. Bey, der in Gedanken versunken an die Zinnen getreten war und aufs Meer hinausblickte, drehte sich zu seinem Gast um.

«Was schlagt Ihr vor?»

«Es gibt andere Anwärter auf den Thron in Edirne»,

erklärte Romanos. «Das Reich ist groß und unübersichtlich, Mehmed ist sich seiner Macht noch lange nicht sicher. Wäre jetzt nicht der Zeitpunkt für einen starken Herrscher, sich zu nehmen, was ihm zusteht? Die Fesseln der Knebelverträge abzuschütteln und sein eigenes Reich zu erweitern?»

«Kriege kosten Geld», winkte İbrahim Bey ab. «Und Tributzahlungen saugen die Kammern meines Landes leer wie Zicklein die Zitzen ihrer Mutter.»

«Doch Ihr habt zum Glück reiche Freunde, mein werter Gastgeber, nicht wahr? Machen die Venezianer nicht viele ihrer Geschäfte mit Euch?»

«Ha! Einen Venezianer von seinem Gold zu trennen ist ebenso aussichtslos, wie Himmel und Meer voneinander zu scheiden!»

«Es gäbe da noch eine Möglichkeit.»

«Ich höre.»

Romanos beugte sich vor. «Mein eigener Herr ist für seine Großzügigkeit bekannt. Gold für Brustpanzer, für Pferde, für Kanonen. Kanonen, mit denen auch die stolzesten Städte ihr Haupt neigen müssen.»

«Ich bin ganz Ohr», erwiderte Bey, setzte sich wieder und beugte sich vor. Béla entspannte sich wieder. Sein gerissener Herr hatte den ehrgeizigen Bey bereits in der Tasche – die einzige Frage würde sein, wie hoch der Preis für seine Loyalität sein würde.

Kapitel VIII

Konstantinopel

Spätsommer 1451

Der Besuch bei Theodora zog sich in die Länge. Oder vielleicht kam es Lukas in der heißen Küche, in die man ihn gelotst hatte, auch nur so vor. Das Abendessen wurde bereits vorbereitet, und zwei Mägde gingen der Köchin zur Hand, obwohl es noch einige Stunden dauern musste, bis aufgetischt werden würde. Immer wieder tuschelten die drei Frauen miteinander und warfen Lukas verstohlene Blicke zu, nur um dann in hektische Betriebsamkeit zu verfallen, wenn Lukas ihnen freundlich lächelnd zunickte.

Der alte Diener, der ihn hergebracht hatte, saß trotz der großen Hitze direkt vor dem Ofen, mit geschlossenen Augen und unbeweglich wie eine Statue. Er schien die Wärme wie eine Katze zu genießen. Seine Haut war dünn wie Pergament und spannte sich so über seinen Schädel, dass man violette Venen durchscheinen sah. Er wirkte ausgetrocknet, brüchig wie Laub im Sommer.

Wenigstens hatte man Lukas einen Tonbecher mit kühlem Wasser gereicht, dazu ein dunkles Brot und ein

Stück Ziegenkäse. Das Brot war trocken, aber mit dem Käse und einigen Schlucken Wasser ließ es sich noch gut essen. Lukas hatte auf seinen Reisen weit Schlimmeres heruntergeschlungen.

Die Zeit schlich nur so dahin. Da Lukas die Sitten und Gepflogenheiten der Byzantiner nicht gut genug kannte, entschied er, einfach zu warten und sich bei einer geeigneten Gelegenheit bei Giacomo zu erkundigen, ob es ihnen gestattet war, sich in fremden Häusern zu bewegen – oder zumindest die unangenehm heiße Küche zu verlassen und sich auf dem Hof die Beine zu vertreten.

Als er kurz davor war, einfach aufzustehen und die Grenzen der Gastfreundschaft auf eigene Faust auszuloten, rief eine dumpfe Stimme den Diener und trug ihm zu Lukas' Erleichterung auf, «den Fremden» in den Hof zu bringen.

Bevor der alte Diener auch nur die Augen geöffnet hatte, stand Lukas schon. Er verneigte sich zum Abschied in Richtung der Frauen, was der jüngsten, einem rotwangigen Mädchen von vielleicht vierzehn Wintern, ein verschämtes Kichern entlockte. Der alte Diener warf ihr einen finsteren Blick zu, was sie noch stärker erröten ließ, und sie wandte sich schnell ab. Die Köchin hingegen erwiderte das Lächeln und steckte sich eine ihrer dunklen Locken unter die Haube, wobei sie Mehl auf ihrer Wange verteilte, dann nickte sie Lukas zu und schürzte die Lippen.

Bevor er reagieren konnte, fasste ihn der Alte mit erstaunlich festem Griff am Arm und leitete ihn aus der Küche. Froh, der Hitze entronnen zu sein, atmete Lukas dankbar die weitaus kühlere Luft des dunklen Korridors ein, durch den der Mann ihn führte.

Im Hof sah er Alexia sofort, die im Schatten eines fein säuberlich gestutzten Baumes neben einem kleinen Brunnen stand. Der Diener verneigte sich umständlich vor ihr, was sie ernst erwiderte, dann erhellte ein Lächeln ihre Züge, und sie wies durch das offene Tor hinaus auf die Straße.

«Wollen wir?»

Lukas setzte sich erleichtert in Bewegung. Die Villa stand hoch auf einem der sieben Hügel, auf denen Konstantinopel erbaut worden war. Hier waren weniger Menschen auf den Straßen, die breiter und gepflegter waren als unten am Hafen. Der Ausblick auf die blaue, funkelnde See, auf der bunte Segel tanzten, war atemberaubend. Die Villa stand knapp unterhalb der Hügelkuppe, etwa fünfzig oder sechzig Schritt über dem Wasserspiegel, wie Lukas schätzte.

«Auf sieben Hügeln wurde die Stadt errichtet, ebenso wie Rom, und ebenso bedeutend ist sie», erklärte Alexia, die ihre Augen mit einer Hand abschirmte. «Aber das weißt du ja schon.»

«Und wurde sie ebenso wie Rom von zwei Brüdern errichtet? Spielt eine Wölfin eine Rolle?»

Alexia lachte.

«Nein, keine Wölfe, nur ein Kaiser, der größte von allen und der erste Christ in einer langen Reihe von Herrschern. Aber ich will dich jetzt nicht mit Geschichte und Legenden langweilen. Komm, wir gehen hinab zum Hafen.»

Sie wies die Straße hinunter.

«Werden wir denn rechtzeitig vor Sonnenuntergang wieder beim Haus deines Vaters sein?», erkundigte sich Lukas skeptisch mit einem Blick zum Himmel. «Ich habe ihm mein Versprechen gegeben.»

«Der Tag ist doch noch jung», erwiderte Alexia ungeachtet der länger werdenden Schatten, die das Gegenteil bewiesen. Als sie Lukas' Miene sah, wurde sie ernst: «Der Weg ist nicht weit, keine Sorge, nur beschwerlich. Erst hinunter, dann wieder hinauf. Gibt es solche Hügel in deiner Heimat überhaupt?»

Sie ging los, ohne auf eine Antwort zu warten, und schlug ein schnelles Tempo ein. Lukas eilte ihr nach, fiel dann einen Schritt hinter ihr ein.

«Nicht in den Städten. Viel zu unpraktisch. Aber wer würde auch eine Stadt auf Hügeln errichten?»

Zumindest waren die Straßen gerade angelegt und sogar gepflastert. Vielleicht hatte bei den Gebäuden einst ähnliche Strenge geherrscht, doch die Jahrhunderte hatten eine Mischung verschiedener Stile und Bauweisen mit sich gebracht, die dennoch ein harmonisches Bild ergaben. Ihnen allen gemein war eine bestimmte Schönheit, die Lukas als griechisch zu empfinden begann.

Alexia schien jedes Haus, jede Straße, jede Gasse zu kennen, ja sogar jeden Stein, und erzählte ihm immer wieder kleine Anekdoten zu den Bewohnern, so viele, dass Lukas schon bald den Überblick verlor, ob sie über lebende oder tote Würdenträger sprach und ob etwas gestern oder vor tausend Jahren geschehen war. Jeder Stein dieser alten Stadt schien eine Geschichte zu haben, stand in einer langen, direkten Linie vom Römischen Imperium bis hin zu diesem Augenblick.

Zum Meer hin änderte sich das Bild, Villen und Stadtpaläste wichen Mietshäusern mit bröckelnden Fassaden und kleinen Geschäften. Die Ordnung war deutlich abzulesen: Oben auf den Hügeln lebten die Reichen, hier unten am Wasser hauste der Rest. Lukas war auf der Hut, die Gegend wirkte nicht, als sollte man hier unbesorgt spazieren gehen.

«Du kennst dich hier gut aus», stellte er fest.

«Als ich noch ein kleines Mädchen war, bin ich oft mit meinem Vetter davongeschlichen. Wir hatten tausend Ideen, wie wir unserer Amme oder den Lehrern entkommen konnten. Einmal sind wir sogar über das Dach geklettert!»

«Das klingt aufregend.»

Alexia nickte und lachte befreit.

«Für meinen Vater in jedem Fall. Eine Woche lang hat er uns in unseren Gemächern eingesperrt. Und eine solche Tracht Prügel habe ich nie wieder bekommen.»

«Erzähl mir von deinem Vetter. Was ist aus ihm geworden?»

Jetzt erstarb Alexias Lächeln.

«Der Herr hat ihn zu sich gerufen. Ein Fieber, das immer heißer und heißer brannte, bis es ihn verzehrt hatte. Keiner der Gelehrten und Heiler konnte etwas dagegen ausrichten.»

Lukas schlug unauffällig ein Kreuz. Allein die Erzählung von Krankheiten mochte sie über einen bringen, hatte der alte, halb blinde Pater Anselm immer wieder gesagt.

«Das ist der Eutherios-Hafen», wechselte Alexia schnell das Thema. «Der größte Hafen der Stadt.»

Ein Gewirr von Masten erhob sich vor ihm. Kleine Schiffe lagen an der Hafenmauer, manchmal vier oder fünf miteinander vertäut. Größere schaukelten im Hafenbecken auf den flachen Wellen. Ruderboote durchpflügten das Wasser, Ladungen wurden gelöscht, es roch nach tausendundeinem Duft. Der Hafen, in dem sie angelandet waren, war Lukas geschäftig erschienen, doch er war eine Oase der Ruhe gegen das Spektakel, das sich ihm hier darbot.

«Vater sieht es nicht gern, wenn ich hierherkomme. Er sagt, dass es kein Ort für die Tugend ist.»

Lukas war geneigt, ihm zuzustimmen. Seeleute aus aller Herren Länder trafen hier auf all jene, die zweifelhafte Vergnügungen anboten, um ihnen ihre hart verdiente Heuer abzunehmen.

«Wir sollten gehen», schlug er deshalb vor. An der Hafenfront gab es zwar große Warenhäuser und Kontore, doch man musste kein Einheimischer sein, um zu wissen, dass sich in den Gassen dahinter alles um die vielfältigen Ablenkungen drehte, an denen es auf See mangelte. *Manche Dinge sind wohl auf der ganzen Welt gleich,* dachte Lukas.

«Keine Sorge, ich kenne die gefährlichen Stellen besser als Isaac die Untiefen der See. Wir schlagen einen Bogen und kehren über den Hügel zurück nach Hause.»

Lukas gab nach. Vor Alexia wollte er nicht als Hasenfuß erscheinen. Instinktiv berührte seine Hand den Knauf seines Schwertes. Er richtete sich zu seiner ganzen Größe auf, hob das Kinn, begegnete jedem Blick, ob neugierig, ob freundlich, ob finster, mit einer Miene, die – so hoffte er zumindest! – einschüchternd wirkte.

Alexia bemerkte sein Gebaren nicht, was wohl auch

daran lag, dass sie immer zwei Schritt vor ihm herging, sich geschickt durch die Menschenmenge wand und Lukas mehr als ein Mal Gefahr lief, abgehängt zu werden.

Der leichte Wind, der von der See herüberwehte, war angenehm und vertrieb die größte Hitze und vor allem die vielfältigen Gerüche, die angesichts dieser Versammlung von arbeitenden, schwitzenden Menschen ansonsten weitaus schwerer erträglich gewesen wären.

Im Eingang einer Gasse sah Lukas einen Mann über eine Frau gebeugt. Er war an ihnen vorbeigelaufen, noch bevor sein Geist begriffen hatte, dass es die beiden ungeniert in der Öffentlichkeit trieben.

«Dein Vater hat recht», murmelte er mehr zu sich selbst. «Dies ist kein Ort für dich.»

Und er bereute, dass er ihr erlaubt hatte, ihn hierherzuführen, auch wenn er nicht sicher war, ob er sie hätte aufhalten können. Sie war keine Frau, die sich etwas vorschreiben ließ, und er war nichts weiter als ein Untergebener, so freundlich ihn die Familie Hyakos auch empfangen hatte.

«So, hier wird es ruhiger», erklärte Alexia und wies auf eine schmale Gasse, die sich den Hügel emporschlängelte. «In diesem Viertel leben viele Handwerker, Schuhmacher, Schneider, Schlachter. Gute Leute.»

Lukas warf einen skeptischen Blick auf das schmutzige Pflaster, in dem sich immer wieder Löcher auftaten. Der Geruch von Unrat und Urin lag in der Luft.

Lukas atmete durch den Mund und folgte ihr in die Gasse. Die Gebäude links und rechts standen so hoch und die Gasse war so schmal, dass das Sonnenlicht wohl nur in den Mittagsstunden den Boden erreichte. Dennoch strömten die Steine Wärme aus.

Von Handwerkern sah Lukas keine Spur. Sämtliche Türen waren verriegelt, die Fensterläden gegen die Hitze des Tages geschlossen. Alles wirkte abweisend. Eine räudige Möwe saß auf einem halb zerbrochenen Fass und beäugte sie misstrauisch.

«Früher war es hier schöner», stellte Alexia leise fest und sah sich nachdenklich um. «Hier gab es einen Stoffhändler, bei dem ich gerne eingekauft habe.»

Sie deutete auf ein baufälliges Haus. Die Tür wies tiefe Risse und Kerben auf, so als habe jemand das Holz mit wütender Klinge bearbeitet.

«Wir sollten gehen», befand Lukas, als er mit dem Finger durch die Rillen fuhr. Irgendetwas an diesem Ort machte ihn unruhig. Vielleicht war es nur die hitzegeschwängerte Stille, aber er konnte das Gefühl nicht abschütteln, dass sich um sie herum etwas zusammenbraute. «Hier ist es nicht sicher.»

«Kaum zwei Jahre bin ich fort gewesen.» Alexia schüttelte den Kopf. «Zwei kurze Jahre.»

«Vermutlich hat sich der Tuchhändler ein schöneres Haus gekauft», machte Lukas den halbherzigen Versuch, sie zu trösten, obwohl ihm das nicht sehr wahrscheinlich erschien, und berührte sie am Arm. Dass sein neues Domizil ärmlicher war, konnte man sich allerdings genauso wenig vorstellen. «Wo entlang?»

Alexia schüttelte den Kopf, als müsse sie einen bösen Gedanken abschütteln.

«Noch ein Stück, dann kommen wir wieder auf eine große Straße.»

Lukas warf einen Blick über die Schulter. Der Hafen war nicht mehr zu sehen.

«Ist das schneller, als zurückzugehen?»

«Ja, deutlich.»

Jetzt ging er vor. Das ungute Gefühl wurde stärker, trieb ihn an, schneller zu laufen, die schattige Gasse hinter sich zu lassen. Überall sonst in der Stadt waren die Straßen belebt gewesen, nur hier schien alles verlassen zu sein. Nein, nicht verlassen, es war eher so, als verbarrikadierten sich die Menschen in ihren Häusern.

«Da vorne ist die Kreuzung.»

Lukas atmete auf. In dem Moment lösten sich aus dem Schatten eines Hauseingangs zwei Gestalten. Junge Burschen, in engen zerschlissenen Hosen und ausgeblichenen Hemden mit weiten Ärmeln.

Sein Schritt verlangsamte sich, unsicher, ob er einfach an ihnen vorbeigehen oder umkehren sollte.

«Lukas», flüsterte Alexia mit gepresster Stimme. Er blickte zurück und sah einen weiteren jungen Mann auf dem Pflaster, der ihnen den Weg zurück zum Hafen abschnitt.

«Keine Angst», versicherte Lukas auf Lateinisch, auch wenn er spürte, wie Schweiß auf seine Stirn trat. «Bleib dicht hinter mir.»

Obwohl alles in ihm dazu drängte, den beiden vor ihm auszuweichen, führte kein Weg um sie herum, und so zwang er sich, kein Zögern zu zeigen. Er richtete sich zu seiner ganzen Größe auf, unbewusst spannten sich seine Muskeln an. Sein ganzer Leib kribbelte, doch davon war nichts zu sehen, kein Zucken, kein Hinweis auf die Hitze, die ihn durchströmte.

Die beiden Männer schlurften betont langsam in die Mitte der Gasse, machten sich breit. Aus der Nähe sahen sie älter aus. Dichte Bärte zierten Wangen und Kinn, und ihre Gesichter waren von einem harten Leben gezeichnet. In ihren Augen lag Kälte.

«Kein Ärger», sagte Lukas, so ruhig er konnte, als die beiden keine Anstalten machten, ihnen den Weg freizugeben. «Wir wollen nur vorbei.»

Die Finger von Lukas' rechter Hand lösten sich nur unwillig vom Knauf des Schwertes, aber er hoffte, dass den Männern sein kurzes Zögern nicht auffiel. Er konnte Alexias Atem spüren, so dicht stand sie hinter ihm. Er wollte sich zu ihr umdrehen, ihr Mut zusprechen, doch er wagte es nicht, den Blick von den Männern zu lösen.

«Dein Geld», erklärte der größere der beiden, dem strähnige Locken in die Stirn hingen, und streckte die Hand aus. Der andere grinste breit, entblößte einige überraschend weiße Zähne, zwischen denen jedoch breite Lücken klafften. «Du blonder ...»

Das nächste Wort kannte Lukas nicht, doch er brauchte keinen Übersetzer, um eine Beleidigung zu erkennen.

Alexia trat entschlossen neben Lukas, löste einen kleinen Beutel von ihrem Gürtel und warf ihn den beiden vor die Füße. Das Klirren der Münzen hallte wider in der verwaisten Gasse. Der Kleinere bückte sich, hob ihn auf und warf einen gierigen Blick hinein, dann murmelte er dem anderen etwas zu.

«Mehr!», verlangte der Größere.

«Nein, wir haben nicht mehr», erwiderte Lukas mit fester Stimme und trat einen Schritt vor.

Sosehr er auch glauben wollte, dass sich die beiden damit zufriedengeben würden, die Blicke, die sie an ihm vorbei auf Alexia warfen, ließen ihm keine Wahl.

«Der hinter uns kommt näher», flüsterte Alexia auf Latein. Lukas nickte unmerklich und tat einen weiteren Schritt auf die beiden zu.

«Ihr habt unser Geld. Nun geht aus dem Weg», befahl er mit lauter Stimme, seine Miene eine Maske der Entschlossenheit. «Jetzt!»

Das schmierige Grinsen der beiden verschwand, und fast sah es so aus, als würden sie seinen Worten Folge leisten. Einen Augenblick lang hing alles in der Schwebe. Doch dann zuckte die Hand des Größeren zu einem langen Dolch an seinem Gürtel.

Es war, als würde der Bandit sich ganz langsam bewegen, fast gemächlich. Lukas sprang vor, packte sein Handgelenk, noch bevor die Klinge halb aus der Scheide war, und schlug ihm mit der anderen Hand ins Gesicht. Dass er auf der Burg seines Vaters im Waffenhandwerk unterrichtet worden war, schien eine Ewigkeit her zu sein, doch die ständigen Übungen, die endlosen Wiederholungen, hatten sich tief eingeprägt, und er handelte, ohne nachzudenken.

Der Getroffene taumelte nach hinten, und Lukas hob gerade rechtzeitig den Arm, um die Faust des anderen abzuwehren, der ihn von der Seite angriff. Doch er war schneller als sein Kumpan, hatte bereits einen schartigen Dolch in der anderen Hand, dessen Spitze unter Lukas' Deckung auf ihn zuschnellte. Lukas sprang zurück, entging dem Stoß nur mit knapper Not. Noch in der Ausweichbewegung zog er sein Schwert und schwang die

Klinge in einem Bogen von unten nach oben, um den Gegner auf Abstand zu halten.

Lukas fand neben Alexia sein Gleichgewicht wieder und fiel in die Haltung, die ihm sein Vater wieder und wieder eingebläut hatte. Die Gasse war zu eng, um das Schwert richtig einzusetzen, aber Lukas war auch nicht auf einen Kampf aus, er wollte nur Alexia von hier fortbringen. Er warf einen schnellen Blick über die Schulter, er hatte den dritten Banditen ganz vergessen, der im Begriff war, sich anzuschleichen. Eine schnelle, angedeutete Bewegung in seine Richtung ließ ihn innehalten.

«Verschwindet!», rief Lukas, so laut er konnte, halb in der Hoffnung, dass es Wirkung zeigte, halb in derjenigen, dass jemand sie hörte und ihnen zu Hilfe eilte.

Der Große hatte sich wieder gefangen. Der Schlag hatte seine Lippe gespalten. Blut lief in seinen Bart und verschmierte sein finsteres Lächeln. Er spuckte auf den Boden, roter Speichel auf dunklem Stein.

«Das wirst du bereuen», knurrte er und zog seinen langen Dolch. Mit der Spitze deutete er auf Alexia: «Und sie wird schreien!»

Langsam näherten sich die drei. Lukas und Alexia waren zur Seite ausgewichen und standen mit dem Rücken zur Wand. In den Augen des Dritten hatte Lukas Respekt vor seinem Schwert gesehen, und auch der Begleiter des Großen war vorsichtig, ließ sich jedoch von seinem Anführer mitziehen.

Lukas atmete langsam ein, versuchte, sein wild schlagendes Herz zu beruhigen. Dieser Kampf war so anders als alles, was er sich in seiner Jugend vorgestellt hatte. Kein heldenhaftes Aufeinandertreffen von Edelleuten auf einem Feld der Ehre, keine Duelle zwischen Rittern, sondern drei schmutzige Gesellen, die ihn wie ein Schwein abstechen und ausbluten lassen würden. Und was sie mit Alexia anstellen würden, wollte Lukas sich nicht ausmalen.

Der Gedanke trieb ihn an. Bevor die drei ihn in die Enge drängen konnten, stürzte er sich auf den Kleinsten. Er nutzte das Überraschungsmoment, machte zwei Schritte, dann ging er tief in die Knie, machte sich lang und stieß die Klinge mit seiner ganzen Kraft vor.

Der Kleine war schnell, riss den Oberkörper herum, versuchte, das Schwert mit seiner Waffe abzulenken, doch Lukas' Klinge durchfuhr die Parade und bohrte sich in die Schulter seines Gegners.

Jetzt sprang der Anführer vor, die Klinge zuckte auf Lukas' Gesicht zu. Er riss den Kopf zurück und spürte doch einen heißen Stich kaum zwei Finger unter seinem Auge.

Lukas zog sein Schwert aus der Schulter seines Gegners, der schreiend zu Boden ging, und schwang es in die Richtung des Anführers, doch die Klinge glitt mit der flachen Seite über Stoff und Haut. Sein Dolch kam von unten, Lukas bekam die Hand zu packen, doch empfing dafür einen Schnitt am Unterarm. Der Bandit war sofort an ihm dran, zu nah für das Schwert, rief etwas.

Sie rangen kurz, der Dolch zwischen ihnen. Der Bandit legte beide Hände an ihn, zwang Lukas zurück, die Spitze näherte sich seinem Unterleib. Um sich besser zu wehren, hätte er das Schwert fallen lassen müssen, doch seine Finger hielten den Griff fest umklammert. Stattdessen drehte er seinen Körper mit einem überraschenden

Ruck zur Seite, legte sich in den Druck des Feindes, gab ihm nach, lenkte ihn an sich vorbei und schleuderte ihn so ein Stück die Gasse hinab.

Während die beiden rangen und der Kleine mit seiner Schulterwunde beschäftigt war, witterte der Dritte seine Chance und trat auf Alexia zu. Sie wich zurück.

Der Anführer kam schlitternd zum Stehen, wandte sich zu Lukas um, immer noch mit diesem siegesgewissen Lächeln im Gesicht, obwohl sich sein Kumpan vor Schmerzen stöhnend auf dem dreckigen Pflaster wälzte.

Lukas spürte, wie Blut seine Wange hinablief und die Wunde an seinem Arm brannte, als habe er in ein Feuer gegriffen. Vor ihm stand breitbeinig der Anführer, ein paar Schritt daneben drängte sich der Dritte an Alexia. Lukas' Atem ging schwer, der kurze Kampf hatte ihn mehr erschöpft als ein ganzer Tag am Ruder.

Dennoch zwang er sich dazu, auf den Anführer zuzurennen, und er hob die Klinge zu einem neuerlichen Hieb über den Kopf. Der Große wich zurück, duckte sich zur Seite, doch Lukas sprang an ihm vorbei, setzte auf den Dritten zu, der noch seinen Dolch hob, doch zu langsam. Lukas schlug mit aller Wucht von oben auf ihn herunter, der Schwertknauf traf den Feind mit einem dumpfen Schlag auf die Stirn. Mit ausgebreiteten Armen fiel er nach hinten um. Sein Dolch rutschte klappernd über das Pflaster.

Sofort wirbelte Lukas herum, um sich dem Anführer entgegenzustellen, aber dem hatte es das Lächeln von den blutigen Lippen gewischt.

«Geh! Jetzt!», brüllte Lukas und fletschte die Zähne. Dann fügte er in seiner Muttersprache hinzu: «Oder ich schlitze dich auf und trenne deinen hässlichen Kopf von deinen Schultern!»

Vielleicht waren es die unbekannten Worte, vielleicht der mörderische Blick in Lukas' Augen, jedenfalls zögerte der Große nicht länger und rannte davon, überließ seine Spießgesellen ihrem Schicksal und verschwand hinter der nächsten Biegung.

«Ist alles gut?»

Alexia seufzte auf, nickte dann aber.

«Zeit zu verschwinden», stellte Lukas fest. «Bevor sich die beiden wieder aufrappeln.»

Er ging auf den Kleinen zu, der immer noch auf dem Pflaster lag und wimmernd eine Hand auf seine Schulter presste. Lukas brauchte nichts zu sagen. Mit zitternder Hand zog der Bandit den Beutel mit den Münzen aus seiner Hose und hielt ihn Lukas hin.

Sie eilten die Gasse hinauf und fanden sich auf einer belebten Straße wieder. Die Menschen schauten ihn mit großen Augen an, als er aus dem Schatten in das letzte Licht des Tages stürmte, noch immer die Klinge in der Faust, Blut im Gesicht. Ein großer, blonder Krieger, der vollkommen unerwartet in ihre Mitte trat.

Lukas funkelte sie an, bevor er das Schwert an seinem Beinkleid abwischte und langsam in die Scheide schob. Die Stadt hatte ihm ihr hässliches Gesicht offenbart, und er war nicht gewillt, ein weiteres Risiko einzugehen, bis er Alexia sicher in das Haus ihres Vaters gebracht hatte. So hatte er es geschworen, und so würde es geschehen.

Zwischenspiel

Westanatolien

Herbst 1451

Donner rollte über die flachen Hügel, langgezogen und so laut, dass die Erde erzitterte, als würde sie sich fürchten. Über Evhad spannte sich der blaue Himmel weit und wolkenlos.

Evhad hatte schon schreckliche Stürme erlebt, doch kein Sturm übertraf den Lärm der Kanonen. Aufgereiht standen sie auf der Hügelkuppe und verschossen ihre tödliche Ladung.

Die Brise wehte den weißen Qualm der Geschütze davon, aber dennoch musste Evhad wieder und wieder husten. Alles schmeckte nach Rauch und Feuer, seine Hände, ja seine ganzen Arme waren rußgeschwärzt, und er wusste, dass sein Gesicht ebenso aussah wie das der anderen Kanoniere, hell leuchtende Augen umgeben von Schwarz, das jede Kontur fraß und sie alle zu Dämonen des Krieges werden ließ.

Weitaus schlimmer als die Kanoniere traf es jedoch die kleine Festung auf dem gegenüberliegenden Hügel jenseits des schmalen Tals. Längst hatten die Richtschützen sich eingeschossen, und die meisten der schweren Kugeln fanden ihr Ziel. Staub stieg von den Mauern auf, wo der Stein unter der Wucht des Aufpralls regelrecht zerschmettert wurde. Die Geschütze der Festung hatten das Konterfeuer bereits am Morgen eingestellt. Ob sie zu beschädigt waren, ihre Mannschaft tot oder verletzt oder ob ihnen einfach Pulver und Munition ausgegangen waren, wusste Evhad nicht. Er konnte sich kaum vorstellen, dass jemand in den Trümmern überlebt hatte, aber die Banner wehten weiterhin auf dem Turm, auch wenn dieser seine Krone längst eingebüßt hatte, und der letzte Angriff der Slawen war blutig zurückgeschlagen worden. Viele der Voynuken waren sicherlich mutige Krieger gewesen. Nicht, dass Evhad den toten Christen auch nur eine Träne nachweinte. Besser, sie starben dort vor den halb zusammengeschossenen Mauern als er. Aber das musste er ohnehin nicht fürchten, denn seine Aufgabe war zu wichtig, als dass man ihn zum Sturm auf die Festung abkommandieren würde.

Schon kamen neue Befehle, wieder mussten die langen Rohre gesäubert werden, auch wenn Evhads Arme schwer waren. Jede noch so kleine Verunreinigung musste herausgekratzt werden, bevor die Geschütze neu geladen werden konnten. Die Bronze war heiß vom beständigen Feuern; das Metall verströmte einen ganz bestimmten Geruch, den Evhad überall wiedererkannt hätte.

Seine Arme erledigten die Aufgabe beinahe von allein, so oft hatte er die Bewegungen wiederholt. Er hob den langen, schweren Stab mit dem Stoffballen am Ende und schob ihn mit Schwung in die dunkle, noch qualmende Mündung der Kanone. An der Mündung konnte Evhad die verschiedenen Lagen der Bronze erkennen, wie Jahresringe bei einem gefällten Baum. Als er den Stab herauszog, folgte ein Funkenregen, von denen sich einige auf Evhads Haut setzten und ihm schmerzhafte Stiche verpassten.

«Wir müssen sie abkühlen lassen», rief Orban herüber. Der Ungar war kein Offizier, ja nicht einmal Soldat, aber er war Herr über die Geschütze, und sein Wort hatte Gewicht.

«Das *Schwarze Kamel* wird platzen, wenn ihr Narren es zu sehr reizt.»

Orban deutete auf die große Bacaluşka, die inmitten der anderen, kleiner wirkenden Geschütze aufgebaut worden war. Es maß fast vier Schritt.

Evhad hielt inne. Niemand wollte dabei sein, wenn eines der schweren Geschütze explodierte. Schon eine leichte Beschädigung, ein kleiner Riss, stellte ein großes Problem dar und war eine Schande für die Kanoniere. So unterwarfen sich alle Offiziere der Topçular dem Ungarn, auch wenn ihnen der Unwille ins Gesicht geschrieben stand. Aber der Sultan hatte ihn eingesetzt und vertraute ihm, und niemand würde es wagen, Mehmed den Zweiten zu verärgern. Evhad hingegen war froh darüber, die harte Arbeit für einen kurzen Moment ruhen zu lassen. Gestern hatte der große Bacaluşka neunmal geschossen, und heute hätten sie elf oder mehr Schüsse geschafft, hätten sie das Tempo aufrechterhalten.

Erschöpft setzte sich Evhad in das struppige Gras. Hinter sich konnte er in dem Zelt des Büchsenmeisters Orban mit einem seiner Lehrlinge streiten hören, aber sie sprachen in ihrer eigenen Sprache, die Evhad unbekannt war.

«Brot?», fragte ihn Kadir. Die weißen Zähne des jungen Kanoniers bildeten einen Kontrast zu seinem rußgeschwärzten Gesicht. Dankbar nahm Evhad ein Stück des hellen, schon etwas hart gewordenen Brotes an, biss ab und kaute darauf.

«Ich bin froh, wenn das hier vorbei ist», gestand Kadir leise. Evhad brummte zustimmend. Sein Mund war trocken, und das Schlucken fiel ihm schwer.

«Ich kehre zurück zu meinen Eltern. Vielleicht komme ich rechtzeitig zur Ernte.»

Evhad beneidete den Jungen. Er selbst würde bei den Kanonen bleiben. Seine Familie hatte er seit Jahren nicht gesehen. Für ihn gab es nur noch das Soldatenleben.

Jenseits des Tals sah er Bewegung, Soldaten schienen den Moment der Ruhe zu nutzen, um die in die Mauer geschlagenen Breschen mit Erde aufzufüllen. Sie mussten wissen, dass sie das Unvermeidliche nur herauszögern konnten. Die Festung würde fallen, wenn nicht heute, dann morgen oder am Tag danach. Zu groß war die Streitmacht, die der Sultan gegen die Rebellen aufgefahren hatte, zu viele Geschütze waren gegen sie ins Feld gezogen, zu viele Soldaten warteten auf den Befehl zum Sturm. Was auch immer İbrahim Bey von Karaman dazu bewogen hatte, sich gegen seinen Gebieter, den jungen Sultan, zu erheben, seine Rebellion war gescheitert, bevor sie wirklich begonnen hatte.

Den Männern, die dort drüben die Festung verteidigten, waren die Gründe egal. Sie kämpften und starben. So einfach war das. In gewisser Weise bewunderte Evhad ihren Mut. Er wusste nicht, ob er in einer solchen Lage noch die Kraft aufbringen würde, Körbe mit schwerer

Erde auf die bereits durchbrochenen Verteidigungsanlagen zu schleppen. Natürlich hatte er die Kanonen auch dann noch geladen, als die Festung längst aufgehört hatte, das Feuer zu erwidern, aber nicht aus einem Gefühl der Pflicht, sondern aus Angst vor Strafe. Doch welche Strafe konnte schlimmer sein als das Schicksal, das jenen verdammten Männern auf der anderen Seite des Tals bevorstand?

Laute Rufe rissen Evhad aus seinen Gedanken. Er blickte sich zu seinen Kameraden um und schämte sich für seine Gedanken. Niemand wusste, wie feige er in Wahrheit war.

Reiter galoppierten den breiten Weg zur Hügelkuppe empor, den die Soldaten erst vor wenigen Wochen angelegt hatten, um die Geschütze hierhertransportieren zu können. Banner flatterten im Wind, Evhad sah Gold auf edlen Rüstungen blitzen. Als um ihn herum alle auf den Boden fielen und ihr Haupt zur Erde senkten, brauchte er einen Moment, um zu begreifen, wer sich näherte, und warf sich schnell auf alle viere.

«Meister Urbanus von Transsylvanien?», erklang eine befehlsgewohnte, angenehm tiefe Stimme.

«Das bin ich, Herr.»

Selbst der sonst so arrogante Ungar hatte sich hingekniet und wagte nicht aufzublicken.

«Erhebt Euch. Euer Sultan wünscht mit Euch zu sprechen.»

Aus dem Augenwinkel sah Evhad, wie einige Männer von den Pferden stiegen. Aus seiner Position konnte er wenig mehr als Stiefel sehen, bedeckt mit Straßenstaub, was ihn erstaunte, so als habe er unbewusst erwartet, dass

Dreck es niemals wagen würde, sich auf den Herrscher des Reiches zu legen.

«Der Rest von euch zurück an eure Arbeit», blaffte eine weit weniger angenehme Stimme. Dennoch war Evhad dankbar, dass er sich wieder erheben durfte.

Zusammen mit seinen Kameraden versammelte er sich an ihrer Kanone, doch da ihr letzter Befehl gewesen war, sie abkühlen zu lassen, schoben sie nur vor, an ihr zu arbeiten.

Im offenen Zelt des Büchsenmeisters wurde von zwei Reitern ein bequem wirkender Stuhl samt Tisch aufgebaut, auf dem allerlei Spezereien und Getränke platziert wurden. Genaues konnte Evhad nicht erkennen, aber sein knurrender Magen erinnerte ihn daran, dass seine letzte Mahlzeit kurz nach Sonnenaufgang gewesen war.

Der Sultan nahm auf dem Stuhl Platz, alle anderen blieben stehen, die Häupter ehrerbietig gesenkt. Er trug einen langen, dunkelgrünen Mantel, gesäumt mit weißem Pelz. Sein Turban war prächtig, ebenso wie die goldene Lamellenrüstung unter dem Mantel. Es schien ihm wenig auszumachen, so nah am Kriegsgeschehen zu sein, denn er wirkte entspannt und freundlich, so als halte er Hof in Edirne.

«Sind alle Materialien, die Ihr erhaltet, von dem Wert, den Ihr benötigt, Meister Urbanus?»

«Das sind sie, Euer Exzellenz.»

Die Anrede klang in Evhads Ohren seltsam. Der Ungar schien angesichts der Bedeutung des Moments in seine eigene Zunge zu verfallen.

«Und die Arbeiter? Waren sie hilfreich, und konntet Ihr die Geschütze schnell herstellen?»

«Ja, Exzellenz.»

«Wie ist das Verhältnis Eurer Legierung?»

«Neun Teile Kupfer zu einem Teil Zinn, Euer Exzellenz.»

Der Sultan nickte langsam und strich sich über den Bart, als überlege er angestrengt.

«Die Venezianer verlangen nun mehr für ihr Zinn.»

«Ich kann auch Geschütze aus Eisen gießen, Euer Exzellenz», gab Orban zu bedenken, aber der Sultan lächelte und hob abwehrend die Hand.

«Wir haben genug Kupferminen, und genug Gold für die Schatullen der Venezianer. Ist Bronze nicht besser geeignet als Eisen für Geschütze von dieser Größe?»

Er wies auf die Bacaluşka.

«Es ist sicherer, Euer Exzellenz, und die Waffen behalten länger ihre gute Qualität. Aber Eisen ist sehr viel billiger.»

«Und schwerer», unterbrach ihn der Sultan. «Nein, für Feldschlangen und dergleichen ist Eisen gut genug, aber für meine Pläne …»

Jetzt hielt er inne. Alles schwieg.

«Wie viel wiegt das Geschoss dieses Geschützes?»

Mehmed deutete auf das Schwarze Kamel. Niemand wusste, wer ihr diesen Spitznamen gegeben hatte, doch jeder benutzte ihn.

«Einundvierzig Pfund … ich meine, sechzehn Okka, Euer Exzellenz.»

«Könnt Ihr auch größere Geschütze herstellen, Meister Urbanus?»

«Selbstverständlich, Euer Exzellenz. Ich habe mich nur an die genauen Instruktionen gehalten. Die Festungsanlagen in dieser Gegend sind nicht stark genug, um größere Geschütze zu erfordern.»

«Ich hingegen fordere nun größere Geschütze von Euch, Büchsenmeister. Die größten, die Ihr herstellen könnt. Ihr werdet mich begleiten, wenn ich abreise.»

Damit erhob sich der Sultan. So schnell, wie er mit seinen Begleitern gekommen war, verschwand er wieder und nahm Orban tatsächlich mit.

Jetzt gab es keine Ausrede mehr, sich vor der Arbeit zu drücken. Noch während Evhad sein Geschütz wieder lud, fragte er sich, wofür um alles in der Welt man noch größere Kanonen benötigte. Der Anblick der zusammengeschossenen Festung verursachte ihm eine Gänsehaut.

Kapitel IX

Konstantinopel

Herbst 1451

Der Raum war dunkel. Nur durch einen schmalen Spalt im Mauerwerk, vor den geschabtes Leder gespannt war, fiel ein wenig Licht und erinnerte daran, dass draußen die Sonne schien. Missmutig warf Lukas den groben Sack mit seinen wenigen Habseligkeiten auf das nicht sonderlich einladende Lager. Eine kleine Truhe mit flachem Deckel war das einzige andere Möbelstück. Auch sie hatte schon bessere Tage gesehen, und die Scharniere waren so verrostet, dass Lukas sich fragte, ob sie sich überhaupt noch bewegen würden.

«Was hast du denn erwartet?»

Giacomo lehnte hinter ihm lässig im Türrahmen und kaute auf einem verschrumpelten Apfel herum. Auf die Frage wusste Lukas keine Antwort, aber seine neue Unterkunft stellte eine solch gewaltige Veränderung dar, dass er sich irgendwie betrogen fühlte, obwohl er wusste, dass es immer noch Luxus war, überhaupt eine Kammer sein Eigen zu nennen.

«Vielleicht ein bisschen Licht?»

«Ach, du wirst doch hier ohnehin nur zum Schlafen sein. Und zum ... na, du weißt schon. Wenn ich dein Gesicht so anschaue und mir vorstelle, welche Art Frau wohl mit dir kommen würde, kannst du doch froh sein, wenn ihr beide kaum was seht ...»

Trotz der Beleidigung musste Lukas lachen, und seine Stimmung hob sich. Er kannte Giacomo mittlerweile zu gut, um ihm ernsthaft böse zu sein.

«Ich richte mein Augenmerk nur auf die schönsten und tugendhaftesten Frauen, die eine Zierde für ihr Geschlecht sind», erwiderte er nur halb im Scherz.

Giacomo verzog seine Lippen zu einem so anzüglichen Grinsen, dass er im Zwielicht schon fast dämonisch wirkte.

«Ah, ich vergaß.» Er verneigte sich theatralisch und ahmte Lukas' tiefe Stimme nach: «Bei meinem Blute!»

Sofort senkte sich Lukas' Laune wieder. Doch als Giacomo seine zornige Miene sah, hob er abwehrend die Hände.

«Dir ist schon bewusst, dass du wegen ihr hier gelandet bist?»

Lukas schüttelte den Kopf.

«Der Alte liebt sie über alles und kann ihr keinen Wunsch abschlagen. Aber es war töricht von ihr, mit dir durch die alten Gassen zu streifen. Das ist keine Gegend für eine Tochter aus reichem Hause, und ich schätze, sie hat das auch ganz genau gewusst. Und als ritterlicher Tölpel, der du bist, hast du sie nicht davon abgehalten.» Giacomo wies mit großer Geste auf die kleine Kammer. «Eigentlich müsste er *sie* bestrafen, doch er kann es nicht, also ist dies hier ihre Strafe.»

Unbewusst strich sich Lukas über die Wunde an seinem linken Unterarm. Der Herr des Hauses hatte einen Wundscherer gerufen, der den Schnitt gut versorgt hatte, aber natürlich brannte die Verletzung immer noch unter den Bandagen.

«Sei doch froh», fuhr Giacomo fort. «Du bist wie ein Held vergangener Tage, der stolz die Bürde der Strafe für seine Angebetete trägt.»

«Ich bete Alexia nicht an», widersprach Lukas abwesend, während er die Worte seines Freundes überdachte. Hatte Giacomo möglicherweise recht? Galt seine Strafe eigentlich Alexia? So hatte er es noch gar nicht betrachtet. Jedenfalls sorgten sein neues Gemach und die vielfältigen Pflichten dafür, dass sie sich nur noch selten sahen. Und das war fürwahr eine Strafe, die sie beide traf.

«Du solltest sie dir aus dem Kopf schlagen.» Giacomo wurde plötzlich ernst. «Sie ist einem anderen versprochen, einem Heiden noch dazu! Und die Krämerseelen von Byzanz kennen nichts als Florentiner und Dukaten. Selbst wenn sie frei wäre, würde sie niemals dein.»

Obwohl Lukas wusste, dass Giacomo recht hatte, gefiel ihm die Vorstellung nicht, und er wechselte das Thema.

«Als wenn sie in deiner Heimat an etwas anderes denken würden als an Geld.»

Jetzt lächelte der Italiener wieder.

«Das stimmt. Aber wenigstens verbergen wir es nicht. Wir sind ehrlich habgierig und offen verschlagen. Wir verschanzen uns nicht hinter der Geschichte und behaupten, wir seien die wahren Herren der Welt und all ihrer Meere.»

«Konstantinopel war eine große Stadt», entgegnete

Lukas, um sich gleich zu berichtigen. «Ist eine große Stadt.»

«Für jemanden wie dich vielleicht, der von jenseits der Alpen stammt, die Sonne nur aus Geschichten kennt und sein Vieh bei Schnee auf die Weiden treiben muss. Dass es bei euch keine großen Städte gibt – kein Wunder. Wer will schon dort leben? Aber in meiner Heimat ... ach, dort findet das Leben statt, dort regieren Kunst und Geist und Wissen und ...»

«Geld.»

«Ja, auch Geld.»

Es war gar nicht so leicht, den jungen Italiener zu beleidigen. Jedes Widerwort schien er für sich zu vereinnahmen, aus jeder Sünde machte er eine Tugend, aus jeder Schwäche eine Stärke.

«Warum bist du dann nicht dort geblieben?»

Giacomo ließ den Kopf hängen und strich über seinen Bart.

«Es gab einen Händel mit einem reichen Schnösel. Vielleicht war ich zu aufbrausend, vielleicht war er es. Wir beide wurden gleich schnell wütend, doch meine Klinge war weitaus schneller als die seine. Mein damaliger Herr legte mir nahe, dass eine längere Reise angemessen sei, und schickte mich zu einem seiner Geschäftsfreunde hierher.»

«Was war der Anlass?»

Jetzt grinste Giacomo wieder.

«Eine Frau natürlich», erklärte er stolz und warf sich in die Brust. «Was sonst?»

«War sie es wert?»

«Mein Freund», begann Giacomo bedeutungsschwanger und legte Lukas die Hand auf die Schulter. «Sie war eine Hure.»

Verblüfft hob Lukas die Augenbrauen.

«Ja, sie war schön, mit dunklem Haar und noch dunkleren Augen und Brüsten ... Lukas, solche Brüste hast du noch nicht gesehen, rund und fest wie ...» Giacomo sah auf die runzelige Frucht in seiner Hand. «Ich wollte eigentlich sagen ‹wie Äpfel› ...»

«Du hast dich für eine Hure geschlagen?»

Giacomo zog seine Hand zurück und zuckte mit den Schultern.

«Wundert es dich? Wäre ich ein kluger Mann, so wäre ich noch in Venedig, vermählt mit einer guten Frau und ohne all die Narben, die mir mein mangelnder Verstand eingebracht hat. Aber man muss seine Grenzen erst erkennen, Lukas, ich die meinen und du die deinen.»

Lukas seufzte vernehmlich.

«Und welches sind die meinen?»

«Auch dir mangelt es an Klugheit, mein junger unerfahrener Freund, sonst wärst du nicht in dieser muffigen Kammer, sondern dort draußen, und du würdest dich nicht im Stillen nach der unerreichbaren Tochter des viertreichsten Hauses der Stadt verzehren, sondern dich jenen Damen widmen, die dir allein schon wegen der güldenen Farbe deiner Haare ihre Gunst schenken würden.»

«Und was will ich mit solchen Frauen?»

«Was?» Giacomo prustete los. «Was du mit ihnen *willst*?»

So sehr musste der Venezianer lachen, dass er sich vornüberbeugte und auf seinen Schenkel schlug.

Aber Lukas blieb ernst. «Ziehst du nicht auch tadellose

Jungfern vor?», versuchte er, sich Gehör zu verschaffen. «Wie oft habe ich dich schon zur Jungfrau Maria beten hören?»

«Natürlich.» Giacomo hatte sich etwas beruhigt, strich sich eine Träne aus dem Augenwinkel. «Welcher Mann will nicht so ein Weib? Tugendhaft, erfüllt von Mädchenstolz, dabei rein und unschuldig. Meine Mutter, möge der Herr ihrer Seele gnädig sein, war eine solche Frau. Alle Mütter sollen so sein, alle Schwestern, Basen, Nichten, ja selbst die Tanten und Großmütter.»

«Siehst du?»

«Aber alle anderen Frauen?» Jetzt zwirbelte er sich die Bartenden und zwinkerte Lukas zu. «Nein, die sollen ganz und gar nicht so sein.»

Lukas seufzte erneut.

«Und weißt du, was?» Giacomo wartete keine Antwort ab. «Heute zur Abendstunde fahren wir über das Goldene Horn nach Galata, wo ich dir einige Damen vorstellen werde, die nun wirklich ganz und gar nicht so sind.»

«Aber ich habe gar kein Interesse ...»

«Bevor du das sagst, solltest du sie erst einmal kennenlernen. Ignoranz ist eine Kardinalsünde, mein Freund, und sagt nicht der Herr selbst, dass wir alle Geschöpfe seiner Erde lieben sollen?»

Obwohl Lukas sicher war, dass der Venezianer gefährlich nahe am Rand der Blasphemie entlangtänzelte, musste er lächeln.

«Und wenn es dir nicht behagt, dann trinkst du nur einen oder fünf Becher Wein. Was kann daran schon schlimm sein?»

Darauf fiel Lukas keine Antwort ein.

«Also gut.»

«So ist es recht», brummte Giacomo und rieb sich die Hände. Mit einem Mal kam Lukas sein Einverständnis töricht vor, aber hatte ihm der Venezianer ohnehin nicht schon mangelnden Verstand zugesprochen?

Und so fand er sich im Licht der untergehenden Sonne auf einem kleinen Ruderboot wieder, dessen Besitzer Giacomo unter Flüchen, Verwünschungen und obszönen Beleidigungen ob seiner Geldgier angeheuert hatte, sie über das Goldene Horn zu bringen.

Das Wasser in der Bucht war ruhig. Viele Schiffe lagen hier vor Anker, einige nutzten den schwachen ablandigen Wind, um sich wieder auf eine Reise zu begeben. Dazwischen gab es allerlei kleinere Schiffe und Boote, Fischer, Transportschiffe und viele mehr.

Die beiden Ruderer legten sich mächtig in die Riemen, was Lukas einen unangenehmen Moment der Erinnerung bescherte, den er jedoch schnell wieder abschüttelte.

Giacomo hatte es sich im Heck bequem gemacht, ließ eine Hand in das Wasser baumeln und scherzte mit dem Besitzer, den er gerade noch über dessen uneheliche Abstammung informiert hatte. Mit einem Ohr hörte Lukas ihnen zu, doch seine Aufmerksamkeit galt ihrem Ziel, Galata, der Schwesterstadt von Konstantinopel auf der anderen Seite der Bucht. Sie war weitaus kleiner, und auch ihre Mauern waren nicht so beeindruckend. Die Gebäude, die er dahinter erspähte, waren jenen ähnlich, die er in Italien gesehen hatte. Türme zierten die Mauer, welche auch diese Stadt gänzlich umschloss.

Die Ruderer wussten, wohin ihre Passagiere wollten,

und nahmen Kurs auf ein Tor in der westlichen Seite der Mauer, durch das bereits eine große Anzahl an Menschen strömte. Kleinere Schiffe und Boote lagen am Strand und wurden be- oder entladen. Zwischen ihnen fand ihr eigenes noch Platz, und die beiden sprangen auf den steinigen Untergrund.

Der Weg war ausgetreten, und sie reihten sich in den Strom ein, der nach Galata hineinwollte. Es dauerte nicht lang, da wurden sie von zwei Wachen gemustert, die offensichtlich keine besondere Freude dabei empfanden, ihren Dienst zu verrichten.

«Seid gegrüßt. Wir sind nur Gäste für kurze Zeit und führen keinerlei Waren mit uns», erklärte Giacomo mit einer Verbeugung. Einer der beiden Wächter kratzte sich seinen räudigen Bart und kniff die Augen zusammen.

«Für Eure Mühen und als Dank für Eure Aufmerksamkeit, die uns alle vor großem Übel beschützt.» Blitzschnell ließ Giacomo eine kupferne Münze in seiner Hand erscheinen und sie ebenso schnell in der des Mannes verschwinden. Ohne ein Wort zu sagen, nickte der Soldat und wandte sich bereits den Nächsten zu.

Giacomo führte Lukas in die Stadt und schüttelte den Kopf.

«Diese Genuesen!»

«Ist das ein Lob oder ein Tadel?»

«Aus dem Munde eines Venezianers ein Tadel, mein Freund, ohne Frage ein Tadel.»

«Wem dienen sie? Dem Kaiser von Byzanz?», erkundigte sich Lukas mit einem Blick über die Schulter. Die Wachen befanden sich in einem zwar leise geführten, aber mit vielen ausladenden Handbewegungen untermalten

Streit mit einer Gruppe von Fischweibern, die ihre großen Körbe, übervoll mit ihrem silbernen Fang, vor sich abgestellt hatten.

«Ha! Nein, dem Podestà aus Genua. Die Stadt gehört den Genuesen, es ist ihnen erlaubt, hier zu bauen, zu handeln und zu leben.»

Die Straßen Galatas waren ebenso voll wie in Konstantinopel, doch waren es schon auf den ersten Blick andere Menschen, die hier ihren Geschäften nachgingen. Hier und da sah Lukas auch Griechen in ihrer traditionellen Kleidung, doch es gab viel mehr Volk aus dem Abendland. Die Mehrzahl kam aus den Städten Norditaliens, wie er nach ihrer Kleidung vermutete; dazu jedoch gab es noch allerhand Volk, das er nicht zuordnen konnte. Schon auf dem kurzen Stück des Weges glaubte Lukas ein halbes Dutzend verschiedene Zungen zu hören.

«Da vorne ist unser Ziel», stellte Giacomo fest. «Eine gute Schänke für zwei gute Männer. Nun ja, einen guten Mann.»

«Ich bin sicher, sie geben dir dennoch Wein, mein lieber Giacomo!»

Giacomo hielt vor einem hohen Haus an. Der einzige Hinweis darauf, dass sich im Inneren eine Taverne befand, waren zwei alte gekreuzte Ruder, die über der Tür angebracht waren.

«Hier gibt es richtigen Wein, nicht wie der Traubensaft, den sie hier keltern, sondern richtigen Wein.»

Der Schankraum der Taverne war groß, er nahm fast das gesamte Erdgeschoss des einst prächtigen, inzwischen aber heruntergekommenen Hauses ein, das früher einmal ein Kontor oder Ähnliches gewesen sein musste. Die

Decke war hoch, wodurch der Raum luftig hätte sein können, doch die wenigen Fenster waren nicht mehr als schmale Schlitze, und es gab nur wenige Lampen, sodass die Schänke in ein dämmriges Licht getaucht war.

Stroh bedeckte den Boden, und an mehr als einem Dutzend Tischen saßen bereits andere Gäste vor ihren Weinbechern, vertieft in Gespräche oder Würfelspiel. Die Einrichtung war schlicht, dickes Holz, von unzähligen Hinterteilen glatt poliert. Giacomo führte sie zu einem Tisch. Der Wein war hellrot und mit Wasser gestreckt und für Lukas' Geschmack dennoch zu süß, aber Giacomo bezeichnete ihn als das Blut seiner Heimat.

Der Italiener nahm einen tiefen Schluck aus seinem irdenen Becher und schmatzte laut. Lukas ließ seinen Blick durch den Raum wandern. Er glaubte ein paar Ruderleute wiederzuerkennen. Andere waren offensichtlich Arbeiter aus dem Hafen.

«Oben gibt es zwei große Zimmer, in denen man übernachten kann. Gegen einen entsprechenden Obolus, versteht sich», erklärte Giacomo und hob seinen Becher. «Auf die Heimat!»

Lukas prostete ihm zu und nahm einen großen Schluck. Giacomos Trinkspruch hatte Erinnerungen wachgerufen, die Lukas nicht behagten, aber bevor er sie in Wein ertränken konnte, legte der Venezianer den Finger direkt in die Wunde: «Willst du mir nun endlich verraten, was dich hierher verschlagen hat?»

«Ein Sturm», antwortete Lukas ausweichend.

«Ja, ich kenne die wundersame Geschichte deines Schiffbruchs. Man sollte dich Jona heißen! Aber das meinte ich nicht. Wieso warst du auf der Galeere? Die

Türken und Sarazenen überfallen immer wieder Küstendörfer und rauben ganze Sippen als Sklaven, aber doch wohl kaum jenseits der Berge im Norden, oder?»

Um Zeit zu gewinnen, trank Lukas noch einen Schluck. Dann seufzte er.

«Nein, ich war auf einem kleinen Schiff unterwegs, fern meiner Heimat. Auf einer Pilgerreise.»

Überrascht zog Giacomo die Brauen hoch.

«Ein Pilger? Wohin wolltest du?»

«Ins Heilige Land.»

«Hast du eine schwere Sünde auf dich geladen?»

Lukas schüttelte den Kopf. «Nein. Ich habe geschworen, dort eine Aufgabe zu erfüllen. Für meine Familie.»

Für den Moment schien die Antwort den Venezianer zufriedenzustellen, zumindest hakte er nicht weiter nach, sondern spie verächtlich auf den Boden.

«Verfluchte Heiden. Lassen einen Mann nicht einmal eine geheiligte Fahrt unternehmen! Möge der Herr sie allesamt strafen!»

Zwar war Lukas geneigt, ihm zuzustimmen, aber er schwieg dennoch und sah unschlüssig in seinen Becher. Vielleicht war die lange Zeit auf der Galeere schuld, doch seit er wieder in Freiheit war und dem Wein zusprechen konnte, hatte er bemerkt, dass ihm dieser schnell zu Kopf stieg.

«Überall an der Küste bauen sie Wehrtürme, und jedes Fischerdorf muss Männer stellen, die sie bemannen und vor Piraten und Sklavenjägern warnen», ereiferte sich Giacomo. «Zum Glück gibt es die Bollwerke der Christenheit, die sich gegen diese Gottlosen zur Wehr setzen und ihnen die Meere streitig machen.»

Lukas fuhr mit einem Finger durch einige Tropfen verschütteten Weines auf dem Tisch, zog eine feuchte Spur über das glatte Holz.

«Und jetzt, mit diesem neuen Sultan, wer weiß da schon, was sein wird», fuhr Giacomo fort. Er leerte den Becher mit einem tiefen Schluck, dann setzte er sein Grinsen wieder auf. «Andererseits sind dies gute Zeiten für Männer wie uns, was, Freund Lukas?»

«Männer wie wir?»

Giacomo legte eine Hand auf den Knauf des langen Dolches, den er am Gürtel trug.

«Männer, die mit gutem Stahl umzugehen wissen. An solchen ist immer Bedarf, wenn Krieg am Horizont dräut.»

Lukas sah auf. «Du glaubst, dass es Krieg geben wird?»

Giacomo zuckte mit den Schultern.

«Irgendwo ist immer Krieg, nicht wahr? Und wenn kein großer Krieg, dann Überfälle und Raub und Plünderungen. Denkst du, die Piraten, die dich erwischt haben, geben ihr Geschäft auf? Für jeden, der gefangen wird und seinen Kopf verliert, wachsen zwei neue nach. Der Maghreb ist ein gottloses Land, nichts als Diebe und Mörder leben dort. Man sollte …»

Die Tür wurde aufgestoßen, und eine Gruppe von drei bunt gekleideten Gesellen betrat lärmend den Schankraum. Auf den ersten Blick bemerkte Lukas, dass sie alle Schwerter und Dolche trugen, und so wie ihm ihre Bewaffnung auffiel, so musterten sie auch seine Klinge. Ihre Heiterkeit mochte echt sein, doch sie waren wachsam. Als sie Giacomo sahen, nickten sie ihm zu.

«Kommt her, ihr Schurken! Und bringt mehr Wein mit!»

Als sie an ihren Tisch kamen, hatte Lukas keinen Zweifel mehr, dass sie die Klingen nicht nur zur Zierde trugen, sondern auch mit ihnen umzugehen wussten.

«Das ist Lorenzo», stellte Giacomo vor. Lorenzo war groß und breit gebaut, hatte einen prächtigen schwarzen Vollbart und dunkle Augen. Die Miene des Mannes blieb unbewegt, als er Lukas zunickte.

«Und das sind Girolamo und Virgilio, beides wahre Haudegen.»

Die beiden quittierten seine Worte mit lautem Lachen. Girolamo war der Kleinste der drei, mit einem sympathischen pausbäckigen Gesicht, das er vergeblich hinter einem mächtigen Knebelbart zu verstecken suchte. Virgilio hingegen war glatt rasiert, doch was andere Männer jünger wirken lassen mochte, hatte bei ihm den gegenteiligen Effekt, denn er sah dank unzähliger Falten und Furchen in seinem gebräunten Gesicht aus wie ein alter Mann. Dennoch hatte er außergewöhnlich helle Zähne, die seltsam fehl am Platz wirkten.

«Ich bin Lukas», stellte er sich selbst vor, bevor Giacomo den Neuankömmlingen irgendeinen Unsinn über ihn erzählen konnte.

«Und was treibst du so, Lukas?», erkundigte sich Lorenzo mit echtem Interesse im Blick, von dem Lukas jedoch nicht sagen konnte, ob es wohlwollender oder feindseliger Natur war.

«Er ist ein Mann von käuflicher Loyalität», sprang ihm Giacomo zur Seite, bevor Lukas den Mund öffnen konnte. «So wie wir alle. Ein Condottiere sozusagen.»

Girolamo schnaufte belustigt auf, und Virgilio feixte, aber Lorenzo sagte nichts.

«Die drei stehen auch in Diensten auf der anderen Seite, drüben in Konstantinopel», erklärte Giacomo. «Allerdings gehören sie zu einem kleinen, aber würdevollen und angesehenen Banner, das von einem der Magistrate, oder wie die Beamten da heißen, angeheuert wurde.»

«Und er? Wem dient er?», warf Lorenzo ruppig ein.

«Dem Haus Hyakos», erklärte Lukas kühl. «Aber ich bin kein Söldling.»

«Soll das heißen, du kannst mit dem Eisen da an deiner Seite gar nicht umgehen?»

Noch während Lorenzo sprach, sackte die gute Stimmung ab, und es schien kälter im Schankraum zu werden. Der Söldner musterte Lukas immer noch mit diesem undeutbaren Blick, so als gelinge es ihm einfach nicht, ihn einzuschätzen.

«Doch, kann ich», erwiderte Lukas schlicht und hielt dem Blick stand. Einige Herzschläge lang sprach keiner, dann setzte Giacomo seinen Weinbecher mit einem lauten Schlag auf dem Tisch ab.

«Natürlich kann er das. Und er hat es auch schon bewiesen. Wie viele waren es? Vier?»

«Eigentlich waren es …»

«Fünf also», unterbrach Giacomo ihn. «Vielleicht auch gleich ein halbes Dutzend. Hafenratten, ihr kennt das Pack. Ist es nicht eure Aufgabe, dafür zu sorgen, dass ehrbare Bürger sich sicher auf den Straßen der großen Stadt bewegen können?»

«Als wenn ihr ehrbare Bürger wärt», murmelte Virgilio in seinen Wein und schnaubte belustigt. «Aber erzähl mehr, wie viele Schurken waren es nun?»

«Es waren drei», berichtete Lukas schnell, um Giacomo zuvorzukommen. «Ich habe die Tochter des Hauses durch die Stadt geleitet, und die Burschen wollten ihr an die Börse.»

«Oder mehr», konnte sich Giacomo nicht verkneifen, was ihm einen finsteren Seitenblick von Lukas einbrachte.

«Drei sind ordentlich», stellte Lorenzo fest.

«Aber es waren keine Soldaten, keine Krieger, nur Straßenpack.»

«Dennoch. Jeder, der schon mal einen Händel ausgefochten hat, weiß, dass einer gegen drei ein schwieriges Unterfangen ist. Gute Arbeit, Lukas.»

Damit lehnte Lorenzo sich zurück und trank seinen Weinbecher in einem langen Zug aus. Die beiden anderen schienen von diesem Urteil ebenfalls überzeugt zu sein, denn Girolamo bot an, die Runde zu übernehmen, und Virgilio brachte einen Trinkspruch auf Männer aus, die alleine gegen viele stehen, wobei sich Lukas fragte, ob er damit Feinde oder Amphoren Wein meinte.

Vom Rest des Abends wusste er am nächsten Morgen nicht mehr viel, aber der hämmernde Schmerz zwischen seinen Schläfen ließ ihn vermuten, dass sie zu fünft mit großem Mut gegen außergewöhnlich viele Becher Wein gestanden hatten.

Kapitel X

Konstantinopel

Herbst 1451

An manchen Tagen erschien Lukas seine Aufnahme in den Haushalt der Familie Hyakos als ein ungeheurer Glücksfall. Er kam nicht umhin zu denken, dass es vielleicht kein Zufall gewesen war, der ihn bis nach Konstantinopel geführt hatte. Überhaupt lag es ihm fern, die göttliche Vorsehung in Frage zu stellen; nicht nur, weil sie ihn zu Alexia getragen hatte, sondern auch, weil es ihm nicht zustand, an ihr zu zweifeln.

Neben ihm und Giacomo gab es noch eine Handvoll anderer Männer, deren Aufgabe es war, für den Schutz und die Sicherheit der Familie und ihrer zahlreichen Besitztümer zu sorgen, ganz abgesehen von jenen, die im Bedarfsfall angeheuert wurden, wenn wieder ein Schiff mit reicher Fracht in den Hafen einlief.

Bojan war der unangefochtene Herrscher über diese kleine Schar. Zunächst war es Lukas erschienen, als habe der Serbe es aus irgendeinem Grund auf ihn abgesehen, aber schon bald konnte er feststellen, dass Bojan alle gleich schlecht behandelte. Aber auch wenn er die raue

Art des Serben nicht persönlich nehmen musste, fluchte er genauso über Bojan wie alle anderen.

Schon die schiere Anzahl der Bewaffneten sorgte dafür, dass die Pflichten des Einzelnen verhältnismäßig leicht waren. Dem findigen Giacomo gelang es immer wieder, ihnen gemeinsame Aufträge zu besorgen. Zudem ergab sich oft die Möglichkeit, die freie Zeit gemeinsam zu verbringen. Der Venezianer schien die halbe Stadt zu kennen und noch mehr von Galata, und auch wenn er im Zwiegespräch mit Lukas selten ein gutes Haar an den Genuesen ließ, war er recht beliebt – wenn man von den Schulden absah, die er bei seinen unzähligen Zechgelagen angehäuft hatte.

Es mochte an Lukas' Erziehung liegen, die Giacomo gerne als teutonisch verspottete, doch es missfiel ihm, sich in Schuldnerei zu begeben, und er achtete genau darauf, seine Zeche stets bis zur letzten Münze zu begleichen.

Doch nicht immer konnten sie gemeinsam umherstreifen. An diesem kühlen Herbsttag, an dem sich Wolken vor die Sonne geschoben hatten und der Wind, sonst willkommen von der See her wehend, aus dem Norden eine frische Brise mit sich brachte, zog Lukas allein aus dem Tor der Villa.

Gerne wäre er geblieben und hätte nach Alexia gesehen, doch sie empfing Gäste aus der weitverzweigten Verwandtschaft ihres Vaters. Bojans grimmige Miene zeigte Lukas, dass seine Anwesenheit nicht sonderlich erwünscht war, und so schnallte er sich seinen Schwertgurt um, legte sich einen Mantel um die Schultern und begab sich in die Stadt.

Das im Vergleich zu den letzten Wochen unangenehme Wetter schien wenig Einfluss auf die Menschen zu haben, die trotz der Frische so emsig ihren Geschäften nachgingen wie an jedem anderen Tag.

Ohne ein besonderes Ziel ging Lukas die Straße entlang, folgte ihr erst ein Stück den Hügel hinab, bog dann in eine kleinere Gasse ab, die ihn zu einer weiteren Straße führte, die ihn den nächsten Hügel hinaufbrachte. Zwischen den Gebäuden sah er die gestreifte Stadtmauer, deren helle Steinquader ohne Sonne nicht mehr so weiß strahlten, sondern ein schmutziges Beige angenommen hatten. Der Anblick zog ihn an, und er folgte der Straße, bis die Mauer direkt vor ihm aufragte.

Das Bauwerk war von titanischen Ausmaßen. Die Höhe der Mauer konnte Lukas nur schätzen, aber es waren sicherlich mehr als dreißig Ellen. Die Bänder, die zwischen den Teilen aus großen Steinquadern liefen, bestanden aus roten Ziegeln.

Von seiner Position fast ganz oben auf dem Hügel konnte Lukas den Verlauf der Mauer bis hinab zum Bosporus sehen. Eigentlich bestand die Wehranlage aus zwei Mauern, wobei die innere höher war als die äußere. Vor den Mauern erstreckte sich ein gemauerter Graben vor einer brusthohen Wehr. Jeder Angreifer musste zunächst diesen Graben und den niedrigen Wall überwinden, dann durch oder über die äußere Mauer, nur um dann im schmalen Streifen zwischen den beiden Mauern festzusitzen, wo er dem Feuer der Verteidiger hilflos ausgeliefert war.

Dazu gab es viele Türme, große von quadratischer Form, die zwischen den Mauern standen, und kleinere mit acht Ecken, die über die äußere Mauer ragten und es Soldaten erlaubten, in alle Richtungen zu schießen.

Von diesen Soldaten sah Lukas auch einige auf einem der großen Türme. Sie waren zu weit weg, um Genaueres zu erkennen, doch es schien sich um Italiener zu handeln, vermutlich Söldner.

Lukas hatte auf seinen Reisen hohe Berge gesehen, deren Gipfel schneebedeckt und von Wolken umspielt waren, doch diese Mauer wirkte selbst gegenüber diesen älter und fester, vielleicht weil es die schwache Kraft der Menschen war, die sie gegen alle Umstände errichtet hatte.

Lukas ging an die Mauer heran und legte seine Hand auf einen der hellen Steinquader, kalter Fels unter seinen Fingern, ein Gefühl von Schutz und Sicherheit, von Größe und Macht zuckte durch seinen Geist. Er selbst dagegen fühlte sich plötzlich unbedeutend und klein.

Die Sonne blinzelte zwischen zwei Wolken hindurch, und das helle Braun der Mauer verwandelte sich in ein schönes Weiß, die roten Ziegel leuchteten dazwischen, als wollte die Mauer selbst unterstreichen, von welcher Schönheit die Stadt war, die sie umfasste und beschützte. Dann erstarb der Sonnenstrahl so plötzlich, wie er gekommen war, und mit ihm der erhebende Moment.

Lukas trat zurück und schüttelte den Kopf. Er folgte dem Verlauf der Mauer, auf der Suche nach einem der großen Tore, die hinaus aus der Stadt führten.

Auf dem Weg bemerkte er ein altes Gebäude, das sich zwischen zwei weit neuere duckte. Auf den ersten Blick war es wenig auffällig, dicke Mauern aus dunkelrotem, fast braunem Stein, eine niedrige Pforte über zwei flachen Stufen, die offen stand, sodass man fast glauben konnte, es wäre eines der verlassenen Häuser, die es in der Stadt in zu großer Zahl gab. Doch über dem gedrungenen Bau erhob sich eine Kuppel von perfekter Rundung, aus einem ähnlich hellen Stein wie die Mauer, die zeigte, dass dies kein einfaches Haus war.

Leiser Gesang drang aus der offenen Pforte, die Worte nicht zu verstehen, aber Lukas erkannte die Melodie. Fasziniert blieb er stehen. Seine Gedanken rasten, versuchten, die Töne in seinem Gedächtnis wiederzufinden. Doch es gelang ihm nicht. Alles, was er wusste, war, dass er die Melodie vor langer Zeit gehört hatte.

Zögerlich setzte er einen Fuß auf die unterste Stufe. Dann plötzlich verbanden sich die Töne zu einer Erinnerung, und auf einmal erkannte er es ganz deutlich. Es gab keinen Zweifel, eine Frau sang selbstvergessen eines der Lieder aus den Gottesdiensten seiner Kindheit.

Auf dem verwitterten Holz des Türflügels war ein schmiedeeisernes, simples Kreuz angebracht, das alt, aber auch gepflegt aussah. Dahinter war es dunkel, und es dauerte einen Moment, bis Lukas Details erkennen konnte.

In das Längsschiff, das sich unter der Kuppel erstreckte, fiel nur durch zwei hohe, schmale Fenster Licht. Mannshohe Kerzenständer waren vor vier an den inneren Ecken gemauerten Säulen platziert, doch keine Kerze brannte in ihnen, nicht einmal wächserne Überreste waren darin zu sehen. An der Stirnseite befand sich der Altar, bedeckt mit einem dünnen, mehrfach geflickten Tuch. An der Wand darüber hing ein Kreuz aus dunklem Holz.

Natürlich gab es in Galata mehrere Kirchen, und anders als in Konstantinopel dienten die Priester dort dem Papst in Rom und erkannten ihn als ihr Oberhaupt an. Von den religiösen Gebräuchen der Byzantiner wusste Lukas wenig, außer dass ihr Glauben nah an der Häresie war. Bislang hatte er jedoch jeden Kontakt mit den Priestern Roms vermieden, auch wenn Giacomo ihm mehrfach angeboten hatte, ihn zur heiligen Messe zu begleiten. Auch hier war sein erster Drang, sich umzudrehen und diese Kirche zu verlassen, doch der Gesang ließ ihn innehalten.

Es war, als hätte die leise Melodie ihn an einen besseren Ort geführt. Erinnerungen wurden in Lukas wach, bemächtigten sich seines Geistes, Bilder von besseren Tagen, von glücklichen Tagen, der Geruch von Weihrauch in der kleinen Burgkapelle, der Fetzen eines inbrünstigen Gebetes, das Lachen seines Bruders, bevor er begonnen hatte, sich mehr und mehr von Lukas zu entfernen.

Lukas verharrte auf der Schwelle, aber angezogen von der Melodie, als wäre sie Sirenengesang, trat er schließlich in das düstere Innere des Gotteshauses.

Jetzt konnte er auch die Quelle des Gesanges ausmachen. Eine alte Frau fegte mit einem ausgefransten Strohbesen den Boden. Das war also seine Sirene. Sie hatte ihn noch nicht bemerkt und sang weiter vor sich hin, halb murmelnd, halb summend, als kenne sie den Text weniger gut als die Melodie. Ihr Gesicht war runzelig, sie ging gebückt, humpelte mühsam, aber auf ihren Lippen lag ein Lächeln. So vertieft war sie in ihre Arbeit, dass sie Lukas nicht bemerkte.

Aus der Nähe betrachtet, war zu sehen, dass diese Kirche noch älter sein musste, als Lukas bislang vermutet hatte, und die Zeit war nicht gnädig mit ihr gewesen. Es gab keinen Schmuck an den Wänden, dafür aber faustgroße Löcher, so als sei dort einst etwas befestigt gewesen, was herausgebrochen worden war. Risse zogen sich durch den Putz, der an einigen Stellen sogar ganz abgeblättert war. Es gab keine Bänke, keine Stühle, keine Kanzel für einen Priester, nur den kleinen, schlichten Altar auf einem niedrigen Podest und darüber das einfache Holzkreuz.

Die Luft war trocken und staubig, trotz der Bemühungen der alten Frau, die jedoch den Schmutz eher von einer Ecke des Raums in die andere zu fegen schien. Nach den für die Ewigkeit errichteten Trutzmauern war diese Kirche ein Mahnmal der Vergänglichkeit allen menschlichen Strebens.

Doch noch war sie nicht verschwunden, noch nicht unter der Last ihrer Kuppel zusammengebrochen, noch diente sie einem Zweck. Lukas sank vor dem Altar auf ein Knie nieder und senkte das Haupt. Sein letztes Gebet lag lange zurück, und diese Worte an den Herrn im Himmel waren in Zorn und Enttäuschung gesprochen worden. Beides spürte er noch immer in sich, doch die Wut war nicht mehr so lodernd heiß, die Enttäuschung nicht mehr so rabenschwarz verschlingend. Dennoch mangelte es ihm an Worten, und so blieb er einfach knien, hoffend, dass die Demut, die er spürte, ein Gebet sein konnte.

«Vater!», unterbrach die Frau ihren Gesang. Lukas hob den Kopf und sah, dass sie ihn anstarrte, der Besen in der Bewegung eingefroren, eine Miene der Überraschung in ihrem Gesicht.

«Verzeihung», murmelte er gedankenlos in seiner Muttersprache, sprang auf die Füße und schlug sich den Staub von den Beinkleidern. Mit einem Mal fühlte er sich, als habe er eine heilige Messe unterbrochen, obwohl es doch nur der Arbeitsgesang einer alten Frau gewesen war.

Schon wollte er sich zum Gehen abwenden, da sah er einen hageren, grauhaarigen Mann in einer braungrauen Robe in einer kleinen Seitentür stehen.

«Suchst du Trost, mein Sohn?»

Seine Stimme war überraschend fest, denn äußerlich wirkte der Priester so, als würde ein einfacher Lufthauch genügen, um ihn von seinen Füßen zu wehen. Eine ausgefranste Kordel diente ihm als Gürtel, seine Füße waren schmutzig, schwarze Zehen mit knorrigen Nägeln ragten unter dem zerfledderten Saum seiner Robe hervor. Sein Kopf drehte sich von einer Seite zur anderen, der Blick fuhr leer an Lukas vorbei – der alte Priester war blind.

«Ich wollte nicht stören, Vater», antwortete Lukas. Das Gesicht wandte sich ihm zu, ein Lächeln erschien auf den fleckigen Lippen. Wangen und Kinn bedeckte ein struppiger, ungepflegter Bart. Unter den Augen waren große Tränensäcke, aber das Antlitz war trotzdem offen und freundlich.

«Ich habe nur gebetet und werde mich jetzt wieder auf meinen Weg begeben.»

Mit einer knappen und sinnlosen Verbeugung wandte Lukas sich ab.

«Du bist nicht aus der Stadt, nicht wahr, mein Sohn?»

Lukas hielt inne. Ein Teil von ihm wollte die staubige alte Kirche hinter sich lassen und wieder in die Stadt eintauchen, in den Menschenmengen verschwinden, aber es wäre unhöflich, den alten Mann einfach stehen zu lassen.

«Nein, ich stamme nicht von hier.»

«Deine Worte verraten dich», erklärte der Priester mit einem breiten Lächeln, das so offen und freundlich war, dass Lukas ihm diesen Anflug von unangemessenem Stolz sogleich verzieh.

«Schemel», sagte der Alte und schüttelte den Kopf, als vertreibe er einen lästigen Gedanken, dann deutete er auf die niedrige Tür hinter sich. «Dort sind Schemel. Würdest du einem alten Mann einen Gefallen tun und sie holen? Meine Knie sind nicht mehr das, was sie einst waren.»

Lukas warf einen kurzen Blick über die Schulter auf die offene Pforte, wollte sich schon entschuldigen, aber was für ein Mann schlug einem blinden Priester einen so einfachen Wunsch ab?

«Selbstverständlich, Vater.»

«Früher konnte ich den halben Tag lang knien», begleitete ihn die Stimme des Priesters in das kleine Kabuff, in dem es streng roch, was kein Wunder war, denn es schien sich um die Heimat des Alten zu handeln. Ein Tisch mit zwei niedrigen Stühlen ohne Lehnen, ein kleines Lager, ein irdener Krug, eine hölzerne Schüssel. Ein karges Heim.

Lukas nahm die beiden Schemel und trug sie in die Kirche, wo der Priester gerade der alten Frau dankte und sie entließ. Als sie sich gegenüberstanden, wusste Lukas nicht zu sagen, wer von beiden älter war.

Während die Frau aus der Kirche humpelte, stellte Lukas die beiden Schemel in der Mitte des Raumes auf. Der Blinde kam vorsichtig näher, streckte den Arm aus. Lukas ergriff seine Hand, pergamentene Haut über Knochen, und führte sie zu dem Schemel, auf den der Priester sich mit einem wohligen Seufzer setzte. Lukas fragte sich, wie das Leben wohl sein musste, wenn ein simpler Akt wie das Hinsetzen schon eine Wohltat war, aber er schalt sich sofort für seine Respektlosigkeit.

«Setz dich, setz dich, mein Sohn.»

Wie konnte er wissen, dass Lukas sich nicht gerührt hatte?

«Bist du mit einem der Schiffe gekommen?»

«Ja, Vater.»

«Ein Seemann?»

Lächelnd schüttelte Lukas den Kopf, bevor er sich besann und erklärte: «Nein.»

«Ah.» Der Alte strich sich über den Bart, als gelte es, ein großes Geheimnis zu lüften. «Woher kommst du?»

«Aus dem Norden.»

«Das Sacrum Romanum Imperium. Habe ich recht?»

«Woher wisst Ihr ...?»

«Deine Zunge, mein Sohn. Die Art, wie du die Worte aussprichst. Da ist noch ein Rest von der Sprache deiner Vorväter zu hören.» Mit einem Mal wechselte er zu Deutsch. «Ich kenne sie gut.»

Lukas lachte auf, und der alte Priester fiel mit ein.

«Ich bin Theóderos, ein bußfertiger Diener des Herrn, der hier die letzten Jahres seines ihm geschenkten Lebens damit verbringt, diesen Ort zu bewahren. Wie ist dein Name?»

«Lukas.»

«Ein guter Name. Stark. Wie der Evangelist. Der geflügelte Stier ist sein Symbol, wusstest du das?»

«Das wusste ich nicht. Aber woher kennt Ihr meine Sprache?»

«Deine? Gehört sie denn dir allein?»

«Nein, natürlich nicht, Vater», lenkte Lukas ein, der von der Schlagfertigkeit des Alten überrascht war.

«Schon gut, mein Sohn. Das war nur ein Scherz.» Wieder dieses breite Lächeln, das Lukas einfach erwidern musste, auch wenn Theóderos es nicht sehen konnte. «Früher kamen viele Pilger an diesen Ort. Franken, Italiener, Iberer – und eben auch gläubige Männer aus deiner Heimat.»

«Mein Vater hat einst eine Pilgerreise gemacht. Bis ins Heilige Land.»

«Ah. Und du wandelst auf seinen Spuren?»

Die Vermutung war zu nahe an der Wahrheit. Lukas schluckte.

«Ja. Aber ... ach, ich weiß nicht.»

Der Priester nickte verstehend.

«Es ist ein dorniger Pfad. Ich kann das verstehen. Wir Menschen zweifeln. Nur der Glaube kann das überwinden, nur die Hingabe.»

Lukas blickte ihn skeptisch an. Einst war ihm der Glaube leichtgefallen. Die Messen, die Gebete, die Bibelstunden, all das war einfach Teil des Lebens gewesen. Aber wie so viel von seiner Vergangenheit war das jetzt fern, von ihm abgefallen, zurückgelassen, als sei es das Leben eines anderen gewesen, die Erinnerungen nur Geschichten, die er selbst nie erlebt hatte.

«Früher ruhten seine Gebeine in der Stadt. Gläubige kamen von weit her, um sie zu sehen.»

«Wessen Gebeine meint Ihr?», fragte Lukas verwirrt.

«Die von Lukas», entgegnete Theóderos sanft. «Er ist der Schutzpatron der Heiler und Ärzte und Maler. Es war gut, dass er in dieser Stadt mit ihren großen Gelehrten und großen Künstlern ruhte.»

«Und jetzt? Wo sind sie jetzt?»

«Ich weiß es nicht», gestand der Priester und ließ den Kopf sinken. «Geraubt, verkauft, verschenkt, wer kann es schon sagen?»

«Waren sie in dieser Kirche?»

«Nein. Dies ist nur eine einfache Kapelle. Früher gab es hier ein großes Kloster, gestiftet von der Kaiserin! Dutzende Mönche beteten jeden Tag fünfmal für das Seelenheil der kaiserlichen Familie. Aber die Zeiten kommen und die Zeiten gehen. Das Kloster ist lange verschwunden, eingestürzt bei einem Erdbeben und nie wieder neu errichtet. Einzig die Kapelle ist geblieben. Und ich.»

«Ihr seid der letzte Mönch Eures Ordens?»

Theóderos nickte. In seiner Miene zeigte sich Trauer, aber auch trotziger Stolz.

«Und ich bete jeden Tag fünfmal für das Seelenheil unseres Kaisers und seiner Familie. Mag sein, dass niemand mehr davon weiß. Mag sein, dass niemand mehr davon wissen will. Aber es ist meine Pflicht.»

Lukas beneidete den alten Mann darum, genau zu wissen, wo sein Platz in der Welt war, auch wenn es ihm fraglich erschien, ob die selbstgewählte Aufgabe des Priesters noch irgendeinem höheren Zweck diente. Lukas' eigene Gewissheit, wohin er gehörte, war an jenem Tage gestorben, als sein Bruder ihm alles genommen hatte.

Mit einem Mal wurde es ihm zu viel. Die Erinnerungen, hervorgerufen durch das alte Lied und die Kirche, die Geschichten und Fragen des Mönchs, es war wie eine Welle jenes Sturmes, der ihn fast das Leben gekostet hätte, es brach über ihn herein, lärmte um ihn, trennte ihn von der Welt. Sein Herz fing an zu rasen, und als er nach oben blickte, schien sich die Kuppel der Kapelle zu drehen.

«Ich ... muss ... gehen», keuchte er, sprang auf, wobei er den Schemel umstieß, dann lief er mit schnellen Schritten aus der staubigen Kirche an die frische Luft, wo er erleichtert tief durchatmete.

«Du bist hier immer willkommen, mein Sohn», rief ihm der Mönch hinterher. «Jederzeit.»

Lukas brachte ein fest klingendes «Danke, Vater» hervor, dann beeilte er sich, die Kirche hinter sich zu lassen und den Weg zur Villa der Familie Hyakos zu finden. Die Erinnerungen bedrängten ihn, stellten ihm Fragen, die er lange weggeschoben hatte und die nach Antworten verlangten.

Kapitel XI

Konstantinopel

Herbst 1451

Aus den Räumen unter ihnen klang lautes Klopfen empor, aber Lukas störte das nicht. Er saß am Fenster auf einem gepolsterten Stuhl und genoss Alexias Nähe. Sie hingegen empfand den rhythmischen Lärm offenbar als eine Plage.

«Ich wünschte, sie würden bald mit den Umbauten fertig werden.»

«Ist denn noch viel zu tun?»

Alexia zuckte mit den Schultern.

«Vater sagt, dass der neue Durchgang fast fertig ist, aber die Steinmetze sehen nicht gerade zufrieden aus. Ich hoffe, dass sie sich nur um ihren Lohn sorgen, weil alles weit schneller geschafft worden ist, als sie vorher behauptet haben.»

«Immerhin entgeht man hier dem ganzen Staub», erklärte er und räusperte sich bedeutungsvoll. «Abends kann ich ihn aus meinen Stiefeln schütten.»

Sie warf einen Blick auf sein leichtes Schuhwerk und zog die Augenbrauen zusammen.

«Sieht doch alles sehr sauber aus?»

«Natürlich! Ich kann doch nicht mit staubigen Stiefeln durch die privaten Gemächer meines Herrn stampfen. Ich bin ja schon froh, dass ich überhaupt wieder herkommen darf. Es ist ein kleines Wunder ...»

«Unsinn», warf sie mit einem Lachen ein. «Vater war einfach nur böse mit mir!»

Dann zwinkerte sie ihm verschwörerisch zu.

«Aber lange hält sein Groll nie an. Ich musste nur ein wenig warten.»

«Worauf?»

«Auf den richtigen Zeitpunkt, um ihn zu bitten, deine Lektionen fortführen zu dürfen. Und das ist das wahre Wunder: Wie schnell und gut du nicht nur die Worte gelernt hast, sondern auch sie auszusprechen und sie in die richtige Reihenfolge zu bringen. Man hört kaum noch, dass deine Zunge an ganz andere Laute gewöhnt war.»

Ihre Freude über seine Fortschritte war so aufrichtig, dass Lukas gar nicht anders konnte, als selbst ein wenig stolz zu sein.

«Wären da nicht deine hellen Haare, man könnte dich fast für einen Sohn der Stadt halten.»

«Ich fürchte, an denen kann ich nichts ändern», erklärte er mit gespielter Reue. «Im Gegenteil, sie scheinen in letzter Zeit eher noch heller zu werden.»

«Die Sonne bleicht sie aus», stellte Alexia fest und verschränkte die Arme vor der Brust. «Aber das ließe sich selbstverständlich schnell ändern ... ein wenig Asche, zum Beispiel, und sie sind gleich viel dunkler und passen besser zu deiner Zunge.»

«Keine Asche!» Lukas hob abwehrend die Hände. «Der

Winter kommt früh genug, und dann werden sie wieder dunkler!»

«Ich weiß nicht, vielleicht sollten wir es einfach ausprobieren.» Alexia erhob sich und trat geschwind an den großen Kamin. «Mit ein wenig Wasser vermischt ...»

«Asche und Wasser? Ich würde aussehen, als habe ich im Dreck gewühlt! Keine Asche!»

Lukas setzte ihr nach. Sie beugte sich zum Kamin hinab, doch bevor sie etwas tun konnte, schlossen sich seine Arme um sie, und er hob sie ein Stück zurück. Ihr warmer Leib unter seinen Händen war wie ein Schock. Er konnte ihren Atem spüren, jede Bewegung. Ihr Haar fiel auf seinen Hals, die Locken ringelten sich auf seiner Haut. Mit einem Mal wurde ihm bewusst, was er getan hatte. Sein Verlangen, ihr nahe zu sein, die Intimität des Augenblicks, ihre Scherze, das alles hatte ihn vergessen lassen, wer er war und wer sie war.

Sofort setzte er sie ab und trat zurück. Als sie sich zu ihm umdrehte, lag da ein undeutbarer Blick in ihren Augen.

«Ich ... bitte, verzeih mir», brachte Lukas leise hervor. «Es steht mir nicht zu ...»

Weiter kam er nicht, denn Giacomo stand plötzlich im Raum. Als er die beiden dicht beieinanderstehen sah, versteinert wie die Statuen im Hof, runzelte er die Stirn.

«Bojan schickt mich. Du sollst nach unten kommen, Lukas.»

Lukas nickte, bewegte sich aber nicht, sondern sah Alexia an, die sich jedoch von seinem Blick löste und sich zu Giacomo umwandte und ihm freundlich zunickte.

«Wir waren ohnehin fertig.»

Lukas wusste, dass er entlassen war. Er hatte eine Grenze überschritten. Mit dem Gefühl, dass ihm sein eigener Leib fremd war, und einem Antlitz, auf dem sich der Aufruhr seines Geistes einfach spiegeln musste, schloss sich Lukas Giacomo an.

Als sie die Treppe hinabgingen, stieß der Venezianer ihn mit dem Ellbogen an.

«Was war denn das, mein Freund?»

«Was meinst du?», fragte Lukas mit so viel Unschuld in der Stimme, wie er aufbringen konnte. Er spürte Giacomos Blick von der Seite auf sich ruhen, ging jedoch einfach weiter.

«Mach dich nicht zum Narren», zischte Giacomo, während er ihm nacheilte. «Wo soll das hinführen?»

Jetzt bliebt Lukas auf halber Treppe stehen und fuhr wütend zu ihm herum.

«Was weißt du schon? Ich ...»

Er ließ den Satz in der Luft hängen. Sein Zorn richtete sich nicht gegen seinen Freund, sondern gegen sich selbst. Zum ersten Mal seit Wochen hatte er Alexia wieder allein gesehen, und ein ungestümer Moment der Dummheit würde ihn womöglich alles kosten.

«Du hast recht», gestand er leise. «Ich bin ein Narr.»

«Das ist es, was Frauen aus uns machen», erwiderte Giacomo trocken und legte ihm eine Hand auf die Schulter. «Vermutlich hat selbst der große Caesar in der Gegenwart von Weibern nur gestammelt.»

Lukas musste trotz seiner finsteren Stimmung lachen, aber Giacomo blieb ernst.

«Bojan hat mich geschickt, aber ich glaube, der Befehl kam von Hyakos selbst», berichtete er. «Da sind Leute gekommen, mit einer Sänfte. Keine große Begrüßung, aber es wirkte wichtig.»

Erst jetzt fiel Lukas auf, dass die Arbeiter den Lärm eingestellt hatten.

«Dann sollten wir uns beeilen», stellte er fest und ging weiter. Eine Aufgabe, eine Ablenkung war jetzt genau, was er brauchte. Hauptsache, nicht an Alexia denken, an den Duft ihres Haares, das Pochen ihres Herzens an seiner Haut.

Ohne weitere Diskussion führte Giacomo ihn durch die großen Zimmer des Erdgeschosses bis hin zu dem kleinen Raum, den Symeon Hyakos nutzte, um seinen Schreibern Briefe zu diktieren und sonstige Schreibarbeiten zu erledigen. Doch von jenen war niemand dort, außer dem Herrn des Hauses und Bojan an seiner Seite gab es nur zwei Fremde, die Lukas den Rücken zukehrten, als er nach Giacomo den Raum betrat.

Der eine von ihnen war hochgewachsen, und ein schütterer Kranz brauner Haare bedeckte seinen länglichen Schädel. Er sprach gerade zu seinem dunkelhaarigen Begleiter. Es war nicht nur die Sprache seiner Heimat, die Lukas zögern ließ, auch die Stimme selbst, nasal und mit einem Anflug von Vorwurf, traf ihn wie ein Schlag. Er kannte diese Stimme.

«Sag ihm, dass meine Reise sehr anstrengend war und ich mich bald zur Ruhe begeben möchte.»

Der kleinere Mann übersetzte die Worte ins Griechische, war jedoch weitaus höflicher und setzte sie geschickter. Symeon nickte und lächelte.

«Es ehrt mich, dass Ihr persönlich gesandt wurdet. Hättet Ihr Eure Ankunft früher angekündigt, so könnte ich ein besserer Gastgeber sein», erklärte Symeon Hyakos. Sein Tonfall deutete einen gewissen Unwillen an, aber dann wies er an den Gästen vorbei auf Giacomo und Lukas. «Das sind meine Untergebenen. Sie werden der Zusammenkunft beiwohnen.»

Lukas war heiß. Der Raum erschien ihm stickig, schlimmer als ein Backofen. Giacomo trat mit einem charmanten Lächeln an den Fremden vorbei und verneigte sich, während der Übersetzer das Gesprochene weitergab, bevor er sich neben Bojan einreihte. Lukas tat es ihm gleich, doch sein Geist schien sich endgültig von seinem Körper gelöst zu haben, der nur altgewohnte Bewegungen ausführte, selbständig und ganz ohne Anweisung. Er blickte starr geradeaus, drehte sich abrupt um und senkte das Haupt.

Der Mann war ihm ohne Zweifel bekannt, auch wenn die Jahre nicht gnädig mit ihm gewesen waren. Sein Haar war einst voll gewesen, und in das Braun des Bartes hatte sich Grau geschlichen. Doch die dunklen Augen tief in ihren Höhlen, der stets misstrauische Blick, der Mund mit den herabhängenden Winkeln – ohne Zweifel war dies Stephanus, einer der Hofschreiber des Erzherzoges Albrecht, den Lukas einst in Nassau getroffen hatte, als er seinen Vater zum Grafen begleitet hatte.

Er spürte, wie ihm Schweiß den Rücken hinablief. Stephanus sah ihn an, doch in seinen Augen zeigte sich kein Erkennen.

«Wie auch immer», knurrte er. «Sag ihm, dass mein Herr über die letzte Korrespondenz nicht erfreut ist und mich gesandt hat, um die Hindernisse, von denen gesprochen wurde, aus der Welt zu schaffen. Ich bin auf die Gastfreundschaft dieses Hauses nicht angewiesen, ich habe andere Kontakte in der Stadt.»

Wieder schmückte der Übersetzer die Worte freizügig aus. Lukas ließ sich nicht anmerken, dass er alles verstand, und starrte einfach weiter geradeaus.

«Leider sind die Hindernisse, wie Ihr es nennt, von gewaltiger Größe», entgegnete Symeon Hyakos, ohne sein Lächeln einzustellen. «Euer Herr schuldet mir bereits beträchtliche Summen, und die Vereinbarung über den Ausgleich dieser Schulden wurde nicht eingehalten.»

Als er der Übersetzung lauschte, zeigte sich ein abschätziges Lächeln auf Stephanus' Lippen.

«Gold, natürlich, das ist alles, woran diese Krämerseelen denken», sagte er, wobei er jedoch den Kopf neigte und eine huldvolle Miene aufsetzte.

Sein Übersetzer flüsterte ihm etwas ins Ohr.

«Nein, du Narr, das übersetzt du nicht!», fauchte Stephanus gereizt. «Sag ihnen», er wedelte ungeduldig mit einer Hand durch die Luft, «dass wir die Sorgen gut verstehen, dass mein Herr aus diesem Grund mich persönlich gesandt hat, dass wir uns um eine Einigung bemühen werden und so weiter. Honig, Mann, schmier ihnen ein wenig Honig ums Maul, und dann entschuldige uns, denn ich habe noch andere Pflichten, als diesen Gottlosen in den Arsch zu kriechen!»

Wie es dem Übersetzer gelang, aus jenen Worten eine von Lob und Respekt triefende Ansprache zu schaffen, rang Lukas einige Achtung ab.

Es schien eine Ewigkeit zu dauern, bis Stephanus und sein Diener sich verabschiedet hatten. Beide Seiten versicherten sich mehrmals ihrer gegenseitigen Anerkennung und der Freude, die sie beim Gespräch mit der jeweils anderen empfanden. Dann verließ der Deutsche endlich den Raum, ließ sich von Bojan fortführen, und Lukas stieß den Atem aus.

«Was hat er gesagt?», erkundigte sich Symeon, als die Schritte auf dem langen Korridor verklungen waren. «Sag mir, Lukas, wie hat er von mir gesprochen?»

Einen Moment lang rang Lukas mit sich, doch dann kam er zu dem Schluss, dass er Stephanus gegenüber, auch wenn er ein Landsmann war, keinerlei Verpflichtungen hatte.

«Nicht sehr gut», gestand er. «Es mangelte ihm an Höflichkeit.»

«Ha!» Symeon Hyakos schüttelte den Kopf. «Höflichkeit ist eine Tugend, deren Abwesenheit in Augenblicken, in denen sie nicht erzwungen ist, mehr über das Innerste eines Mannes verrät als ihr Vorhandensein sonst.» Er nickte Lukas zu. «Du wirst mir genau mitteilen, Wort für Wort, was er gesagt hat. Und du wirst fortan bei allen Verhandlungen anwesend sein. Mag sein, dass Stephanus gerissen genug ist, sich nicht einmal dann zu offenbaren, wenn er sich sicher fühlt. Doch er ist arrogant und fühlt sich mir überlegen. Eine Schwäche, die ihn vielleicht dazu verleitet, mehr preiszugeben, als er beabsichtigt.»

«Natürlich. Ich werde mich bemühen, jedes Wort so getreu wiederzugeben, wie es gesprochen wurde.»

«Sehr gut.» Symeon Hyakos klatschte erfreut in die Hände. «Doch zunächst: Wie lief dein Unterricht? Ich vertraue darauf, dass meine Tochter eine gute Lehrerin ist.»

Lukas nickte stumm. Das Auftauchen dieser Gestalt

aus seiner Vergangenheit hatte ihn fast vergessen lassen, was er angerichtet hatte. Aber nur fast. Giacomo warf ihm einen prüfenden Blick zu, den er so stoisch wie möglich ertrug.

Die nächsten Tage würden über sein Schicksal entscheiden.

Zwischenspiel

Edirne

Spätherbst 1451

Von all den großen Eroberern in der Geschichte ist Alexander mit absoluter Gewissheit der größte!»

Der Verkünder dieser mutigen Worte stand in einer seltsamen Mischung aus Unterwürfigkeit und Selbstbewusstsein, die Fäuste in die Hüften gestemmt, die Beine fest wie Säulen auf dem mit Mosaiken verzierten Boden stehend, aber das Haupt in einer Demut gesenkt, von der Großwesir Çandarlı Halil Paşa annahm, dass sie ebenso aufgesetzt war wie seine Prahlerei. Andererseits war es vielleicht sein eigener Abscheu gegenüber dem arroganten jungen Italiener, der den Großwesir zu dieser Einschätzung kommen ließ. Matteo aus Padua wähnte sich selbst ein Genie, und im Allgemeinen fand der Großwesir Männer, die dergleichen taten, unerträglich.

Während die anderen über die Worte nachdachten und nach Erwiderungen suchten, forschte Halil in seinem Geist nach. Sein langes Leben hatte ihn gelehrt, dass man sich seiner eigenen Motive stets bewusst sein musste, sie immer genau und ohne Zweifel zu ergründen hatte, wollte man nicht Gefahr laufen, sich selbst zu belügen und somit die eigene Position zu schwächen und seinen Feinden Lücken in dem Panzer darzubieten, der einen schützte.

«Ein würdiger Vorschlag, und ohne Zweifel von hohem Wissen um die Geheimnisse der Geschichte geleitet.» Orhan gab sich keine Mühe, seine Geringschätzung zu verbergen. «Aber die Antwort muss Caesar sein. Schon in antiken Zeiten war dies anerkannt, nannten sich nicht selbst die Herren der Ewigen Stadt Caesaren?»

Schließlich kam Halil zu einer Erkenntnis. Eine persönliche, tiefgehende Abneigung bestand zweifelsohne, doch die Einschätzung bestand aus gutem Grund. Bei all diesen Gedanken war sein Gesicht unbewegt geblieben, hatte er Interesse und Anteilnahme gezeigt. Anders als Orhan, der sich in der Gunst des Sultans wähnte und dessen Gäste, hauptsächlich gelehrte Männer aus Italien, mit unverhohlener Ablehnung betrachtete. Seine Familie war gerade erst unter Mehmeds Vater zu Reichtum und Ansehen gekommen, aber schon führten ihre Mitglieder sich auf, als gehöre ihnen die Welt. Man konnte nicht einmal sicher sein, dass Orhan nicht die Einschätzung Matteos teilte und nur um des Widerspruchs willen eine andere Meinung kundtat.

Der Sultan selbst hatte nach seiner Frage nach dem größten Eroberer aller Zeiten noch nichts gesagt, und es war ihm nicht anzusehen, welche Antwort ihm mehr zusagte.

«Caesar war ein großer Mann mit Weitblick», entgegnete Matteo, «ein Politiker in der besten Bedeutung des Wortes, ein wahrer Mann der Stadt Rom, und sicherlich auch ein begnadeter Feldherr, wenn eine solch göttliche Gnade denn unter den Heiden der alten Tage zu finden ist, aber seine Eroberungen verblassen im Glanze derjenigen Alexanders, den wir zu Recht den Großen nennen.»

Sichtlich mit sich selbst zufrieden, blickte Matteo auf, Beifall heischend, wie Halil vermutete. Hatte der Mann aus Padua jedoch auf ein Zeichen der Anerkennung gehofft, so wurde er enttäuscht. Mehmed der Zweite ging nur langsam um den Tisch mit der großen, detaillierten Karte, die das Mittelmeer zeigte und die östlich daran angrenzenden Gebiete. Jeder machte ihm eilfertig Platz, egal ob Christ, Jude oder vom wahren Glauben. Es war, als würde er in diesem Raum voller Notabeln und Würdenträger, voller Gelehrter und Generäle allein sein, als wären sie nicht mehr als Rauch und Schatten in seiner Nähe.

«Immer blicken wir nach Westen.» Zağanos Paşa hatte sich bis jetzt, ebenso wie Halil, zurückgehalten. «Die Römer, die Griechen, stets sind es die Taten der Helden jenseits des Bosporus, an die wir uns erinnern.»

Der Zweite Wesir war ein großer Mann, getrieben von unbändigem Ehrgeiz. Es gab nur einen Posten im ganzen Reich, der seinen Ehrgeiz würde befriedigen können – Erster Wesir. Unmerklich spannte Halil sich an. Wenn Zağanos sprach, musste er bereit sein.

«Gibt es keine großen Eroberer im Osten? Was ist mit Temüdschin? Hat nicht Dschingis Khan ein Reich geschaffen, das von einem Meer bis an das andere reichte? Und Temür ibn Taraghai Barlas, hat er nicht selbst den von Allah geliebten Bayezid, den ersten Sultan, in der Schlacht geschlagen?»

Zağanos ging nun ebenfalls langsam um den runden

Tisch herum, fast wie ein Spiegelbild des Sultans. Selbst die Haltung seines Herrn imitierte er geschickt, stellte so eine Verbindung her, die für alle Anwesenden unübersehbar war. Dabei wusste doch ein jeder am Hofe, dass er als Lālā schon dem jungen Prinzen Mehmed gedient hatte und ihm so Mentor, Lehrer, Berater und Beschützer gewesen war, lange bevor Mehmed an die Macht gelangt war. Kaum einer anderen Stimme schenkte der junge Sultan so bereitwillig Gehör. Selbst ins Exil hatte Zağanos ihn begleitet, war ihm auch dann treu gewesen, als andere ihn verlassen hatten. Zağanos hatte sein Schicksal an das des jungen Prinzen gebunden, selbst als dessen Zukunft finster wirkte. Daraus war ein tiefes Vertrauen zwischen ihnen gewachsen.

Allerdings ließ Mehmed noch immer mit keiner Regung erkennen, wessen Meinung er sich anschließen würde. Es war ein gefährliches Spiel, sich nun festzulegen, doch hielt er sich noch länger zurück, würde das als Schwäche ausgelegt werden. Halil wusste, dass er Zağanos die Stirn bieten musste. Tag und Nacht, ohne Unterlass, arbeitete der Zweite Wesir daran, seine Stellung zu untergraben. Immer wieder gab es Gerüchte, dass Çandarlı Halil Paşa Geld und Geschenke von den Byzantinern annahm, dass er sein Ohr den Christen schenkte, dass er seine eigenen Interessen vor die des Reiches und sogar vor die des Sultans stellte. Es wurde ihm nachgesagt, dass er keine Begabung zum Feldherrn habe und selbst dann den Frieden vorziehe, wenn das Donnern der Kanonen schon an ihre Ohren drang.

Kleine Lügen, Angriffe aus den Schatten, der Vorwurf der Gier nach Macht und Gold, jede Bösartigkeit für sich genommen nicht genug, um Halils Stellung zu gefährden, doch wie die See unablässig an Felsen nagt, bis sie letztlich ins Meer stürzen, so erodierten die Gerüchte nach und nach das Fundament des Vertrauens, das Halil in langen Jahren treuer Pflichterfüllung geschaffen hatte.

Selbstverständlich waren die Vorwürfe nicht völlig aus der Luft gegriffen, sonst würden sie nicht eine so große Wirkung zeigen. Seine Familie verdiente gut am Handel mit den Christen, und Frieden erschien ihm tatsächlich erstrebenswerter und gewinnbringender als Krieg.

«Ist nicht eher die Frage, warum wir stets zurückschauen?», warf er aus einer Eingebung heraus ein und trat einen halben Schritt vor. Er hoffte, Stärke auszustrahlen, die Weisheit der Erfahrung. Sollten die Jungen vorschnell sprechen, die Weisen überdenken ihre Antwort, bevor sie ungezähmt den ersten Gedanken in die Mitte werfen, der ihrem Geist entspringt.

«Wohin sonst?», fragte Zağanos mit kaum verhohlener Belustigung in der Stimme und blickte in die Runde. «In die Zukunft? Sag, ehrwürdiger Großwesir, verfügt Ihr über ein Talent, das Ihr bislang verschwiegen habt?»

Halil erwiderte das abschätzige Lächeln mit einem Blick, wie ihn ein Vater seinem Sohn zuwirft, wenn dieser unweise spricht. Der Sultan hatte zum ersten Mal auf seiner unablässigen Wanderung innegehalten. Seine beiden vorrangigsten Wesire standen sich in einer Konfrontation gegenüber. Niemand sonst sprach, keiner würde sich einmischen.

«Nein, auch wenn ich sicher bin, dass jene, die den Lauf der Sterne zu deuten wissen, auf eine solche Frage eine Antwort haben.»

Dass ihm Zağanos eine solche Möglichkeit geboten hatte, ließ Halil innerlich jubilieren, war doch Mehmeds Glaube an die Astrologie weithin bekannt.

«Nun, das sicher», erwiderte der Zweite Wesir nun sichtlich weniger selbstgefällig.

«Unser gnädigster Herrscher fragte uns in seiner Weisheit nach dem größten aller Eroberer. Doch wie können wir die Frage beantworten, wenn wir nur jene kennen, die vor uns kamen? Wer sagt uns, dass im Nebel der Zukunft nicht noch einer wartet, von Allah dazu auserkoren, alle anderen zu übertreffen? Das zu erlangen, woran alle gescheitert sind? Von Allah dazu ausersehen, ihm das Reich auf Erden zu schaffen, das uns versprochen ward?»

Jetzt hatte er Zağanos in die Ecke gedrängt. Als frommer Muslim konnte der Zweite Wesir Halils Ausführungen kaum widersprechen. Vor allem auch, weil er als Christ geboren und erst durch die Devşirme, die Knabenlese, zum wahren Glauben gebracht worden war. Gerade er konnte es sich nicht leisten, öffentlich jemals weniger als hingebungsvoll in Angelegenheiten des Glaubens zu sein. Halil wusste, dass jede Andeutung, dass Zağanos im Herzen noch ein Christ sei, eine infame Lüge war, denn der Zweite Wesir war ohne Zweifel von reinem Glauben. Es war die Ungerechtigkeit der Welt, die einen Mann nach ferner Vergangenheit beurteilte – wenngleich sicher auch bestärkt durch jene Vermutungen und Zweifel, die Halil streuen ließ.

«Sophisterei», knurrte Zağanos rüde. Doch Halil hatte das kurze Lächeln des Sultans gesehen, als er von einem künftigen Eroberer sprach, und war sich mit einem Mal sicher, dass seine Eingebung richtig gewesen war.

«Keineswegs», widersprach er betont sanft. Sein Sieg stand kurz bevor, jetzt galt es, ihn nicht in Hast oder verfrühtem Siegestaumel zu verspielen. «Erst wenn die Welt endet und alle Gerechten zur Seite Allahs sitzen, können wir die Wahrheit sicher wissen. In seiner endlosen Weisheit hat der Sultan dies erkannt. Es kann nur eine Antwort geben, und *Sophisterei* ist sie mitnichten: Derjenige, der Allahs Ruhm auf Erden letztlich mehrt, wird der größte Eroberer aller Zeiten sein.»

Zağanos schwieg. Halil war sicher, dass der Zweite Wesir das eine oder andere zu ihm sagen wollte, aber er war kein Narr – leider, wie Halil dachte, denn dann wäre sein Leben weitaus einfacher. Zağanos hatte erkannt, dass er auf verlorenem Posten stand. Doch offen eingestehen würde er seine Niederlage mitnichten.

Da er selbst einer von ihnen war, hatten Zağanos die Unruhen der Janitscharen im Herbst hart getroffen, auch wenn er mit ihnen keine Verbindung hatte. Natürlich behaupteten die Höflinge, die mit Halils Zunge sprachen, etwas anderes. Damit schienen sie Erfolg zu haben – jedenfalls war der Zweite Wesir weniger streitlustig als sonst.

«Verzeiht mir, sollte ich Eure Absicht falsch gedeutet haben und diese ansonsten äußerst fruchtbare Diskussion zu früh beendet haben», wandte sich Halil direkt an den Sultan, der beschwichtigend die Hand hob.

«Keineswegs. Ich habe alle Ausführungen sehr genossen und empfinde die Eure als einen würdigen Abschluss. Doch nun habe ich noch eine Frage: Welches ist die Legende, die Euch am nächsten am Herzen liegt?»

«Hero und Leander», rief Matteo, bevor jemand ihm

zuvorkommen konnte. Innerlich verdrehte Halil die Augen.

Der Sultan jedoch nickte verstehend.

«Ein Meeresarm als ewige Trennung, die es zu überwinden gilt», sagte er leise. «Ein Hindernis vor dem eigenen Schicksal, das schließlich zum Untergang wird.»

«Eure Hoheit haben es genau erfasst», versuchte Matteo sich einzuschmeicheln. Ob er nur auf Gold aus war oder sich mehr erhoffte, war noch nicht zu erkennen. Aber auf Dauer gab es für ihn am Hofe keinen Platz, dafür würde Halil sorgen. In diesem Fall würde er seinen Gefühlen nachgeben.

Erst dann fiel ihm der entrückte Blick des Sultans auf. Andere antworteten, warfen ihre Meinungen in den Raum, suchten Anerkennung für ihr Wissen, aber Halil hörte kaum noch zu. Mehmed der Zweite sah auf die Karte hinab, fast genau in ihre Mitte, dorthin, wo ein schmales Band von Wasser sein Reich von Europa trennte.

«Ein Hindernis, das es zu überwinden gilt», murmelte er so leise, dass der Großwesir ihn kaum verstehen konnte. «Es ist Schicksal.»

Kapitel XII

Konstantinopel

Spätherbst 1451

Keuchend wich Lukas zurück. Sein Arm war schwer, doch er hob ihn gerade noch schnell genug, um den Hieb zu parieren. Doch schon schoss das Eisen erneut auf ihn zu. Diesmal tänzelte er einen halben Schritt zur Seite, drehte den Oberkörper mit dem Stoß und ließ ihn an seinem gesteppten Wams abgleiten, während er gleichzeitig die eigene Klinge hochriss und zustieß. Er hatte mit einem Treffer gerechnet, doch Giacomo war flink wie eine Schlange zurückgezuckt und sprang von ihm weg.

Lukas wollte nachsetzen, doch jeder Atemzug brannte wie Feuer in seiner Brust, und seine schweißnassen Haare hingen ihm in die Augen. Also hielt er inne, senkte die Klinge und hob abwehrend die linke Hand.

«Genug», brachte er hervor. Giacomo verneigte sich. Das Gesicht des Venezianers war so rot wie das eines Hahnes, und auch er schnappte vernehmlich nach Luft. Dennoch hatte er offenbar noch genug Atem übrig, um Lukas zu verspotten.

«Du gibst auf? Man hat mir mehr versprochen! Es hieß, jenseits der Berge im Norden lebten harte Völker, so hart wie ihre Winter!»

Lukas schnaufte und erwiderte das Grinsen.

«Ich will dir nur nicht wieder den Pelz striegeln wie beim letzten Mal», erklärte er. «Du hast mich tagelang bei jeder Treppenstufe verflucht.»

«Ah, aber da hast du mich getäuscht und aus dem Hinterhalt angegriffen. Das passiert mir sicher nicht noch einmal.»

Giacomo gab bei ihren Übungskämpfen immer alles. Die Schwerter waren stumpf, und unter dem Wams trugen sie noch dickes Leder, dazu ebenso feste Handschuhe und Schienen aus gehärtetem Leder an Armen und Beinen, aber ein guter Treffer war schmerzhaft und noch Tage später zu spüren. Und beide hatten einige gute Treffer einstecken müssen. In so mancher Nacht, als Lukas ob der blauen Flecken keinen Schlaf finden konnte, hatte er sich einen ruhigeren Übungsgegner als den heißblütigen Italiener gewünscht.

Ohne zu antworten, klemmte er das Übungseisen unter den Arm und zog den steifen Handschuh von den tauben Fingern der rechten Hand. Jede Parade, jedes Kreuzen der Klingen würde er nachher in ihnen spüren, so viel stand fest. Dementsprechend dauerte es einige Zeit, bis er den Gurt des Helmes gelöst hatte und ihn ungeschickt vom Kopfe zog.

Endlich hatte er das Gefühl, wieder frei atmen zu können. Er wischte sich mit dem Ärmel über die Stirn und schüttelte dann die Hand aus. Leben kehrte kribbelnd in die Finger zurück.

«Das erwähnen sie nie, wenn sie von den alten Helden berichten», murmelte er.

«Ach, alte Helden», entgegnete Giacomo abschätzig und stellte sich neben Lukas. «Junge Weiber sind doch viel interessanter.»

Er deutete mit einem Kopfnicken zum Küchenbereich des Hauses, wo zwei der jungen Mägde standen und zu ihnen herübersahen. Lukas schnaubte.

«Hast du ihretwegen versucht, mir die Nase abzuschlagen?»

Giacomo schenkte ihm ein lüsternes Grinsen und zuckte mit den Schultern.

«Frauen bevorzugen Sieger.»

«Ich sollte dir beim nächsten Mal das Eisen übers Gesicht ziehen, dann vergeht ihnen schon die Lust an dir.»

«Die Wunde darf nur nicht zu tief sein, gerade genug Blut für diese besondere Mischung aus Bewunderung und Mitleid ...»

Der Venezianer winkte den beiden Mägden zu, die kicherten. Eine kam mit gesenktem Haupt zu ihnen herausgerannt, mit der einen Hand hielt sie ihren Rock, in der anderen trug sie einen kleinen Korb mit Brot und Käse. Sie stellte ihn auf den Rand des Brunnens, warf Giacomo einen schnellen, schwer zu missdeutenden Blick zu und verschwand.

«Du musst an deinem Gleichgewicht arbeiten», stellte Lukas fest, allein um das immer breiter werdende Grinsen aus dem Gesicht des Italieners zu wischen. «Du legst dich zu sehr in deine Angriffe.»

Giacomo war schnell und geschickt, dazu aggressiv,

was ihn zu einem gefährlichen Gegner machte, der einen schnell überrumpeln konnte. Aber Lukas hatte gelernt, die erste Attacke zu überstehen, sich anzupassen wie ein Baum im Sturm.

«Das ist nur gegen dich von Nachteil», erklärte Giacomo. «Andere fallen vor meinen Schlägen wie Korn vor der Sense. Du jedoch, du bist ein Fels.»

Der Venezianer schlug ihm anerkennend mit der Hand auf die Schulter, so fest, dass Lukas einen kleinen Ausfallschritt machen musste.

Sie legten ihre Helme und Eisen am Rand des Brunnens ab und halfen sich gegenseitig beim Öffnen der Armschienen. Langsam nestelte Lukas an den Verschlüssen des Wamses, zog es dann über den Kopf, bevor er das gleiche mit dem Lederkoller machte. Nur noch ein dünnes, schweißnasses Hemd bedeckte seinen Oberkörper. Es war kühl, doch Lukas war vom Kampfe so erhitzt, dass er die frische Brise genoss.

Giacomo hob einen Eimer mit kaltem, klarem Wasser aus der Tiefe, und beide tranken begierig.

Gedankenverloren strich sich Lukas über den Hals. Seine Finger fanden die lange Narbe, die sich von der Schulter über seine Brust zog. Giacomo bemerkte die Geste.

«Ein harter Kampf?»

Lukas schüttelte den Kopf.

«Nur Übung. Schwerter aus Holz.»

Die Erinnerung an den heißen Sommertag im Hof der kleinen Burg kehrte zurück. Der strenge Blick des Vaters, die Zurechtweisungen bei Fehlern, sein Bruder ebenso erschöpft und dennoch willens wie er, es ihrem Vater in allem recht zu machen, sich vor ihm zu beweisen.

Der Schlag hatte ihn unvorbereitet getroffen, obwohl das Holzschwert nicht spitz war, hatte es eine tiefe Furche durch seine Haut gezogen, wo sich sein Lederwams durch die Bewegungen geöffnet hatte.

Im Blick des Vaters hatte Enttäuschung gelegen. Es war Lukas' Pflicht gewesen, sich gut zu schützen, seine einfache Rüstung ordentlich anzulegen. Zwar hatte sein Bruder den Hieb geführt, aber nach diesem Blick hatte Lukas gewusst, dass die Schuld allein bei ihm lag.

Damals hatte er die Schmerzen einfach so gut ertragen, wie er konnte, und keinen Groll gegen seinen Bruder gehegt. Ein Unfall, wie er täglich passieren konnte. Eine Wunde, eine Narbe, um sich an die eigenen Fehler zu erinnern. Doch jetzt fragte er sich, ob es ein Zeichen gewesen war, das es zu deuten galt. In seiner Erinnerung suchte er nach Hinweisen auf dem Antlitz seines Bruders, doch da war kein Hass, keine Verachtung in seiner Miene, nur Sorge um ihn, um Lukas.

«Tuet Buße!»

Verwirrt blickte Lukas sich um. Ein Mann in abgerissenen Lumpen war durch das offene Tor getreten. Er sah nicht wie ein gläubiger Mann aus, geschweige denn wie ein Heiliger. Sein Bart war struppig, ebenso seine braunen Haare, die ihm in Strähnen vom Haupt abstanden. Seine Haut starrte vor Schmutz, wirkte jedoch fast sauber gegen die fleckigen, löchrigen Fetzen, die er sich fast in Verspottung wahrer Kleidung um den Leib geschlungen hatte. An seinen bloßen Füßen zeigten sich Geschwüre, nässende, rote Wunden.

«Tuet Buße, denn das Ende ist nah!»

Sein Mund war so weit aufgerissen wie seine Augen.

«Ja ja, das Ende!», rief Giacomo und schüttelte den Kopf. Der Venezianer nahm den Mann offensichtlich nicht ernst, aber Lukas sah, wie er sein Übungseisen wieder aufhob. Er legte seinem Freund die Hand auf den Arm.

«Hast du Hunger, Freund?», fragte Lukas den Bettler. «Ich bin sicher, es lässt sich ein Almosen für dich finden.»

«Hunger?»

Der Alte streckte die Hände vor, und für einen Moment glaubte Lukas, zu ihm durchgedrungen zu sein. Doch dann verzog er das Gesicht vor Abscheu.

«Was hat Nahrung noch für einen Nutzen? Was will der Leib noch essen?»

Für einen wirren Bettler waren seine Worte erstaunlich sicher und gesetzt.

«Jeder muss essen, Freund.»

«Im Angesicht der Bestie verblassen solche Bedürfnisse», erläuterte der Mann mit neu gefundener Ruhe, als seien solche Erkenntnisse keine Aufregung wert. «Und er kommt, oh ja, er kommt. Gott sendet ihn, um uns zu strafen. Um seine Vergeltung auf uns niedergehen zu lassen! Für all die Sünden und die Gottlosigkeit!»

«Hör zu», mischte sich Giacomo ein, die stumpfe Klinge noch gesenkt aber bedrohlich zwischen sich und dem Mann. «Verkünde deine Weisheiten woanders. Hier bist du nicht willkommen.»

Das ließ den Fremden innehalten, woraus Lukas schloss, dass doch noch ein Funken Verstand in ihm weilte. Aber dann knurrte er wie ein wildes Tier, und sein Gesicht wurde zu einer Maske des Zorns.

«Die Wahrheit ist nie bei jenen willkommen, die sündig leben. Ihr werdet die Ersten sein, die fallen. Ihr ...»

«Ruhe!», donnerte es über den Hof. Bojan lief auf den ungebetenen Gast zu, laut in seiner Sprache fluchend.

«Du solltest gehen», sagte Lukas eindringlich, ohne auf Bojan zu achten, der hinter ihm wüst schimpfte.

Der Mann sah ihm ernst ins Gesicht. In den Augen lag Wahn, aber da war noch etwas anderes. Ein Frösteln durchlief Lukas. Dann schob ihn Bojan zur Seite und packte den Fremden an der Kehle. Die andere Hand des Serben fuhr zum Dolch an seinem Gürtel.

«Dazu besteht keine Notwendigkeit.» Lukas griff nach Bojans Arm, handelte sich dafür einen finsteren Blick ein. «Er ist keine Gefahr.»

«Verschwinde», knurrte Bojan, bevor er sich dem Fremden zuwandte, der ihn mit schreckgeweiteten Augen anblickte. Der Serbe stieß ihn zurück. Einige Schritte taumelte er, dann verloren seine Füße den Halt, und er prallte rücklings auf den harten Boden.

Lukas stellte sich schützend vor den Bettler. Er hatte die Hände gehoben, fing Bojans Blick ein.

«Lass ihn gehen, ja?»

Giacomo hatte noch immer die stumpfe Klinge in der Hand, schien aber nicht eingreifen zu wollen.

«Schaff ihn hier raus.» Bojan spuckte in Richtung des Gestürzten aus. «Sonst mache ich das.»

«Natürlich. Wir kümmern uns darum.»

Eine gefühlte Ewigkeit lang hielt Bojan den Blick, dann schüttelte er den Kopf und drehte sich um, Worte in seiner Zunge murmelnd, die sicherlich nicht vorteilhaft über Lukas sprachen.

Lukas atmete erleichtert auf.

«Hol ein wenig Brot», bat er Giacomo, während er dem Fremden aufhalf. Der Mann stank noch schlimmer, als er aussah, nach Unrat, Exkrementen, Urin und Verwesung. Unwillig wollte er Lukas' Griff abschütteln, aber der ließ nicht los.

«Steh auf», bat er ruhig und zog ihn auf die Füße. Giacomo kam mit dem Korb, und Lukas packte einen Kanten dunklen Brotes und legte ihn dem Mann in die Hand. «Nimm dies. Iss.»

Ohne ihn loszulassen, führte Lukas ihn zum Tor zurück. Vielleicht hatte Bojans rüdes Auftreten ihn beruhigt, vielleicht war es Lukas' Freundlichkeit, doch der Fremde ließ es sich gefallen.

Erst als Lukas ihn auf die Straße schob, schien er sich an sein Anliegen zu erinnern, und seine Finger krallten sich in Lukas' Arm.

«Er kommt, und alles wird brennen», flüsterte er so ernst, als sei es in Stein gemeißelte Gewissheit.

«Wer?», fragte Lukas und kämpfte gegen die Übelkeit an, die der Geruch in ihm auslöste.

«Ich habe es gehört. Der Kaiser der Heiden kommt mit all seinen Kriegern. Die Zeit des Antichrist ist gekommen!»

Dann stolperte er davon, das Brot an die Brust gepresst, als sei es sein wertvollster Besitz.

«Was meinte er nur?», wunderte sich Lukas leise.

«Hast du es nicht gehört?»

«Was denn?»

«Der Sultan lässt im ganzen Land Steinmetze und Arbeiter zusammenrufen. Tausend sollen es sein.»

«Ja, und?»

«Er lässt eine Festung bauen. Am Heiligen Mund oberhalb der Stadt.»

«Eine Festung auf dieser Seite des Bosporus? Auf griechischem Grund?»

Giacomo nickte.

Mit einem Mal verstand Lukas die Sorge des Fremden. Eine solche Festung konnte nur eines bedeuten. Krieg.

Kapitel XIII

Konstantinopel

Winter 1451

Zu sagen, dass die Stadt in einen Winterschlaf fiel, wäre übertrieben gewesen, aber nicht allzu sehr. Je rauer das Wetter im Herbst wurde, je schärfer die Winde bliesen, je häufiger man mit Stürmen rechnen musste, desto weniger Schiffe befuhren die See. Zunächst waren es die Galeeren mit ihren niedrigen Bordwänden, die im Hafen blieben, dann die kleineren und schließlich die größeren Segelschiffe, bis das Risiko so groß war, dass niemand mehr hinausfuhr. So war der Winter für eine Stadt wie Konstantinopel, die vom Seehandel lebte, eine gewaltige Umstellung. Die hektische Betriebsamkeit, die in den warmen Monaten am Hafen geherrscht hatte, wich einer weit gemächlicheren Lebensart. Die Bewohner der Stadt schienen ebenso ruhig und beharrlich auf den Frühling zu warten wie ihre Kähne, die im Hafen lagen und von den kalten Böen aus dem Osten ausgebleicht wurden.

Nicht, dass der Winter sonderlich hart gewesen wäre, jedenfalls nicht nach Lukas' Maßstäben. Er konnte sich an lange Monate von Schnee und Eiseskälte erinnern, während derer alles Leben auf dem Gutshof seines Vaters in den Gebäuden stattgefunden hatte. Dagegen waren die Temperaturen hier am Meer regelrecht freundlich. Andere jedoch empfanden dies nicht so. Giacomo fluchte gerne über Wind und Wetter, auch wenn Lukas vermutete, dass dem Venezianer eher die plötzliche Ruhe zu schaffen machte. Aber sein Freund war nicht der Einzige, dem es zu kalt war. Die Einwohner von Konstantinopel hatten offensichtlich alle mit dem Wetter zu kämpfen. An Tagen, an denen Lukas kaum einen dünnen Wollmantel um die Schultern schlang, sah er Byzantiner in dicker Winterkleidung durch die Straßen hasten, als sei der kalte Wind so schneidend wie ein Schwert.

Die einkehrende Ruhe hatte ihre guten und ihre schlechten Seiten. Alexia nahm ihn nun häufig auf ihre Verwandtenbesuche mit und hatte überhaupt viel Zeit für Lektionen, auch wenn sein Griechisch mittlerweile so gut geworden war, dass er den Unterricht eigentlich kaum noch benötigte.

Zu den unangenehmen Pflichten gehörte es, Symeon Hyakos zu den Treffen mit Stephanus zu begleiten, bei denen sie ausgiebig und wenig freundschaftlich über eine Reihe von Geschäften sprachen, die der byzantinische Händler mit dem Erzherzog machte. Es ging um Geld, um viel Geld, und um entsprechende Zusicherungen, die den Wert schützen sollten, und beide Männer waren nicht gewillt, Zugeständnisse zu machen, was die Verhandlungen zäh und von unterschwelliger Bosheit werden ließ.

Für Lukas war es besonders schwierig, Unwissen vorzutäuschen und dabei doch besonders aufmerksam zuzuhören und sich alle Details zu merken, damit er Symeon

Hyakos nach den Treffen so wortgetreu wie möglich alle Äußerungen von Stephanus berichten konnte. Zum Glück beachtete der deutsche Abgesandte ihn kaum; wie alle Untergebenen der Familie Hyakos schien Lukas weit unter seiner Achtung zu sehen.

Umso überraschender war es, dass er Lukas ansprach, als er gerade auf dem Rückweg von einem kurzen Botendienst zum Kontor am Hafen war.

«Sei gegrüßt», sagte er auf Deutsch.

Lukas blieb stehen. Stephanus war allein, gehüllt in einen mit Pelz verbrämten Mantel, aus dessen Gugel sein bleiches Gesicht hervorstarrte.

«Ich weiß, dass du mich verstehst», fuhr Stephanus fort. «Und ich bin froh, hier in der Fremde einen Landsmann zu treffen.»

Lukas' Gedanken rasten, doch er sah ein, dass es nichts nützte, sich zu verstellen.

«Ich grüße Euch ebenfalls», erwiderte er ruhig, darauf bedacht, seine Miene so unbewegt wie möglich zu halten. Doch in ihm tobte ein Aufruhr, denn er befürchtete, dass der Hofschreiber ihn schlussendlich doch erkannt hatte.

«Das Wetter ist ja furchtbar heute», bemerkte Stephanus mit einem jovialen Lächeln. «Dieser Seewind bekommt mir gar nicht gut. Wollen wir uns nicht an einen wärmeren Ort begeben?»

Mitleidheischend hauchte sich Stephanus in die Hände. Damals in Eschwege war er noch nicht so hager gewesen. Was führte er im Schilde?

«Ich muss zurück», versuchte Lukas, sich zu entschuldigen. «Man erwartet mich.»

«Nur einen Moment. Ist es nicht schön, ein wenig in

der eigenen Sprache zu plaudern? Ich vermisse es so, klar und direkt mit jemandem zu sprechen, und nicht in der blumigen Art der Türken und Griechen.»

Diese Aussage aus dem Mund des Schreibers zu hören, erheiterte Lukas beinahe.

Tatsächlich war es so lange her, dass er selbst Deutsch gesprochen hatte, dass ihm die Worte nicht leicht von der Zunge gingen. Und dennoch brachten sie gute Erinnerungen mit sich.

«Nun gut, aber nicht lang», gab Lukas nach. Seine Neugierde war zu groß. Ganz abgesehen davon hatte er vielleicht Neuigkeiten aus seiner Heimat zu berichten.

«In der Nähe hier gibt es eine kleine Kapelle», erklärte Stephanus. «Ein wahres Haus Gottes der Rechtgläubigen. In dieser Stadt leider eine Seltenheit und entsprechend ... ruhig.»

Ohne auf Lukas' Antwort zu warten, ging er vor. Seine Schritte waren lang, und trotz seines ausgemergelten Äußeren schien ihm der Anstieg nichts auszumachen.

Schon als sie in die Straße einbogen, ahnte Lukas, wohin Stephanus ihn führte. Die letzten Wochen hatte er sich bewusst von hier ferngehalten. Er zögerte einen Moment, auch wenn er nicht einmal sicher war, weshalb. Vor allem jedoch konnte er jetzt kaum noch Einwände hervorbringen.

Also folgte er Stephanus in das dunkle Gemäuer. Das graue Licht des Wintertages genügte kaum, um den Raum durch die zwei schmalen Fenster zu erhellen. Zu Lukas' Erleichterung war niemand in der Kapelle. Er schlug das Kreuz, bemerkte aber im Augenwinkel, dass Stephanus es ihm nicht gleichtat.

«Theóderos ist ein braver Diener Gottes», stellte Stephanus fest. «Er hegt und pflegt diesen Ort, eine Insel inmitten einer See von Häretikern.»

Zwei Stühle standen in der Mitte des Raums, robuster und neuer als die Schemel, auf denen Lukas und Theóderos gesessen hatten.

«Komm.» Stephanus wies auf einen Stuhl. «Setz dich.»

Widerwillig folgte Lukas der Aufforderung. War es ein Zufall, dass er diesen Ort gewählt hatte? Der Hofschreiber ließ sich nichts anmerken, sondern nahm selbst Platz und blickte Lukas freundlich an.

«Was verschlägt einen stattlichen Mann wie dich in diese alte Stadt?»

«Eigentlich war ich nur auf der Durchreise», erklärte Lukas, der sich schon Antworten auf die unvermeidlichen Fragen zurechtgelegt hatte. «Ich wollte ins Heilige Land ziehen.»

«Ah, ein Pilger!»

Wie erwartet, füllte sein Gegenüber die Lücken in der Geschichte aus. Lukas fühlte sich unwohl dabei, in einem Haus Gottes nicht die ganze Wahrheit zu sagen, aber er redete sich ein, dass er immerhin nicht log.

«Ich bin in den Dienst der Familie Hyakos getreten, weil mir die Mittel für die Weiterreise fehlten. Es gab … ich bin ausgeraubt worden.»

«Zu vielen guten Männern widerfährt dieses Schicksal auf dem Weg zum Heiligen Grab unseres Herrn. Ehrloses Gesindel gibt es überall.» Stephanus schüttelte den Kopf. «Doch hier mehr als anderswo.»

Auch wenn er der Einschätzung guten Gewissens kaum zustimmen konnte, lächelte Lukas.

«Dein Name ist Lukas, nicht wahr?»

Jetzt durchlief eine tiefe Kälte Lukas' Leib.

«Ein guter Name», fuhr Stephanus fort. Jeden Moment erwartete Lukas, dass der Hofschreiber ihm zu verstehen gab, dass er genau wusste, wer er in Wirklichkeit war. Eine beiläufige Andeutung, ein Wort, irgendetwas. Doch stattdessen erklärte Stephanus mit plötzlichem Ernst: «Die Menschen dieser Stadt ... sie sind nicht wie wir. Sie folgen einer gefährlichen Irrlehre, sie leben in der Vergangenheit, sie sind verschlagen und lieben Lug und Trug. Das liegt in ihrer Natur.»

Ob der Wendung des Gesprächs überrascht, schwieg Lukas erst einmal.

«In der Fremde muss man zusammenhalten, auf sich gestellt geht man unter. Wie ein Konvoi Schiffe muss man sein, sich gegenseitig schützen und einander beistehen. Wir verstehen uns, nicht wahr?»

Aufmerksam blickte Stephanus ihm ins Gesicht. Lukas dämmerte allmählich, worauf diese Unterhaltung hinauslief.

«Dein Herr ist schlau, das muss man ihm lassen. Ich habe einige Tage gebraucht, um zu durchschauen, warum du bei unseren Treffen stets zugegen warst.»

«Es ist keine ...», hob Lukas an, aber Stephanus unterbrach ihn.

«Du hast nur getan, was er von dir verlangt hat, Lukas. Du hast es selbst gesagt, du warst mittellos, und er hat deine Notlage schamlos ausgenutzt. So sind sie, die Byzantiner, stets auf den eigenen Vorteil bedacht. Er wollte mich täuschen, meine Geheimnisse stehlen, um sie gegen meinen Herrn zu nutzen.»

Beinahe hätte Lukas aufgelacht. Es war Stephanus, der mit jedem Wort die Unwahrheit sagte, der log und betrog, um zu erlangen, was sein Herr verlangte. Symeon als Lügner zu bezeichnen zeugte angesichts seiner eigenen Verfehlungen von einer ausgemachten Unverfrorenheit.

«Aber ich habe seine Ränke durchschaut. Und jetzt bitte ich dich, von Landsmann zu Landsmann, mir zu helfen.»

Lukas ließ sich seine Abneigung nicht anmerken. «Wie könnte ich Euch helfen?»

«Du weißt, was den Hyakos antreibt. Du hörst, was er sagt, du lebst in seinem Haus. Berichte mir davon, hilf mir, steh mir bei, wie es ein guter Christ dem nächsten tut.»

Lukas konnte nicht umhin, sich zu fragen, ob es wirklich von Christen verlangt wurde, seinen Nächsten zu verraten. Jemanden, der ihm nichts als Freundlichkeit und Großzügigkeit entgegengebracht hatte.

Als Stephanus sah, dass er zögerte, setzte er nach: «Es soll dein Schaden nicht sein.»

«Ich habe Treue gelobt», erklärte Lukas, um Zeit zu gewinnen. Jetzt schalt er seine Torheit, Stephanus blind gefolgt zu sein. Er hätte wissen müssen, dass der verschlagene Mann etwas im Schilde führte.

«Einem Byzantiner», bemerkte der Hofschreiber abfällig und erhob sich von seinem Stuhl. «Einem Häretiker und Geldverleiher, einem Wucherer, der sich an ehrlichen Christen bereichert!»

«Aber ...»

«Nichts aber!», stieß er zornig hervor und ging auf und ab. Dann fing er sich wieder und fuhr mit ruhiger

Stimme fort, wobei er beide Hände auf der Lehne seines Stuhls abstützte. «Frage dich, wem deine Treue gehören sollte, Lukas. Mein Herr ist außerordentlich großzügig. Du könntest dich deiner Verpflichtung mit einem Schlag entledigen. Diene mir, gelobe mir die Treue, und dir steht die Welt offen.»

Lukas erhob sich ebenfalls.

«Ich muss darüber nachdenken», erklärte er rasch. «Habt vielen Dank für Eure offenen Worte.»

Stephanus lächelte dünn.

«Tue das. Aber nicht zu lange. Mein Angebot wird nicht ewig währen.»

Stephanus hatte sein wahres Gesicht gezeigt. Hinter der Maske des guten Christenmenschen war er durch und durch verkommen. Nächstenliebe war ihm fremd, allein auf seinen eigenen Vorteil war er bedacht.

«Ich verstehe», erwiderte Lukas und wandte sich zum Gehen.

«Die Stadt beginnt sich zu verändern», rief ihm Stephanus hinterher. «Große Ereignisse werfen ihre Schatten voraus. Und nicht nur hier; die ganze Welt wird bald eine andere sein!»

Als Lukas ins graue Licht des Winters hinaustrat, fragte er sich, was der Abgesandte damit meinen konnte. Eines war jedenfalls sicher: Symeon Hyakos musste von diesem Treffen erfahren.

Kapitel XIV

Konstantinopel

Frühjahr 1452

Von den Zinnen der Festungsmauer aus waren die Schiffe gut zu sehen. Es war eine ganze Flotte, die langsam den Bosporus durchquerte, vorbei an Konstantinopel. Lukas beschattete die Augen mit der Rechten. Er konnte ein halbes Dutzend Galeeren ausmachen, dazu einige kleinere Kriegsschiffe, die im Verbund mit schwer beladenen Lastschiffen fuhren. Der Anblick der türkischen Galeeren ließ ihn schlucken. Neben ihnen zählte Lukas sechzehn weitere, dickbäuchig und, so tief, wie sie im Wasser lagen, voll beladen.

Es war ein beeindruckendes Spektakel. Rote Flaggen flatterten an den Masten am Heck der Galeeren, ebensolche Wimpel von den hohen Masten. Dreieckige Segel waren gespannt, und die Ruder bewegten sich nur langsam, da die Flotte den Wind im Rücken hatte. Die Sonne funkelte auf den goldenen Verzierungen der mächtigen Schiffe.

«Es ist also wahr», murmelte Alexia. «Eine ganze Flotte.»

Sie war bleich, und in ihrer Stimme schwang eine

unheilvolle Mischung aus Überraschung und Resignation, so als habe sie bis zuletzt gehofft, dass sich die Berichte aus Gallipoli als falsch herausstellen würden.

Gerne hätte Lukas sie beruhigt, ihr die Angst genommen, aber er konnte dem Anblick der Schiffe keine Worte entgegensetzen. Nun, da er die Flotte des Sultans mit eigenen Augen sah, gab es keinen Grund, an ihrer Fracht zu zweifeln: Baumaterial.

Die Stimmung der Menschen auf der Mauer war gedrückt. Viele hatten alles stehen und liegen lassen, als sich die Nachricht wie ein Lauffeuer in der Stadt verbreitet hatte.

«Wenn der Sultan diese Festung baut, kann es nur eines bedeuten», entfuhr es einem älteren, gut gekleideten Griechen. «Verdammte Heiden!»

Zustimmendes Gemurmel wurde laut. Lukas schwieg, und auch Alexia zeigte keine Regung, auch wenn sie beide wussten, dass der Mann mit seinen dunklen Andeutungen recht hatte.

Von Politik verstand Lukas nicht viel, aber in der Kriegsführung hatte sein Vater ihn unterrichtet. Sollte die Festung erst einmal stehen, kontrollierten die Osmanen sämtlichen Schiffsverkehr auf dem Bosporus. Zwei große Festungen, eine in Anatolien, dazu die neue auf europäischem Boden, würden wie zwei Messer an der Kehle Konstantinopels sein.

«Als sein Urgroßvater die Festung Anadolu Hisarı errichten ließ, hat er beim Kaiser um Erlaubnis gebeten», erklärte Alexia leise. «Aber der neue Sultan hat nicht einmal diese Höflichkeit gewährt.»

Lukas sagte nicht, was ihm auf der Zunge lag. Mehmed der Zweite musste niemanden um Erlaubnis bitten, weil niemand ihm seinen Willen verwehren konnte. Die geplante Festung war ein Affront, kaum noch ein Drohen, sondern vielmehr eine offene Kriegserklärung. Wen kümmerte schon Höflichkeit, wenn bereits die Waffen geschärft und ganze Armeen in Bewegung gesetzt wurden?

«Wir sollten zurückkehren», schlug Lukas vor. Alexia nickte. Der Kontrast zwischen den im Wind wehenden Flaggen und Wimpeln der Schiffe, ihren geblähten Segeln, dem scheinbar so friedlichen, farbenfrohen Anblick und der Wirkung, die das alles auf die Bewohner der Stadt hatte, betrübte Lukas.

Den Weg zurück nach Hause gingen sie schweigend. Im Hof fing Giacomo sie ab.

«Und?»

«Es ist alles wahr.»

Mehr musste nicht gesagt werden. Der Venezianer legte die Stirn in Falten und seufzte.

«Der Herr des Hauses will mit dir sprechen», erklärte er dann. Lukas nickte.

«Ich begleite dich. Vater wird wissen wollen, was wir gesehen haben.»

Symeon Hyakos erwartete sie in seinem Arbeitszimmer. Wie immer, wenn sein Blick auf seine Tochter fiel, lächelte er, doch als er ihre düstere Miene bemerkte, wurde er sofort ernst.

«Die Schiffe?»

«Ja, Vater», antwortete sie. «Wir haben sie mit eigenen Augen gesehen. Es gibt keinen Zweifel mehr.»

Jetzt seufzte auch Symeon, ließ sich aber nicht aus der Ruhe bringen.

«Du musst dir keine Sorgen machen, Alexia. Alles wird gut werden. Gott hält seine schützende Hand über seine größte und schönste Stadt.»

Sie erwiderte sein Lächeln, aber Lukas kannte sie gut genug, um zu wissen, dass sie es nur ihm zuliebe tat.

«Und falls er es in seiner unendlichen Weisheit für richtig hält, dass diese Stadt unter ein fremdes Joch gezwungen wird, werden wir auch dies überstehen.»

Jetzt trat er an seine Tochter heran und strich ihr über die Wange. Sie neigte ihm den Kopf entgegen, und einen Augenblick verharrten sie so. Lukas blieb still. Es war ihm unangenehm, diesem Moment zwischen Vater und Tochter beizuwohnen. Doch dann senkte Symeon die Hand und sah ihn an.

«Ah, Lukas. Gut, wir müssen reden.»

Er nickte, und Alexia verabschiedete sich. Auf diesen Moment hatte Lukas gewartet und ihn gefürchtet, seit er von seiner Begegnung mit Stephanus berichtet hatte.

«Setz dich, bitte.»

Innerhalb eines Herzschlages wurde aus dem freundlichen, großzügigen und liebevollen Vater der gerissene Händler, den Lukas in den Verhandlungen bisher erlebt hatte.

«Du musst dir keine Vorwürfe machen. Es war anzunehmen, dass Stephanus früher oder später dahinterkommen würde, wer du bist.»

Stumm nickte Lukas. Vorwürfe deshalb waren ihm fern, da er keine Schuld bei sich sah, und zumindest hatte Stephanus ihn offenbar nicht wiedererkannt.

«Dennoch müssen wir darüber nachdenken, wie wir die Situation zu unseren Gunsten ausnutzen können.»

Wieder lächelte Symeon, doch diesmal erreichte es nicht seine Augen. Inzwischen wusste Lukas nur allzu gut, dass der Handelsfürst auch dann noch freundlich lächeln konnte, wenn jemand ihn beleidigte oder versuchte zu betrügen.

«Jetzt, da Stephanus weiß, dass ich jedes Wort verstehe, wird er wohl kaum noch etwas sagen, was seine eigene Stellung schwächt», gab Lukas zu bedenken.

Symeon schnaubte mit gespielter Erheiterung.

«So wie ich ihn kenne, hat er es von vornherein geahnt und es willentlich geschehen lassen, um mich von seinen eigenen Zielen abzulenken. Nein.» Er wedelte mit der Hand. «Bei diesem Mann weiß man nie, woran man ist. Schlangen sind leichter zu fassen als er!»

Auch wenn Lukas geneigt war, Symeon recht zu geben, schwieg er. Die ganze Situation war kompliziert genug, und er wollte möglichst wenig mit diesen Ränken und Intrigen zu tun haben.

«Es ist ein Spiel von Finte und Täuschung», schien Symeon seine Gedanken zu erraten. «Aber jetzt haben wir die Möglichkeit, unsere wahre Absicht zu verschleiern.»

Es missfiel Lukas, wie sich das Gespräch entwickelte. Für Symeon mochte es um viel Geld und Privilegien gehen, doch Lukas war nur ein Handlanger. Er hatte kein Interesse an diesen Dingen und wollte nicht in Ereignisse verstrickt werden, die außerhalb seiner Macht lagen.

«Du wirst ihm sagen, dass du ihm gern zu Diensten bist», führte Symeon seinen Plan aus und bestätigte Lukas' Befürchtungen. «Und dann wirst du ihm stets genau das sagen, was ich dir auftrage.»

«Das erscheint mir reichlich riskant», erwiderte Lukas zögerlich.

«Natürlich ist es das. Er kann Falschheit geradezu riechen!»

«Dann bin ich vielleicht nicht der Richtige für diese Aufgabe. Ich bin in diesen Angelegenheiten nicht sonderlich erfahren und nicht geübt darin, die Wahrheit vor anderen zu verbergen.»

Er wusste selbst, dass diese Behauptung nicht einer gewissen Ironie entbehrte, aber zumindest stimmte es, dass er ungern die Unwahrheit sprach. Sein Vater war auch in dieser Hinsicht streng gewesen.

«Es gibt niemand anderen, der diese Aufgabe übernehmen könnte.»

«Wirklich, ich ...»

«Keine Widerrede!» Symeons Stimme wurde laut, und sein erhobener Finger deutete an, dass er keine weiteren Bedenken akzeptieren würde. «Habe ich dich nicht aufgenommen, als du mittellos an die Gestade dieser Stadt gespült worden bist?»

Lukas nickte verdrossen.

«Bist du nicht Teil dieser Familie geworden? Ist ihr Wohlergehen dir nicht ein großes Anliegen?»

«Doch, natürlich, aber ich bin der falsche Mann für diese Aufgabe.»

«Wenn das so ist, bist du vielleicht auch der falsche Mann für meine Dienste und mein Vertrauen. Ich dachte, du wärst mehr als nur ein Söldling, Lukas. Ich glaubte, du würdest meine Freundlichkeit mit gleicher Münze zurückzahlen. Aber vielleicht habe ich mich getäuscht. Vielleicht ist es besser, wenn du dieses Haus verlässt.»

Der letzte Satz traf Lukas unerwartet hart. Symeon Hyakos war nicht mehr länger der gutherzige Mann, der ihn aufgenommen hatte. Stattdessen saß dort ein kaltherziger, nur auf seinen eigenen Vorteil bedachter Intrigant. Falls seine Zurschaustellung von verletzter Mildtätigkeit dazu gedacht war, Lukas zur Einsicht zu bewegen, hatte sie den gegenteiligen Effekt. Doch die Drohung, die Familie verlassen zu müssen, ließ Lukas erzittern. Er war sicher, dass es ihm gelingen würde, sich durchzuschlagen, doch würde er auch Alexia verlieren. Und es war Symeon zuzutrauen, dass er dafür sorgen würde, dass sie einander nie wiedersehen würden. Eine Vorstellung, die Lukas bis ins Mark traf.

«Nein, niemals», entgegnete er mit so viel Kraft, wie er aufbringen konnte. «Ich bin Haus und Familie Hyakos treu ergeben!»

«Dann beweise es! Erlange das Vertrauen von Stephanus und zeige mir, dass du meines weiterhin würdig bist!»

«Gut», willigte Lukas ein, da ihm keine Wahl blieb. «Ich werde alles tun, was nötig ist.»

Sofort erschien wieder das gütige Lächeln auf Symeons Antlitz.

«Sehr gut. Ich wusste, dass ich mich auf dich verlassen kann. Du bist eine treue Seele, Lukas, und ich bin stolz und froh, dich in meinem Haushalt zu haben.»

Mit diesen Worten war Lukas entlassen. Als er den Raum verließ, stürmten seine Gedanken wild und wahllos durch seinen Geist. Immer wenn er glaubte, sein Leben würde endlich Sinn ergeben, änderte sich alles.

Kapitel XV

Konstantinopel

Frühjahr 1452

Lukas genoss die frische Luft und den strahlenden Sonnenschein, als er aus der Stadt hinausritt. Zwar war es so früh am Morgen noch bitterkalt, aber die Sonne ließ das Wasser des Bosporus glitzern, und der Tag versprach, einer jenen angenehmen Frühlingstage zu werden, an denen die Welt eine außergewöhnliche Klarheit erhält. Giacomo schien ähnlich zu empfinden, denn er jauchzte laut und trieb sein Pferd zu größerer Eile an.

Lukas hingegen ließ es langsamer angehen. Sein letzter Ritt lag lange zurück, und er kannte den unruhigen Braunen nicht, den man ihm im Mietstall in Galata zugeteilt hatte. So gab er dem Pferd und sich die Zeit, einander kennen und verstehen zu lernen.

Da er die Botschaft trug, die sie überbringen sollten, war Lukas ohnehin sicher, dass Giacomo früher oder später auf ihn warten würde.

Tatsächlich jedoch musste er der Küstenstraße noch ein gutes Stück folgen, bevor er die falbe Stute am Wegesrand entdeckte, die wenig enthusiastisch an einigen zarten

Sprösslingen eines Busches knabberte, wohl weniger aus Hunger denn aus Langeweile. Giacomo lag daneben auf einem großen Felsen und ließ sich die Morgensonne auf den Bauch scheinen.

«Endlich!» Der Venezianer sprang auf und winkte Lukas zu. «Ich dachte schon, du wärst ins Wasser gefallen!»

An dieser Stelle ging es zu ihrer Rechten einige Dutzend Schritt steil hinab – eine unangenehme Vorstellung.

Schiffe fuhren durch die Meeresenge, helle Segel bewegten sich in beide Richtungen. Allmählich nahm der Handel wieder zu nach dem langen Winter.

«Steter Schritt führt auch zum Ziel», erwiderte Lukas und lehnte sich im Sattel nach vorne. Vor ihnen machte der Bosporus einen Knick nach Westen, sodass sie von dieser Stelle einen guten Ausblick hatten.

Tatsächlich konnte Lukas von hier aus schon ihr Ziel sehen. Rauch stieg darüber auf, aus vielen Feuern und Öfen. Ein veritables Heer schien dort zu lagern, aber für eine Armee gab es zu viel Bewegung.

Dicke Lastkähne mit niedriger Reling bewegten sich behäbig vom anderen Ufer herüber. Dort sah Lukas eine Festung direkt am Wasser, fünf Türme in unregelmäßigem Pentagramm um einen mächtigen Burgfried. Die Läufe von Kanonen ragten zwischen den Zinnen hervor, und Banner flatterten im Seewind, zeigten den Herrn dieser mächtigen Feste an: Mehmed den Zweiten.

«Das ist Güzelce Hisar, die Festung von Anatolien», sagte Giacomo mit einer großen Geste. «Mächtig genug, um den Schiffsverkehr zu kontrollieren. Ihre Kanonen bestreichen die ganze Meerenge. Wer zu den genuesischen

Kolonien am Schwarzen Meer will, ob nun Amasra, Caffa oder Sinop, muss sich dem Willen dieser Burg beugen.»

Lukas nickte. Es war ein großartiges Bauwerk, eine Demonstration von Stärke und Macht. Sein Blick wanderte zurück auf ihre Seite des Bosporus.

«Und das dort wird eine zweite Festung, fast direkt gegenüber. Dort bei den Ruinen dieser alten Stadt.»

«Das Messer an der Kehle», sagte Giacomo deutlich bedrückter. Lukas teilte seine Befürchtungen. Den Schiffsverkehr konnten die Osmanen bereits mit der einen Feste kontrollieren. «Die Stadt hieß einst Asomaton, lange bevor sie verfiel.»

«Es hilft nichts, wir müssen weiter, mein Freund», sagte Lukas und trieb den Braunen wieder an. Sie waren fast am Ziel, und jetzt wollte er ihren Auftrag nur noch hinter sich bringen. Die Freude des Ausritts war verflogen.

Schweigend ritten sie hintereinander her. Je näher sie der gewaltigen Festungsbaustelle kamen, desto mehr Details konnte Lukas ausmachen. Obwohl die Arbeiten erst vor wenigen Tagen begonnen haben konnten, waren bereits erste Umrisse zu erkennen. Ein großes Areal war abgesteckt worden, halb den Hang hinauf, Material war in ordentlichen Stößen angerichtet, Schmiedeöfen waren gebaut worden, und ein riesiges Lager für die Handwerker und Zuarbeiter, aber auch für die vielen Soldaten, die den Bau bewachten, war in kürzester Zeit aus dem Boden gestampft worden. Lukas war ob dieser Effizienz beeindruckt. Er konnte kaum abschätzen, wie viele Menschen dort beschäftigt waren. Es mochten Hunderte sein, wenn nicht Tausende.

Schon von weitem rochen sie die große Ansammlung von Menschen. Nicht einmal der frische Wind, der durch den Bosporus zog, konnte den Geruch vertreiben. Unter die üblichen Ausdünstungen mischten sich andere Gerüche; Lukas vermutete, dass sie aus den verschiedenen Werkstätten kamen.

Die zwei gelangweilten Wachen hatten keine Eile aufzustehen, als sie die beiden Reiter kommen sahen. Es waren dunkelhäutige Männer, einer trug einen vollen Bart, der andere einen dichten Schnauzbart. Sie trugen eine Art Uniform, ein Gewand aus dicker Wolle in einem erdigen Gelb über einem roten Hemd. Ihre Haare waren unter einer Stoffkappe verborgen, die über einen Helm gezogen zu sein schien, jedenfalls sah Lukas einen metallenen Rand auf ihrer Stirn. Die Kappe fiel nach hinten in einem langen Stück Stoff bis in den Nacken.

Wichtiger jedoch waren die Waffen: Jeder trug einen runden Schild mit dunklen Verzierungen, dazu ein kurzes, gebogenes Schwert am Gürtel. Auf dem Rücken hatten sie Köcher voller Pfeile, ihre Bögen jedoch lagen neben ihnen auf dem Boden.

«Halt!»

Lukas hieß den Braunen, stehen zu bleiben. Die Soldaten kamen langsam auf sie zu. Lukas bemerkte ihre misstrauischen Blicke zu seinem Schwert.

«Wir sind Boten», erklärte er auf Griechisch. «Wir haben eine Nachricht für Selim Paşa!»

Er achtete darauf, keine plötzlichen Bewegungen zu machen, als er die lederne Mappe aus seinem Wams zog. Sie sah beeindruckend aus, mit den offiziellen Siegeln und den bunten Bändern, mit denen Symeon Hyakos sie versehen hatte.

Die Wachen sahen einander an. Halb rechnete Lukas damit, dass sie ihnen die Waffen abnehmen würden, doch sie nickten nur und wiesen hinter sich.

«Wenn man eine ganze Armee in seinem Rücken weiß, ist das Gottvertrauen besonders groß», raunte er Giacomo zu, als sie außer Hörweite waren.

«Das waren Janitscharen ... vermutlich ehemals Christen. Wer weiß, aus welchem Nest sie gekrochen sind, der Walachei oder sonst woher.»

Der Venezianer lachte schmutzig, verstummte aber, als sie zwischen zwei Zelten hindurchritten und sich inmitten der großen Baustelle wiederfanden.

Um sie herum liefen zahllose Menschen, es wurde gerufen, Hämmer schlugen auf Metall und Stein, Kochfeuer brannten, und Flammen schlugen aus Schmiedeöfen, und die Ochsen und Esel beschwerten sich lautstark. Auf den ersten Blick war es ein überwältigendes Chaos, aber schon bald erkannte Lukas Muster darin, sah die zugrundeliegende Ordnung, das große Bild, für das man nur einen Schritt zurücktreten musste. Kommandos richteten die Ströme von Mensch und Material in bestimmte Richtungen, dirigierten sie dorthin, wo sie benötigt wurden. Alles und jeder schien seinen Platz zu haben.

Giacomo fluchte leise.

«Wie sollen wir hier jemanden finden?»

Lukas sah sich um. Etwas den Hügel hinauf, weg vom Wasser, vom Lärm und Schmutz der Arbeit, standen einige bunte Zelte, umgeben von den weit weniger großen Zelten einfacher Soldaten.

«Dort», erklärte er. «Die Herren dieses Lagers finden wir sicher da.»

Sie stiegen ab und führten ihre Pferde an den Zügeln durch das Getümmel. Kaum jemand schenkte ihnen Beachtung. Die Menschen kamen ihrer Kleidung nach aus der halben bekannten Welt. Die meisten Trachten konnte Lukas gar nicht zuordnen, aber der Sultan hatte offensichtlich Handwerker, Arbeiter und Soldaten aus seinem gesamten Reich für diese Unternehmung zusammengezogen.

«Welch ein Aufwand», befand auch Giacomo. «Es sieht so aus, als wollten sie die Festung in wenigen Tagen errichten.»

Vor den Zelten der hohen Herren erwarteten sie weitere Wachen. Diese sahen aufmerksamer aus, standen aufrecht und strahlten sofortige Bereitschaft aus.

«Ich bin sicher, die wurden hier eingeteilt, weil sie gut darin sind, lange Zeit rumzustehen», feixte Giacomo, setzte aber dennoch eine demütige Miene auf, als sie sich den Wachen näherten. Es waren vier Soldaten, ähnlich gekleidet und bewaffnet wie schon die Janitscharen am Eingang des Lagers. Auffällig war der größte von ihnen, ein blonder Hüne mit hellen Augen, der besser in Lukas' Heimat denn in ein Heerlager des Osmanischen Reiches gepasst hätte.

«Wir sind Boten», erklärte Lukas erneut ihr Anliegen. «Wir haben eine Botschaft für Selim Paşa.»

Einer der Männer trat vor, die pockennarbigen Wangen mehr schlecht als recht verborgen unter einem struppigen Bart. Er wedelte mit der Hand und ließ einen Schwall Worte auf sie niedergehen, von dem Lukas nur ein «Verschwindet!» verstand.

«Wir sind Boten und tragen diese Botschaft für Selim

Paşa bei uns», erklärte Lukas erneut auf Italienisch, wobei er die lederne Mappe hochhielt. Diesmal zeigte das offizielle Dokument keine Wirkung; der Soldat kam lediglich einen Schritt näher und funkelte sie finster an.

Lukas versuchte es ein drittes Mal, diesmal auf Latein.

Unvermittelt trat der Blonde vor, beugte sich hinab und flüsterte seinem Anführer etwas in Ohr. Ermutigt erklärte Lukas erneut, dass ihre Botschaft für Selim Paşa bestimmt war.

«Wer?», fragte der Blonde nach einem Wink des Anführers und nickte in Lukas' Richtung. «Du?»

«Ich ... äh, bin nur der Überbringer. Sie stammt von Symeon Hyakos aus Konstantinopel.»

Der Name der Stadt ließ die Soldaten aufhorchen. Wieder berieten der Hüne und der Anführer sich kurz, dann knurrte er: «Wartet.»

«Selbstverständlich, sehr gerne, zu gütig», mischte sich Giacomo ein, wobei man ihm anhörte, dass sein Latein eher dürftig war. Der Anführer bedeutete ihnen zurückzutreten. Lukas fragte sich, wo der Hüne Latein gelernt haben mochte.

«Charmante Gesellen», flüsterte Giacomo und warf den Wachen ein gewinnendes Lächeln zu. «Man weiß gar nicht, wen man lieber haben soll, den kleinen Schreihals oder den großen Tumben.»

«Hauptsache, sie lassen uns vorbei», entgegnete Lukas, fügte nach einem Blick auf das große Zeltlager aber noch hinzu: «Und weisen uns den richtigen Weg.»

Tatsächlich jedoch geschah eine ganze Zeit nichts. Zwar kamen immer wieder kleine Gruppen aus dem Zeltlager oder kehrten dorthin zurück, aber niemand schien sich für die beiden Gesandten aus der Stadt zu interessieren.

Neugierig betrachtete Lukas die vielen Menschen, die hier ein und aus gingen. Es waren Bedienstete darunter, aber auch Würdenträger oder angesehene Handwerker, denen man ihren Reichtum ansah. Neben der Armee und den Arbeitern schien Mehmed seinen halben Hofstaat an den Bosporus verlegt zu haben, ein weiteres Indiz dafür, wie wichtig ihm diese Festung war.

Als die Sonne allmählich sank und die Schatten auf der Baustelle immer länger wurden, kehrte endlich der Hüne zurück, begleitet von einem dunkelhaarigen, kleinen Mann in prachtvoller Kleidung. Lukas und Giacomo erhoben sich. Die Pferde bemerkten die Bewegung, und der Braune schnaubte, als wolle er zum Aufbruch antreiben, aber Lukas strich ihm nur über die Stirn und murmelte einige beruhigende Worte in seiner Muttersprache.

«Boten? Ihr seid die Boten?»

Lukas verneigte sich tief. Da er nicht wusste, wer ihm gegenüberstand, schien es ihm angemessen, betont höflich zu sein.

«In der Tat, ehrwürdiger Herr. Wir kommen im Auftrag von Symeon Hyakos und ...»

«Ja, ja, schon gut», unterbrach ihn der Mann rüde und rieb sich über die schweißbedeckte Stirn. Seine dunkle Robe war wohl trotz des Windes nicht die passendste Kleidung für diesen Tag.

Ein Trompetenstoß erklang aus der Mitte des Zeltlagers. Alle hielten inne und blickten den Hang empor, für einen Moment erstarb fast die gesamte Arbeit und der sie begleitende Lärm.

«Kommt!», befahl der Mann mit nervöser Dringlichkeit. «Kommt schon! Kommt mit!»

Schulterzuckend sahen Giacomo und Lukas sich an, lösten die Zügel der Pferde von den Steinen, unter denen sie sie befestigt hatten, und folgten ihm. Bei den Wachen gab es eine kurze Diskussion, dann drehte er sich um.

«Sie nehmen eure Reittiere. Gebt sie ihnen. Ja, lasst sie hier.»

Sie taten, wie ihnen geheißen, und drückten dem Blonden die Zügel in die Hand. Giacomo schenkte ihm noch ein breites Grinsen, dann mussten sie sich sputen, denn ihr Führer hastete so schnell voran, dass er beinahe rannte.

Im Lager war es bis dahin noch verhältnismäßig ruhig gewesen, doch jetzt erwachte es zum Leben. Soldaten sammelten sich, hauptsächlich Janitscharen, darunter einige in schwerer Rüstung, Hemden aus Kettenringen mit darauf befestigten, runden Platten, die in der Sonne glänzten, dazu spitze Helme, mit weißen Federn geschmückt, und dicke Arm- und Beinschienen. Sie trugen Äxte mit langem Bart und runde Metallschilde, die mit goldenen Blumen verziert waren.

«Kommt! Kommt!»

Einige der Krieger warfen ihnen neugierige Blicke zu, aber der Großteil war zu sehr damit beschäftigt, unter den lauten Rufen ihrer Hauptleute eine Aufstellung einzunehmen.

Sie folgten ihrem Führer zwischen zwei großen, ockerfarbenen Zelten hindurch und fanden sich auf einem kleinen Platz wieder, um den sich vier bunte Zelte mit noch bunteren Wimpeln und Bannern gruppierten.

«Hier herein!»

Lukas seufzte, der drängende Ton des Mannes kratzte ihm am Gemüt. Im Inneren des Zeltes war es warm, aber nicht so stickig, wie er befürchtet hatte, da das Zeltdach geöffnet worden war. Der Boden war mit dickem Teppich bedeckt, und einige bequem wirkende Stühle mit niedrigen Lehnen standen bereit, dazu ein Tischchen mit Getränken und Spezereien.

Vor allem jedoch sahen sie endlich den Mann, nach dem sie suchten, Selim Paşa. Lukas erkannte ihn sofort wieder, obwohl einige Monate vergangen waren, da er ihn aus den Fluten der zornigen See gezogen hatte.

Lukas verneigte sich nach bester Manier. Als er sich wieder aufrichtete, sah er, dass Selim sich nicht gerührt hatte. Sein Gesicht war unbewegt, aber sein Blick drückte Sorge aus.

Dies war der Mann, dem Alexia versprochen war. Den sie heiraten würde. Der Mann, dem Lukas seine Freiheit verdankte. In ihm rangen die Gefühle, er wollte ihn hassen, und doch war da eine Stimme der Vernunft, die ihm sagte, dass Selim eine gute Wahl war. Reich, angesehen, ein Mann mit Macht und Einfluss. Lukas hingegen war arm und von Haus und Hof gejagt. Alexia verdiente mehr als das, was er ihr bieten konnte. Und dennoch, Selim zu sehen und zu verstehen, was er für Alexia bedeutete, ließ einen ungerichteten Zorn in Lukas aufsteigen. Nicht auf ihn, sondern auf das Schicksal selbst, das ihn an diesen Ort und zu dieser Frau geführt hatte, nur um ihm zu zeigen, dass sie niemals die Seine würde sein können.

«Willkommen in meinem – temporären – Heim»,

begrüßte er sie schließlich in perfektem Griechisch. Lukas war nicht überrascht.

«Ihr seid zu gütig, hoher Herr», antwortete er und senkte das Haupt als Ausdruck des Dankes und der Demut. «Wir kommen, um Euch eine Botschaft des ehrwürdigen Symeon Hyakos zu überbringen.»

Wieder erklang ein Trompetenstoß, dem ein Trommelwirbel antwortete. Selim und sein Diener sahen zum Eingang des Zeltes.

«Kommen wir ungelegen?», erkundigte sich Lukas, als er Selims Zögern bemerkte. Der strich sich über das Kinn, dann setzte er ein wenig vertrauenerweckendes Lächeln auf. Offenbar war auch ihm unwohl in seiner Haut.

«Keineswegs. Ihr seid hier stets und jederzeit willkommen.»

Lukas erwiderte das Lächeln und versuchte, sich seine Nervosität nicht anmerken zu lassen.

«Es ist nur, dass der Sultan, möge Allah ihn mit schützender Hand bedenken, seine Diener zusammenruft, da er den Grundstein von Boğazkesen legen wird.»

Ein dritter Trompetenstoß. Lukas spürte, wie die Unruhe auch von ihm Besitz ergriff. Kein Wunder, war doch da draußen der allmächtige Herrscher des Osmanischen Reiches, der Herr über all die Menschen an diesem Ort, der die Seinen zu sich rief. Unsicher warf er Giacomo einen Blick zu.

«Ihr begleitet mich», erklärte Selim, «als Teil meiner Entourage. Es ist der beste Weg.»

Lukas schluckte. Giacomo ließ leise auf Italienisch hören, was er von Grundsteinlegungen hielt, sodass

Lukas ihm einen warnenden Blick zuwarf. Der Venezianer zuckte mit den Schultern.

Selim gab seinem Diener einen Befehl, woraufhin dieser das Zelt verließ, seine skeptische Miene jedoch beibehielt. Lukas konnte es ihm nachfühlen. Als sie allein waren, trat Selim zwei schnelle Schritte vor, sodass er direkt bei Lukas stand, und sprach ihm leise direkt ins Ohr.

«Seid unauffällig. Wer weiß, was die anderen denken, wenn sie zwei Männer aus der Stadt hier sehen.»

«Selbstverständlich.»

«Und danke, Lukas. Ich habe deine Tat nicht vergessen.»

«Jeder hätte so gehandelt – vor der tobenden See sind wir alle gleich.»

Selim warf ihm einen abschätzenden Blick zu, dann nickte er lächelnd.

«Das ist wirklich dein Glaube, habe ich recht? Du bist davon überzeugt, dass ein jeder mich aus dem Wasser gezogen hätte.»

Ein vierter, vielstimmiger Trompetenruf erschallte durch das Zeltlager. Selim schritt schnell aus dem Zelt, Lukas und Giacomo folgten einige Schritte hinter ihm. Auf dem kleinen Platz hatte sich ein Dutzend Männer versammelt, Höflinge und Diener, dazu zwei Bewaffnete. Selim redete auf sie ein, wies kurz auf die beiden Gesandten. Lukas hielt seine Miene unbewegt und folgte Selims Hinweis, sich unter die Bediensteten zu mischen.

Würdevoll führte Selim seine Schar zwischen den Zelten hindurch. Andere schlossen sich ihnen an, und so wie kleine Bäche zu einem großen Fluss zusammenfließen, ergoss sich der Inhalt des Zeltlagers den Hang hinab und sammelte sich auf dem großen Platz, wo anscheinend das Zentrum der Festung entstehen würde.

Selim gehörte zu den angesehenen Würdenträgern, die der Zeremonie aus nächster Nähe beiwohnten, seine Eskorte blieb jedoch weiter hinten stehen. Da Lukas größer war als die meisten, sogar einige der Turbanträger überragte, hatte er einen recht guten Blick auf das Geschehen.

Die Versammlung war von überwältigender Pracht. Feinste Kleider in leuchtenden Farben, mit Goldfäden bestickt und mit erlesenen Pelzen besetzt, waren allerorten um den Sultan zu sehen, der dennoch allein durch die Ehrerbietung, die ihm entgegengebracht wurde, unschwer zu erkennen war. Sein Gewand war prächtig, doch fiel Lukas sofort auf, wie fein abgestimmt es war. Ein dunkelroter Kaftan unter einer Pelzweste, dessen Stoff im Sonnenlicht schimmerte und die Farbe zu wechseln schien. Er trug einen mächtigen Turban aus weißem Stoff, aus dessen Mitte eine Kappe in der gleichen Farbe wie der Kaftan ragte. Der Bart, der Wangen und Kinn zierte, war von einem überraschend hellen Braun.

Lukas hatte gewusst, dass der Sultan kaum ein Jahr älter als er selbst war, aber der Kontrast zwischen diesem jungen Gesicht und der Selbstverständlichkeit, mit der er die Unterwürfigkeit seiner Umgebung hinnahm, war außergewöhnlich. Einige Male hatte Lukas in der Stadt gehört, dass Mehmed der Zweite zu jung sei, zu unerfahren, um mit der Schläue und Raffinesse der Byzantiner mithalten zu können. Lukas ahnte, dass dies mehr Wunsch denn Wirklichkeit war. Im Gegenteil, der Sultan wirkte, als habe er bereits Jahrzehnte Erfahrung darin, ein gewaltiges, aus vielen Völkern bestehendes Reich zu führen.

Die Zeremonie begann, und da Lukas kaum ein Wort von dem verstand, was gesprochen wurde, konnte er sich ganz auf den Sultan konzentrieren. Reden wurden geschwungen, Höflinge traten vor, offenbar in einer genau abgestimmten Reihenfolge. Es wurde auf drei Ecken der Festung gewiesen, wo Baugrund für die Errichtung von Türmen abgesteckt worden war. Mehmed stand schweigend dabei, sein Gesicht ein Ausdruck huldvoller Güte, doch weder sprach er, noch nickte er oder zeigte sonst wie, ob ihm die Reden seiner Untergebenen genehm waren.

«Was sagen sie?», fragte Giacomo leise. Lukas schüttelte den Kopf.

«Woher soll ich das wissen?»

«Zwei der Großwesire haben sich für die Ehre bedankt, dass Türme dieser großartigen Festung nach ihnen benannt werden», erklärte der Diener, der sie zu Selim geführt hatte, aus dem Mundwinkel. «Und es wurden Versprechungen gemacht, dass der Bau dieser Türme schnell und nach allen Plänen der Baumeister vonstattengehen wird.»

«Danke», murmelte Lukas.

«Die Astrologen haben belegt, dass Zeit und Ort gut gewählt worden sind und dass das Schicksal dieser Festung eines von Ruhm und Sieg sein wird. Der Sultan gibt viel auf ihr Wissen, so sagt man.»

Lukas fixierte den Herrscher all dieser Menschen wieder mit einem neugierigen Blick. Wenn die Gerüchte, dass die Planung erst im Winter begonnen hatte, stimmten, so hatte er diese Baustelle innerhalb weniger Monate organisiert und mit großem Geschick beträchtliche Ressourcen in Bewegung gesetzt.

Ein Ziegenbock wurde in die Mitte der Versammlung geführt. Auf einen Wink eines der Großwesire trat ein junger Soldat vor und durchtrennte dem Tier mit einer schnellen Bewegung die Kehle. Sofort eilten zwei Handwerker herbei und fingen das heraussprudelnde Blut in einem hölzernen Bottich auf, in dem sich schon Mörtel befand.

«Es bringt Glück», erklärte der unfreiwillige Dolmetscher.

«Und einen guten Braten», fügte Giacomo hinzu, verstummte jedoch sofort, denn nun trat Mehmed selbst vor und richtete das Wort an die Versammelten. Seine Stimme war angenehm, und er wusste so zu sprechen, dass man ihn selbst in der hintersten Reihe verstand. Der Diener musste nicht übersetzen; Lukas verstand auch so. Der Sultan dankte dem Himmel für seine Gnade, wies auf die ältere Feste auf der anderen Seite des Bosporus und erwähnte seinen Vorfahren, der sie errichtet hatte. Dann zeigte er die Wasserstraße entlang, Richtung Mittelmeer – und Konstantinopel.

Seine Stimme wurde lauter, zorniger, riss die Menschen mit sich. Als er schließlich verstummte, brandete Jubel auf.

Während die Menschen um ihn herum voller Freude riefen und klatschten, sank sein Herz.

«Der Name der Festung ... Bögan ... Bögankesen?»

«Boğazkesen», berichtigte ihn der Diener.

«Was bedeutet er?»

«Der Schnitter der Straße ... weil die Festung die Wasserstraße wie ein Messer schneidet», erklärte er. «Aber ... Boğaz bedeutet nicht nur Straße, sondern auch Kehle.»

Der Schnitter der Kehle. Lukas nickte grimmig.

Mehmed nahm den Jubel seiner Untertanen huldvoll entgegen. Jetzt zeigte sich doch ein kleines Lächeln auf seinen Lippen. Es war sein Messer, und es würde sich an die Kehle seiner Feinde legen.

Noch während die Männer jubelten, verließ Mehmed mit seinen engsten Untergebenen den Platz. Das Gedränge war so groß, dass die Janitscharen, die vor dem Hofstaat herschritten, die Leute mit ihren Schilden zurücktreiben mussten. Selbst Selim und andere Würdenträger wurden dieser Behandlung ausgesetzt. Lukas musste einige Schritte nach hinten machen, spürte Leiber überall um sich herum, ein Ellbogen in seiner Seite, trat auf einen Fuß.

Kaum drei Schritt vor ihm bildete sich eine Gasse, durch die die Herren des Osmanischen Reiches zurück zu ihren Zelten schritten, an ihrer Spitze Mehmed. Wie alle um ihn herum senkte Lukas das Haupt. Er hörte gemurmelte Formeln um sich herum, meist auf Türkisch, hier und da in anderen Zungen, Gebete, Bitten um Segnungen, Glückwünsche und dergleichen mehr. Der Sultan nickte hin und wieder, als höre er unter den vielstimmigen Reden die eine oder andere, die ihm besonders gefiel, sah jedoch starr geradeaus, vorbei an seinen Untertanen.

Umso mehr überraschte es Lukas, als er plötzlich stehen blieb, so nah, dass er nur hätte die Hand ausstrecken und sich nach vorne lehnen müssen, um ihn zu berühren. Der Kopf fuhr zur Seite, der Blick wanderte über die

Menschen, zwischen denen sich Lukas plötzlich allein und auffällig fühlte, ein großer, blonder Mann, der sie alle überragte. Noch tiefer senkte er das Haupt, verbarg seine Augen.

Als der Sultan anfing zu sprechen, verstummten alle sofort. Lukas wünschte sich einerseits zu wissen, was die fremden Worte bedeuteten, fürchtete es aber andererseits auch. Um Selim herum geschah das Unmögliche: Die Umstehenden machten mehr Platz, zogen sich von ihm zurück. Der junge Adlige verneigte sich tief und antwortete, ohne aufzusehen.

Als seine Stimme verklang, schluckte Lukas. Er wagte einen vorsichtigen Blick und sah die Aufmerksamkeit des Sultans auf sich ruhen. Sofort verneigte er sich, so tief er im Gedrängel vermochte.

«Ein Mann aus der Stadt, ein Bote, wie man mir sagt.»

Es dauerte einen Moment, bis Lukas begriff, dass Mehmed der Zweite ihn direkt ansprach, in einem erlesenen Griechisch, das nur den Hauch eines Akzentes trug.

«Möge der höchst ehrwürdige Herrscher uns verzeihen, falls wir seine Zeremonie gestört haben», brachte Lukas hervor. Innerlich verfluchte er sich, die Lektionen seines Vaters zu höfischer Etikette stets als langweilig empfunden und sie nie wirklich verinnerlicht zu haben. Aber welche Worte waren schon richtig, wenn es darum ging, den Herrscher eines Weltreiches zu adressieren.

«Seid nun auch meine Boten», erklärte Mehmed ernst. «Kehrt zurück in eure Stadt und berichtet, was ihr gesehen habt. Sagt den Byzantinern, welch Wunder hier vollbracht wird.»

«Wie Ihr befehlt.»

«Man wird dich durch das Lager führen und dir alles zeigen, was du zu sehen verlangst. Präge dir alles genau ein, damit du guten Bericht erstatten kannst. Wie ist dein Name?»

«Lukas, ehrwürdiger Herr.»

«Dann geh, Lukas, und trage mein Wort in die Stadt.»

Lukas murmelte noch eine Entgegnung, aber der Sultan ging bereits weiter, und die Worte verhallten einfach. Er atmete tief aus und konnte nicht fassen, was gerade passiert war.

Kapitel XVI

Konstantinopel

Frühsommer 1452

«Also hat er das Geld?»

Die Gier in seiner Stimme ließ Lukas zusammenzucken. Mit Stephanus in der Kapelle über den Geldverleih von Symeon Hyakos an Stephanus' Herrn zu sprechen, war ihm ohnehin unangenehm, aber das offensichtliche Verlangen des Hofschreibers nach Reichtümern war beinahe unerträglich.

«Wenn ich es richtig verstehe», erklärte Lukas vorsichtig, «und ich sage nicht, dass ich das tue, denn ich bin kein Krämer, dann verfügt Symeon Hyakos über die nötigen Mittel. Ihm sind nur die Bedingungen nicht gut genug.»

«Ha!» Stephanus schlug sich mit der Hand auf den Schenkel, so fest, dass das Klatschen durch den Raum hallte. «Halbe Juden sind das, die sich hier Christen nennen. Natürlich will er mehr Geld, sie wollen immer mehr Geld!»

Lukas schwieg. Seine Aufgabe war klar: Er musste sich mit dem Mann gut stellen, so wenig er ihn auch ausstehen konnte.

«Ein halbes Jahr und mehr zieht sich das jetzt schon hin», murmelte Stephanus, als er sich wieder beruhigt hatte. «Eigentlich wollte ich schon längst auf der Heimreise sein.»

«Ein weiter Weg.»

Stephanus nickte gedankenverloren, dann seufzte er.

«Gut, geben wir ihm, wonach ihm verlangt. Mein Herr hat genug Sicherheit, Ländereien, Städte, Minen, Untertanen. Hauptsache, es kommt endlich zu einem Ende!»

Der Hofschreiber erhob sich und streckte die langen, dürren Gliedmaßen. Was er nicht erwähnt hatte, war, dass der Herzog nicht nur großen Besitz, sondern auch große Schulden sein Eigen nannte. Nicht nur bei dem byzantinischen Händler, sondern auch bei anderen, die ihm über Jahre Geld geliehen hatten. Lukas hatte bei seinen Gesprächen mit Symeon davon erfahren, dass dieser wohl die letzte Hoffnung des Herzogs auf weiteres Geld war. Gerade das war der Grund, warum Symeon mehr Sicherheiten verlangte.

«Aber kein Wort zu ihm, verstanden?»

Lukas nickte.

«Wir wollen doch nicht, dass seine Gier noch mehr angefacht wird. Ich biete ihm ein wenig mehr, und das soll genug sein.»

«Sehr geschickt. So werdet Ihr ihn sicher überzeugen können.»

Stephanus lächelte selbstgefällig. Sollte er Lukas durchschaut haben, war er ein brillanter Schauspieler. Er beugte sich verschwörerisch vor.

«Wenn die Angelegenheit endlich zu einem Abschluss

gebracht wurde und ich diese Gefilde wieder verlasse, solltest du mich begleiten.»

Lukas konnte seine Überraschung nicht verbergen.

«Schau nicht so! Gute Männer wie dich kann mein Herr immer gebrauchen. Bei uns hättest du eine echte Zukunft. Keine Arbeit für diese Häretiker hier, den Krämerseelen ausgeliefert. Ehrbarer Dienst unter ehrbaren Herren.»

Lukas schwieg, da ihm keine Antwort einfiel, die nicht unhöflich klingen musste.

«Diese Stadt ist doch ohnehin nur noch ein Abglanz ihrer einstigen Größe. Was gibt es hier schon zu finden außer längst vergangener Glorie? Und ich habe mir sagen lassen, dass die Sarazenen ihre schmutzigen Finger nach ihr ausstrecken. Was für eine Zukunft hat ein Mann wie du hier?»

Als Lukas noch immer nicht antwortete, fügte er hinzu: «Was sagst du?»

«Ich bin geehrt», erklärte Lukas unverbindlich. Dann kam ihm der rettende Einfall: «Und ich werde Konstantinopel wohl bald verlassen, aber mein Weg führt mich zurück auf den Pilgerpfad, den ich einst verlassen habe.»

Stephanus musterte ihn abschätzend. Lukas konnte sehen, dass ihn die Ablehnung kränkte, doch der Hofschreiber konnte schlecht etwas gegen eine solche Frömmigkeit einwenden. Dementsprechend lächelte er falsch und nickte.

«Natürlich, natürlich. Ein guter Christenmensch bist du, deshalb wollte ich dich auch dorthin zurück holen, wo wahre Christen leben. Aber nun muss ich mich sputen. Geh mit Gott!»

Lukas verabschiedete sich mit einer tiefen Verneigung und sah Stephanus zu, wie er durch die Pforte eilte, misstrauische Blicke die Straße hinauf und hinab warf und dann mit schnellen Schritten in der Menge verschwand.

Er atmete tief durch. Die Treffen mit dem Hofschreiber hinterließen bei ihm immer den Wunsch, ein Bad zu nehmen, um die Gier und Falschheit, die dieser verströmte, von sich abzuwaschen.

Da er nicht gleich folgen wollte, blieb er erst einmal in der Kapelle. Aus einem Impuls heraus kniete er vor dem Kreuz nieder und begann ein stummes Gebet. Selten fand er sich als bußfertiger Mann wieder, seit er seine Heimat verlassen hatte. Es schien ihm, als habe Gott ihn ebenso verstoßen wie seinen Bruder. Doch nun suchte er den Rat des himmlischen Vaters. In seinem Gedächtnis kramte er nach den passenden Worten, den ersten Zeilen eines Gebetes.

«Verzeihung», unterbrach ihn eine sanfte Stimme. Lukas erhob sich und sah Theóderos, der sich in respektvollem Abstand befand. «Ich wollte dich nicht stören. Ich glaubte die Kapelle bereits verlassen.»

«Nein, Vater, Ihr stört nicht», erwiderte Lukas. «Ich war ohnehin kurz davor aufzubrechen.»

Er lächelte wie zum Abschied, hielt jedoch noch inne.

«Du hast gebetet.»

Lukas nickte.

«Eine solche Zwiesprache kann helfen, den eigenen Weg zu verstehen.»

«Bei mir lässt sie nur Fragen übrig», gestand Lukas. «Antworten finde ich keine.»

Der Mönch schenkte Lukas ein Lächeln und trat näher. Behutsam legte er ihm die Hand auf den Arm.

«Mein Sohn, Fragen haben wir alle.»

Die Berührung war Lukas unangenehm, doch er wich nicht zurück. Das Gesicht des Mönchs war von Verständnis geprägt, doch er fühlte sich nicht bereit, mit ihm zu sprechen.

«Woher kennt Ihr Stephanus?»

Theóderos trat zurück. Seine Miene veränderte sich. Für einen Moment schien Unwohlsein auf ihr zu tanzen, dann wurden seine Züge wieder zu der gewohnten ruhigen Maske.

«Er war in Begleitung seines Herrn in der Stadt, vor vielen Jahren. Sie kamen hierher, um die Messe gelesen zu bekommen. Damals gab es noch mehr Brüder meines Ordens in der Stadt. Die Kapelle war fast zu klein für all die Menschen. Kaum zu glauben, nicht wahr?»

«Der Herzog hatte ein großes Gefolge dabei?»

«Oh ja, Herren und Damen und Ritter und Knechte. Es heißt, dass er sich auf dem Pilgerpfad befand.»

«Es heißt?»

Theóderos wand sich ein wenig.

«Nun ja, er verbrachte weitaus mehr Zeit in Badehäusern und auf Gelagen als in Kirchen. Aber das geht ja manchem Pilger so, wenn erst die Heimat hinter ihm liegt. Auch wenn es mir sicherlich nicht zusteht, darüber zu richten», fügte der Mönch hastig hinzu.

Lukas versuchte, sich das vorzustellen, aber er sah immer nur Stephanus vor seinem geistigen Auge, ein Mann, zu dem Gelage so wenig passten wie Mildtätigkeit oder Ehrbarkeit. Vermutlich hatten sie damals schon weniger auf heiligen Pfaden wandeln wollen als vielmehr Darlehen suchen und Geld auftreiben. Um sein Seelenheil schien sich Stephanus jedenfalls beachtlich wenig Sorgen zu machen.

«Stephanus hat Geld gespendet, mit dem wir die Kapelle erhalten konnten», erklärte Theóderos ungefragt. «Wir sprechen fünfmal am Tag Gebete für sein Seelenheil.»

«Wir?», erkundigte sich Lukas überrascht.

«Also ich.» Der Mönch lächelte verschmitzt. «Ich bin vielleicht allein, aber ich repräsentiere den ganzen Orden.»

Lukas hatte das Gefühl, dass Stephanus mit dem Geld hauptsächlich einen abgeschiedenen Ort für seine geheimen Treffen gekauft hatte, aber er brachte es nicht über das Herz, diesen Verdacht Theóderos gegenüber zu äußern.

«Ich muss gehen», sagte er stattdessen. «Man erwartet mich.»

Der alte Mönch nickte und trat zur Seite. Er bückte sich mit einem Ächzen nach den beiden Schemeln. Lukas sah seine krummen Finger, die kaum das Holz packen konnten.

«Lasst mich Euch bitte noch helfen», erklärte er und griff nach den Schemeln. «Wohin damit?»

«In die Sakristei», bat Theóderos und wies auf die kleine Tür. «Du bist ein guter Mensch, Lukas, ein guter Mensch.»

Lukas trug die Schemel in den winzigen, muffigen Raum. Er bezweifelte, dass ihn diese eine Tat zu einem guten Menschen machte. Gerade erst hatte er einen Mann belogen und diente als Mittler in einem Geldgeschäft. Und er hatte sein Gebet unterbrochen, noch bevor er richtig damit begonnen hatte. Außerdem begehrte er die Frau eines anderen. Gute Menschen taten diese Dinge nicht.

Mit diesen düsteren Gedanken verließ er die Kapelle und trat hinaus an die frische Luft. Das Licht wärmte seine Haut, und der Tag war klar, ganz anders als sein Geist. An den ständigen Geruch des Meeres hatte Lukas sich bereits gewöhnt, ebenso an das entfernte Rauschen der Wellen. Er empfand es mittlerweile als beruhigend, wie die Versicherung, dass er an einem guten Ort war.

Lukas tauchte in die Menschenströme ein, glitt durch sie hindurch, als habe er sein ganzes Leben lang in einer großen Stadt verbracht.

Hier und da standen kleine Gruppen in Gespräche vertieft. Männer und Frauen hasteten an ihm vorbei, einige schlurften wie im Traum durch die Straßen. Kaum jemand ging gemessenen Schrittes. Es war, als habe ein Fieber von der Stadt Besitz ergriffen. Eine Unruhe lag über allem. Lukas hörte eine Frau in einem Hof laut weinen, eine Männerstimme versuchte, sie zu beruhigen. Viele warfen ihm im Vorbeigehen Seitenblicke zu, Häupter waren gesenkt, Hände hielten Mäntel zusammen, als wären sie Rüstungen gegen den Ansturm des Lebens.

Lukas war lange genug in der Stadt, um den Unterschied zu letztem Jahr zu bemerken. Fast schien es körperlich spürbar zu sein, ein Geruch, ein Laut, ein Geschmack in der Luft, den er inzwischen nur allzu gut kannte: Angst. Er selbst konnte sich nicht von ihr losmachen. Doch obwohl die Nachrichten mit jedem Tag schlechter zu werden schienen, gab es auch eine trotzige Hoffnung, ein Versteifen auf alte Traditionen, Geschichten und Legenden, auf längst vergangene Zeiten mit großen Siegen und tapferen Helden. Für jede Sorge über die Pläne der Osmanen gab es eine Geschichte von der Unbezwingbarkeit der Stadtmauern, von Heroen alter Tage, die Schlimmerem getrotzt hatten.

Vor allem jedoch ging das Leben weiter, ob mit Furcht oder ohne. Geschäfte wurden gemacht, Schiffe liefen die Stadt an und entluden ihren Reichtum in den Häfen, die Menschen lebten trotz des Schattens, der sich über die Stadt legte, weiter.

Lukas' Rückkehr blieb nicht lange unbemerkt. Bojan tauchte aus den Schatten eines Flures auf, als habe er dort wie ein Jäger auf seine Beute gelauert.

«Es ist getan», berichtete Lukas schlicht, und die Antwort des Serben fiel mit einem Nicken noch kürzer aus. Dann eilte er davon, vermutlich um die Nachricht seinem Herrn zu überbringen. Lukas seufzte.

«Du bist zurück!»

Alexias Stimme hob den dunklen Schleier von seinem Gemüt. Er wandte sich um und sah, wie sie die Treppe hinter ihm herabeilte. Unwillkürlich musste er lächeln, als er den Eifer in ihren Schritten bemerkte, so als gelte es, keine weitere Zeit zu verlieren.

«Ich bin zurück», erwiderte er. «Sei gegrüßt!»

«Ich warte schon den halben Tag auf dich!»

«Auf mich? Ich war im Dienste deines Vaters unterwegs. Aber hätte ich geahnt, dass du auf mich wartest, hätte ich mich mehr gesputet und wäre wie Merkur selbst zu dir gehastet!»

«Du verspottest mich», beschwerte sich Alexia und verzog die Lippen zu einem Schmollmund, der Lukas in seinem Innersten erbeben ließ.

«Keineswegs», sagte er und konnte sich nur mit Mühe davon abhalten, ihr auf der Stelle zu schwören, dass er immer, und stets so schnell er konnte, zu ihr zurückkehren würde.

Falls Alexia sah, was ihn bewegte, ging sie nicht darauf ein. Ihre Miene hellte sich auf.

«Der Tag ist so wundervoll, und ich will ihn genießen. Vater hat mir erlaubt auszureiten, jedoch nur, wenn mich ein Bewaffneter begleitet.»

Lukas frohlockte. Die Aussicht auf einen Ausritt mit Alexia, einige Zeit fern der Stadt und seiner Pflichten, war wie ein Geschenk des Himmels. Er legte die Hand auf den Knauf seines Schwertes.

«Eine Waffe habe ich, also käme ich für diesen Dienst wohl in Frage.»

Jetzt grinste Alexia. Es hob Lukas' Herz, dass sie keinen anderen gefragt, sondern auf ihn gewartet hatte.

«Dann lass uns nicht noch mehr Zeit vertrödeln. Schlimm genug, dass du dich irgendwo in schummrigen Kaschemmen herumtreibst.»

«He! Ich war im hochoffiziellen Auftrag deiner Familie unterwegs.»

Sie griff nach seiner Hand und führte ihn die Treppe hinab.

«Ausreden», tat sie seinen Protest ab. «Aber das ist Vergangenheit. Ich habe uns einen Korb mit Speisen packen lassen, und die Pferde sind gleich bereit. Wir können sofort aufbrechen, also komm endlich.»

Lachend folgte er ihr in den Hof. Dort warteten schon die schwarze Stute, die Alexia gerne ritt, und eine ruhige Braune, die ihn zutraulich mit der Nase anstupste, als er an sie herantrat.

«Ich habe leider nichts für dich», flüsterte er ihr ins Ohr, als ihr Maul sanft suchend über die Innenfläche seiner Hand tastete. «Aber wenn wir Rast machen, schaue ich, ob etwas für dich in diesem ominösen Korb zu finden ist.»

Während er sich noch mit der Stute bekannt machte, ihren Hals tätschelte und sich beschnuppern ließ, glitt Alexia bereits in den Sattel. Jetzt erst sah er, dass ihr Rock zwei lange Schlitze hatte, durch die Hosenbeine lugten.

«Komm schon!», forderte sie ihn auf und lenkte ihr Pferd mit einer sanften Geste zum Tor. Lukas schob den Fuß in den Steigbügel, stieß sich ab und sprang regelrecht in den Sattel. Die Stute ertrug sein Gewicht, ohne zu murren, und sie folgten Alexia hinaus in die Stadt.

Die meisten Menschen hörten das Hufgetrappel und wichen ihnen aus, aber immer wieder musste Lukas mit lauten Rufen auf sie aufmerksam machen, bis sie die Stadt durch das Sankt-Romanus-Tor verließen, den Graben überquerten und sich auf einer ruhigen, einstmals breiten, aber nunmehr schlecht als recht ausgebesserten Straße wiederfanden.

Alexia übernahm die Führung. Nach wenigen hundert Schritt bogen sie nach rechts ab, weg vom Meer und einem schmalen Feldweg den Hügel hinauf folgend. Auf den noch kargen Feldern arbeiteten Bauern, die Köpfe mit Mützen und Tüchern vor der Sonne geschützt. Kleine Mauern, aus Feldstein und Lehm errichtet, grenzten die

Parzellen ab. Eine Eidechse saß regungslos auf einem dunklen Stein und beäugte Lukas mit starren Augen.

In diesem Gewirr aus Feldern, Olivenhainen und Schafweiden war Lukas noch nie gewesen, aber Alexia kannte sich gut aus, wählte mit schlafwandlerischer Sicherheit ihren Weg. An den mächtigen ausladenden Ästen der Bäume glänzte das helle Grün des Frühjahrs im Sonnenlicht.

«Das sind keine Oliven, oder?», rief er Alexia nach, die ein Stück voraus auf ein niedriges Steinhüttchen zuritt.

«Nein, Lukas. Ich sehe, du musst noch viel über meine Heimat lernen», neckte sie ihn. «Das sind Walnussbäume. Das Land hier gehört meinem Vater, von hier bis dort hinten, jenseits der Felder da.»

Lukas nickte. Er wusste, dass die Familie Hyakos nicht nur Handel trieb, sondern auch ausgedehnte Ländereien besaß, aber bislang hatte er diese nicht besucht.

Neben der Hütte sprang Alexia ab und rieb der Stute über die helle Blesse auf der Stirn. Sie flüsterte dem Tier etwas zu, das Lukas nicht verstand. Er sprang aus dem Sattel und begann, die beiden Pferde zu versorgen.

«Bleiben wir länger? Dann nehme ich die Sättel ab.»

«Ja, das ist ein wunderbarer Ort für eine Rast.» Zwischen den Bäumen wuchs hohes Gras, und so band er den beiden Stuten nur die Vorderläufe mit einem langen Lederriemen zusammen, damit sie sich nicht allzu weit entfernten.

Lukas blickte sich um und bestaunte die Landschaft. Der Walnusshain lag auf einer Hügelkuppe und überragte die Umgebung. Er konnte von hier das Meer sehen, die Stadt, aber auch ein ganzes Stück in das Hinterland, das sich vor ihm erstreckte.

Unterdessen hatte Alexia eine Decke ausgebreitet und den Inhalt ihres Korbes darauf verteilt. Es gab kleine Tonschälchen mit Oliven in Öl, Käse von Schaf und Ziege, mehrere kleine Würste, von denen Lukas wusste, dass sie pikant gewürzt waren, einen großen Laib Brot und ein kleines Schälchen mit kandierten Früchten.

Alexia saß inmitten der kleinen Köstlichkeiten und wies auf die Decke.

Mit einem Seufzen ließ Lukas sich nieder und streckte die langen Beine aus.

«Bedien dich ruhig», bat Alexia mit einer fließenden Geste ihrer Hand. Lukas ließ sich nicht zweimal bitten, sondern riss sich ein Stück Brot ab, griff eins der Würstchen und biss dann von beiden ein herzhaftes Stück ab. Er kaute genüsslich mit vollem Mund, bis er Alexias amüsierte Miene bemerkte.

«Was?»

«Ich habe auch ein Messer dabei», erklärte sie und wies auf eine kleine Klinge, deren Holzgriff aus dem Korb ragte. Lukas schluckte.

«Verzeihung, ich hatte nur noch nichts gegessen und gar nicht gemerkt, wie hungrig ich bin.»

«Kein Frühstück?»

Er schüttelte den Kopf. Das Wissen um das Treffen mit Stephanus hatte ihm den Appetit verdorben.

«Warum lässt Vater dich nur so hart schuften?»

«Ach, es ist gar nicht so schlimm. Es war meine Schuld, ich hätte essen können», verteidigte Lukas seinen Auftraggeber, obwohl er ihr insgeheim recht gab.

«Hat es mit dem Deutschen zu tun?»

Lukas warf ihr einen Blick zu, unsicher, wie viel sie wusste, und vor allem, wie viel er ihr erzählen durfte.

«Ich weiß, dass Vater mit ihm Geschäfte macht, aber ich kann ihn nicht ausstehen. Immer wenn ich ihn sehe, läuft es mir kalt über die ganze Haut!»

Lukas nickte, eine unverfängliche Geste, da sie nichts verriet. Dennoch fühlte er sich unwohl. Er verstieß mit allem in dieser Angelegenheit ohnehin schon gegen seine Prinzipien, aber nun auch noch Alexia mehr oder minder belügen zu müssen, machte es nur noch schlimmer.

«Er ist ein übler Charakter», erklärte er schließlich. «Aber dein Vater hat mich gebeten, ein Auge auf ihn zu haben, weil ich ... nun ja, weil wir Landsleute sind.»

«Oh.» Sie dachte einen Moment nach. «Das kann ich verstehen, aber es ist sicherlich keine angenehme Aufgabe.»

«Nein.» Lukas schnaubte. «Wahrlich nicht!»

«Dann lass uns von etwas anderem reden. Es ist ein zu schöner Tag, um ihn mit den Gedanken an diesen Menschen zu verbringen.»

Lukas sah sich um und ließ die Landschaft auf sich wirken.

«Gibt es denn keine Bauern hier?», wollte er wissen.

«Nein, die Walnüsse sind erst im Herbst reif. Manchmal muss nach ihnen gesehen werden, so ganz genau kenne ich mich da nicht aus, aber momentan arbeiten alle von Vaters Knechten auf den Feldern.»

«Wenn es bei euch so ist wie in meiner Heimat, ist dies eine der härtesten Zeiten des Jahres. Nur die Ernte bringt noch mehr Arbeit mit sich», befand er, legte sich auf den Rücken, die Hände im Nacken verschränkt, und sah durch die Krone des Walnussbaumes in den blauen Himmel, der sich endlos über ihnen wölbte.

«Bist du auf einem Hof aufgewachsen?»

Alexia war ein Stück näher an ihn gerückt und sah ihn neugierig an. Lukas musste die Augen halb schließen, um ihr Gesicht im Sonnenschein zu sehen. Ihr Haar wurde wie ein Leuchtkranz erhellt.

«Nicht wirklich», erklärte er. «Aber es gab genug Bauern bei uns zu Hause. Ich habe sie auf ihren Feldern gesehen, tagein, tagaus, bei Sonnenschein und Regen – und bei uns regnet es weit häufiger als hier!»

«Kein Bauer», erklärte Alexia und legte den Kopf auf die Seite. «Das habe ich mir schon fast gedacht, denn welcher Bauer lernt schon Latein? Was dann?»

Jetzt richtete sich Lukas halb auf, stützte sich auf die Ellbogen.

«Versuchst du, meine geheimnisvolle Herkunft zu ergründen?»

«Du weißt doch, wie neugierig ich bin», erwiderte Alexia. «Dass du mich so auf die Folter spannst, ist gemein.»

«Vielleicht bin ich ja ein Prinz?», scherzte Lukas. «Oder ein schlimmer Verbrecher, vogelfrei gar, ein Straßenräuber und landloser Geselle?»

«Weder noch», erklärte Alexia mit Nachdruck. «Ein Prinz würde sich nicht das Brot in den Mund stopfen, wie du es tust.»

Lukas lachte laut auf.

«Und ein Ehrloser hätte sich schon längst aus dem Staub gemacht.»

Jetzt blieb ihm das Lachen im Halse stecken.

«Vielleicht», entgegnete er leise, «gibt es etwas, das den Ehrlosen hält?» Auch Alexia sah ihn nun ernst an.

«Was könnte das sein?»

Ahnte sie es wirklich nicht? Ihre Miene war nicht zu durchschauen. Zu gerne hätte Lukas es ihr einfach gesagt, aber obwohl er die Worte schon tausendmal in seinem Geist geformt hatte, brachte er sie nicht über die Lippen. Stattdessen sah er weg.

«Wer bist du, Lukas?»

Die Frage drang bis in sein Innerstes vor, vielleicht, weil er sie sich selbst schon so oft gestellt hatte. Sein Platz in der Welt, einst so sicher, so gottgegeben, war ihm verwehrt worden, und alles, was er von sich zu wissen glaubte, hatte sich als trügerisch erwiesen.

«Ich stamme aus Eschwege», antwortete er leise. «Das ist weit im Norden. Mein Vater ...»

Er zögerte. Er hatte diese Dinge noch nie jemandem anvertraut. Sie lasteten auf seiner Seele, dunkel und schwer, und er fürchtete, zu was es ihn in ihren Augen machen würde, wenn er sie aussprach. Eine leichte Berührung an seinem Arm, Alexias Finger, warm und sanft, gab ihm jedoch Zuversicht. Sie verdiente es, die Wahrheit zu wissen, und er war es müde, seine Vergangenheit vor ihr zu verbergen.

«Mein Vater war der Herr dort, ein Ritter. Ich lebte bei seiner Familie, aber ich habe nie wirklich dazugehört. Denn weißt du, ich bin ein Bastard ...»

Als sie ihn fragend ansah, räusperte er sich, denn seine Stimme drohte zu versagen.

«Mein Vater brachte mich von einer Pilgerreise mit

nach Hause», erklärte er. «Ich bin ein unehelicher Sohn, der seine Mutter nicht kennt.»

Für eine lange Zeit seines Lebens hatte Lukas diese Wahrheit nicht gestört. In seiner Kindheit hatte er sich immer willkommen und angenommen gefühlt.

«Aber dennoch ein Sohn», fuhr er fort, «mit einer Zukunft, einer Aufgabe. Mein Vater hat nie einen Hehl daraus gemacht, ich wusste, dass meine Aufgabe sein würde, meinen Bruder, ich meine, meinen Halbbruder zu unterstützen. Doch als mein Vater von uns ging ...»

Die Erinnerung überkam Lukas und traf ihn wie ein Schlag. Trauer schnürte seine Kehle zu, Trauer um seinen Vater, aber auch Trauer um sich selbst.

«Es tut mir so leid», flüsterte Alexia. Ihr Schatten fiel auf ihn hinab. Lukas atmete tief durch und schloss die Augen.

«Mein Bruder ... wir waren uns nahe, immer schon. Er war jünger als ich, ein Jahr etwa, und wir lebten und lernten gemeinsam. Wir schlichen gemeinsam nachts davon und plünderten die Speisekammer oder holten uns Äpfel vom großen Baum, wir spielten dem Magister Streiche ... und dennoch war unser Band wohl nicht so stark, wie ich dachte.»

In seinem Kopf versuchte Lukas, die zwei Bilder seines Bruders zu einem zu vereinen. Der Junge, mit dem er alles geteilt hatte, und der junge Erbe, der ihn mit kalten Augen nur als Rivalen betrachtete, und alles darangesetzt hatte, um ihn aus Eschwege zu vertreiben.

«Er schickte mich fort. Drohte damit, mich vor Gericht zu zerren und als Erbschleicher zu beschuldigen, wenn ich nicht einen Beweis für meine Abstammung erbringen würde. Dass mein Vater – unser Vater! – mich anerkannt hat, war plötzlich nicht mehr genug.»

«Lukas, das ist ja schrecklich! Wie schlimm das für dich gewesen sein muss.»

«Von einem Tag auf den nächsten war ich nicht mehr willkommen. Ich hatte keine Familie mehr, keine Heimat, keine Sicherheit, keine Zukunft und vor allem keinen Platz mehr, an den ich gehörte.»

Wieder verstummte Lukas angesichts der düsteren Erinnerungen. Wie betäubt war er durch den Verrat seines Bruders gewesen, unfähig zu verstehen, wie ihm geschah. Erst nach einer Weile hatte er wieder klar denken können und den Plan gefasst, den Spuren seines Vaters zu folgen. Er war fest entschlossen gewesen, den Beweis zu erbringen, es allen zu zeigen, auch wenn er keine Vorstellung davon hatte, wie er das anstellen sollte. Er musste das Heilige Land erreichen; alles Weitere würde sich dort ergeben.

«Ich beschloss, die gleiche Pilgerfahrt wie mein Vater anzutreten. Ich würde finden, wonach mein Bruder verlangte. Wenn ich nur fest auf ihn vertraute, würde der Herr mir einen Weg zeigen, davon war ich überzeugt.» Er sog tief die Luft ein. «Stattdessen landete ich auf jener Galeere …»

«Vielleicht war es Gottes Wille? Es hat dich hierhergeführt, nach Konstantinopel, zu …»

Das letzte Wort blieb ungesagt. Lukas öffnete die Augen. Alexia kniete neben ihm, ihre Hand noch immer auf seinem Arm. Ihre Augen waren groß und dunkel. Sie gaben ihr ewiges Geheimnis nicht preis. Lange Herzschläge schwiegen sie. Lukas biss sich auf die Unterlippe.

Das Verlangen, die Hand auszustrecken, sie zu berühren, war übermächtig, doch er war wie gelähmt.

«Wer weiß das schon», brachte er schließlich mit rauer Stimme hervor.

Alexia nickte, dann lächelte sie.

«Dein Bruder war sicher nur eifersüchtig, weil du so gut geraten bist», verkündete sie strahlend.

Das löste die Trauer, die sich wie ein Bann auf ihn gelegt hatte. «Aber natürlich. Wie konnte ich das nur nicht sehen?»

«Vielleicht ist es auch dein goldenes Haar?»

«Mag sein. Mein Bruder ist dunkel, wie mein Vater es war und seine Mutter es ist.»

Alexias Hand löste sich von Lukas' Arm. Für einen Moment bedauerte er dies, doch dann fuhren ihre Fingerspitzen durch sein Haar, strichen eine Strähne aus seinem Gesicht. Die Berührung, so leicht, dass sie kaum zu spüren war, nahm Lukas den Atem. Ohne nachzudenken, beugte er sich vor und küsste ihre Lippen. Einen bangen Herzschlag lang reagierte sie nicht, dann öffnete sich ihr Mund und hieß ihn willkommen.

Nun waren jede Vorsicht und alle Vernunft vergessen. Seine Hände glitten über ihre Arme, über ihr Gesicht, er ging vollkommen in diesem Moment von unerreichbar geglaubter Einigkeit auf. Ihre Wärme, ihr Körper, so nah an dem seinen. Er fühlte sein Herz wild in seiner Brust schlagen.

Sie lösten den Kuss, die Gesichter nur eine Handbreit voneinander entfernt. Er sah seine Gefühle in ihren Augen gespiegelt, das unbezwingbare Verlangen, diese Gier nach einander. Seine Finger glitten durch ihr Haar, sie neigte das Haupt nach hinten, rieb es an seiner Hand. Er küsste ihren entblößten Hals, die weiche, duftende Haut. Seine Zunge nahm ihre Wärme auf, kostete von ihr. Ihr Geschmack raubte ihm den Verstand.

Gemeinsam sanken sie hernieder, Hände überall, Lippen überall, ein wildes, ekstatisches Duett, verloren sich im gegenseitigen Begehren, Haut an Haut, Atem in Atem, Lust in Lust.

Zeit verlor jede Bedeutung. Es gab nur das Hier und Jetzt, nur sie, ihre Finger, ihre Haut, ihre Lippen. Augen, in denen er ertrinken wollte, ihr Duft, der ihn trunken machte.

Sie liebten sich frei von jeder Scheu, bis sie still in seinen Armen lag, schweißfeuchte Haut an seiner, die Herzen im Einklang schlagend, der Augenblick der Perfektion.

Die Ruhe vor dem Sturm.

Kapitel XVII

Konstantinopel

Frühsommer 1452

Es war schwierig, nicht in grenzenlose Freude zu verfallen, aber die Sorgen, die wie dunkle Gewitterwolken am Rande seines Gemüts dräuten, taten ihr Bestes, um Lukas in einen Strudel widerstreitender Gefühle zu ziehen. Schloss er die Augen, konnte er noch immer Alexias Berührung spüren, ihren Atem an seinem Ohr, ihre Wärme auf seiner Haut. Erwachte er jedoch aus diesem süßen Traum, so ahnte er, dass jene kurze Zeit, die sie der Welt gestohlen hatten, düstere Konsequenzen haben musste.

Zwei Tage lang sahen sie sich nicht, und er konnte nicht einmal sagen, ob er ihr aus dem Weg ging oder sie ihm. Sosehr er sich auch danach sehnte, sie wiederzusehen, so sehr fürchtete er sich davor, wie sie auf ihn reagieren würde, hier im Haus ihrer Familie, unter dem gestrengen Blick ihres Vaters. Im Walnusshain waren sie fern von all dem gewesen, wie Reisende in einem anderen Land, in dem es keine Unterschiede zwischen ihnen gab, doch hier war er nur ein Angeheuerter, ein Fremder, ein Söldling.

«Wir müssen gleich aufbrechen», drängte Giacomo, und Lukas nickte geistesabwesend. «Hörst du mir zu? Meine Güte, du benimmst dich ja noch seltsamer als sonst!»

Mit großer Mühe gelang es Lukas, sich auf den Augenblick und seinen Freund zu konzentrieren. Er wandte sich ihm zu.

«Schon gut, gehen wir.»

Der Venezianer stieß ein lautes Seufzen aus, um zu zeigen, welche Last er an Lukas' Freundschaft trug, dann schlug er ihm auf die Schulter.

«Schon besser.»

Sie traten auf den Hof hinaus. Es war noch früh am Morgen, und die Sonne war noch nicht am Himmel erschienen, aber der Seewind hatte den Morgennebel bereits vertrieben.

Doch es war nicht die kühle Brise, die Lukas innehalten ließ, sondern Alexias Anblick. Eine Magd mit einem Krug unter dem Arm lauschte mit gesenktem Haupt Alexias Worten. Lukas' Herz begann zu rasen, und sein ganzer Leib schien leichter als Luft zu werden. Sie trug ein schlichtes Gewand in dunklem Blau, dazu ein rotes Tuch um die Schultern geschlungen, auf das ihre Haare herabfielen. Haare, an deren Duft er sich nur allzu gut erinnern konnte, ebenso wie an ... Lukas riss sich zusammen und folgte Giacomo, der gar nicht bemerkt hatte, dass sein Gefährte erstarrt war.

«Ich wünsche einen wundervollen Morgen», erklärte der Venezianer mit einer viel zu tiefen Verneigung, bei der er die flache Mütze mit einer dramatischen Geste vom Kopf riss und sie so weit schwang, dass sie fast über den Boden wischte. Die Magd schenkte ihm ein anzügliches

Lächeln, warf dann aber einen ängstlichen Blick auf ihre Herrin und murmelte nur leise vor sich hin.

Doch Lukas hatte kaum Augen für das Mädchen. Alexia hatte sich zu ihnen umgedreht und sah an Giacomo vorbei zu ihm hinüber. Einen Herzschlag lang waren ihre Blicke ineinander verschlungen, und Lukas sah in der Tiefe ihrer Augen ebenjene Gefühle, Hoffnungen und Sorgen, die auch ihn umtrieben. Dann senkte sie die Lider, nickte ihnen freundlich beherrscht zu und schritt davon, gerade gemäßigt genug, um nicht den Eindruck einer Flucht entstehen zu lassen. Die Magd folgte ihr auf dem Fuße.

«Hast du das gesehen?», fragte ein breit grinsender Giacomo. Alarmiert blickte Lukas ihn an, aber sein Freund war ganz mit sich selbst beschäftigt. «Bald ist die Kleine fällig.»

Er stieß Lukas den Ellbogen in die Rippen.

«So geht das, du Tor! Suche dir ein Ziel aus, dass deiner angemessen ist, ziele lang und ordentlich und dann ...»

Er warf Lukas einen verschwörerischen Seitenblick zu und verstummte. Sein Grinsen verblasste.

«Was?», brachte Lukas hervor.

«Du würdest doch nicht ... ich meine ... du hast doch nicht ...»

Lukas schluckte, dann setzte er ein falsches Lächeln auf. «Was meinst du? Komm, wir müssen uns sputen, sonst verspäten wir uns.»

Ohne eine Antwort abzuwarten, ging er schnellen Schrittes los, überquerte den Hof und lief in die Straßen, die er inzwischen so gut kannte wie die Felder und Wälder seiner Heimat.

«Wie sie dich angesehen hat», raunte Giacomo, der Mühe hatte, Schritt zu halten. «Und du ... und dann ist sie davongelaufen. Was ist da zwischen euch, du alter Schwerenöter?»

«Ich weiß gar nicht, wovon du sprichst», erwiderte Lukas, den Kopf starr geradeaus gerichtet.

«Du Hund! Du hast wirklich ...»

Bevor er weitersprechen konnte, packte Lukas ihn an den Schultern und riss ihn herum. Er drückte den Venezianer an eine Hauswand.

«Kein Wort!», herrschte er ihn an. «Verstehst du mich?» Giacomo war so überrascht von dem plötzlichen Ausbruch seines Freundes, dass er schwieg. «Du sagst zu niemandem ein Wort. Niemand darf davon erfahren.»

«Also stimmt es?»

Lukas zögerte und löste seinen Griff. Leugnen war sinnlos. In solchen Dingen war Giacomo der reinste Bluthund.

«Es ist passiert. Ich ... wir sind zusammen ausgeritten und ...»

Giacomo nickte verstehend.

«Du gerissener Hund», brach es noch einmal aus ihm hervor, leiser jedoch, mit einem Ton der Anerkennung, der Lukas überraschte. «Lukas der Eroberer.»

«So ist es nicht.»

«Wie ist es nicht?»

«Sie ist nicht nur eine Eroberung. Es ist anders und mehr, viel mehr. Ich kann es dir nicht beschreiben.»

Natürlich hätte er es beschreiben können, und die Worte drängten geradezu aus ihm heraus, er wollte sie teilen, seine Freude teilen, doch er schwieg Alexias wegen.

«Wenn Bojan davon erfährt, landest du in kleinen Stücken im Hafen. Futter für die Fische.»

Dessen war sich Lukas bewusst. Dennoch sorgte er sich mehr, dass Symeon Hyakos davon erfahren könnte. Dessen Zorn war in seiner Vorstellung weit schlimmer als selbst jener Bojans.

«Deshalb musst du schweigen. Für immer. Egal wem gegenüber.»

Giacomo nickte langsam, und Lukas trat einen Schritt zurück.

«Es ist niemals geschehen.»

«Und was ist mit ihr? Wie geht es weiter? Schließlich ist sie Selim versprochen worden!»

Fragen, auf die Lukas keine Antworten hatte. Er hatte sich den Kopf zerbrochen, hatte Pläne geschmiedet, die von wahnsinnig bis undurchführbar reichten. Er hatte sich vorgestellt, ungeachtet ihrer Verlobung bei Symeon Hyakos um die Hand seiner Tochter anzuhalten – und sie gar zu erhalten! Er wollte mit Alexia fliehen, mit ihr an einen weit entfernten Ort reisen. Eine weitere Heldentat vollbringen, die dafür sorgte, dass er mit Freuden in der Familie begrüßt wurde. Aber all das waren Hirngespinste, blanke, leere Träume ohne Wert, deren Strahlen im kalten Licht des Tages verblassten und nur die Wahrheit zurückließen, dass es keinen Weg für sie gab.

«Lass uns gehen, sonst verpassen wir es noch», befand er schließlich grimmig.

Den Rest des Weges sprachen sie kein Wort. Schon bereute Lukas, dem geschwätzigen Freund von jenem unglaublichen Erlebnis berichtet zu haben.

Giacomo heuerte ein Boot für die Überfahrt nach

Galata an, dessen Ruderer sie geschwind und vor allem schweigsam übersetzten.

Es dauerte nicht lang, ihr Ziel auszumachen, auch wenn am Hafen selbst hastige Betriebsamkeit herrschte. Die Winde standen günstig, und mit der einsetzenden Ebbe machten sich viele Schiffe bereit, den Hafen zu verlassen. Ausgerechnet Girolamo, der kleinste der drei genuesischen Söldner, war es, den Lukas als Ersten erspähte, doch seine Kameraden waren nicht fern. Während Virgilio sie mit einem breiten, strahlenden Lächeln begrüßte, neigte Lorenzo nur stumm das Haupt.

«He da!», rief Girolamo. «Wenn das nicht zwei Schurken erster Güte sind. Seid ihr hier, um ehrbare Händler mit gezogener Klinge um ihre sauer verdienten Florentiner zu bringen?»

Giacomo schlug sich mit gespielter Entrüstung auf die Brust.

«Piraten nennst du uns? Wo wir doch nur den weiten, anstrengenden Weg über das Goldene Horn angetreten haben, um jene zu verabschieden, die uns so sehr ans Herz gewachsen sind, dass wir sie Brüder nennen möchten?»

Angesichts der wortreichen Tirade verzog sogar Lorenzo die Lippen zu einem feinen Lächeln.

«Ich bin verletzt! Verletzt sage ich! Und dieser Stich schmerzt mehr, als schnöder Stahl es könnte.»

«Als wenn du schon einmal Stahl gekostet hättest», parierte Girolamo. «Deine Kriegskunst besteht doch nur daraus, das Hasenpanier zu ergreifen!»

«Und das unterscheidet Venezianer von Genuesen», befand Giacomo mit sichtlicher Genugtuung. «Gerissenheit im Krieg und in der Liebe. Als Letzter auf dem

Schlachtfeld und als Erster unter den Decken der Frauen. Während ihr euch noch das Leder zwiebeln lasst, fechten wir bereits ganz andere Sträuße aus!»

Lachend fielen die beiden sich in die Arme und klopften einander auf den Rücken. Reihum tat es Giacomo mit Virgilio und Lorenzo gleich, während Lukas zwei Schritte abseits wartete.

«Willst du uns auch verspotten?»

Lukas lächelte.

«Nein. Ich bin nur hier, um ihn daran zu hindern, sich aus Gram in die Fluten zu stürzen.»

«Ha! Und solchen Gram empfinde ich mit meinem großen Herzen.»

«Und euch eine gute Fahrt und nur das Beste zu wünschen.»

Jetzt wurden alle ernst. Ein wenig Wortgeplänkel war das eine, doch nun war die Zeit gekommen. In den kurzen Monaten ihrer Bekanntschaft hatte Lukas die drei rauen Gesellen durchaus in sein Herz geschlossen, doch es war vor allem Giacomo, den ihre Abreise traf.

«Es wird nichts mehr sein wie vorher, wenn ihr uns verlassen habt», erklärte der Venezianer ernst. «Und eigentlich sollte ich euch die Ruhr oder sonst was an den Hals wünschen, aber stattdessen bete ich dafür, dass ihr wohlbehalten die Heimat erreicht und ein gesegnetes Leben führen könnt.»

«Du solltest mitkommen», brach es aus Girolamo hervor, und Lorenzo pflichtete ihm eifrig bei: «Er hat recht. Und auch du, Lukas, solltest uns begleiten.»

Lukas schüttelte den Kopf.

«So gern ich würde, ich kann nicht.»

«Es wird ein Krieg kommen.» Lorenzo blickte auf das Meer hinaus, über den Hafen hinweg, zur großen Stadt auf der anderen Seite der Meerenge. «Wie ein Orkan. Und er könnte euch alle hinwegfegen.»

«Vielleicht», sagte Lukas nachdenklich. «Aber vielleicht zieht er auch vorüber. Vielleicht lösen die dunklen Wolken sich wieder auf.»

Lorenzo blickte ihn skeptisch an. Lukas erinnerte sich an die Festung, die just in diesem Augenblicke von so vielen Arbeitern errichtet wurde, und er wusste, dass seine Hoffnung töricht war. Dennoch konnte er die Stadt nicht verlassen. Nicht jetzt, nicht so. Vielleicht sah Lorenzo es ihm an. Jedenfalls wandte er sich an Giacomo.

«Aber du?»

«Nein, nein, so ist es schon richtig. Wisst ihr, was es bedeutet, wenn ihr die Stadt verlasst? Wenn mehr und mehr Waffenknechte aus ihr strömen?»

«Mehr Huren für dich?»

Giacomo lachte dreckig.

«Ein Mann wie ich, mit dem Gesicht eines Engels und der Zunge eines Teufels, hat keinen Bedarf an Huren. Nein, je weniger von uns es gibt, desto teurer kann ich meinen Dienst verkaufen.»

«Hört, hört, eine wahre Krämerseele», knurrte Virgilio. «Du bist schon zu lange hier. Pass auf, sonst wirst du noch einer von ihnen.»

Für einen Moment war Lukas nicht sicher, ob die Stimmung nicht umschlug. Dann seufzte Lorenzo und legte ihm die Hand auf die Schulter.

«Gott sei mit dir, Lukas. Wir werden für dich beten.»

Wie immer war es Lorenzos Handeln, das den anderen

beiden vorgab, was sie tun und glauben sollten. So verabschiedeten sie sich ernst und feierlich, bevor sie an Bord des kleinen Handelsschiffes gingen.

Es dauerte nicht lange, bis die Taue des Schiffs gelöst wurden und Seeleute es mit langen Stangen von der Hafenmauer abstießen. Dann wurde das Segel gesetzt, und der Einmaster glitt aus dem Hafen.

Lukas und Giacomo sahen ihm nach, bis er sich in die Menge der Segel einreihte und aus ihrer Sicht verschwand. Die drei Genuesen waren fort, Lukas und Giacomo jedoch blieben zurück.

Zwischenspiel

Venedig

Sommer 1452

Obwohl ein Baldachin die Terrasse vor der Sonne schützte, war es drückend heiß. Die Luft stand, schlimmer jedoch war der Gestank nach verwesendem Fisch und den Abwässern der Stadt. Thomas hatte der Lagunenstadt noch nie etwas abgewinnen können, mochte weder ihre Lage noch ihre Kanäle, noch ihre Bewohner. In seinen Augen waren die Venezianer lediglich arrogante Emporkömmlinge, die das große Erbe Roms, das ihnen ihre Herkunft zugesprochen hatte, mit Füßen traten.

Leider jedoch hatte er in der Vergangenheit bewiesen, dass er über seine eigenen Urteile hinwegsehen konnte, wenn es seinem Herrscher diente, und so stand er nun wieder einmal in der Residenz des Prokurators Pasquale Malipiero, der dem Bild des schlaffen, schwachen Venezianers, das Thomas sich gerne machte, in geradezu verblüffender Weise entsprach. Aber der Mann hatte Einfluss und sich in der Vergangenheit als ein guter Verbündeter erwiesen, also zwang Thomas sich zu einem Lächeln, als er auf ihn zuschritt. In seiner Eigenschaft als Gesandter des Basileus stand es ihm nicht zu, seine eigenen Gefühle über die Notwendigkeiten seines Auftrages zu stellen.

Malipiero war kein junger Mann mehr, hatte das sechzigste Lebensjahr bereits hinter sich gelassen, war also gut zwei Dekaden älter als Thomas, und sein gutes Leben zeigte sich in einer gewissen Körperfülle, die er aber geschickt in fein gewählter Kleidung verbarg. Sein Reichtum war ihm anzusehen; nicht, dass man hier, umgeben von Dienern und exquisiten Möbeln, einen anderen Eindruck hätte bekommen können.

«Thomas! Welch eine Freude, Euch zu sehen!»

Thomas verneigte sich tief genug, bevor er antwortete: «Exzellenz, die Freude liegt ganz auf meiner Seite.»

Sein Italienisch war keineswegs eingerostet, auch wenn man sicher heraushören konnte, dass er es in Rom selbst gelernt hatte.

«Setzt Euch, bitte. Kann ich Euch eine Erfrischung anbieten?»

Thomas nahm dankend an und ließ sich einen gläsernen Pokal gekühlten Wein reichen, den ihm ein schwarzhäutiger Diener entgegenhielt, der in leuchtend bunte Seidenkleider gewandet war.

«Wie geht es Eurer Familie, Exzellenz? Ist Donna Giovanna wohlauf?»

«Allerdings, danke der Nachfrage. Es geht ihr hervorragend, was zu Lasten meiner Börse geht.»

Der Prokurator warf Thomas einen verschwörerischen Blick zu, den dieser mit einem verständnisvollen Lächeln erwiderte.

«Jeden Tag hat sie einen neuen jungen, aufstrebenden Dichter an der Hand, der viel Talent, aber keine Mittel hat. Die Bücher dieser Habenichtse werden gedruckt, müsst Ihr wissen, und das alles mit meinem Gold.»

Thomas genehmigte sich noch einen kleinen Schluck des kühlen Weines, und für den Moment, den der Pokal an seinen Lippen ruhte, überdeckte der Duft des Weines den Geruch der Kanäle. Er kam lieber her, wenn es weniger heiß war und das Wasser weniger brackig, aber in unruhigen Zeiten wie diesen konnte man sich nicht aussuchen, wann man seine Reisen antrat, sondern musste erledigen, was einem aufgetragen wurde.

«Frauen sind fasziniert von den schönen Künsten», stellte er schließlich diplomatisch fest. «Und es ist ihrem Geschlecht angemessen, sich mit ihnen zu befassen.»

Jetzt seufzte Malipiero und lehnte sich zurück, woraufhin ein Diener heraneilte und ihm mit einem großen Fächer Kühlung verschaffte. Seine Kleidung mochte prunkvoll und beeindruckend sein, doch war sie sicherlich auch warm. Auch Thomas schwitzte in seiner ... aber Ansehen war alles, und man musste den Stand eines Mannes an dessen Kleidung und Auftreten erkennen können.

«Sicherlich, sicherlich. Aber Ihr seid doch nicht zu mir gekommen, um über das Wunder des Buchdruckes zu sprechen, oder etwa doch?»

Der abrupte Themenwechsel überraschte Thomas, doch er fing sich schnell.

«Keineswegs, auch wenn dies sicherlich Thema faszinierender Debatten sein kann. Ich wünschte, der Grund meines Besuchs wäre etwas so Leichtherziges. Doch ich muss von drohendem Unheil berichten.»

Er warf Malipiero einen prüfenden Blick zu. Der Prokurator setzte eine betroffene Miene auf.

«Ich habe bereits davon gehört. Diese Art von Gerüchten verbreitet sich schnell. Ist es so schlimm, wie man mir erzählt hat?»

«Schlimmer», befand Thomas ernst. Er konnte sich gut an die drängenden Worte der Nachricht erinnern, die ihn in Rom erreicht hatte und der Grund für seine Reise nach Venedig war. Der Kaiser selbst hatte sich herabgelassen, das Schriftstück zu unterzeichnen, ein nur allzu deutlicher Hinweis auf die Wichtigkeit dieser Mission.

«Noch gab es nicht mehr als einige Zwischenfälle, aber es besteht kein Zweifel, dass der Herr über alle Heiden plant, Byzanz selbst anzugreifen.»

Düsteres Schweigen senkte sich herab. Noch immer sah Malipiero aus wie ein einfältiger Mann, der unter der Hitze litt, doch schon sah Thomas die Berechnung in seinen Augen.

«Byzanz, christliches Bollwerk gegen den Sturm der Osmanen, das heilige Konstantinopel, unser ewiger Verbündeter, braucht Hilfe», setzte Thomas nach.

Es erschien ihm am klügsten, direkt zum Kern der Angelegenheit vorzustoßen. Lange hatte er abgewogen, wie er vorgehen wollte, doch schlussendlich war ihm bewusst geworden, dass nur die große, schreckliche Wahrheit jene Wirkung entfalten konnte, auf die er hoffte.

«Das sind düstere Neuigkeiten, mein Freund», murmelte Malipiero.

«Und die Lage verfinstert sich mit jedem Tag», fuhr Thomas fort. «Unser gesegneter Basileus Konstantin XI. hat seine Brüder benachrichtigt und zieht all unsere Truppen zusammen.»

Genauer wurde Thomas nicht, denn allzu viele Soldaten konnte die Stadt nicht mehr aufbringen. Er erwog, diesen Umstand für die Untermalung der Dringlichkeit des Anliegens zu nutzen, befürchtete jedoch, sein Gegenüber zu verschrecken.

«Bald wird die Feste am Bosporus errichtet sein, dann fährt kein Schiff mehr ohne die Erlaubnis des Sultans nach Osten oder Westen. Jeglicher Handel wird von ihm kontrolliert werden.»

Ein Appell an die Börse hatte in dieser Stadt der Händler, Huren und Halsabschneider noch nie geschadet und zeigte auch hier Wirkung, denn Malipiero rieb sich besorgt das gründlich rasierte Kinn.

«Im schlimmsten Fall, wenn die Stadt an die Osmanen fällt, wird sein Triumph endgültig sein, ebenso wie seine Beherrschung aller Wege in den lukrativen Osten.»

«Wegzölle müssen an vielen Orten entrichtet werden», warf der Prokurator ein. Als einer der neun Verwalter der Schatzkammer der Stadt lag es für ihn nahe, jegliche Probleme finanziell zu lösen.

«Aber ist es nicht besser, jene Zölle fließen in die Hände von Christenmenschen? So werden sie zur Verteidigung des Glaubens genutzt. Machen sie erst Mehmed reich und fett, so kann er mit dem Gold mehr und mehr Kriege führen.»

Eine feine Brise kam auf, nicht mehr als ein Lufthauch. Ihre sanfte Berührung auf seiner vom Schweiß feuchten Haut ließ Thomas unmerklich erzittern. Er verbarg den Moment hinter einem weiteren Schluck Wein. Nur ein kleiner, kaum ein Viertel Mundvoll, da ihm in der Hitze bereits eine gewisse Leichtigkeit in den Kopf gestiegen war, die ihm in dieser Situation nicht angemessen schien.

«Die Serenissima Repubblica di San Marco steht natürlich immer fest an der Seite unserer Brüder vom Glauben», gab Malipiero zu Protokoll – nur ein Lippenbekenntnis, aber immerhin. Thomas hatte schon befürchtet, mit weniger abgewimmelt zu werden.

«Und das weiß der Kaiser sehr zu schätzen. Besonders die Hilfe unserer geliebten Freunde, auf deren Rat, Tat und Wort wir uns stets verlassen können, ist ein Lichtschein in dieser finsteren Stunde.»

Tatsächlich leuchtete das Gesicht des Prokurators bei diesem Lob auf. Ein Hauch Eitelkeit, ein wenig Gier, beides Qualitäten, die Thomas nur allzu gern ansprach.

«Ich sage es unumwunden», gestand er schließlich. «Ich wurde gesandt – vom Kaiser höchstpersönlich! –, um Euch als unseren Freund um Hilfe zu bitten. Ihr habt den Einfluss in der Republik, um uns zu unterstützen. Es bedarf tatkräftiger Männer, wie Ihr es seid, um sich jetzt gegen den Sturm zu stellen und das Bollwerk gegen ihn fest zu machen. Denn wenn wir es nicht tun, wird diesem Sturm eine Flut folgen, die alle Christen der Welt zu erfassen droht.»

Ein wenig dick hatte er aufgetragen, doch er empfand es tatsächlich ähnlich. Vielleicht spürte Malipiero die wahrhaftige Dringlichkeit in den Worten, denn nach einem langen Schweigen nickte er unvermittelt heftig.

«Ich verstehe. Ich werde sehen, was ich für Euch tun kann. Meine Stimme spricht für Euch.»

Diese Zusicherung war mehr, als Thomas sich erhofft hatte, auch wenn es nur ein erster, kleiner Schritt war. Malipiero war nur ein einzelner Mann, von Rang und Würden zwar, doch die Politik der Republik war komplex.

Die Macht des alten Dogen Francesco Foscari schwand zusehends, sogar seinen letztverbliebenen Sohn Jacopo hatten seine Feinde nach Kreta verbannt. Thomas wusste nicht genau, wie die Linien der Macht in der Stadt verliefen, aber nun hatte er den ersten Verbündeten.

«Wusstet Ihr, dass ich einige Geschäfte mit Kaufleuten Eurer Heimat mache?»

Thomas täuschte Unwissen vor und trank noch einen Schluck Wein. Für die Verhandlungen über den Preis von Malipieros Stimme konnte er auch weniger nüchtern sein, und es würde ihm leichter fallen, die Verachtung für den schamlos zur Schau gestellten Eigennutz zu ignorieren, wenn der Wein den Worten die Schärfe nahm.

Während er langsam und indirekt mit dem Prokurator über Zugeständnisse bei dessen Handelsgeschäften feilschte, war sein Geist bereits dabei, die weiteren notwendigen Schritte zu planen, um die Hilfe dieser mächtigen, prachtvollen und doch so auf sich selbst bezogenen Stadt zu erlangen. Es würde mehr als einen Konstantinopel gewogenen Prokurator benötigen, um das zu erlangen, was den Venezianern am nächsten war – ihr Gold.

Kapitel XVIII

Nahe Konstantinopel

Sommer 1452

Lukas ignorierte das Jucken an seinem Rücken. Ganze Schwärme von Insekten tanzten zu dieser Jahreszeit über die Felder. Er spürte den warmen, weichen Erdboden an seinem Bauch, den Geruch des Heumonds in der Nase. Überall um ihn herum summte und brummte es, und in dem hohen Baum, unter dem er lag, sangen zwei Vögel ein süßes Duett.

Doch sein Blick war nur auf das Tal unter ihm gerichtet. Ein kleines Dorf, kaum mehr als ein Dutzend Gebäude, schmiegte sich an den gegenüberliegenden, sanft ansteigenden Hügel. Felder und Weiden bedeckten die Hügel, säuberlich mit Natursteinmauern abgetrennt, die im Sonnenlicht wie helle Bänder aussahen. Hier und da stieg Rauch auf. Alles wirkte friedlich.

Wenn da nicht Soldaten auf dem Dorfplatz gewesen wären, die eine Gruppe von Arbeitern mit zwei plumpen Wagen begleiteten. Es waren nicht viele. Lukas zählte zehn Gerüstete und etwa ebenso viele Arbeiter. Um sie herum standen die Bewohner des kleinen Dorfes, die wohl direkt von der Arbeit auf den Feldern gekommen waren und ihre Werkzeuge noch in den Händen hielten.

Ein ganzes Stück des Weges war Lukas dem Trupp Osmanen gefolgt, in sicherem Abstand, hatte sich an dem Staub orientiert, den ihre Reittiere und Wagen aufwirbelten. Jetzt lag er versteckt unter dem Baum, und eine düstere Vorahnung legte sich über diesen Sommertag wie ein aufziehendes Gewitter.

Der Wind stand schlecht, und er war zu weit entfernt, um zu hören, was gesagt wurde. Ein junger Mann, der Kleidung nach ein einfacher Bauer, schien aufgebracht zu sein.

Der Anführer der Soldaten, hoch auf seinem Pferd sitzend und mit einem prächtigen Helm geschmückt, der in der Sonne funkelte, hob abwehrend die Hand und schüttelte den Kopf.

Der junge Bauer trat einen Schritt auf ihn zu, worauf einer der osmanischen Reiter sein Pferd vortänzeln ließ und ihn grob zurückdrängte. Der Soldat senkte die schlanke Lanze mit dem roten Banner und richtete die Spitze auf die Brust des Bauern.

Lukas spürte, wie seine Muskeln sich anspannten. «Bleib liegen, du Narr», befahl er sich selbst, doch da war er schon aufgesprungen und zwischen den Büschen hervorgetreten. Neben der niedrigen Mauer verlief ein Weg hinab, dem Lukas nun mit langen Schritten folgte. Nicht rennend, aber so schnell, wie es möglich war, ohne die Aufmerksamkeit der Gruppe auf sich zu ziehen.

Doch die berittenen Soldaten hatten ihn schon bemerkt, und zwei von ihnen kamen ihm langsam entgegengetrottet. Er besaß nun ihre ungeteilte Aufmerksamkeit, auch wenn er nicht wusste, was er mit ihr anfangen sollte.

Die beiden Reiter hielten an und ließen Lukas die letzten Schritte auf sich zukommen. Er ging nun langsamer, hob die Hände ein Stück empor, weg von dem Waffengürtel, an dem seine Klinge hing. Dazu setzte er ein, wie er hoffte, freundliches Lächeln auf.

«Seid gegrüßt!»

Die beiden Soldaten blickten ihn grimmig an. Die Helme mit dem schmalen Nasenschutz ließen ihre Gesichter noch finsterer wirken. Aber immerhin zogen sie weder ihre Waffen, noch ritten sie ihn direkt nieder. Vielmehr nahmen sie ihn in die Mitte und führten ihn so bis zu dem Dorfplatz.

Jetzt erst fiel Lukas auf, dass die Bauern tatsächlich alle Werkgerät hielten, Sensen vor allem, obwohl die Zeit für die Ernte noch nicht gekommen war.

«Mein Name ist Lukas», erklärte er und neigte das Haupt vor dem Anführer der Soldaten, einem überraschend jungen Mann mit sorgfältig gestutztem Bart. «Ich grüße Euch.»

Der Mann betrachtete ihn mit kalter Miene. Doch in den Augen sah Lukas mehr Regung, auch wenn er nicht sicher war, wie er sie deuten konnte.

«Gibt es hier ein Problem?», wagte Lukas sich vor.

«Die Bastarde wollen unsere Kapelle schänden!», rief ein junger Bauer voller Zorn. Er war über und über mit Staub bedeckt, durch den Schweiß helle Linien gezogen hatte. Obwohl er jung war, vermutlich jünger als Lukas, fehlten ihm bereits mehrere Zähne.

«Ich bin sicher, dass ein Missverständnis vorliegt»,

erklärte Lukas beschwichtigend seine Hoffnung und sah den Anführer fragend an. Was hatte er sich nur dabei gedacht, sich in fremde Angelegenheiten einzumischen?

Der Anführer des Trupps zögerte einen Moment, dann wies er auf ein kleines, gedrungenes Gebäude, das aus demselben Feldstein wie alles hier errichtet worden und kaum als ein Ort der Andacht zu erkennen war.

«Wir haben die Anweisung, Baumaterial für die Errichtung der großen Festung unseres allerherrlichsten Sultans zu holen. Diese Steine dort sollen es sein.»

Wenigstens sprach er Griechisch, was Lukas ein wenig Zuversicht gab.

«Das ist unsere Kapelle», erklärte der Bauer, «geweiht und gesegnet von einem Abgesandten des Patriarchen höchstpersönlich. Geheiligter Boden, im Namen Christus Pantokrators geweiht.»

Lukas warf einen Blick auf das unscheinbare Gebäude, den der Bauer wohl falsch deutete.

«Es gibt ein Mosaik! Eine Ikone, geschaffen, um ihn zu ehren.»

Schon wieder trat er gefährlich nahe an den Anführer heran, beflügelt von einer Wut, die ihn blind für die Gefahr machte, in der er schwebte.

Lukas sah sich um. Die Dorfbewohner wirkten eingeschüchtert von den Soldaten, aber da war auch eine Entschlossenheit, die sie ihre Sensen und Hacken mit weißen Knöcheln fester packen ließ. Die Soldaten blickten vom Rücken ihrer Pferde auf sie herab; Lukas hätte es gern verächtlich genannt, doch da war vielmehr eine Spannung zu sehen. Die anderen Osmanen in ihrem Gefolge, einfache Arbeiter und Fuhrleute, waren sichtlich besorgt.

«Gibt es nicht genug Steine hier, die ihr nehmen könnt?», fragte Lukas den Anführer. «Muss es gerade die Kapelle sein?»

Der junge Mann schluckte. Er warf einen schnellen Seitenblick auf den Soldaten, der den Bauern weggetrieben hatte, einen älteren Veteranen mit einer langen Narbe quer über die Nase.

«Ich werde unsere Befehle nicht mit einem Dahergelaufenen diskutieren. Diese Steine werden gebraucht.»

Lukas' Mut sank. Jetzt wünschte er sich Giacomo an seiner Seite, der immer das rechte Wort zur rechten Zeit parat hatte. Aber als der Venezianer gefragt hatte, ob sie die Nachricht von Symeon Hyakos an seinen Verwalter auf dem Weingut zu zweit überbringen sollten, hatte er nur gelacht und geantwortet, dass er das wohl noch allein fertigbringen würde.

«Ich bitte Euch, hoher Herr. Ihr seht doch, wie wertvoll den Menschen ihre Kapelle ist. Ein geweihter Ort, bedeutet Euch dies denn gar nichts?»

Wieder zögerte der Anführer. Offenbar bedeutete es ihm durchaus etwas, aber dann versteifte er sich, und seine Augen wurden hart.

«Sie sollten stolz sein, dass ihre Steine für das gewaltige Vorhaben verwendet werden und zur Größe und zum Schutz des Reiches beitragen.»

Er nickte dem Veteranen zu, der einen Befehl bellte, woraufhin sich die Arbeiter in Bewegung setzten. Auf den Wagen lag allerlei Werkzeug, und Lukas zweifelte nicht, dass sie das kleine Bauwerk in kürzester Zeit abgerissen und seine Steine verladen haben würden.

«Es ist Unrecht», versuchte er noch einen Appell. «Was

würdet Ihr empfinden, wenn jemand in Eure Heimat käme und Eure heiligen Orte schändete?»

Doch der Anführer würdigte ihn keines Blickes mehr. Lukas spürte, dass es ihm nicht behagte, aber dass er nicht wagte, seine Befehle nicht auszuführen.

Er verstand nicht, warum dieser Trupp hierher entsandt worden war, so knapp konnte das Material gar nicht sein, dass der Sultan sich an einer so winzigen Kapelle vergreifen müsste. Eine Ahnung ließ Lukas erzittern. Die Bevölkerung sollte eingeschüchtert werden, ihr Wille gebrochen oder aber eine Reaktion provoziert, die schreckliche Vergeltung erlaubt hätte.

In dem Moment sprang der junge Bauer vor, stellte sich den osmanischen Arbeitern mit wutverzerrter Miene in den Weg und hob drohend seine Sense. Lukas wollte etwas rufen, ihn zurückhalten, doch bevor er auch nur einen halben Schritt getan hatte, sprang das Ross des Veteranen vor.

Die Lanze bohrte sich tief in die Brust des Mannes, der Stoß war gut geführt, schnell und ohne Gnade. Mitten im Ruf verstummte Lukas. Der Bauer fiel nach hinten, seine Hände ließen die Sense los, sein Mund war weit aufgerissen, ebenso wie seine Augen.

Mit einem Ruck riss der Vernarbte seine Waffe wieder zurück, zog sie aus dem Stürzenden, der ein letztes Mal zuckte.

Einen Herzschlag lang schien alles erstarrt, als sei die Zeit selbst stehengeblieben. Dann brach Chaos aus. Eine Frau schrie auf, Hunde kläfften aufgeregt. Befehle wurden gerufen. Ein Bauer wurde von einem Soldaten umgeritten, andere hoben ihre primitiven Waffen.

«Gnade!», schrie er verzweifelt, doch er wusste, dass sich das Blutvergießen nicht mehr abwenden ließ. Der Veteran hatte sein Pferd herumgerissen und ritt auf die schreiende Frau zu. Lukas sprang dazwischen, ging vor dem heranpreschenden Reiter in die Knie, das Haupt gesenkt, die Arme flehentlich erhoben.

«Gnade!»

Das Donnern der Hufe war jetzt ganz nah. Lukas schloss die Augen. Er wollte seinen Frieden machen, doch in ihm brodelte ein Zorn, der ihn keine Worte finden ließ. Alle Geräusche verschwanden, verblassten hinter dem tobenden Schlag seines Herzens, dem Rauschen des Blutes in seinen Ohren.

«Halt!»

Ein Wort, das Lukas noch gut aus seiner Zeit auf der Galeere kannte. Die Welt kehrte zurück. Lukas hob den Kopf. Die Spitze der Lanze, rot glänzend von Blut, schwebte keine Elle vor seinem Gesicht. Langsam troff ein Faden Blut von ihr herab, fiel auf den staubigen Boden. Der Veteran sah ihn finster an, die Blutlust in seiner Miene ließ Lukas frösteln. Dieser Mann würde weder vor Frauen noch Kindern haltmachen. Vielleicht war es das, was auch sein Offizier sah, der nun sein Pferd neben ihn lenkte.

«Du», bellte er Lukas an, «sorg dafür, dass uns diese Leute nicht stören, und es wird niemandem etwas geschehen.»

Lukas nickte vorsichtig. Langsam stand er auf, die Hände immer noch erhoben.

«Geht», rief er den Dorfbewohnern zu und deutete auf die Felder. «Geht!»

Zu seinem Erstaunen gehorchten sie. Die Soldaten postierten sich zwischen ihnen und den Arbeitern.

Der Veteran verharrte vor Lukas, die Spitze der Lanze wies nun auf den Boden. Der Mann schenkte ihm ein bösartiges Lächeln, dann spie er in Richtung des gefallenen Bauern aus und lenkte sein Tier zu den anderen.

Mit einem Mal war Lukas erschöpft, als habe er den ganzen Tag hart gearbeitet. Seine Gliedmaßen waren schwer, seine Beine wollten keinen Schritt mehr tun. Er schüttelte den Kopf, um die Benommenheit abzuschütteln.

Er besah die Leiche des Bauern. Die Lanze hatte die Brust durchbohrt, ein Loch klaffte in ihr, die Kleidung hatte sich mit seinem Blut vollgesogen und den Boden getränkt.

Die junge Frau kniete schluchzend neben ihm nieder. Lukas wollte ihr etwas sagen, ihr Trost spenden, ein Gebet sprechen, doch seine Zunge wollte sich nicht bewegen. Es gab keine Worte, die ihm angemessen erschienen wären.

Die Frau strich dem Toten über die Wange, wischte ihm den Staub von der Haut, fuhr mit ihrer Hand über seine aufgerissenen Augen. Lukas hatte ihn nicht gekannt, doch der Verlust lastete schwer auf ihm, als seien sie alte Freunde.

«Leo. Mein Leo. Leo.»

Wieder und wieder sagte sie seinen Namen. Wie ein Löwe hatte der Tote sich vor die Kapelle gestellt, hatte sein Leben riskiert und verloren, eine mutige Tat, eine wahnwitzige Tat, um dieses unscheinbare Haus Gottes zu beschützen.

«Welches Haus?», brachte Lukas schließlich hervor. Die Frau sah ihn verständnislos an. «Welches ist euer Haus?», wiederholte er.

Sie deutete auf eine einfache Hütte. Lukas packte Leo unter den Armen, lud ihn sich vorsichtig auf die Schulter. Blut floss auf seine Kleidung, seine Haut, aber es war ihm egal. Er trug den Toten in die Hütte, legte ihn sanft auf den Boden. Die Frau folgte ihm, immer noch laut weinend und klagend. Sie packte Lukas am Arm.

«Du bist aus der Stadt?»

Er nickte. Plötzlich war da Zorn in ihrer Miene.

«Sag ihnen, was hier geschehen ist. Sag ihnen, dass ihre Tiere unsere Felder zertrampeln. Sag ihnen, dass sie unsere Vorräte stehlen. Sag ihnen, dass sie Kirchen niederreißen und uns töten. Sag ihnen, dass der Satan gekommen ist!»

Lukas schluckte. Der Blick ihrer dunklen Augen hielt ihn gefangen.

«Das werde ich.»

Kapitel XIX

Konstantinopel

Spätsommer 1452

Der Wagen ruckelte gemächlich durch die Straßen. Lukas saß neben Bojan, der bislang kein Wort gesagt hatte, aber langsam und genüsslich eine harte Eselswurst verzehrte, auf der er laut schmatzend herumkaute.

Die Straße, die zum Rhesios-Tor führte, war breit genug, damit Alexia neben ihnen herreiten konnte. Lukas sah verstohlen zu ihr hinüber, aber ihr Blick war stur geradeaus gerichtet. Er seufzte innerlich. Zwar hatten sie ihr Geheimnis vor ihrem Vater verbergen können, auch Giacomo hatte sich nicht verplappert, aber eine Lösung des Problems war nicht in Sicht. Die Vorstellung, dass er Alexia nie wieder so nahe kommen würde wie im Walnusshain, bereitete ihm körperliche Schmerzen.

Die Häuser jenseits des Tores waren deutlich kleiner, standen aber noch dicht an dicht. Doch bald schon taten sich Lücken zwischen ihnen auf, kleine Flächen, auf denen Tiere gehalten wurden oder Gemüse gezogen wurde. Ein gutes Stück vor dem Tor, aber noch innerhalb der Stadtmauern, lagen größere Felder, Olivenhaine, dazwischen immer wieder Wirtschaftsgebäude oder hier und da zwischen Bäumen verborgene Residenzen reicher Bürger.

Sonst mochte der Anblick dieser grünen Landschaft innerhalb der Stadt angenehm sein, doch jetzt bot sich ein anderes Bild dar. Zelte waren aufgebaut worden, zuerst ordentlich in Reih und Glied, doch dann immer hastiger, quer durcheinander, eine ganze Zeltstadt mit Wegen, Straßen, Gassen und Plätzen. Menschen liefen dort umher, einfaches Volk zumeist, hier und da auch Soldaten mit langen Spießen, deren Aufgabe, für Ordnung zu sorgen, schier unmöglich schien.

«Wie viele mögen das sein?», murmelte Alexia entsetzt.

«Hunderte», vermutete er, korrigierte sich aber sofort. «Tausende.»

Die Boten der Beamten waren in die Dörfer und Gehöfte der Umgebung geritten und hatten die Bewohner in den Schutz der Mauern gerufen. Nach und nach waren sie eingetroffen, ihre Habe hastig zusammengepackt, um sich hier, in diesem Niemandsland einzurichten. Mittlerweile wirkte die Ansammlung aus Zelten und primitiven Hütten wie eine Stadt in der Stadt.

Ihr Karren fuhr zwischen den ersten Zelten durch. Menschen sahen zu ihnen auf, hohle Gesichter, leere Augen. Furcht lag über allem, fast schon greifbar. Lukas, der wusste, wie es war, Heim und Herd und Familie zu verlieren, sah die Schwärze dieses Verlustes in den Mienen der Menschen.

Es stank fürchterlich. Die Offiziellen hatten zwar Flächen für die Flüchtlinge beansprucht, jedoch hatten sich viele der reichen Grundbesitzer dagegen gestemmt, und so mussten die Menschen auf engstem Raum hausen. Und noch waren längst nicht alle in der Stadt, noch arbeiteten viele auf den Feldern, schufteten für eine gute Ernte, damit die Kammern von Byzanz gut gefüllt sein würden im Angesicht dessen, was ihnen bevorstand. Nur für einen Zweck wurden all die Vorräte herbeigeschafft und eingelagert: eine Belagerung zu überstehen.

Hinter den Zelten ragten die hohen, hellen Mauern der Stadt auf. Das gewaltige Bauwerk, auf dem nun alle Hoffnungen ihrer Bewohner ruhten. Laute Schläge waren von dort zu hören, ein großer Hebekran war errichtet worden, und Steinmetze waren damit beschäftigt, die Mauern, so gut es ging, instand zu setzen.

Alexia wies auf einen kleinen Platz inmitten bunter Zelte, die eher zu fahrendem Volk als zu Flüchtlingen gepasst hätten.

«Dort ist gut.»

Bojan grunzte zustimmend und lenkte den Ochsenkarren auf den Platz. Ihre Ankunft erregte einige Aufmerksamkeit, aber nur eine Handvoll Kinder kam näher.

Lukas sprang vom Wagen herunter und ging um das Gefährt herum, während Alexia geschickt direkt vom Sattel des Pferdes auf die Ladefläche sprang. Zwei Diener, die hinter dem Karren hergelaufen waren, gesellten sich zu ihnen; nur Bojan blieb vorne und ließ sich durch den erbärmlichen Anblick der Flüchtlinge nicht vom Genuss seiner Wurst abbringen.

«Bürger der Stadt!», wandte sich Alexia laut an die Umstehenden. «Die Familie Hyakos hat von eurem Schicksal erfahren und bietet in aller Demut an, euch mit ihren Mitteln zu helfen.»

Sie schlug eine Plane aus dickem Stoff zurück. Fässer und Kisten kamen zum Vorschein, dazu einige Ballen Wollstoff. Die beiden Diener kletterten zu ihr empor, während sich Lukas hinter dem Wagen positionierte.

Durch den Aufruf neugierig geworden, kamen die Ersten zu ihnen. Lukas hatte sie vielleicht noch abgerissener erwartet, ärmlicher, aber ihre Kleidung war gut, wenn auch hier und da schmutzig. Die Diener begannen, unter Alexias Aufsicht die Vorräte zu verteilen. Noch litt niemand Hunger, da die Herren von Byzanz sich um die Versorgung kümmerten, doch es fehlte den Menschen an allem anderen.

Obwohl er mit ihnen mitfühlen konnte, blieb Lukas aufmerksam. Es waren Menschen am Rande ihrer Existenz, bedroht von Krieg und Hunger, und er wollte kein Risiko eingehen. Nicht, solange Alexia dabei war.

Doch obwohl schnell ein großes Gedränge entstand und die Menschen so zusammengedrückt am Wagen standen, dass dieser zu schaukeln anfing, sah Lukas nirgends Bösartigkeit, nur Verzweiflung und Dankbarkeit. Dennoch rief er einige Male laut, und als Bojan, laut fluchend in seiner Heimatsprache, aufstand und die Menschenmenge mit lauten Worten und deutlichen Gesten zurechtwies, zeigten ihre Bemühungen Wirkung, und es wurde ruhiger.

Alexia hatte ihr Haar unter einem schlichten, hellen Tuch verborgen, und auch der Rest ihrer Kleidung gab keinen Hinweis auf den Reichtum ihrer Familie. Sie verteilte Stoffe, um daraus Kleidung für den kommenden Winter zu schneidern, Werkzeug, um die behelfsmäßigen Unterkünfte zu befestigen, dazu Beutel mit Öl und tausenderlei Dinge mehr, an denen es den Menschen hier mangelte.

Immer wieder hörte Lukas, wie die Menschen dankbar Segenssprüche murmelten. Nur wenige zeigten ungebührliche Gier, die meisten nahmen ihren Anteil, bedankten sich, so höflich sie konnten, und verschwanden in den Zelten. Einige berührten Lukas an der Kleidung, lächelten ihn an, nickten ihm zu, und er bemühte sich, ihnen so freundlich zu begegnen wie sie ihm.

Bojan thronte inzwischen über allem; er hatte sich auf dem Kutschbock aufgestellt, die Arme verschränkt und den winzigen Rest Wurst in einem Beutel verschwinden lassen. Er hatte eine grimmige Miene aufgesetzt, doch inzwischen fragte sich Lukas ohnehin, ob der Mann jemals anders dreinblickte.

Nach und nach leerten sich die Vorräte, doch der Andrang blieb groß. Mehr Menschen kamen aus den anderen Teilen des Lagers, als sich die Kunde von der Großzügigkeit der Familie Hyakos verbreitete. Jetzt war Lukas besonders vorsichtig, denn niemand vermochte zu sagen, wie die Flüchtlinge auf die Enttäuschung reagieren würden, wenn sie mit leeren Händen fortgeschickt würden.

Doch trotz einigen Murrens gab es keinen Vorfall, der Lukas zum Eingreifen gezwungen hätte. Vielleicht war es einfach der Anblick von ihm und Bojan, oder vor allem von Bojan, der die Menschen davon abhielt, ihrer Enttäuschung Luft zu machen.

Langsam leerte sich der Platz wieder. Die beiden Ochsen hatten das Gedränge mit stoischer Ruhe ertragen. Ihr Schicksal war jedoch trotz ihrer treuen Pflichterfüllung besiegelt – zu viele Menschen waren in der Stadt und wollten versorgt werden. Früher oder später würden die beiden geschlachtet werden.

Alexia sprang leichtfüßig vom Wagen.

«Das war eine gute Tat», erklärte Lukas ernst. Sie lächelte ihm zu. Für den Augenblick war die Distanz überwunden, die sich in den letzten Tagen zwischen ihnen aufgetan hatte und die Lukas so viel Schmerz bereitete.

«All diese Menschen», flüsterte Alexia. «Wie wenig wir für sie tun können. Und es werden noch mehr werden.»

«Dein Vater und die anderen wichtigen Männer der Stadt werden sich sicher um sie kümmern. Euer Kaiser scheint ein guter Mann zu sein, dem das Wohl seiner Untertanen sehr am Herzen liegt.»

Er begleitete sie um den Wagen herum zu ihrem Pferd und half ihr in den Sattel, bevor er selbst wieder neben Bojan Platz nahm.

Unter viel Geschnalze wurde der Ochsenkarren gewendet und trat den Rückweg an.

«Es gibt noch Dörfer, deren Bewohner hierhergerufen werden müssen», erzählte Alexia. «Vater hat mit einigen Beamten gesprochen. Es gibt furchtbare Gerüchte von Plünderungen, ja sogar von Morden.»

Lukas nickte stumm. Auch er hatte bereits davon gehört. Noch weitere Dörfer waren von den Soldaten des Sultans überfallen worden, Vieh geraubt, Vorräte beschlagnahmt, und immer wieder wurden Kirchen und Kapellen als Materiallager missbraucht. Und es hatte Hinrichtungen gegeben, als Bewohner sich zur Wehr gesetzt hatten.

«Gibt es Neuigkeiten von den Gesandten?»

Alexia schüttelte betrübt den Kopf.

«Versprechungen, aber mehr nicht.»

Giacomo, der immer wusste, was in Galata vor sich ging, hatte berichtet, dass unter den Genuesen das Gerücht umging, dass der Podestà der Stadt angewiesen worden war, ein Abkommen mit dem Sultan zu treffen, sollte Konstantinopel angegriffen werden oder gar fallen. Lukas empfand allein dies als Verrat, auch wenn Giacomo ihm versichert hatte, dass die Italiener natürlich helfen würden, wo sie konnten.

«Es wird ein harter Winter werden. So viele Menschen in der Stadt, da wird das Essen trotz gefüllter Kornkammern knapp werden. Und wer weiß, was das nächste Jahr bringen wird?»

Lukas sprach nicht aus, was sie beide wussten. Es würde Krieg geben. Der Kaiser hatte sein Möglichstes getan, um eine Eskalation zu verhindern, und sogar angeboten, die Soldaten des Feindes mit Nahrung zu versorgen, damit sie ihre Plünderungen einstellten, doch seine Bemühungen waren größtenteils fruchtlos geblieben.

Jede neue Botschaft, jedes neue Gerücht, jede neue Nachricht ließ die Sorgen nur noch weiter anwachsen.

«Es wird Hilfe kommen.» Lukas bemühte sich, zuversichtlich zu klingen. «Der Papst wird zu einem Kreuzzug aufrufen. Alle ehrbaren Christen werden dem Ruf folgen!»

Noch während er die Worte sagte, entsann er sich der Geschichten, die Alexia von dem Kreuzzug erzählt hatte, der die Stadt in die Katastrophe geführt und unter lange Fremdherrschaft gebracht hatte.

«Glaubst du das wirklich?»

Die Tiefe ihrer Sorge offenbarte sich ihm in diesem Augenblick wie nie zuvor.

«Ich hoffe es und bete dafür.»

Das schien ihr zu genügen. Schweigend ritt sie weiter, und bis sie im Hof des Anwesens ankamen, sprach niemand mehr ein Wort. Bojan beaufsichtigte die Diener beim Entladen der leeren Kisten und Fässer, während sich ein Junge um Alexias Pferd kümmerte. Lukas wollte sich schon verabschieden, als sie ihn zu sich winkte.

«Begleitest du mich bitte noch hinein?»

«Selbstverständlich.»

Einen Schritt hinter ihr betrat Lukas das Gebäude und folgte ihr die Treppe empor. Zu dieser Tageszeit war es ruhig, da ein Großteil der Dienerschaft in der Küche versammelt war, um bei den Vorbereitungen für das Abendessen zu helfen.

«Deine Worte haben mir viel bedeutet», erklärte Alexia schließlich, als sie den Korridor erreichten, der zu ihren Gemächern führte. «Die letzte Zeit war ...»

Ihre Stimme verlor sich, und sie blieb stehen. Lukas ergriff ihre Hand.

«Ich weiß. Und es lastet auf mir, dass ich der Grund dafür bin. Ich wollte dir nur sagen, es war nie meine Absicht ...»

Sie verschloss seinen Mund mit einem Kuss. Die Berührung allein fegte all seine Sorgen und Bedenken davon. Es war einfach richtig, und er konnte spüren, dass sie ebenso empfand.

Viel zu früh lösten sie sich wieder voneinander. Alexia trat einen Schritt zurück. Dann sah sie zu Boden.

«Ich ... es darf nicht sein.»

So schnell, wie sein Herz seinen Höhenflug begonnen hatte, so jäh stürzte es wieder ab. Dennoch nickte er, denn irgendwo in ihm, jenseits der Woge des Begehrens, war eine leise Stimme, die ihm sagte, dass sie recht hatte.

«Ich bin einem anderen versprochen. Und er ist nicht einfach irgendwer. Und solche Verbindungen sind zurzeit wichtiger denn je. Wir wissen nicht, was die Zukunft bringt. Meine Familie ...»

Sie musste nicht weitersprechen.

«Ich weiß.»

Einige Herzschläge lang standen sie sich noch gegenüber und blickten sich an, dann ertönten Schritte im Gang, und eine Magd kam mit einem großen Eimer in den Händen auf sie zugestapft. Lukas verneigte sich und sagte laut: «Vielen Dank. Ich verabschiede mich nun.»

Alexia nahm es mit einem aufgesetzten Lächeln zur Kenntnis, das Lukas das Herz brach.

Kapitel XX

Konstantinopel

Spätsommer 1452

Wenn es ein Bild für Hoffnungslosigkeit gab, dann war es dieses. Lukas sah auf die brennenden Felder hinab, von denen Rauch in dicken Schwaden aufstieg. Es roch nach einem Strohfeuer, fast wie eine gute Erinnerung an den Herbst, doch das, was vor ihm lag, war ein schlimmer Anblick. Die osmanischen Soldaten ritten und liefen zwischen den Feuern umher, die sie gelegt hatten. Einige wagten sich näher an die Mauer. Lukas konnte ihre höhnischen Rufe hören, während neben ihm Menschen schluchzten angesichts dieses obszönen Schauspiels. Vielleicht waren es die Bauern, deren Felder dort brannten; vielleicht waren es einfach nur Bürger Konstantinopels, die nun der Wahrheit ins Gesicht blicken mussten.

Ein Großteil der Ernte war bereits eingebracht worden, ebenso befanden sich die Dörfler und Bauern längst in der Sicherheit der gewaltigen Mauer, von deren Zinnen Lukas nun herabblickte. Das Verbrennen der Felder ergab wenig Sinn, aber um den Willen der Menschen zu brechen, war es ein mächtiges Instrument.

Wie Dämonen waren die Soldaten mit dem Morgengrauen gekommen, und hatten sich gleich an ihr verwerfliches Werk gemacht. Jetzt, noch vor der Mittagsstunde, erstreckte sich eine See aus Flammen und Rauch vor Konstantinopel. Manchmal wehte der Wind laute Rufe oder Lachen zu ihnen auf die Mauer.

Viele Bürger hatten sich wie Lukas auf der inneren Mauer eingefunden und verfolgten mit bangen Blicken das furchtbare Spektakel.

Einige der Soldaten hatten mit großen Äxten Bäume gefällt, jedoch wenig Erfolg dabei gehabt, das frische Holz zu entzünden. Nur wenig dicker, dunkler Qualm stieg von ihnen auf. Zwei Gebäude unweit der Stadt waren die ersten Opfer des Angriffs geworden, von ihnen standen nur noch schwelende Ruinen, die Wände halb eingestürzt, die Dächer ein Raub der Flammen.

Ein Pferd lief durch die Brände, angetrieben von Soldaten, die es mit Ruten schlugen und trotz seiner Angst weitertrieben. Es galoppierte auf die Stadt zu. Zunächst konnte Lukas in den Rauchschwaden nichts erkennen, und es wirkte, als sei es reiterlos. Doch dann erblickte er eine Gestalt, vornübergebeugt, die vom wilden Galopp hin und her geschleudert wurde.

«Ein Reiter», rief er einem der Soldaten zu, der auf dem nahen Torturm stand.

Der Soldat folgte Lukas' Fingerzeig, beschattete die Augen, dann nickte er. Sein Ruf wurde von anderen Kehlen weitergegeben, bis er schließlich die Wachmannschaft am Tor erreichte.

Eine Kriegslist war es nicht, denn die osmanischen Soldaten hielten weiterhin Abstand, um sich nicht zu Zielen von Pfeil und Kugel zu machen. Nicht, dass sie allzu viel zu befürchten hatten; die Mannschaft der kaiserlichen Soldaten war klein, viel zu wenige sah Lukas zwischen den einfachen Einwohnern stehen.

Lukas verließ seinen Posten und lief die Treppe hinunter bis zu dem Platz hinter dem Tor, zwischen äußerer und innerer Mauer, wo sich ein gutes Dutzend Soldaten versammelt hatte und sich gerade darauf vorbereitete, das Tor zu öffnen.

«Beeilt euch», rief ihnen Lukas noch im Laufen zu. «Der Reiter ist gleich an der Mauer!»

Ein kleiner, bulliger Soldat mit dichtem, schwarzem Bart und mit Schild und Speer bewaffnet, blickte ihn finster an, wies jedoch seine Untergebenen an, das Tor zu öffnen. Eine quälend lange Zeit geschah nichts, dann setzte der massive Torflügel sich in Bewegung. Keinen Moment zu früh, denn schon preschte das Pferd samt Reiter durch den schmalen Spalt.

Schaum bedeckte sein Maul, die Flanken waren schweißnass, und tatsächlich sah Lukas Blut an ihnen herablaufen, wo die Stöcke der Soldaten Wunden geschlagen hatten. Die Augen des Tieres waren so weit aufgerissen, dass sie fast nur aus Weiß bestanden, und die Ohren kreisten in wilder Panik.

Der Reiter konnte daran nichts ändern, war er doch mit Händen und Beinen auf das Pferd gefesselt, hing mehr, als dass er saß, die Kleidung zerfetzt und dreckig, blutige Striemen überall. Es war nicht einmal zu erkennen, ob er bei Bewusstsein war.

Ein Soldat trat an das Pferd heran, griff nach dem Zügel, der nur über den Hals geworfen war, doch es riss den Kopf hoch, stellte sich auf die Hinterbeine, und der Mann fiel vor Schreck nach hinten und landete unsanft auf seinem Gesäß.

«Es ist irr», rief der Bärtige. «Tötet es!»

«Wartet!», rief Lukas und trat zwischen sie. Die Soldaten zögerten, und Lukas nutzte den Moment, um langsam und mit gesenktem Blick auf das wild schnaubende Pferd zuzugehen. Er begann, leise auf es einzureden, mit ruhiger, tiefer Stimme. Es tänzelte von ihm weg, doch er folgte ihm, vermied jede allzu hastige Bewegung. Vorsichtig hob er die Hand, streckte den Arm aus, näherte sich weiter. Seine Fingerkuppen berührten feuchtes Fell, er strich über den Hals, unablässig beruhigenden Unsinn redend. Noch zitterte es, aber es ließ die Berührung zu, und da wusste Lukas, dass er es fast geschafft hatte. Seine Hand streichelte den Hals, er trat ganz nah an das Ross heran, mit der anderen ergriff er die herabhängenden Zügel. Noch atmete das Pferd schwer, aber langsam beruhigte es sich unter seiner sanften Anleitung.

«Helft mir», bat er ruhig an die verblüfft dreinschauenden Soldaten gewandt. «Aber vorsichtig.»

Die Bewaffneten traten langsam hinzu. Einer zückte einen Dolch, was das Pferd ängstlich zurückweichen ließ, doch jetzt hatte Lukas es so weit unter Kontrolle, dass es sich fügte, als er es am Zügel hielt. Der Soldat kniete neben dem Ross nieder und schnitt die Fesseln des geschundenen Reiters durch, der kraftlos vom Rücken des Pferdes in die Arme der Soldaten glitt.

Mit einem letzten sanften Tätscheln übergab Lukas die Zügel an einen jungen Soldaten in einer uralt wirkenden Lederrüstung mit dünnen Metallringen darauf.

«Ich kenne ihn», murmelte der Soldat mit dem Dolch, den er gedankenverloren weiter in der Faust hielt, während er den Reiter betrachtete.

«Wer ist er?»

«Gestern ritt er mit zwei Höflingen hinaus. Er war ihr Schreiber oder so etwas. Ich glaube, sie wurden mit einer Botschaft zur neuen Festung gesandt.»

Lukas konnte sehen, dass er noch atmete. Sein Gesicht war von Schlägen angeschwollen, über dem rechten Auge war die Haut geplatzt, und Blut war ihm über das gesamte Antlitz gelaufen. Seine Arme waren von Striemen überzogen, als habe ihn jemand mit einem Riemen gezüchtigt. Sein dunkles Haar, ohnehin nicht sonderlich dicht, war büschelweise ausgerissen worden.

Mit einem Mal schlug er die Augen auf. Ein Stöhnen entrang sich seinen Lippen.

«Wasser ... Wein.»

Schnell hastete ein Soldat davon und kehrte kurz darauf mit einem Tonbecher voll Wasser zurück. Lukas half dabei, den Geschundenen aufzurichten, der bei jeder Berührung zusammenzuckte, ob vor Schmerz oder Angst, wusste Lukas nicht zu sagen.

«Trink», sagte er leise, als der Soldat den Becher an die trockenen, geschwollenen Lippen hielt und vorsichtig neigte. Ein guter Teil des Wassers lief an den Mundwinkeln herab, aber wenigstens ein bisschen schluckte der Mann. Der Soldat wollte den Becher weiter neigen, aber Lukas hielt ihn zurück.

«Langsam.»

Nach und nach klärte sich der Blick des Mannes. Er beugte den Kopf etwas vor, öffnete gierig den Mund, und der Soldat kam der wortlosen Bitte nach und gab ihm mehr zu trinken. Mit großen Schlucken leerte der Mann den Becher, bevor ihn ein Hustenanfall packte. Seine Brust hob und senkte sich in schmerzhaften Zuckungen, und Wasser quoll ihm über die Lippen, vermischt mit Blut. Langsam legte sich der Husten, und er sank erschöpft zurück in Lukas' Arme.

«Was ist dir geschehen?»

Der Blick des Geschundenen irrte umher, als könne er nicht erkennen, woher die Worte kamen.

«Eine Nachricht. Ich habe eine Botschaft für den Kaiser.»

«Vom Sultan?»

«Ja.»

«Was ist mit den Gesandten, mit denen du unterwegs warst? Wo sind sie?»

Entsetzen verzerrte die Miene des Mannes. Tränen liefen aus den Augenwinkeln, gruben helle Spuren in das halb getrocknete Blut.

«Tot», gab er mit einem Keuchen zurück. «Abgeschlachtet wie Tiere.»

Ein Raunen ging durch die Soldaten. Abgesandte, die unter dem Banner der Diplomatie ritten, zu töten, war undenkbar.

«Die Botschaft, wie lautet sie?»

Der bärtige Krieger drängelte sich durch die Reihen seiner Soldaten. Er packte Lukas an der Schulter.

«Sie ist nicht für dich bestimmt», knurrte er, während sich seine Finger schmerzhaft in die Haut gruben. Doch der Geschundene blickte wieder an ihnen vorbei, als wäre er an einem gänzlich anderen Ort.

«Er sagte ... er sagte», stotterte er, dann wurde seine Stimme mit einem Mal fest und war von Hochmut und Stolz durchdrungen, als spräche ein anderer durch ihn. «Entweder du übergibst mir die Stadt, oder du stellst dich mir zum Kampf.»

Der Offizier zerrte Lukas wütend von dem Liegenden weg. Lukas hob abwehrend die Hände.

«Glaubst du, dass noch jemand daran zweifelt, dass Krieg kommen wird?», fuhr er den Bärtigen an und wies hoch über die Mauer, über die dunkler Rauch quoll und den Himmel verdunkelte. «Braucht es die Worte wirklich, oder reichen die Feuer vor der Stadt?»

Er wies auf den Geschundenen.

«Oder die Wunden dieses Mannes?»

Der Offizier strich sich mit der Hand über den Bart. Er war älter als Lukas, mit ersten grauen Haaren an den Schläfen. Seine Haut war dunkel, faltig, von Wind und Wetter gegerbt, wodurch seine hellen Augen umso mehr auffielen.

«Schon gut, Bursche», erklärte er schließlich. «Ist schon gut.»

«Wollt ihr nichts tun?», ereiferte sich Lukas. «Wollt ihr sie alles dort draußen verwüsten lassen?»

«Wir haben unsere Befehle.» Der Mann winkte ab. «Niemand verlässt die Stadt. Die Mauern sind unser einziger Schutz.»

Natürlich stimmte das, doch Lukas wollte mehr. Auf der Stadtmauer zu stehen, unfähig, etwas zu tun, und dabei dem Treiben der Feinde zuzusehen, es ertragen zu müssen, zehrte an ihm.

«Kein Ausfall?»

Der Bärtige schüttelte den Kopf. Lukas sah, dass ihm dies ebenso wenig schmeckte wie ihm. Da kam ihm eine Idee.

«Nicht mal einer, der nie stattfindet?»

«Was?»

«Versammle deine Männer auf den Zinnen. So viele wie möglich», erläuterte Lukas seine Eingebung. «Lass Hörner blasen, macht so viel Lärm und Geschrei wie möglich. Dann öffnet die Tore und schickt Soldaten hinaus.»

«Ich sagte dir doch, kein Ausfall!»

Lukas nickte.

«Natürlich. Aber das muss ja der Feind nicht wissen, oder?»

Einen Moment lang überlegte der Offizier, dann entblößte er die Zähne zu einem Grinsen.

«Und den Bürgern würde es wieder Hoffnung geben.»

Es war keine Frage: Der Offizier hatte sich für den Plan erwärmt.

«Schafft den Mann hier weg», blaffte er zwei seiner Untergebenen an. «Er muss in den Palast gebracht werden.»

Die beiden taten, wie ihnen geheißen.

«Und ihr, ruft alle herbei. So viele, wie ihr auftreiben könnt. Und ich will Trommeln und Pfeifen, verstanden?»

Sofort kam Leben in die Soldaten, die bislang im Halbkreis um sie herumgestanden hatten. Befehle wurden gerufen und weitergegeben, mehr und mehr fanden sich ein, liefen die Mauer entlang, kamen aus Unterkünften, bis der Platz hinter dem Tor mit einigen Dutzend von ihnen gefüllt war.

Der Bärtige lief zwischen ihnen umher, gab Befehle, erläuterte den Plan. Schließlich erklang ein helles Horn, dann begannen drei Trommler, laut einen Marschrhythmus zu schlagen, dazu erklangen Pfeifen. Auf ein Kommando begannen alle Soldaten, ein lautes Lied zu singen, dessen Text Lukas zwar nicht kannte, der aber von einem Krieg des Kaiserreiches gegen einen Fürsten der Bulgaren zu handeln schien. Die Worte waren auch egal, wichtig war nur, wie mutig und siegesgewiss die Stimmen klangen.

Das Tor wurde geöffnet, und die Soldaten marschierten hinaus, immer drei nebeneinander, Schulter an Schulter. Lukas fand sich in ihrer Mitte wieder, schritt mit zwei frisch gewonnenen Kameraden aus der Sicherheit der Stadt hinaus in das Inferno vor den Toren.

Langsam arbeitete sich die Kolonne aus der Stadt heraus. Auf den Mauern begann eine Frau zu jubeln, und schon bald stimmten andere mit ein, hier und da wehte sogar ein Lied zu ihnen hinab, gesungen von den Menschen Konstantinopels.

Auf den Hügeln, zwischen den Rauchschwaden hindurch, erblickte Lukas die Soldaten des Feindes. Sie waren keine Einheit, sondern ein Haufen, der sich nun langsam und schwerfällig zusammenrottete.

«Kommt schon!», schrie er ihnen entgegen, und er wusste selbst nicht, ob er damit meinte, dass sie auf die List hereinfallen sollten, oder ob er wollte, dass sie sich zum Kampf stellten.

Doch sollten sie kommen, so würde sicherlich das

Signal zum Rückzug gegeben werden, und die Menschen würden dabei zusehen müssen, wie ihre Verteidiger vor dem Feind flohen.

Mehr Soldaten folgten ihnen aus dem Tor, doch schon bald würde das Band enden, würde ersichtlich werden, wie wenige von ihnen es wirklich waren, wie gering die Bedrohung.

Die Osmanen hatten sich zu einem unregelmäßigen Trupp zusammengeschart. Lukas sah Helme mit Rossschweifen, die im Wind wehten. Das mussten ihre Anführer sein.

Sein Herz schlug laut und wild in seiner Brust, seine Finger hatten den Griff seines Schwertes unbewusst umklammert, bereit, es jeden Moment zu ziehen. Würde er nun seinen ersten richtigen Kampf bestreiten müssen? Dies war ein anderer Gegner als die linkischen und ehrlosen Gesellen, die Alexia und ihm in der Gasse aufgelauert hatten und es nur auf ihr Geld abgesehen hatten.

Dann ertönte ein Trompetenstoß, und wie ein Mann wandten die Osmanen sich um und verschwanden den Hügel hinab aus der Sicht.

Um Lukas herum begannen die Soldaten zu grölen, und er fiel mit ein, legte den Kopf in den Nacken und schrie den Triumph und seine Angst hinaus. Von den Wänden der Stadtmauern wurde ihr Siegesgeschrei zurückgeworfen, mitgetragen von tausend Kehlen.

Ein winziger Sieg nur, eine Finte, doch nun wusste der Feind, dass der Wille der Stadt längst nicht gebrochen war.

Kapitel XXI

Konstantinopel

Herbst 1452

«Beeil dich!»

Lukas fand es erstaunlich, dass ihn der alte, blinde Mann zur Eile antrieb, doch Theóderos war von einem fast heiligen Eifer erfüllt und eilte die Treppe hinab, als sei er wieder ein junger Mann. Oder zumindest ein jüngerer Mann, denn nach wenigen Schritten wurde er merklich langsamer und atmete bereits schwer. Sofort trat Lukas an seine Seite und stützte ihn.

In seiner Kapelle mochte der alte Mönch sich so gut auskennen, dass er jeden Stein, jede Unebenheit unter seinen Füßen beim Namen nennen konnte und sich so bewegen konnte, als verfüge er noch über sein Augenlicht, doch auf der Straße wurde deutlich, wie sehr es ihn einschränkte.

Der Weg zum Hafen dauerte lang, da Theóderos immer wieder eine kurze Rast einlegen musste. Zudem waren die Straßen voll, es schien, als wäre ganz Konstantinopel auf den Beinen.

«Aus dem Weg, Häretiker!», knurrte ein dickbäuchiger Mann sie an, der dem alten Mönch einen Stoß versetzen wollte, sich aber eines Besseren besann, als Lukas sich zu ihm umwandte und die Arme vor der Brust verschränkte.

«Hat dir deine Mutter keinen Respekt vor dem Alter beigebracht?», fragte Lukas kühl, doch Theóderos tätschelte beruhigend seine Hand.

«Respekt vor Älteren gewiss, aber vor den Verbreitern von Irrlehre und Häresie? Vor Unionisten und den Stiefelleckern Roms?»

Da Lukas zu der Frage, ob die Kirchen des Ostens und des Westen wieder zusammenfinden sollten, eine klare Meinung hatte, empfand er diese Bemerkung als Beleidigung und ehrabschneidend.

«Du solltest deine nächsten Worte genau bedenken», erklärte Lukas mühsam beherrscht. «Denn falls du mit ihnen nicht um Vergebung bittest, wirst du sie noch lange bereuen.»

«Schon gut, Junge, schon gut», murmelte Theóderos und wandte sich ab. «Lass gut sein.»

Lukas warf dem Mann noch einen grimmigen Blick zu, ließ sich aber von dem Mönch mitziehen. Zumindest aber schien er dem unhöflichen Mann Respekt oder Furcht eingeflößt zu haben, denn dieser schwieg und trottete mit gesenktem Kopf von dannen.

«Es tut mir sehr leid. Ich wusste nicht, dass die Menschen der Stadt jeden Anstand vermissen lassen, sobald sie sich bedroht fühlen.»

«Ach, ich habe schon Schlimmeres gehört und auch erlebt. In den letzten Jahren ist unsere kleine Kapelle ganz in Vergessenheit geraten, aber früher waren wir heftigeren

Anfeindungen ausgesetzt. Und eine Zeitlang war es wohl eine Art Spaß für die Raufbolde der Stadt, in das Gotteshaus einzudringen und es zu verwüsten oder die Wände zu beschmieren.»

Während der Bericht Lukas betrübte, schien Theóderos eher amüsiert. Der Mönch kicherte in sich hinein.

«Was sie geschrieben haben, war richtig lustig, manchmal.» Dann wurde er ernst. «Aber nicht immer. Bruder Iacobos ist einmal am helllichten Tag von einer Bande geschlagen worden. So schlimm, dass er sich nie wieder ganz davon erholt hat.»

Schweigend gingen sie weiter. Jetzt, da Lukas darauf achtete, bemerkte er die finsteren Blicke der Bürger, denen sie begegneten. Bislang hatte er sich in der Stadt zwar als Fremder, nicht aber als unerwünscht gefühlt, doch in Begleitung des Mönches änderte sich dies. Tatsächlich wurde ihm angesichts des ihnen entgegenschlagenden Unmuts sogar ein wenig mulmig.

Auf dem Weg zum Hafen überquerten sie einen Platz, auf dem sich eine große Menge versammelt hatte. Ein Mann war auf eine große Holzkiste geklettert und schien eine Rede zu halten. Gerade hob er flehentlich die Arme zum Himmel, als bitte er um den Segen des Allmächtigen.

«Lasst euch nicht von weltlichen Gütern locken!», hallte seine Stimme die Straße empor. «Tauscht nicht einen kurzen Moment in dieser ach so sterblichen Welt gegen eine Ewigkeit der Verdammnis ein! Es ist das Heil eurer Seele, die euch vom Herrn allein geschenkt wurde, das die Union in Gefahr bringt.»

Theóderos erstarrte.

«Das muss Gennadios sein», murmelte er sichtlich erschüttert.

«Nur hier noch, in dieser Stadt Konstantins des Großen», fuhr der Redner fort, «an diesem heiligen Ort wird noch gelehrt, was uns von den Altvorderen übertragen wurde. Hier gibt es kein Konzil, keine Machtränke einer korrupten Kirche, keinen Papst, der gierig nach allem greift, das ihm in die Finger kommt, sondern nur die reine Wahrheit!»

Bei der Nennung des Papstes ging ein Raunen durch die Menge. Einige schüttelten wütend ihre Fäuste. Gennadios wartete, bis der Lärm verstummt war. Doch bevor er wieder anheben konnte, rief eine Männerstimme: «Mein Hund heißt Rum Papa!»

Lachen brandete auf. Lukas schluckte. Einen Hund nach dem römischen Papst zu nennen, erschien ihm wie der Gipfel der Ketzerei.

«Lacht nicht! Mögt ihr auch eure Tiere nach ihm nennen, doch er ist kein Hund. Er ist der Wolf, der Vernichter, gekommen, um uns alle ins Unglück zu stürzen! Seht die Zeichen! Wollt ihr dem Ende der Welt mit befleckten Seelen gegenübertreten?»

Wieder ertönten finstere Rufe. Mit einem Mal bemerkte Lukas, wie zwei Frauen sich zu ihnen umsahen und tuschelten. Drängend zog er Theóderos zur Seite.

«Wir sollten nicht hierbleiben, Vater.»

Der Mönch, der ebenso wie Lukas betroffen zugehört hatte, nickte geistesabwesend und folgte ihm widerstandslos.

«Ich wusste nicht, dass es so schrecklich ist», sagte er mit Bestürzung in der Stimme. «Gennadios ist ein erklärter

Feind der Kirchenunion, die seit dem Konzil von Florenz eigentlich bestehen sollte. Aber die Christen dieser Stadt weigern sich, die Beschlüsse anzuerkennen, obwohl sowohl ihr Kaiser als auch der alte Patriarch sie befürwortet haben. Ich wusste, dass dieser Gennadios und seine Predigten beliebt sind, doch dass er das Volk so aufhetzt ...»

Lukas brummte nur und lenkte die Schritte des alten Mönches fort von der Versammlung. Er wollte nicht herausfinden, was geschehen würde, wenn diese aufgebrachten Menschen einen Vertreter jener Kirche sahen, gegen die ihr Anführer wetterte.

Die meiste Zeit meines Lebens habe ich zu einem Gott gebetet, von dem ich dachte, er sei der Herr aller Gläubigen, dachte Lukas. Konnte Gott es denn gutheißen, dass, wie hier, Bruder gegen Bruder wetterte, wer denn nun den einzig wahren Glauben besaß?

Durch einige Gassen führte Lukas sie zum Hafen. Es war nicht der bequemste Weg, und es stank gewaltig, aber dafür umgingen sie auch größere Gruppen oder weitere Versammlungen. Sie erreichten den Hafen keinen Moment zu früh, denn in diesem Moment legte eine gewaltige Galeere an der Hafenmauer an. Am Heck, hoch über dem Baldachin, hing an einem kurzen Mast schlaff eine rot-goldene Flagge, mit einem Abzeichen, von dem Lukas nur erahnen konnte, dass auf ihr zwei gekreuzte Schlüssel zu sehen waren.

Einige Menschen jubelten, doch der Großteil der versammelten Bürger der Stadt blieb stumm. Es waren vor allem die Handvoll Ausländer, Italiener, Spanier, Franken, die sich über die Ankunft des päpstlichen Legaten freuten.

«Was siehst du? Du musst mein Auge sein, Lukas.»

«Eine große, prächtige Galeere legt an. Sie ist stolz und geschmückt. Es sind viele Menschen gekommen, um sie zu sehen, auch einige aus Galata, will mir scheinen.»

«Gutes Volk.»

Lukas zögerte, ihm recht zu geben, aber der Mönch hatte ein seliges Lächeln auf dem Antlitz, und er wollte ihm auf keinen Fall die Freude über diesen Moment nehmen. Tatsächlich verhielten sich die hier versammelten Menschen ihnen gegenüber ruhig, nicht freundlich, aber zumindest auch nicht offen feindselig, was eine deutliche Verbesserung darstellte.

Eine Landungsbrücke wurde von der Galeere heruntergeklappt.

«Jetzt kommen sie von Bord. Ein ganzer Trupp von edlen Männern. Das da in der Mitte muss Kardinal Isidor sein, er trägt eine prächtige rote Robe und den Kardinalshut. Daneben ist noch jemand, er trägt eine hohe Mitra, ein Bischof vielleicht?»

«Ein Kardinal und ein Bischof, welche Ehre!»

Stimmen wurden laut, die den Gesandten des Papstes lobten und begrüßten. Eine Delegation des Kaisers stand etwas abseits, bereit, ihn im Namen ihres Herrn in der Stadt willkommen zu heißen.

«Bürger des großen Konstantinopel», erhob Kardinal Isidor überraschend seine Stimme. «Ihr kennt mich. Ich bin einer von euch, aufgewachsen in dieser Stadt Gottes!»

Theóderos' Griff wurde fester. Er war sichtlich gerührt, die Stimme des Kardinals zu hören.

«Ich komme zu euch in dieser Stunde der Not als ein

Freund. Niemals wird diese Stadt an einen Feind fallen, der sich weigert, das Wort des Herrn zu akzeptieren! Wir alle sind Brüder, wie wir hier stehen! Lasst uns die Streitigkeiten vergessen! Lasst uns einig sein, ein Volk unter Christi Herrschaft!»

Die Reaktion war verhalten. Soweit Lukas das erkennen konnte, war der Kardinal nicht überrascht.

«Er kommt von hier, musst du wissen», erklärte Theóderos, «aber er war Metropolit in Kiew. Dass der Papst ihn auserkoren hat, zu uns zu kommen, zeigt, wie wichtig ihm die Christen dieser Stadt sind – trotz ihrer Sturköpfigkeit!»

«Und als Zeichen unserer Freundschaft», fuhr der Kardinal fort, «und unseres guten Willens bin ich nicht allein gekommen.»

Lukas vermutete, dass er nun den Bischof an seiner Seite präsentieren würde, doch stattdessen wandte er sich zur Galeere um und hob die Hand.

Männer marschierten über die Landungsbrücke, immer zwei nebeneinander, gerüstete Männer, mit Bögen und Köchern voller Pfeile auf dem Rücken. Mehr und mehr kamen von Bord, stellten sich hinter Kardinal Isidor auf, zwanzig, vierzig, hundert und mehr. Lukas hielt den Atem an. Freude durchströmte ihn, und er war nicht der Einzige, den der Anblick begeisterte. Die Menschen jubelten jetzt lautstark.

«Was ist? Was geschieht?»

«Er hat Soldaten mitgebracht», erklärte Lukas froh. «Der Papst schickt der Stadt Soldaten!»

Die Hoffnung, die unter den Anwesenden aufkeimte, war beinahe mit Händen zu greifen. Als die Bogenschützen die Galeere verließen, begannen auch jene zu jubeln, die der Ankunft bislang schweigend beigewohnt hatten. Zögerlich zuerst, aber je mehr einstimmten, desto inbrünstiger bahnte sich die Freude ihren Weg.

Von der Begrüßung des päpstlichen Gesandten durch die Männer des Kaisers sah und hörte Lukas in diesem lauten Jubel wenig. Er nahm Theóderos wieder an der Hand und führte ihn ein wenig näher an das Geschehen, doch er wagte es nicht, sich mit dem alten Mann durch die dicht gepackte Menge zu drängeln.

«... und auch Ihr seid unserem gütigsten Herrn höchst willkommen, Leonhard von Chios», verkündete gerade einer der Beamten, ein wohlgenährter Mann, dessen Robe mit goldenen Fäden durchwirkt war und dessen dichter, dunkler Bart ölig glänzte.

Der Bischof verneigte sich, jedoch wirkte er wenig beeindruckt von der versammelten Menge.

Die Delegation wurde von Soldaten der Stadt in die Mitte genommen und fort vom Hafen geführt. Viele Menschen folgten ihnen.

«Sie gehen hoch zum Palast», erklärte Lukas. «Der Kaiser hat sie wirklich mit allen Ehren empfangen.»

«Ein gutes Zeichen.» Theóderos strahlte regelrecht. «Der Kaiser will die Vereinigung der Kirchen, so viel steht fest. Da kann ein Mann wie Gennadios noch so sehr dagegen anschreien. Und ist sie erst offiziell vollzogen, so wird die gesamte Christenheit ihren Brüdern und Schwestern in dieser Stadt zu Hilfe eilen. Ich sage es dir, Lukas, alle werden sehen, wie das Volk Christi vereint zusammensteht.»

Lukas tätschelte die Hand des Alten. «Komm, ich

bringe dich zurück in deine Kapelle.» Er wünschte sich, er hätte ebenso großes Vertrauen in Gott und die Christenheit wie der blinde Mönch.

Die Soldaten aus Rom begannen damit, die Galeere zu entladen. Zweihundert Bogenschützen waren eine willkommene Hilfe, das wusste Lukas. Aber er erinnerte sich nur zu gut an den Anblick der vielen Osmanen, welche am Bau der neuen Festung beteiligt gewesen waren. Tausende hatte er gesehen, und die Berichte und Gerüchte über die Stärke der Armee des Sultans sprachen von vielen mehr, die nur darauf brannten, sich endlich gegen die Stadt in die Schlacht werfen zu dürfen. Als uneinnehmbar galt Konstantinopel seinen Feinden, und viele seiner Bewohner setzten ihre Hoffnung darauf, dass niemand je die gewaltigen Mauern überwunden hatte und dies auch in Zukunft niemandem gelingen würde.

Aber Lukas glaubte nicht daran, dass die Mauern allein die Stadt beschützen konnten. Es brauchte Soldaten, die sie bemannten, Männer, die sich dem Feind entgegenstellten. Eine Stadtmauer war nichts ohne jene, die sie verteidigten. Und angesichts der Streitmacht, der sie gegenübertreten würden, waren diese zweihundert Soldaten nicht mehr als ein leises Flüstern in einem Orkan, schnell verhallt und vergessen.

So betete Lukas, dass Theóderos recht behalten möge und mehr Krieger aus dem Westen kommen würden.

Zwischenspiel

Rumeli Hisarı

Herbst 1452

Der Sultan hatte einen Großteil seiner Soldaten wieder abgezogen. Den Gerüchten nach hatte er sich höchstselbst ein Bild von den Verteidigungsanlagen seiner Feinde gemacht, Zeichnungen angefertigt und Schwachstellen erkannt, bevor er mit seinem Hof wieder nach Edirne gereist war, um dort den Winter zu verbringen.

Die abgezogenen Truppen hatten sich Turahan Bey angeschlossen, der gegen die Brüder des Kaisers ins Feld zog, damit sie ihm und seiner Stadt nicht zu Hilfe eilen konnten.

Die Arbeiter hingegen waren in ihre Heimat zurückgekehrt, als am Ende des Sommers der letzte Stein verbaut worden war. Die Festung war nun bereit, ein dreieckiges Bollwerk mit vier gewaltigen und dreizehn kleineren Türmen, Mauern, die fünfzehn Schritt emporragten und mehr als sechs Schritt dick waren. Sie zog sich den Hang empor und beherrschte die Meerenge nördlich von Konstantinopel.

Am gegenüberliegenden Ufer lag die ältere Feste, die

weniger eindrucksvoll war, aber im Verbund mit der Rumeli Hisarı konnte nun die schmale Wasserstraße lückenlos überwacht werden.

Von seinem Posten oben auf dem Saruca-Paşa-Turm hatte Evhad einen guten Überblick über alles, was auf dem Wasser fuhr. Leider wehte ihm dort auch mit Macht der erste kalte Herbstwind ins Gesicht und fuhr ihm trotz seines Mantels immer wieder unter die Kleidung. Aber er beklagte sich nicht. Die Janitscharen standen stumm und stoisch auf ihren Wachposten, und es hätte sich nicht geziemt, angesichts ihres Beispiels Schwäche zu zeigen.

Eigentlich war sein Dienst jedoch unnötig, wie er fand. Die schmalen Geschütze, die auf die Zinnen gebracht worden waren, eigneten sich kaum gegen Schiffe, sondern waren nur für den Fall eines Angriffs über Land aufgestellt worden. Die eigentlichen Geschütze, große Bacaluşka, deren steinerne Geschosse fast zweihundert Okka wogen, also so viel wie drei Männer, standen am Fuße der Festung knapp über der Wasserlinie, bereit, die gesamte Meerenge zu bestreichen.

Es war keine Frage, der Name Rumeli Hisarı, Abschneider der Meerenge, passte genau auf dieses Bollwerk. Doch genau das war Evhads Problem. So eindrucksvoll war die Feste, so furchteinflößend die Geschütze, deren Mündungen wie die Schlünde von Drachen wirken mussten, dass niemand so töricht sein würde, sich dem Willen des Herren der Festung zu widersetzen. Wozu also war es nötig, dass er hier oben stand und fror?

Jedes Schiff, das durch die Meerenge kam, wurde mit Rufen und wehenden Wimpeln angewiesen, haltzumachen, um seine Ladung durchsuchen zu lassen und Wegzoll zu bezahlen. Bislang hatte kein Kapitän es gewagt, sich zu widersetzen.

Die Wegzölle einzutreiben, war nur ein Teil ihrer Aufgabe. Wichtiger jedoch, und das war der Mannschaft der Feste eingebläut worden: Keine Vorräte durften die Stadt erreichen – keine Lebensmittel, und erst recht keine Krieger.

Ein kleines Schiff kämpfte sich eben von Süden den Bosporus empor. Die Winde standen nicht sonderlich günstig, und die Strömung arbeitete gegen es, sodass es nur schwerfällig und von Rudern getrieben weiterkam. Ohne auf ein Signal zu warten, nahm der Kapitän von selbst Kurs auf die Feste und ließ ein Stück entfernt ankern.

Sofort machte sich ein kleines Boot mit Beamten und den sie begleitenden Soldaten auf den Weg. Mehr aus Langeweile denn aus Interesse sah Evhad zu, wie die kleinen Gestalten an Bord kletterten. Waren, die in diese Richtung transportiert wurden, waren keine Gefahr, da das Schiff die Stadt bereits passiert hatte, also würde einfach nur der Zoll fällig werden und es bald wieder seinen Weg aufnehmen können.

Zwei weitere Segel zeigten sich im Norden, noch eine kleine Galeere und ein dickbäuchiges Handelsschiff, das sogleich Kurs auf Aḳca-ḥiṣār, die Weißenburg auf der anatolischen Seite der Meerenge, nahm. Evhad gähnte.

Auf dem nördlichsten der Türme wurde ein Horn geblasen und ein Flagge geschwenkt, dazu drang eine dunkle Stimme, die auf dem Wasser weit trug, an seine Ohren.

«Auf Befehl des Sultans: Landet an!»

Bevor die Echos verklungen waren, rief der Mann noch einmal etwas in einer fremden Zunge, dann noch mehr Worte, wieder in einer anderen Sprache. Evhad fragte sich nicht zum ersten Mal, ob er auch diese Zungen erlernen sollte. Vielleicht gäbe es dann eine ebenso einfache Anstellung für ihn. Den ganzen Tag auf einem Turm zu hocken und immer dieselben Sätze zu rufen, nie wieder im Gefecht zu stehen, das Gesicht schwarz von Ruß, die Hände schmerzend, der Rücken nah daran zu brechen ... Allein bei dem Gedanken kicherte er leise in sich hinein – das war nichts für einen Mann wie ihn! – und blickte wieder zu der kleinen Galeere am Fuße der Festung hinab, wo sich die Beamten bereits wieder auf den Weg zurück machten.

Der Ruf ertönte erneut, drängender, lauter. Evhad sah erstaunt nach Norden. Die Galeere machte keine Anstalten, dem Befehl zu folgen. Stattdessen blähte sich ihr dreieckiges Segel, und die Ruder schlugen schneller und schneller ins Wasser. Die Galeere zog ein kleines Boot hinter sich her, das nun wild auf den Wellen tanzte, als sie an Fahrt aufnahm.

Sofort rannte Evhad direkt an die Zinnen. Er blickte auf die großen Geschütze hinab, wo seine Kameraden in der Topçular noch nichts von dem Aufruhr bemerkt zu haben schienen. Offenbar vertrieben sie sich ihre Zeit mit Würfelspielen. Evhad steckte zwei Finger in den Mund und pfiff, so laut er konnte.

«He, seid ihr blind?», rief er, als er ihre Aufmerksamkeit hatte. «Seht, da!»

Er wies nach Norden, wo das Schiff immer mehr Fahrt aufnahm. Die Kanoniere sprangen auf und rannten zu ihren Geschützen. Befehle drangen zu Evhad empor, und sein Körper zuckte unbewusst, wollte die so oft getanen Bewegungen ausführen, die Kanonen bereit machen.

Das Schiff war nun fast auf Höhe der Feste angekommen. Noch immer schlugen die Ruder mit mörderischem Tempo. Am Heck wehte eine große Flagge im Wind, rot mit einem goldenen Löwen, der Flügel zu haben schien. Evhad verzog das Gesicht angesichts des seltsamen Aberglaubens der Fremdländer.

Ohne es zu bemerken, hielt Evhad den Atem an. Das Schiff war schnell, Wind und Wetter standen günstig, und niemand hatte mit einem solchen Vorhaben gerechnet. Innerlich verfluchte er sein Unglück, ausgerechnet heute hier auf dem Turm Dienst tun zu müssen. Er sollte dort unten sein, bei seinen Kameraden, denn er wusste, dass es ihnen mit seiner Hilfe gelingen würde, die Geschütze schnell genug bereit zu machen.

Noch einmal erhöhte sich der Takt der Ruderschläge. Die Galeere schoss nun schnell wie ein Pfeil gen Süden, obwohl sie gut beladen schien, denn sie lag tief im Wasser. Geradezu schwerfällig erschienen Evhad die Anstrengungen der Kanoniere. Es war ein ungleiches Rennen, das sich ihm darbot.

«Macht schon!», schrie Evhad. Er stützte sich auf die Zinnen, lehnte sich so weit vor, dass er fast das Gleichgewicht verlor.

Schon war die Galeere auf seiner Höhe. Gleich würde sie die Geschütze passiert haben. Evhad wagte nicht daran zu denken, was dies für sie alle bedeuten würde. Versagen wurde nicht geduldet. Es würde die Männer, die dort unten wie wild arbeiteten, den Kopf kosten. Und wenn es erst einem Schiff gelungen war, sie zu überlisten, würden es vielleicht auch andere versuchen.

«Los!»

Die Galeere glitt weiter, Ruder hoben und senkten sich in schnellem Takt. Als Evhad schon den Kopf sinken ließ und sich in sein Schicksal fügte, brüllte ein Geschütz auf, dann noch eins und noch eins, eine lange Salve, wie ewiger Donner. Evhad riss die Augen auf und starrte auf das Wasser.

Flammenzungen spien die Kugeln gen Schiff, flach und schnell, eine traf auf das Wasser, prallte ab, hob sich wieder empor – und schlug mit einem lauten Krachen in die Flanke der Galeere.

Evhad jubelte, riss sich die Mütze vom Kopf und warf sie empor. Die Wucht des Aufpralls ließ die Galeere erzittern, ihr Heck brach aus, Ruder splitterten, der Mast knickte um, als wäre er ein dünner Zweig. Nun fuhr sie nicht mehr, sondern trieb hilflos, ein gewaltiges Loch in ihrer Bordwand, eine tödliche Wunde in der Flanke des Wals. Schon neigte sie sich zur Seite. Männer liefen über Deck, der Wind wehte Rufe an sein Ohr. Die Ruderer mussten furchtbar getroffen worden sein, dort, wo das Geschoss dickes Holz zertrümmert hatte. Treibgut schwamm um die Galeere.

Die Männer an Bord holten das kleine Boot, das im Kielwasser der Galeere mitgezogen wurde, längsseits und begannen, in einem wilden Durcheinander hineinzuklettern. Einige fielen ins Wasser, zwei oder drei von ihnen wurden wieder hineingezogen, aber viele verschwanden einfach in den Fluten.

Das Boot war viel zu klein für die verbliebene Besatzung, doch es gab keine Wahl, denn mit einem letzten, wilden Zucken bäumte sich die Galeere auf, Holz brach mit einem gequälten Kreischen, dann versank sie in schäumender See. Die Ruderer in ihren Ketten, das wusste Evhad, würden mit ihr versinken; für sie gab es keine Rettung.

«Kommt zur Festung oder sterbt!»

Wieder wurde der Befehl in mehreren Zungen wiederholt, doch diesmal wagten die Seeleute nicht, sich ihm zu widersetzen. Ihr Leben schienen sie nicht so bereitwillig riskieren zu wollen wie ihr Schiff.

Obwohl er seinen Posten eigentlich nicht verlassen durfte, lief Evhad in die Dunkelheit des Turms und stürmte die Treppen hinunter. Er überquerte den Hof im Laufschritt. Die Wächter der Janitscharen waren pflichtbewusster als er, aber selbst sie starrten neugierig hinab.

Just in jenem Augenblick, als Evhad die Geschützstellungen erreichte, legte das Boot am Ufer an. Ein Trupp Janitscharen war herbeigeeilt, zehn von ihnen gingen in die Knie und richteten ihre Armbrüste auf die Männer, die an Land kamen. Zwanzig weitere Krieger standen weiter hinten, ihre Kilidsche gezogen, deren scharfe gekrümmte Klingen den Feind sichtlich beeindruckten.

Ein reich gekleideter Mann trat aus der Mitte der Seeleute hervor, hob die Hände.

«Mein Name ist Antonio Rizzo», sagte er in passablem Türkisch. «Ich bin der Kapitän, und mich allein trifft jede Schuld. Sie sind nur einfache Ruderer und ...»

«Schweig, Ungläubiger!»

Der Offizier der Janitscharen, Aşçi Usta Murad, trat vor seine Soldaten. Bislang hatte Evhad die Namen der

Offiziersränge der hochmütigen Janitscharen stets eher amüsant gefunden, bedeutete doch Aşçi Usta wortwörtlich Meisterkoch, doch nun, da der Offizier mit ernstem Blick in seinem mit bronzenen Münzen bestickten, schürzenähnlichen Mantel und der hohen Haube, die seinen Helm bedeckte, vor den Seeleuten stand, verspürte selbst er Respekt, obwohl der Offizier nur einen langen Stab in der Hand hielt und nicht einmal den reich verzierten Dolch aus seinem Gürtel gezogen hatte.

«Du hast dich dem Willen unseres allerhöchsten gnädigen Herrschers widersetzt. Deine Männer sind dir in dieser Narretei gefolgt. Euch alle trifft die Schuld, sich dem Herrscher aller Gläubigen nicht unterworfen zu haben. Ihr habt seine Macht und seinen Zorn herausgefordert. Nun werdet ihr alle den Preis dafür zahlen.»

«Ich bitte Euch ...»

Der Aşçi Usta trat vor und hieb dem Kapitän mit seinem Stab quer über das Gesicht.

«Ich sagte, du sollst schweigen», sagte er kalt, als der Mann zurücktaumelte und sich die blutende Nase hielt. Dann wandte er sich an seine Soldaten. «Nehmt sie alle gefangen. Wir haben die Order, jeden, der dem Ruf des Sultans nicht Folge leitet, nach Edirne zu schicken.»

Die Soldaten nahmen die Seeleute in ihre Mitte und eskortierten sie mit gezogenen Waffen in die Festung. Evhad sah ihnen nach. Aus der Nähe betrachtet, sahen sie weder schlimm noch gefährlich aus, sondern eher wie ein Rudel getretener Hunde. Als sie im Tor verschwanden, ging er zu der Mannschaft der Kanonen.

«Was für ein Schuss!»

Er schlug ihnen auf den Rücken, lachte und scherzte mit ihnen.

«Was denkst du, was mit denen da passieren wird?», fragte ein junger Bursche, ein Christ aus Bulgarien, der so grün hinter den Ohren war, dass Evhad nicht einmal seinen Namen kannte.

«An ihnen wird ein Exempel statuiert», entgegnete er. «Für alle, die es wagen, sich unserem Herrn zu widersetzen.»

Kapitel XXII

Konstantinopel

Winter 1452

Nach einem kurzen Moment voller Hoffnung dank der Ankunft der päpstlichen Bogenschützen kehrte der Winter mit kalten Stürmen ein, und so wie die Winde die Menschen von den Straßen trieben, so vertrieb das frostige Ende des Jahres auch den guten Glauben an die Zukunft. Seit der Sultan der Stadt mit seinen Festungen die Kehle zudrückte, gelangten kaum noch Schiffe in die Stadt, und es schienen immer weniger zu werden. Die, denen es gelang, die Blockade zu durchbrechen, brachten keine guten Nachrichten. Seeleute, die sich dem Sultan widersetzt hatten und deren Boot im Bosporus aufgebracht worden war, wurden nahe Edirne auf grausame Weise hingerichtet, und ihre gepfählten Leiber waren eine Warnung für all jene, die ebenfalls versuchen wollten, auf dem Seeweg in die belagerte Stadt zu gelangen. Allein eine weitere Frachtgaleere aus Venedig wagte es, sich mit einer geschickten List an den Festungen vorbeizuschmuggeln. Doch zur Hebung der Stimmung in der Stadt trug die Ankunft des Seglers nur wenig bei, denn es waren nicht wie erhofft Soldaten an Bord. Tatsächlich blieben die zweihundert Bogenschützen die einzigen Krieger, die gesandt wurden.

Auch im Haus Hyakos lasteten die Sorgen wie eine schwere Hand auf der gesamten Familie und ihren Bediensteten.

Nun ruhte alle Hoffnung der Eingeschlossenen auf der Kirchenunion, damit die christlichen Länder im Westen, deren Loyalität dem Papst gehörte, endlich begannen, der Stadt zu helfen.

Und so fand sich Lukas an einem kalten und grauen Tag Mitte Dezember vor den Toren eines Seiteneingangs jener gewaltigen Kirche wieder, der Hagia Sophia, deren goldene Kuppel er stets über der Stadt hatte aufragen sehen, die er jedoch noch nie betreten hatte, da er als Papist dort nicht willkommen gewesen war.

Die Kathedrale war gewaltig, stark wie ein Berg erhob sie sich über die Stadt, gekrönt von einer Kuppel, die ein wahres Meisterwerk war; ein künstlicher, steinerner Himmel, der sich über dem Hauptschiff des Gotteshauses spannte.

Eine große Menschenmenge hatte sich vor den Toren versammelt, eine bunte Mischung aus Bürgern der Stadt, Venezianern, Genuesen und Christen aus aller Herren Länder. Lukas bemühte sich, Theóderos zu finden, doch er wusste nicht einmal, ob der alte Mönch den beschwerlichen Weg allein angetreten hatte. Er selbst war im Gefolge der Familie Hyakos gekommen, wie alle seine Begleiter in seine besten Kleider gewandet.

Während Symeon Hyakos mit seiner Tochter und einigen weiter entfernten Verwandten vorne stand, blieben Bojan, Giacomo und Lukas ein Stück hinter ihnen und sorgten dafür, dass das Gedränge sie nicht erreichte. Obwohl sie an einem der Seiteneingänge standen, die erhabenen Bürgern der Stadt vorbehalten waren, drohte immer wieder die Menge an ihnen vorbeizufluten.

Ein Posaunenstoß ließ Lukas aufmerken. Um ihn herum senkten die Menschen die Häupter, und er tat es ihnen gleich, sah jedoch aus dem Augenwinkel eine große Prozession von würdevollen Gestalten, die sich dem Kaisertor mit seinen bronzenen Türrahmen näherte. Es gelang Lukas nicht, einen Blick auf den Kaiser selbst zu erhaschen, aber als er und sein Gefolge im Inneren der Kathedrale verschwunden waren, öffneten sich endlich die Tore, und die Menschen wurden eingelassen. Lukas konnte sich nicht vorstellen, dass alle einen Platz finden würden, doch der Innenraum der Kirche stand dem äußeren Bild in nichts nach. Mit offenem Mund staunte Lukas über den riesigen Saal, und wäre er nicht von den Nachfolgenden immer weitergeschoben worden, so wäre er wohl einfach stehen geblieben, um zu staunen.

Das fahle Licht des Wintertages reichte nicht aus, um alles zu erleuchten, trotz der zahlreichen, großen Fenster, aber es brannten Tausende von Kerzen, deren Licht sich im reichen Gold der Verzierungen spiegelte. Dunkler Stein mit Säulengängen bestimmte den unteren Teil der Kirche, jeder noch so kleine Fleck schien mit Bändern und Mustern geschmückt zu sein. Doch hoch über ihnen waren die Wände mit Gold geschmückt, mit unzähligen Mosaiken und Darstellungen von heiligen Männern und Frauen. Die schiere Pracht des Anblicks überwältigte Lukas. Kein Ort der Welt konnte schöner sein.

Während die Menschenmassen in die Kirchenhalle strömten, führte Symeon Hyakos die Seinen durch ein seitliches Portal. Dahinter führte eine breite Treppe hinauf und mündete in einen Säulengang, der sich rechts zum Kirchenraum hin öffnete. Mönche und Beamte erwarteten sie dort, ein seltsamer Widerspruch zwischen einfachen Roben und kostbaren Gewändern, die immer wieder Leute abwiesen, die Familie Hyakos jedoch passieren ließen.

Der Geruch von Weihrauch lag in der Luft, die unzähligen Stimmen der Menschen waren wie ein lautes Summen, die ganze Kirche schien unter der Last der Erwartungen zu zittern.

Lukas besah sich einige der eindrucksvollen Mosaike, welche die Galerie schmückten. Aus der Nähe war zu erkennen, dass sie hier und da Ausbesserungen benötigten, aber noch immer waren sie von überwältigender Schönheit. Mit einem Mal verstand Lukas den Stolz vieler Byzantiner auf die Geschichte ihrer Stadt besser; ein Volk, das Derartiges erschaffen konnte, das eine solche Kirche, ein solches Haus Gottes errichten konnte, hatte allen Grund, stolz zu sein.

«Komm schon», zischte Giacomo ihn an und nickte in Richtung der Balustrade, wo die Familie Hyakos Platz genommen hatte.

«Hast du so etwas schon einmal gesehen?»

Der Venezianer zuckte mit den Schultern.

«Nein, aber wenn man den ganzen Kram von den Wänden schlagen würde, könnte man sicherlich mehr Söldner als die paar mickrigen Kontingente anheuern, die es bislang in die Stadt geschafft haben.»

Überrascht sah Lukas seinen Freund an, fand jedoch kein Anzeichen dafür, dass er einen Witz gemacht hatte.

«Jetzt komm, sonst frisst uns Bojan nach der Messe zum Frühstück!»

Lukas konnte von seinem Platz nur wenig von dem sehen, was unten in der Halle geschah, nur ab und zu erhaschte er einen Blick auf die seltsame Versammlung von kirchlichen und weltlichen Würdenträgern. Besonders heraus stach der Kaiser selbst, gekleidet in eine strahlende purpurne Robe, die mit unzähligen Edelsteinen und Perlen besetzt war. Auf dem Haupt trug er eine hohe, gewölbte Krone aus Gold, ebenfalls besetzt mit Edelsteinen. Doch es war weniger die Kleidung des Kaisers, die Lukas interessierte, auch wenn sie wohl kostbar genug war, damit ein Mann sich davon ein kleines Königreich kaufen konnte. Es war das Gesicht des Mannes, dem das Schicksal auferlegt hatte, in diesen Zeiten über das zu herrschen, was vom gewaltigen Byzantinischen Reich noch übrig war. Er war kein junger Mann mehr, doch noch war sein gelocktes Haar voll und dunkel, ebenso der sorgsam gestutzte Bart, über den die lange, schmale Nase ragte. Er wirkte ernst und gefasst, aber da war eine Müdigkeit, eine Erschöpfung, die er ausstrahlte und die Lukas mehr spürte, als dass er sie sah. Auf der Galeere hatte es Männer gegeben, die einen ähnlichen Gesichtsausdruck gehabt hatten. Sie haderten nicht mehr mit ihrem Schicksal, sondern hatten einfach akzeptiert, dass nur der Tod sie von der Ruderbank erlösen würde.

Diese Messe war sein Werk, seine Hoffnung, und doch zeigte der Kaiser keine Regung, als die ersten Texte verlesen wurden. Zu Lukas' Überraschung handelte es sich nicht um die Liturgie, sondern um Dekrete der Vereinigung der Kirchen, vorgetragen jeweils auf Lateinisch und Griechisch. Erst dann begann die Messe, die sich als ungewohnt entpuppte, jedoch nicht nur für Lukas, sondern auch für die anwesenden Griechen, wie er an der zunehmenden Unruhe erkennen konnte. Weite Teile waren auf Latein, aber entsprachen nicht dem Ritus, den Lukas kannte. Leises Murmeln und Murren war hier und dort zu hören, doch nur bis zu einer gewissen Schwelle, die wohl niemand in diesem Haus Gottes – und in Anwesenheit des Kaisers – überschreiten wollte.

Als jedoch Fürbitten nicht nur für den Patriarchen der Stadt, sondern auch für Papst Nikolaus V. gesprochen wurden, hörte man einige wütende Stimmen, die jedoch schnell beschwichtigt wurden.

Lukas fühlte sich während der Messe seltsam unbeteiligt, als ginge ihn all das nichts an, ein Gefühl, das ihn sehr erschreckte. Es fiel ihm schwer, der Liturgie zu folgen, die sich in seinen Ohren falsch anhörte. Die Heiligkeit des Anlasses, des Ortes, all dies verblasste hinter jenem unschönen Bastard einer heiligen Messe.

Die Notabeln jedoch, der Hof des Kaisers, die anwesenden Würdenträger beider Kirchen, die hochrangigen Beamten und Soldaten, sie alle schwiegen und zeigten vereint ihr Einverständnis. Immer wieder sah Lukas zum Kaiser hinüber, und er glaubte einige Male ein kaum wahrnehmbares Nicken zu erkennen.

Als der Ritus schließlich endete, war Lukas fast erleichtert. Sofort wurde es wieder laut im Saal, die Menschen redeten miteinander, und niemand schien mit dem Moment zufrieden zu sein.

Vorsichtig ging Lukas zwischen einigen Beamten hindurch, die versuchten, die Aufmerksamkeit von Symeon Hyakos zu erlangen, und gesellte sich zu Alexia, die noch an der Balustrade stand und hinabblickte.

Der Kaiser und sein Hofstaat schritten gerade zu einem der hinteren Ausgänge, gefolgt von den kirchlichen Würdenträgern und den hochrangigen Gesandten. Sie hatten es offenkundig so eilig, dass es auf Lukas fast wie eine Flucht wirkte.

«Und dieses Schauspiel soll uns helfen?», fragte Alexia, während sie hinab auf die Menschenmenge blickte. Er atmete tief durch. Ihre Nähe allein ließ unkeusche Gedanken in ihm aufkeimen, die noch weniger an diesen Ort passten als die Messe, die gerade zelebriert worden war. Doch er riss sich zusammen und verscheuchte jede Unzucht aus seinem Geist.

«Wenn es die Herren von Rom, von Venedig, von Genua und all den anderen Reichen im Westen dazu bringt, endlich auf die Rufe nach Hilfe aus der Stadt zu hören, ist es dann nicht ein kleiner Preis?»

Aber seine Worte konnten nicht einmal ihn selbst überzeugen. Dass die Besucher der Messe skeptisch waren, ließ sich nicht leugnen, und vermutlich erging es den Anhängern des Papstes ebenso wie Lukas.

Sie wandte sich ihm zu. Eine tiefe Sorge war in ihren Augen abzulesen.

«Hast du das Glaubensbekenntnis gehört?» Sie wiederholte die Worte: «Wir glauben an den Heiligen Geist, der Herr ist und lebendig macht, der aus dem Vater – und dem Sohne! – hervorgeht.»

«Ja? So habe ich es gelernt.»

«Aber ich nicht. Die Lehre besagt, dass der Heilige Geist nur aus dem Vater hervorgeht, und nicht aus dem Sohn. Es ist falsch, und wer seinen Glauben so bekennt, tut unrecht. Gennadios und seine Anhänger sagen, dass man damit seine Seele verdammt!» Sie schüttelte den Kopf. «Was bringt es, diese weltliche Hülle zu retten, wenn man dafür seine unsterbliche Seele verdammt?»

Darauf wusste Lukas keine Antwort. Er wollte ihr sagen, dass diese drei kleinen Worte unmöglich eine derart schreckliche Wirkung haben konnten, doch er war kein Gelehrter, kein Theologe, er konnte es weder beweisen noch Gennadios' Worte widerlegen.

«Und es heißt, dass die Hostie aus ungesäuertem Brot bestanden haben soll, und den Messwein haben sie auf Anordnung dieses Kardinals mit kaltem Wasser vermischt!»

Angesichts ihrer aufrichtigen Empörung fragte sich Lukas, ob mit diesem Vereinigungsgottesdienst nicht vielleicht mehr Schaden angerichtet worden war, als dass er geholfen hatte. Bislang war es ihm erschienen, als ob Alexia diesen Fragen keine allzu große Bedeutung beimaß, doch wenn selbst sie die Vermischung der Riten als furchtbar empfand, wie würde es dann um jene stehen, deren Leben noch viel mehr nach den Worten ihrer Kirche ausgerichtet waren?

«Glaubst du denn, dass meine Seele verdammt ist?», fragte er sie leise.

Sie hob den Kopf und blickte ihm einen Moment lang in die Augen. «Wenn du verdammt bist, bin ich es wohl auch», gab sie zurück. Dann wandte sie sich abrupt von der Brüstung ab und verließ die Empore.

Langsam leerte sich die große Halle, und auch die Familie Hyakos machte sich auf den Weg zurück. Symeon führte sie durch die Menschenströme, bis sie wieder die Pforte erreichten, die sie in die kalte Winterluft entließ.

Als Lukas hinaustrat, drückte sich ein Mann an ihm vorbei, ging über die Schwelle, machte dann kehrt und spuckte vor der Kirche auf den Boden. Entsetzt sah Lukas den jungen Griechen an, der ihn wütend anfunkelte: «Ihr habt sie entweiht!» Er zeigte anklagend auf Lukas, als sei dieser der Leibhaftige persönlich. «Sie ist nicht besser als ein heidnischer Tempel für euch!»

Bevor Lukas auch nur wusste, wie er reagieren sollte, packte ein weiterer junger Mann seinen Ankläger an der Schulter.

«Komm, sie ziehen zum Kloster Pantokrator, Gennadios wird dort sprechen!»

Die beiden tauchten in der Menge unter. Lukas blieb erschüttert zurück. Mochten sie auch junge Hitzköpfe sein, mit ihrer Meinung schienen sie nicht allein zu sein. Selbst wenn der Kaiser mit dieser Vereinigungsmesse die Herzen der Christen im Westen gewinnen sollte, er drohte, jene seines eigenen Volkes zu verlieren.

Kapitel XXIII

Konstantinopel

Winter 1452

Hätte er geahnt, dass er die kälteste, unangenehmste Zeit des Jahres damit verbringen würde, so hart zu arbeiten wie in seiner Zeit als Galeerensklave, so hätte Lukas vielleicht doch entschieden, die Stadt zu verlassen. Doch statt auf einem Schiff zu sein, das ihn nach Venedig oder Genua oder an einen anderen Ort der Welt trug, diente er als Packesel.

Für die größten Steine hatten sie Kräne errichtet, mit denen die gewaltigen Quader auf die Mauer gehoben werden konnten, aber die kleineren Ziegel trugen Lukas und viele andere wie er in schweren Körben die Treppen empor. Und es gab viele Ziegel, die transportiert werden mussten, denn der Reparaturbedarf an der gewaltigen Stadtmauer war groß. Manchmal erschien es Lukas, als würde man Wasser in ein Meer gießen, eine endlose, nie zu beendende Aufgabe.

Doch im Laufe der Tage, die zwar kurz geworden waren, durch die schwere Arbeit jedoch umso länger wirkten, arbeiteten sie sich langsam die Mauer entlang.

Es war dieses alte und angeschlagene und dennoch beeindruckende Bauwerk, auf dem nun alle Hoffnungen ruhten. Besonders mitgenommen war die äußere Mauer, die nur zwei Drittel so hoch wie die innere Mauer war. Zwischen beiden Mauerabschnitten lag ein Graben. Wind und Wetter und Vernachlässigung hatten ihren Tribut gefordert, den es nun wiedergutzumachen galt, bevor die Stadtmauer ihre größte Prüfung würde bestehen müssen. Die Mauer bestand größtenteils aus großen, hellen Kalksteinblöcken, durchzogen von langen Bändern roter Ziegel.

Aber auch die vielen Türme hatten schon bessere Zeiten gesehen, sowohl die hohen Türme an der inneren Mauer, die in den Bereich zwischen den beiden Mauern ragten, als auch jene etwas niedrigeren an der äußeren Mauer, die versetzt zu den hohen Türmen hinter ihnen gebaut worden waren. Der Bereich zwischen den Mauern wurde von den Griechen Peribolos genannt und mochte gut fünfzehn Schritt breit sein. Vor der äußeren Mauer gab es noch einen tiefen Graben mit gemauerten Wänden, in dem jetzt das brackige Wasser der Winterstürme stand. Lukas bedauerte die armen Seelen, die dort in der feuchten Kälte Ausbesserungsarbeiten vornahmen. Seine eigene Aufgabe war es, den Steinmetzen das Material zu bringen, das sie für die Reparaturen benötigten, mühselig genug, aber wenigstens halbwegs trocken.

Ein wahres Heer von Arbeitern hatte sich an den Mauern eingefunden. Bauern, die von ihren Feldern vertrieben worden waren, Bürger der Stadt, Söldner, Soldaten des Kaisers, und selbst die wohlhabenden Familien entsandten ihre Bediensteten. Sie alle unterstanden dem Mauergrafen, dem es oblag, die Stadtmauer zu erhalten.

Jeder half, so gut er konnte. Und Hilfe wurde benötigt, denn es mangelte nicht nur an zupackenden Händen, sondern auch an jeder Art von Material. Wenigstens gab es in der Stadt unzählige verfallene Häuser und Ruinen, sodass keine bewohnten Gebäude geopfert werden mussten. Doch auch mindestens eine der vielen leer stehenden Kirchen war dem unbändigen Appetit der Handwerker schon zum Opfer gefallen, da sich die mächtigen Quader des Gotteshauses besonders gut für die Stadtmauer eigneten.

Für den Augenblick gab es nichts zu tun, da Lukas gerade den letzten Korb Ziegel auf die Mauer getragen hatte, also klopfte er sich den Staub von der Kleidung und ging langsam zwischen den Arbeitern hindurch bis zum Turm, wo es etwas wärmer war und zumindest der kalte Ostwind nicht so sehr an der Haut zerrte.

Ein leises Gebet drang aus der von einem Talglicht nur notdürftig erhellten Düsternis. Jemand bat die Jungfrau Maria inbrünstig um ihren Segen für die Mauern, die nach dem Glauben der Byzantiner unter ihrem Schutz standen. Der Betende, ein älterer Soldat, der sich in eine speckige Decke gehüllt hatte, ließ sich von Lukas nicht stören, der nahe dem Eingang an der Wand zu Boden sackte. Seine schmerzenden Finger waren kalt und steif, trotz der ledernen Handschuhe, die er trug. Vorsichtig lockerte Lukas die verkrampften Arme und Schultern, dann zog er die Handschuhe aus und rieb die Hände aneinander, blies schließlich warme Luft zwischen sie, was den Schmerz jedoch eher schlimmer werden ließ.

«Wenigstens wird es wärmer sein, wenn die Teufel kommen», knurrte der Veteran, der sein Gebet beendet hatte. «Dann können wir ihnen bei Sonnenschein die Köpfe von den Schultern trennen und sie in die Hölle schicken.»

Lukas nickte ihm zu, ging aber nicht weiter darauf ein.

«Du bist Soldat, oder?»

Jetzt sah er sich genötigt zu antworten. «Ich kann kämpfen, wenn es sein muss.»

Das schien dem Mann nicht zu genügen.

«Schon mal eine Belagerung erlebt?»

«Nein», gestand er. «Du?»

Der Veteran schüttelte den Kopf, dann kratzte er sich über die stoppelige Wange. Auch Lukas hatte sich in den letzten Tagen nicht mehr rasiert; ihm fehlte einfach die Kraft dafür, wenn er bei Einbruch der Nacht in sein Quartier zurückkehrte. Schon das Ausziehen der Stiefel erforderte Disziplin. Nun wuchs ihm ein dichter Bart, noch sehr kurz, aber schon länger als die Stoppeln des Soldaten.

«Wenn die Mauern halten, wird alles gut», erklärte der Veteran im Brustton der Überzeugung. «Und die Mauern werden halten. Sie haben immer gehalten, denn sie sind unüberwindlich. Solange treue Christenmenschen auf ihnen stehen, wird die Heilige Jungfrau schon dafür sorgen.»

Lukas wünschte sich, er könnte diese Zuversicht teilen. Das hagere Gesicht des Mannes wurde von der kleinen, flackernden Flamme in ein unruhiges, tänzelndes Spiel von Licht und Schatten getaucht und erinnerte Lukas an die Fratze eines Wasserspeiers. Er zwang sich zu einem

Lächeln und sah dann zu Boden, um die Sorge in seinen Augen zu verbergen.

Sein Blick fiel auf einen Stein nahe der Wand, der eine gemeißelte Inschrift trug, die von vielen Schritten bereits fast gänzlich abgenutzt war. Nur noch sehr flach waren die Schriftzeichen zu erkennen. Er ließ seine Finger über die Buchstaben wandern.

Seine Lippen fügten die Zeichen zu Worten zusammen: «Dieser Turm wurde 1050 in der Regierungszeit unseres allerfrömmsten Herrschers Konstantin X. auf seinen Befehl von Bardas erneuert.»

Lukas stockte der Atem. Vierhundert Jahre war es her, dass jemand diesen Turm repariert hatte. Solche Inschriften fanden sich überall an der Mauer, manche zu verwittert, um sie noch zu lesen, manche jünger, manche älter.

Während die Worte des Soldaten ihm keine Ruhe gebracht hatten, gaben diese fast schon verschwundenen Zeichen ihm neue Zuversicht. Mehr als tausend Jahre bestand die Stadt. Sie würde auch weiter bestehen.

«He da! Komm raus, an die Arbeit, eine neue Fuhre ist da!»

Kurz überlegte Lukas, dem Vorarbeiter zu sagen, was er von ihm, seiner Familie und dem Leben im Allgemeinen hielt, doch dann seufzte er, schob sich an der Wand mühsam hoch und begann, die Handschuhe wieder über die immer noch schmerzenden Finger zu streifen.

Als er aus dem Turm in den gnadenlosen Wind trat, musste er sich das Haar aus den Augen schütteln. Tatsächlich stand ein großes Ochsenfuhrwerk direkt am Fuße der Treppe, die hinauf auf die innere Mauer führte, und zwei grobschlächtige Gesellen waren dabei, allerlei Steine in vielen verschiedenen, bearbeiteten Formen zu entladen. Steine, die nun dorthin gebracht werden mussten, wo die Steinmetze sie benötigten.

Mit einem Seufzen stieg Lukas hinab und begann, die ersten Steine in einen der bereitstehenden Körbe zu laden.

«Lukas! Lukas!»

Überrascht sah er auf und entdeckte Giacomo, der aus der Richtung der Villa Hyakos gelaufen kam. Lukas hielt inne, dankbar für die kurze Unterbrechung.

«Du musst mitkommen», erklärte Giacomo und packte Lukas am Ellbogen, als dieser zögerte.

«Was ist denn? Ich bin hier eingeteilt und ...»

«Die Mauer ist morgen auch noch da», stellte der Venezianer kurz angebunden fest. Lukas war zu erschöpft, um darauf hinzuweisen, dass sie allerdings auch morgen noch reparaturbedürftig sein würde.

«Was soll das?» Der Vorarbeiter baute sich breitbeinig vor ihnen auf, seiner eigenen Wichtigkeit nur allzu bewusst. «Verschwinde, Bursche!»

Lukas versteifte sich, denn er wusste, wie wenig Giacomo solch rauen Tonfall schätzte. Doch zu seiner Überraschung setzte der ein gewinnendes Lächeln auf und wies auf die Stadt.

«Der Bursche hier wird gleich Vater, Euer Exzellenz! Wollt Ihr einem Mann verwehren, seinen Stammhalter in dieser Welt zu begrüßen?»

Der Vorarbeiter kniff ungläubig die Augen zusammen, aber Giacomo ließ nicht locker.

«Zeigt Herz, guter Mann! Der Lohn dafür ist Euch gewiss!»

Das schien den Aufseher zu überzeugen.

«Nun gut, aber morgen kommt er wieder!»

«Selbstverständlich, mit Sicherheit, Ihr kennt ihn doch.»

Dann zog Giacomo Lukas davon.

«Hattest du nicht von Lohn gesprochen?», rief ihnen der Vorarbeiter hinterher, was Giacomo zu einem lauten Lachen veranlasste.

«Im Himmelreich, mein Guter, im Himmelreich bekommen wir alle unseren gerechten Lohn.»

Dann bogen sie um eine Ecke und verschwanden aus der Sicht des Geneppten. Lukas wurde langsamer und zog auch Giacomo zurück.

«Was ist denn nun? Ich schätze, Vater bin ich wohl nicht geworden.»

Ein kurzer, heißer Stich der Schuld fuhr durch ihn hindurch. An diese Möglichkeit hatte er bislang keinen einzigen Gedanken verschwendet.

«Grundgütiger, das würde uns allen gerade noch fehlen!», entfuhr es Giacomo. «Zumindest, falls du gevierteilt werden möchtest, noch bevor der erste Osmane über die Mauer kommt. Nein. Im Hafen sind Schiffe eingelaufen. Zwei fette Galeonen aus Genua.»

«Galeonen? Was haben sie geladen?»

«Du wirst schon sehen», bemühte sich Giacomo, sein Geheimnis noch eine Weile zu bewahren, obwohl seine Miene Bände sprach. «Aber wir müssen uns sputen.»

Damit stürmte er wieder los, und Lukas blieb nichts anderes übrig, als ihm ebenso schnell zu folgen. Als sie im Hafen ankamen, ging ihr Atem schwer. Viele Menschen waren bereits versammelt und beobachteten die beiden Schiffe, deren Masten hoch über ihnen aufragten, aber Giacomo scherte sich nicht darum, sondern drängelte sich durch die Menge, abwechselnd Entschuldigungen und Flüche murmelnd. Lukas wurde von seinem Schwung mitgetragen und beeilte sich, damit sich der Wall der Leiber nicht direkt hinter dem Venezianer wieder schloss.

Endlich hatten sie sich durch die Menschenmenge nach vorne gekämpft, wobei Lukas selbst Ziel von genug Verwünschungen und dem einen oder anderen Ellbogen geworden war. Doch Giacomo hielt nicht an, sondern trat vor. Als sich Lukas hinter ihm hindurchdrängelte, konnte er endlich einen Blick auf den Hafen werfen. Die beiden Galeonen waren große Schiffe mit je drei Masten, hohen Bordwänden und beeindruckenden Achterkastellen. Sie hatten im Hafenbecken geankert und bereits die Segel eingeholt und schaukelten nun auf den sanften Wellen, die der Wind ihnen entgegenwarf. Die Flaggen zeigten ein rotes Kreuz auf weißem Grund. Zwischen den Galeonen und der Hafenmauer pendelten Boote hin und her. In jedem saßen Soldaten.

«Sind das ...?»

«Soldaten aus Genua», bestätigte Giacomo mit sichtlichem Stolz. «Ein guter Anblick, nicht wahr?»

Lukas nickte erfreut.

«Aber nicht der beste. Komm!»

Diesmal ging Giacomo gemessenen Schrittes, führte Lukas über den schmalen Streifen, den die Menschenmenge für die Neuankömmlinge frei gelassen hatte.

An der Hafenmauer waren Seeleute und Soldaten damit beschäftigt, die Ruderboote zu koordinieren und zu entladen. Ein bulliger Sergeant brüllte Befehle und hieb einem unaufmerksamen Hafenarbeiter mit einem langen Stock auf den Kopf, als er seinen Anordnungen nicht sofort nachkam. Auf den ersten Blick war alles eine große Unordnung, aber Lukas konnte darin ein System erkennen, als wären die Neuankömmlinge an derlei gewöhnt.

«Was ist denn nun noch besser?», fragte er, als Giacomo ihn feixend auf die Soldaten zuführte. «Bringen sie Waffen? Kanonen?»

«Keinen Schritt weiter, du Hund!», rief jemand direkt hinter ihm und packte ihn unsanft an der Schulter. Lukas wirbelte herum – und sah sich Girolamo gegenüber, der breit grinste.

Sofort fiel Lukas ihm um den Hals und begrüßte ihn stürmisch.

«Was treibt dich denn hierher? Ich dachte, du wolltest mit dem Krieg nichts zu schaffen haben?»

Girolamo stieß sich ein wenig ab und nickte bedächtig.

«Allerdings. Aber uns wurde ein Angebot gemacht, das wir nicht ausschlagen konnten.»

«Wir?»

«Na, Virgilio, Lorenzo und ich.»

Jetzt wurde Lukas' Grinsen noch breiter.

«Ihr seid alle zurückgekommen?»

Bevor Girolamo antworten konnte, drehte sich der Sergeant zu ihnen um: «Wenn ihr nicht mit anpackt, dann verschwindet gefälligst von hier!»

Da er in der letzten Zeit mehr als genug geschleppt hatte, trat Lukas nur allzu gerne einige Schritte beiseite. Die beiden Italiener folgten ihm. Girolamo sah gut aus, seine Kleidung war neu und offensichtlich teuer gewesen, und er hatte eine ebenso neue Klinge an seiner Seite.

«Die anderen helfen noch beim Entladen.»

«Und wer hat euch geschickt?»

Der Genuese lächelte.

«Niemand schickt uns. Unser Anführer begleitet uns und wird uns höchstpersönlich in die Schlacht führen. Es ist Giovanni Giustiniani Longo, ein Spross einer der edelsten Familien unserer an edlen Familien wahrlich reichen Stadt, ein echter Haudegen, in Kriegsdingen sehr erfahren, der beim Blute Christi geschworen hat, dass kein Heide einen Fuß nach Konstantinopel hineinsetzen wird, solange er lebt.»

Girolamo löste einen Weinschlauch von seinem Gürtel, nahm einen Schluck und reichte ihn an seine Freunde weiter.

Lukas atmete auf. Nach all den Enttäuschungen und dem langen Warten war dies endlich einmal eine wahrhaft gute Nachricht.

«Wir sind vierhundert Genuesen und, wie ihr beiden wisst, die besten Soldaten aller bekannten Lande, dazu kommen noch einige hundert Söldner von Rhodos und von Chios, alle ausgerüstet und bewaffnet und bereit, dieses Bollwerk der Christenheit gegen jeden Sturm zu halten. Und das Beste ist: Lorenzo kennt Longo von einer früheren Kampagne. Er hat uns ein fettes Säckel herausgeschlagen und ist selbst einer der Offiziere dieser feinen Streitmacht!»

«Ihr seid uns willkommen», erklärte Lukas feierlich und trank den herben Roten aus dem Schlauch, den Giacomo ihm hinhielt. «Höchst willkommen!»

Zwischenspiel

Edirne

Winter 1452

«Öffnet die Tür, auf Befehl des Sultans!»

Der Ruf zerriss die Stille der Nacht, gefolgt von einem lauten Schlag an der Tür. Çandarlı Halil Paşa wurde aus seinem leichten Schlummer gerissen und sah sich aufgebracht um. Er war allein in dem dunklen Raum, und einen furchtbaren Moment lang wusste er nicht, wo er war. Dann jedoch kehrte sein Bewusstsein zur Gänze aus dem Reich der Träume zurück. Er war in der Schlafkammer seiner Gemächer im Palast in Edirne, im Zentrum der Macht. Dennoch zitterte er am ganzen Leib.

«Öffnet die Tür!», wiederholte die Stimme. Nur eine Person im ganzen Land würde es wagen, den Großwesir auf diese Art und Weise in seiner Nachtruhe zu stören. Und es war ein schlechtes Zeichen, dass er es tat.

«Beruhigt euch», rief Halil, so gefasst er konnte. «Ich komme sogleich!»

Hastig stand er auf und ging durch das Portal in den Vorraum, wo wieder ein Schlag an der Tür ertönte. Halil erbebte ebenso wie das Holz. Er hörte die Stimme seiner Frau aus ihrem Schlafgemach, ignorierte sie jedoch und öffnete die Tür. Davor fanden sich fünf Wachen des Palastes, ernste Männer mit ebenso ernsten Mienen, gekleidet in Rüstung und mit Krummsäbeln bewaffnet.

«Was ist euer Begehr?», fragte Halil und richtete sich auf, um die Würde seines Amtes zu betonen. Die Soldaten schienen wenig beeindruckt.

«Der Sultan wünscht Euch zu sprechen, ehrwürdiger Großwesir.»

Eine einfache Respektsbezeugung, mehr nicht. Halils Gedanken rasten. Er wusste nicht, wie spät es war, doch Mitternacht musste bereits vergangen sein.

«Erlaubt mir, mich präsentabel zu machen», bat er. Die Soldaten sahen einander an, dann nickte ihr Anführer, fügte aber barsch hinzu: «Aber eilt Euch, Herr.»

«Wenn der Schatten Gottes auf Erden nach mir ruft, eile ich immer», erwiderte Halil kühl und wandte sich ab. Viel Zeit konnte er sich nicht nehmen, also suchte er nur eine prächtige Robe heraus und dazu eine passende Kappe. Die Tür zu den Gemächern seiner Frau öffnete sich einen Spalt, und er sah ihre Augen im Licht der Laterne der Wachen blitzen.

Mit schnellen Schritten war er bei ihr.

«Der Sultan ruft nach mir», erläuterte er und sah den Schreck in ihren Augen. Eigentlich wollte er sie beruhigen, doch es wollte ihm nicht gelingen, die Worte zu finden. Stattdessen schloss er sie in seine Arme, als wäre es das letzte Mal. Und tief in seinem Innersten fürchtete Halil, dass es genau so war. In den letzten Wochen war der Sultan ruhelos gewesen. Es hieß, dass er kaum schlief und wenig aß, dass er nächtens durch den Palast, ja sogar durch die Stadt lief. Lange Nächte verbrachte er auch mit seinen militärischen Beratern, brütete über Karten und Schlachtplänen, ließ sich jedes einzelne Detail seiner Armeen in aller Ausführlichkeit erklären.

An der Tür kam ihm noch eine Idee, und er ging zu einer kleinen Truhe und entnahm ihr einen Beutel mit Münzen. Er überlegte kurz, dann ergriff er eine flache Holzschale vom Tisch, in der einige Feigen lagen, und leerte den Beutel in die Schale. Dann drehte er sich zu den Soldaten um.

«Ich bin so weit», erklärte er hochmütig, als wäre es seine Entscheidung, mitten in der Nacht den Sultan aufzusuchen. Er wurde in ihre Mitte genommen und durch die ruhigen, dunklen Gänge des Palastes geführt, bis sie am Portal zu den Gemächern des Sultans selbst haltmachten und der Anführer sie ankündigte. Nach einigen ungewissen Momenten öffnete ein Diener die Tür, und Halil trat in das Schlafgemach.

Der Sultan stand mitten im Raum und war noch komplett angekleidet, auch wenn er einen Teil seines höfischen Ornats abgelegt hatte. Seine rote Weste und die dunklen, weiten Hosen waren mit goldenen Fäden durchwirkt, die verschlungene Muster ergaben.

Sofort sank der Großwesir auf die Knie, senkte den Oberkörper gen Boden und hielt die Schale mit den Münzen empor. Dies schien Mehmed zu überraschen.

«Was ist das?»

«Herr, wie es sich für einen Würdenträger des Staates geziemt, wenn man ihn zu einer solch ungewöhnlichen

Stunde zum Herrscher ruft, komme ich nicht mit leeren Händen, sondern mit einem Geschenk!»

Noch wagte er es nicht aufzusehen. Sein Reichtum hatte ihm in seinem Leben oft genug geholfen. Auch dem Vater des jungen Mehmed hatte er Geld geliehen und sich so sein Vertrauen und sein Ohr verdient. Doch Mehmed war aus einem anderen Holz geschnitzt.

«Ich brauche keine Geschenke», erwiderte der Sultan ruhig. «Was ich will, ist Konstantinopel.»

Halil wusste nicht, was er darauf erwidern sollte.

«Erhebe dich.»

Der Großwesir tat, wie ihm geheißen. Der Sultan hatte sich abgewandt, und unauffällig sah Halil sich um. Im Raum herrschte ein heilloses Durcheinander. Papiere lagen auf dem Boden und auf dem Tisch, darauf vor allem Listen und Zeichnungen. Halil erspähte eine detaillierte Skizze eines Teils der Stadtmauern Konstantinopels mit genauen Notizen daneben. Noch vor ihrem Aufbruch nach Edirne hatte der Sultan sich selbst ein Bild von der Stadt gemacht und sie drei Tage lang im Schutze seiner Soldaten studiert.

«Nun?»

Halil sammelte sich. Wie auch immer diese Nacht enden würde, er war Großwesir und hatte dem Sultan und seinem Vater treu gedient. Es war an der Zeit, sich an die Würde seiner Familie zu erinnern.

«Was immer der Herrscher wünscht, es wird geschehen. Ich bin sicher, unsere Krieger werden ihr Bestes geben, um ...»

«Ich will nicht ihr Bestes, ich will die Stadt. Weißt du, wie viele an ihren Mauern gescheitert sind?»

Der Sultan wartete die Antwort nicht ab.

«Alle. Aber ich nicht. Ich werde die Mauern zertrümmern, und die Stadt wird sich mir ergeben, wird Zierde meines Reiches werden statt eines Dorns in meiner Flanke!»

«Wie, Herr?», wagte Halil eine Nachfrage.

Mehmeds Augen fokussierten sich auf den Großwesir.

«Hm?»

Halil räusperte sich und versuchte, dem Blick des Sultans standzuhalten. «Wie werdet Ihr die Mauern zertrümmern?»

«Weißt du, dass es schlimme Gerüchte im Palast gibt? Schreckliche Gerüchte?»

Halil unterdrückte ein Schlucken.

«Es gibt bei Hofe immer Gerede, Herr. Politik, Intrigen, Ränke, Lügen.»

Der Sultan trat einen Schritt auf ihn zu. Noch immer hielt Halil die Schale mit dem Geld in den Händen. Jetzt kam er sich wie ein Narr vor, mit einer Handvoll Münzen erschienen zu sein.

«Ich muss mir der Treue meiner Berater sicher sein. Ich muss wissen, dass sie nur mir ergeben sind und dass griechisches Gold ihnen nichts bedeutet.»

Mehmed blickte hinab in die Schale voller Münzen, als wäre sie kein Geschenk, sondern ein Beweis.

«Ich habe Eurem Vater stets nach bestem Wissen und Gewissen gedient, und ich habe Euch ebenfalls meine ganze Loyalität und Kraft untertan gemacht», brachte Halil mit so viel Würde hervor, wie er aufbringen konnte in diesem seltsamen, so gefährlichen Moment.

«Kein Gold der Welt könnte mich von diesem Pfad abbringen.»

«Gut.»

«Aber es ist meine Pflicht als Großwesir dieses großen, herrlichen Staates, Euch zu beraten. Auch wenn mein Rat nicht immer dem entsprechen mag, was sich andere wünschen, so dient er doch nur dem Reich und Euch.»

Der Sultan nickte langsam. Die Bedrohung in seiner Stimme verschwand so schnell, wie sie gekommen war.

«Mit Geschützen, mein Freund. Mit so vielen und so großen Geschützen, dass von den einst so mächtigen Mauern nur noch Staub übrig bleibt.»

Der erneute plötzliche Themenwechsel verwirrte Halil, doch er war nicht gewillt, sich das anmerken zu lassen.

«Es haben schon viele Geschütze auf die Mauern Konstantinopels gefeuert, und noch immer stehen sie.»

«Das stimmt. Aber es beginnt eine neue Zeit. Tausend Jahre standen die Mauern, Halil. Tausend Jahre!»

Die Augen des Sultans funkelten.

«Ein Zeichen ihrer Macht.»

«Ja, ein Zeichen der Macht der Stadt, der Macht des Reiches. Doch so wie das Reich zerbrach und das Licht der Stadt erlosch, so werden die Mauern zerbrechen. Meister Orban versichert mir, dass seine Geschütze dazu geeignet sind.»

Halil schnaufte entrüstet.

«Der Mann ist ein Söldner. Noch im letzten Sommer hat er seine Dienste dem Kaiser angeboten!»

Jetzt breitete sich ein Lächeln auf Mehmeds Antlitz aus.

«Wenn selbst du, der du über die besten Kontakte in

die Stadt verfügst, dies glaubst, dann ist unser kleines Spiel geglückt.»

Verblüfft starrte der Großwesir den Herrscher an.

«Spiel, Herr?»

«Ich sandte Orban in die Stadt. Er bot seine Dienste feil, aber ich war es, der ihn entlohnte. In meinem Auftrag studierte er die Mauern der Stadt, und der Geschützmeister kam zur gleichen Erkenntnis wie ich.»

Halil stockte der Atem. Niemals hätte er gedacht, dass Mehmed zu solch einer List fähig wäre. Der Sultan war intelligent, gebildet, ehrgeizig, aber bislang schien es, als ob er stets den direkten Weg bevorzugte.

«Die Mauer ist stark, aber sie hat Schwachpunkte. Die neuen Geschütze, die ich gießen lasse, können diese Punkte ausnutzen. Zwei gibt es: in der Mitte das Tal des Lykos, wo die Mauer unterhalb der Hügel liegt und der Graben wegen des Baches, den sie in einen unterirdischen Kanal gezwungen haben, nur flach ist.»

Mehmed ging zu seinem Tisch und schob einige Aufstellungslisten zur Seite. Darunter kam eine Karte der Stadt und ihrer näheren Umgebung zutage. Er deutete auf die Stelle, dann fuhr sein Finger auf den Blachernae-Palast nieder, wie ein Falke sich auf seine hilflose Beute herabstürzt.

«Und hier, wo die Griechen eine neue Mauer errichtet haben, um den Palast und diese Kirche zu schützen. Genau hier, wo die Mauern aufeinandertreffen, in einem fast rechten Winkel, sind sie schwach. Und in den harten Boden haben sie keine Gräben geschlagen.»

Der Großwesir sah auf die Karte hinab. Er verstand nicht viel von Kriegsführung, aber er glaubte seinem

Herrn, dass dies die Orte waren, an denen ein Angriff Erfolg haben könnte. Mit einem Mal löste sich in ihm etwas. Er spürte, wie sein Widerstand gegen den Angriff schwand. Wenn sein Herr dieses Ziel hatte, so war es die Pflicht eines Großwesirs, ihm mit allem zur Seite zu stehen, was er zur Verfügung hatte.

«Morgen wird das neue Geschütz des Orban zum ersten Mal abgefeuert», berichtete Mehmed. «Ich habe es heute besichtigt. Ein Mann kann auf allen vieren in seinen Lauf kriechen. Es ist doppelt so groß wie jene Kanonen, die in Boğazkesen stehen. Nichts wird ihm widerstehen. Die Mauern von Konstantinopel sind Geschichte.»

Halil nickte.

«Was ist mit den Fürsten und Königen der Ungläubigen?»

«Sie alle sitzen auf ihren Schatzkammern und zittern beim Gedanken daran, mehr tun zu müssen, als nur warme Worte der Freundschaft auszusprechen. Es wird keine großen Flotten geben, keine Kreuzzüge, keine Heere aus dem Westen. Die Christen sind uneins.»

«Man sagte mir, dass Hunderte von Italienern die Stadt bereits verlassen haben», berichtete der Großwesir. Der Sultan nickte.

«Andere werden kommen, aber es sind zu wenige für das Heer, das ich aufstellen werde.»

«Und wenn die Stadt fällt? Was geschieht dann?»

Der Sultan wirbelte herum.

«Dem Sieger die Beute.»

Tief in seinem Inneren hatte der Großwesir noch immer eine Schwäche für die Griechen und ihre gewaltigen Errungenschaften, welche die Stadt so geprägt hatten.

Er sah im Geiste, wie Konstantinopel brannte, wie es drei Tage und Nächte geplündert wurde, so wie es Brauch war.

«Es wird wiederauferstehen, sich aus den Ruinen erheben, zu denen es verkommen ist. Ein Kaiser fällt, ein Sultan erhebt sich, doch wir werden die Stadt wieder zu der Größe führen, zu der sie fähig ist. Zu lange war sie Verfall und Dekadenz preisgegeben. Sie verdient Besseres, findest du nicht?»

Diese Seite seines Herrn sah Halil zum ersten Mal. Bislang war da nur der getriebene junge Mann gewesen, der Ehrgeizige, der sich selbst und der Welt seinen Wert beweisen musste. Sein ganzes Streben seit seines Aufstiegs zum Herrscher der Rechtgläubigen war die Eroberung der Stadt gewesen, hatte sich auf Krieg und Belagerung gerichtet. Niemals hatte er davon gesprochen, was danach geschehen würde.

«Die Stadt hat eine lange Geschichte», stimmte Halil zu. «Eine große Geschichte.»

«Und wir werden neue Kapitel in das Buch dieser Geschichte schreiben, alter Freund. Was sagst du?»

«Ich werde mich mit meiner Kraft dafür einsetzen, Gebieter, wie es meine Pflicht und meine Freude ist.»

«Ich wusste, dass ich mich auf dich verlassen kann. Wenn wir in Gott vertrauen und zum Propheten beten, wird die Stadt fallen.»

Halil nickte, wobei sein Blick wieder auf die Karte fiel. Zum ersten Mal glaubte er wirklich daran, dass es möglich war.

«Du darfst dich entfernen», entließ ihn sein Herrscher, offensichtlich zufrieden mit dem Ergebnis der nächtlichen

Besprechung. Halil verneigte sich tief und ging rückwärts aus dem Schlafgemach. Schließlich fand er sich in den dunklen Korridoren wieder, immer noch seine Schale mit Goldmünzen in den Händen.

Sein Kopf fühlte sich leicht an. Vor der Audienz hatte er gefürchtet, ihn zu verlieren, jetzt war er voll von neuem Wissen. Es gab kein Zurück mehr. Das Einzige, was er jetzt noch für die Stadt tun konnte, war, dafür zu sorgen, dass sie sich nach ihrem Fall wieder aus der Asche erhob, in die sie hinabgestoßen werden würde.

Kapitel XXIV

Konstantinopel

Frühjahr 1453

Nichts hatte Lukas auf den Anblick vorbereitet. Er stand auf einem Turm nahe dem Sankt-Romanus-Tor, wo ein großes Kontingent an Verteidigern postiert worden war. Noch vor Sonnenaufgang hatte er sich dort eingefunden, und er war nicht der Erste gewesen. Die Nachrichten hatten sich rasend schnell in der Stadt verbreitet: Das osmanische Heer rückte vor. Fortan war es nur noch den Soldaten und Milizionären erlaubt, die Mauern zu bemannen. Nach und nach hatten sie alle Position auf der äußeren Mauer bezogen, der ersten Verteidigungslinie.

Lukas stand Schulter an Schulter mit Griechen, Genuesen, Venezianern, Katalanen und Männern aus aller Herren Länder. Der Kaiser hatte die verteidigenden Truppen bunt zusammengewürfelt, was zunächst zu Murren geführt hatte, das aber angesichts der drohenden Gefahr verstummt war. Erst vor wenigen Tagen hatte es ein erstes Aufeinandertreffen mit dem Feind gegeben, als einige Trupps Kavallerie des Kaisers berittene Späher entdeckt und verfolgt hatten, doch an einen weiteren Ausfall war heute nicht mehr zu denken. Alle Tore waren geschlossen, alle Brücken über die Gräben zerstört, und die mächtige Hafenkette war über das Goldene Horn gespannt worden.

Denn dort, über die Hügel kommend, ergoss sich eine Flut von Menschen vor die Tore der Stadt, ein gewaltiger Fluss aus Leibern, der sich vor den Augen der Verteidiger in ein schier endloses Meer verwandelte. Jeder in der Stadt hatte gewusst, dass dieser Tag kommen würde, als die Kunde von der Rossschweifstandarte zu ihnen drang, die der Sultan nach den alten Bräuchen seines Volkes im Hof des Palastes in Edirne aufgestellt hatte, um alle seine Krieger zu sich rufen.

Doch mit welcher Geschwindigkeit und Effizienz sich dieser Heerzug versammelt hatte, verblüffte selbst altgediente Veteranen.

Von den Obsthainen und Weingärten, die einst vor den Stadttoren gediehen, war nichts mehr übrig. Die abertausend Soldaten des Sultans bewegten sich vorwärts durch das verwüstete Gelände. Lukas versuchte nicht einmal, sie zu zählen. Genauso gut hätte er die Sterne am Himmelszelt zählen können.

Es hätte ein schöner Anblick sein können, die Bewegung von so vielen Menschen in perfekter Einheit, doch Lukas dörrte er die Kehle aus. Um sich herum sah er weit aufgerissene Augen, fahle Gesichter, Hände, die so fest ihre Waffen umschlossen, dass die Knöchel weiß hervortraten.

Pferde und Kamele waren zu sehen, Wagen wurden von Ochsen gezogen, hinter den Soldaten selbst bewegte sich ein gewaltiger Zug mit Nachschub und Vorräten.

So weit das Auge blicken konnte, erstreckte sich das osmanische Heer. Lukas sah weiße Turbane wie helle Kleckse, rote Turbane wie Blutstropfen, sah Reiterei und Fußsoldaten, alle fein säuberlich nach Regimentern sortiert, die sich in einem Tanz bewegten, der nur ein Ziel kannte: Konstantinopel.

Teile des feindlichen Heeres rückten weiter vor, doch nicht weit genug, um sich in Gefahr zu begeben. Etwa zweihundert Schritt entfernt begannen sie, einen Graben auszuheben, in dem sie sich vor Verteidigern schützen konnten. Ein einzelner Pfeil löste sich aus den Reihen der nervösen Verteidiger und schwirrte durch die Luft, doch fand kein Ziel. Es war eine sinnlose Geste; diese Flut konnte kein einzelner Pfeil aufhalten.

Andere osmanische Soldaten kamen heran und trugen große, aus Ästen geflochtene Gitter mit sich, die sie auf den frisch ausgehobenen Erdwall stellten. Dies alles geschah in einer gespenstischen Lautlosigkeit, allein durch Wimpel und Fahnen befohlen, ohne großes Geschrei, was die Zielstrebigkeit dieser Maßnahmen noch bedrohlicher wirken ließ.

Von seinem Standpunkt aus konnte Lukas nicht alles überblicken, aber es schien ihm, als erstrecke sich das Heer der Osmanen vom Goldenen Horn bis zum Marmarameer. Es schnitt die Stadt komplett vom Festland ab – sie waren umzingelt.

Kaum jemand sprach ein Wort. Alle starrten nur auf den Feind. Stück für Stück bewegten sich die Regimenter vor, ein jedes schien genau zu wissen, welchen Weg es zu gehen hatte, als sei es ein einzelnes Ungetüm, mehr nur als die Summe seiner Teile.

Die Zeit verging quälend langsam. Einerseits war Lukas erleichtert, denn solange die Osmanen noch ihre Gräben aushoben und ihre Stellungen vorbereiteten, griffen sie nicht an. Doch ein Teil von ihm sehnte sich nach dem Kampf. Hier zu stehen, oben auf dem Turm, und nichts tun zu können außer zusehen, war eine Folter. Er fühlte sich schwach und hilflos angesichts der Masse an Feinden, die sich dort in aller Ruhe in ihre Positionen begaben. Eine Unruhe ergriff von ihm Besitz, die ihn schreien lassen wollte, seine Waffe ziehen, hinausstürmen und endlich den Sturm entfesseln, der sich unentrinnbar dort zusammenbraute.

«Ordentliche Bastarde», grummelte Lorenzo und spie aus. Die Stimme des erfahrenen Söldners zu hören, riss Lukas aus seinen Gedanken. Er stieß den Atem aus. Das ungewohnte Gewicht des Brustpanzers lastete auf ihm.

Während die Sonne weiterstieg, begannen die Osmanen, ein gewaltiges Lager zu errichten. Heute würden sie also nicht mehr angreifen. Zelte schossen wie Pilze nach einem regnerischen Sommer aus dem Boden, mehr und mehr Nachzügler trafen ein, jenseits des Grabens war nun, wie es schien, das gesamte Heer versammelt. Die Zelte waren rund mit hoher Spitze, standen in ordentlichen Mustern, immer eine Gruppe um ein Zelt mit einem Banner daran.

Auf dem Maltepe-Hügel jenseits des Sankt-Romanus-Tores errichteten Soldaten ein gewaltiges rot-goldenes Zelt, das alle anderen weit überragte. Mit Wehmut dachte Lukas für einen Moment an jenen Ausritt auf den Hügel, der sein Schicksal besiegelt und seinen Entschluss, die Stadt niemals ohne Alexia zu verlassen, besiegelt hatte. Jetzt erhob sich dort, wo einst Walnussbäume standen, das Zelt des Sultans der Osmanen, umgeben von den Lagern seiner treuesten Truppen, geschützt durch Gräben und Palisaden. Nicht, dass die Gefahr bestand, dass die Verteidiger dieses Zelt angreifen würden; jede Bewegung vor die Tore wäre schierer Irrsinn gewesen.

Über dem prächtigen Zelt wurde eine weiße und goldene Fahne gehisst, während die Banner der Einheiten um dieses Zelt herum in Rot und Gold leuchteten. Dies mussten die persönlichen Elitetruppen des Sultans sein, die Janitscharen.

Eine weitere Bewegung erregte Lukas' Aufmerksamkeit. Hinter dem Erdwall näherten sich große Karren, die von mehreren Ochsen gezogen wurden und um die herum sich große Trupps von Soldaten bewegten. Die langen, dunklen Rohre der Geschütze wirkten aus der Ferne klein, aber es waren Dutzende von ihnen, die über die gesamte Länge der Belagerung in Batterien verteilt wurden.

So sehr nahm ihn der Anblick ihrer Feinde gefangen, dass er die Anwesenheit vieler Würdenträger auf der Mauer erst bemerkte, als ein Hornstoß erklang.

Der Kaiser selbst, in einer vergoldeten Rüstung und mit einem hohen Helm, der an die Helme der alten Römer erinnerte, stand auf dem Turm, der auf der anderen Seite des Tores war. Sein purpurner Mantel wehte im Wind, und er wirkte wie eine Gestalt aus Sagen und Legenden. Um ihn herum standen die Berater und Kommandeure, unter denen der Befehl über die einzelnen Abschnitte der Mauer aufgeteilt worden war. Lukas hatte einige von ihnen bei den Vorbereitungen gesehen.

Da war natürlich Giovanni Giustiniani Longo, dessen genuesische Söldner einen großen Teil der Verteidiger am Sankt-Charisios-Tor im Norden stellten, knapp unterhalb des Blachernae-Palastes. Er war ein hochgewachsener Mann mit kurz geschorenem Haar und einer Adlernase, die über einem kurz gehaltenen Bart thronte. Als erfahrener Kriegsstratege hatte der Kaiser ihm viele Freiheiten gewährt und ihn zu einem der höchsten Kommandeure ernannt. Es ging das Gerücht, dass ihm eine ganze Insel als Lehen versprochen worden war, sollte es ihm gelingen, die Mauer zu halten.

Die drei Bocchiardi-Brüder, ebenfalls Genueser mit eigenen Männern und Ausrüstung, hatten sich zu Longo gesellt, ebenso der Vorsteher der venezianischen Gemeinde der Stadt, Girolamo Minotto, der mit seinen Leuten im Palast selbst Quartier bezogen hatte, weshalb dort der venezianische Löwe neben dem Banner des Kaisers wehte.

Es überraschte Lukas, wie wenige Griechen sich beim Kaiser befanden. Neben zehn Soldaten seiner Garde nur eine Handvoll, darunter Großherzog Lukas Notaras, der im Rang nur unter dem Kaiser selbst stand und eine der Reserven kommandierte, die im schlimmsten Falle schnell eingreifen mussten, wenn der Feind drohte durchzubrechen. Dazu war dort Theophilos, ein Verwandter des Kaisers, der die Mauer südlich von Lukas' Abschnitt unter seinem Kommando hatte, auch wenn er eher wie ein Gelehrter denn wie ein Soldat wirkte.

Alle waren sie für den Krieg gerüstet, die Griechen eher prachtvoll, mit kunstvoll verzierten Brustpanzern und

Rossschweifen an ihren Helmen, die Italiener und anderen Soldaten aus dem Westen weniger glanzvoll, dafür aber, wie Lukas vermutete, praktischer.

Dazu waren dort Kardinal Isidor und Bischof Leonhard von Chios an der Seite des Kaisers, die entgegen allen Vermutungen in der Stadt geblieben waren, um den guten Willen des Papstes und die Hoffnung aller Christen auf einen Sieg zu demonstrieren.

Seit seiner Ankunft hatte Lukas immer wieder erfahren, wie strikt die Gesellschaft der Stadt gegliedert war und wie sehr auf Rang und Name geachtet wurde. Doch jetzt, angesichts von Krieg und Vernichtung, standen die höchsten Würdenträger zusammen mit Söldlingen, umgeben von einfachen Soldaten, es gab keine Grenzen mehr, sie alle waren Verteidiger der Mauern, bereit, das uralte Bollwerk noch einmal gegen den Zorn aller Feinde zu halten.

Ein weiterer Hornstoß ertönte, und alle Blicke richteten sich auf die Gruppe um den Kaiser.

«Brüder!», rief er laut auf Griechisch. «Hier stehen wir angesichts unserer Feinde, die uns ohne Not und ohne Grund mit Krieg heimsuchen. Wie unsere Väter und deren Väter und alle Männer dieser Stadt, die vor uns kamen, werden wir diesen Angriff abwehren. Konstantinopel ist heilig, Konstantinopel ist ewig, allen, die mit uns stehen, ist das Himmelreich gewiss!»

Hier und da ertönte Jubel, aber es waren einzelne Stimmen, und zu wenige fielen mit ein. Zu viele Bürger der Stadt, zu viele Soldaten vertrauten dem Kaiser nicht mehr, von dem sie glaubten, dass er sie an den Papst verraten hatte, obwohl ihnen dafür kaum Hilfe gesandt worden war. Alexia hatte Lukas berichtet, dass die Hagia Sophia dunkel blieb, weil kaum noch Griechen den Messen beiwohnen wollten.

«Einige von euch kennen mich», riss eine andere Stimme Lukas aus seinen düsteren Gedanken. Es war Giustiniani Longo, der sich breitbeinig auf den Turm gestellt hatte und auf die Soldaten auf der Mauer unter ihm herabblickte.

«Wer mich nicht kennt, wird mich schon bald kennenlernen, denn wir werden Seite an Seite Blut vergießen!»

Er zog sein Schwert und ließ die Spitze über die versammelten Reihen der Osmanen jenseits der Mauer wandern.

«Und Blut wird fließen! Diese Mauern sind stark! Und wir, die wir auf ihnen stehen, kämpfen mit dem Segen des Herrn! Soll diese Flut doch gegen uns anrennen, was kann sie schon ausrichten? Was richtet das Meer gegen den Fels aus? Wir sind der Berg, sie nichts als Wind, heute noch ein Sturm, morgen schon vergessen!»

Einige riefen zustimmend, hier und da schlugen italienische Söldner auf Schilde oder Brustpanzer.

«Der Sultan ist ein Narr, denn an dieser Stadt hat sich noch jeder Feind die Zähne ausgebissen! Steht hier, steht mit mir, steht fest und siegesgewiss, und eine weitere Generation von Heiden wird nur wagen, flüsternd von dem Sieg zu sprechen, den wir hier erlangt haben. Unsere Namen werden gesungen werden, und man wird sagen: Seht her, dies sind die Männer, die in Konstantinopel siegten!»

Seine Worte zeigten Wirkung, denn jetzt brandete der Jubel auf. Longo nickte ernst, aber sichtlich zufrieden und schob seine Klinge wieder in die Scheide. Obwohl Lukas den Mann nicht kannte, spürte er, wie sich eine neue Zuversicht in ihm ausbreitete. Die Mauern waren stark, und die Stadt hatte sich den ganzen Winter über auf die Belagerung vorbereitet. Um ihn herum waren Tausende Soldaten versammelt, die alle bereit waren, ihr Leben für Konstantinopel zu geben.

«Auf, auf!»

Longos Männer begannen, in Gruppen mit ihren Bannern über die Mauer zu ziehen, gefolgt von den Kriegsbannern der anderen Italiener, der Katalanen und zuletzt der griechischen Regimenter. Es mussten Dutzende Banner sein, dabei hatte Lukas weit weniger Einheiten gesehen, und einige wirkten uralt und schon von Motten zerfressen. Doch wie sie so die Mauer entlanggetragen wurden, unter ständigem Trommeln und Pfeifen, wirkte es selbst für ihn so, als wären die Verteidiger Legion.

Dabei musste Lukas sich weit weniger anstrengen, um ihre Anzahl zu schätzen. Die Osmanen mochten hunderttausend oder mehr sein; auf Seiten der Griechen kämpften ganz sicher weniger als zehntausend. Doch jetzt machten die zehntausend Lärm und Aufsehen für fünfzigtausend.

Die Soldaten brüllten, riefen, schmähten und verhöhnten den Feind.

«Ihre Söhne von Hunden», rief ein griechischer Milizionär. «Kommt nur, und wir schlachten euch alle ab, dass der Graben sich mit eurem Blut füllt.»

Der Mann trug nur ein ledernes Wams und einen uralten, zu großen Helm, dazu einen schartigen Schild und einen Speer, dessen Spitze zumindest scharf erschien, doch wie er da so stand und dem Feind seinen Trotz entgegenschleuderte, wirkte er wie ein gefährlicher Krieger.

Ein Donnerschlag ertönte, so laut, dass Lukas unwillkürlich zusammenzuckte. Rauch stieg hinter dem osmanischen Erdwall auf. Bevor Lukas verstand, schlug das Geschoss schon mit einem dumpfen Knall in die Mauer ein. Der Boden erzitterte, und Stein kreischte gequält auf. Splitter flogen durch die Luft, gingen in einem Regen von Stein und Staub auf den Verteidigern nieder.

Die Schlacht hatte begonnen.

«In Deckung!», rief er seinen Kameraden zu und duckte sich hinter die Brustwehr. Lorenzo war ihm schon zuvorgekommen; der erfahrene Söldner war der Erste, der den Kopf eingezogen hatte.

«Lasst euch nicht einschüchtern!», schrie Longo über den Lärm der Verteidiger hinweg. «Sie wollen uns nur testen!»

Lukas lugte zwischen den Zinnen hindurch. Die Bannerträger waren bereits dabei, ihre Positionen einzunehmen. Es waren jetzt weniger eindrucksvolle Flaggen als vielmehr Schwerter gefragt. Während der Kaiser und die meisten seiner Begleiter sich zurückzogen und im Turm verschwanden, stand Giustiniani Longo immer noch breitbeinig direkt an der Brüstung, die Hände in den Seiten, und blickte voller Verachtung auf die Kanonen der Osmanen.

Sein Vorbild gab den Verteidigern um ihn herum ihren Mut zurück. Lukas schämte sich für seine Feigheit und wollte aufstehen, doch Lorenzo packte ihn am Arm und zog ihn wieder runter.

«Gegen die Kugeln kannst du nichts machen, Lukas,

und es nützt niemandem, wenn dich eine von ihnen erwischt. Lass die Artilleristen sich einschießen, es besteht kein Grund, sich mit dem Sterben zu beeilen.»

Lukas zögerte.

«Für Heldenmut wird es in den nächsten Tagen mehr als genug Gelegenheit geben», erklärte Lorenzo. «Aber um mutig sein zu können, muss man erst einmal am Leben sein.»

Als Lukas sah, dass auch Giustiniani Longo seinen Posten verlassen hatte und dem Kaiser nacheilte, nickte er schließlich.

Weitere Kanonenschüsse erklangen, zwei, drei, vier, in kurzen Abständen. Ein Geschoss ging zu kurz, schlug in den vom Frühjahrsregen weichen Boden vor dem Graben, eines war zu hoch gezielt und flog über die Mauern hinweg, nur um irgendwo in der Stadt einzuschlagen, doch die letzten beiden trafen die Mauer und ließen sie erneut erbeben.

Stroh wirbelte auf. Eine Kugel musste einen der prall gefüllten Säcke getroffen haben, die an Tauen von den Mauern hingen und die Wirkung der Geschosse dämpfen sollten. Als sie diesen Schutz angebracht hatten, hatte Lukas noch geglaubt, dass er nützlich sein könnte, doch nun, da er die Macht der osmanischen Artillerie am eigenen Leib spüren konnte, wusste er, dass Stroh ihnen nicht helfen würde.

Eine weitere Batterie reihte sich in den Reigen ein. Vier Schüsse in schneller Folge. Staub rieselte auf Lukas nieder, als der Turm zwei direkte Treffer erhielt. Wieder hob Lukas den Kopf. Die Geschütze, denen sie sich gegenübersahen, standen in drei Gruppen, jeweils auf einen anderen Teil der Mauer ausgerichtet. Zwischen ihnen war noch Platz gelassen worden, so als solle dort noch eine Batterie aufgebaut werden, doch dann feuerte die dritte Geschützstellung, und Lukas tauchte wieder zurück in die relative Sicherheit.

Diese Salve zielte auf den Turm, auf dem gerade noch der Kaiser mit seinen Kommandeuren gestanden hatte, doch drei der Geschosse gingen zu kurz, und das vierte prallte am Boden ab und schlug nach kurzem Flug mit lautem Platschen in den Graben ein.

Jetzt erhob sich Lukas wieder, und Lorenzo tat es ihm gleich.

«Wie lange haben wir bis zur nächsten Salve?»

Der Söldner kratzte sich am Kinn und betrachtete die Geschütze, an denen osmanische Artilleristen hastig arbeiteten.

«Wenn sie gut sind, und ich fürchte, davon müssen wir ausgehen, dann schaffen sie mehr als hundert Schüsse am Tag. Und anders als wir werden sie sicher das nötige Pulver dafür haben.»

Ungläubig blickte Lukas zu den Reihen der Osmanen. Viele Soldaten waren bis knapp hinter den Erdwall vorgerückt. Einige standen sogar davor, legten die Hände an die Münder und riefen den Verteidigern Beleidigungen zu. Irgendetwas mit Bärten und Hunden, doch mehr verstand Lukas nicht.

«Und jetzt?»

Lorenzo zuckte mit den Schultern.

«Jetzt warten wir. Wenn sie feuern, gehen wir in Deckung. Wenn sie angreifen, schlagen wir sie zurück. Aber hauptsächlich warten wir.»

Kapitel XXV

Konstantinopel

Frühjahr 1453

Als der Donner der Geschütze verstummte, atmeten sie alle auf. Den ganzen Tag und bis in die Nacht hinein hatten die Osmanen die Mauern entlang der gesamten Linie unter Beschuss genommen, konzentriert auf eine Handvoll Punkte, am Blachernae-Palast, am Sankt-Charisios-Tor, bei ihnen und weiter im Süden am Pege-Tor und am Goldenen Tor. Da die Batterien abwechselnd schossen, war es manchmal wie ein durchgehender, ewiger Lärm, das Trommeln der höllischen Armeen, immer begleitet von den Einschlägen. Jetzt hatten sich die Richtmeister eingeschossen, und ihre Kugeln trafen die Mauern dort, wo sie wollten. Nur selten ging noch eine fehl.

Lukas hatte sich in das Zeltlager zurückgezogen, das direkt hinter der Mauer errichtet worden war, in der Hoffnung, ein wenig Schlaf zu finden, doch daran war nicht zu denken. Erst war da das Getöse der Kanonen und später dann zwar angenehmere, aber nichtsdestotrotz störende Geräusche, es wurde geredet, gerufen, dazu wehte der Geruch von Essen umher, irgendwo meckerte eine Ziege.

Dennoch hatte er die Augen geschlossen und versuchte, all dies aus seinem Geist auszusperren. Aber allein der Genuese, der sich neben ihm ausgebreitet hatte und nun selig schnarchend dalag, reichte, um ihn wach zu halten. Im Zelt roch es säuerlich nach Schweiß und Ausdünstungen. Lukas hoffte, dass seine Nase sich schnell genug daran gewöhnen würde, denn in den folgenden langen Tagen und Nächten würde es bestimmt nicht besser werden.

Als er die vertraute Silhouette im Zelteingang erblickte, war Lukas fast erleichtert. Sofort richtete er sich auf.

«He, Lukas, komm!»

Es war Giacomo, der sein Lager ebenfalls hier aufgeschlagen hatte, aber noch in volle Montur gekleidet war, mit der einfachen Brustplatte, die er von den Venezianern erhalten hatte, und sogar den unbequemen Helm mit dem Wangenschutz, der nur Augen, Nase und Mund frei ließ, hatte er nicht abgesetzt.

«Was ist?»

«Wir brauchen noch Männer, um die Mauern auszubessern, bevor es morgen weitergeht.»

Lukas stöhnte. Das klang nach Steine schleppen, eine Tätigkeit, die er eigentlich für immer hinter sich lassen wollte.

«Und da hast du gleich an mich gedacht, was?»

«Dank deiner großen Erfahrung und deines breiten Kreuzes.»

Mit einem Fluch warf Lukas die dünnen Decken von sich und glitt in seine ledernen Beinkleider. Er schnallte sich den Waffengürtel um, doch als er nach Panzer und Helm greifen wollte, hielt Giacomo ihn ab, der bereits selbst seine Rüstung ablegte.

«Brauchen wir nicht, und wir werden schon schwer genug tragen.»

Gemeinsam verließen sie das Zelt. Ein Stück hinter dem Tor sah Lukas das kaiserliche Zelt, in dem noch Licht schien. Vermutlich saßen dort die hohen Herren zusammen und berieten sich, bei einem guten Becher Wein und ausgewählten Spezereien. Sie mussten sicher keine Steine schleppen.

Auf den Mauern war schon eine ganze Schar versammelt, die von einigen Steinmetzen eingeteilt wurde. Eine Kette wurde gebildet, und Körbe mit Baumaterial wanderten an ihr entlang, bis sie jene erreichten, die die gröbsten Schäden flicken konnten. Es war eine gespenstische Prozession dort im flackernden Schein einiger Laternen, Männer mit müden Gesichtern, die dennoch ihr Bestes gaben.

Die Arbeit war weniger hart als erwartet, aber als sie nach Stunden entlassen wurden, schmerzten Lukas dennoch die Arme und seine Schultern.

«Ich war heute in der Villa», erklärte Giacomo, als sie zum Zelt zurückkehrten, «kurz nach Sonnenuntergang.»

Lukas hielt inne.

«Und?»

«Es geht allen gut. Aber es sind nur die Frauen und der Alte dort. Bojan ist irgendwo im Norden der Stadt stationiert, heißt es, am Kaligaria-Tor, da wo dieser seltsame Deutsche das Kommando hat.»

Als er das hörte, musste Lukas grinsen. Vermutlich schmeckte es Bojan kein bisschen, seine Befehle von einem Deutschen entgegenzunehmen. Obwohl, wie er so darüber nachdachte, vermutlich mochte Bojan von niemandem Befehle erhalten.

«Und Alexia?», fragte Lukas und bemühte sich, möglichst unbefangen zu klingen.

«Sie war heute mit den anderen in der Kirche, um für uns zu beten und den Segen der Jungfrau für die Mauern zu erflehen.»

Das beruhigte Lukas ein wenig. Auch wenn ihr noch keine Gefahr drohte, so war er doch in ständiger Sorge um sie, vor allem, da er nun nicht mehr in ihrer Nähe sein konnte.

Im Zelt hatte das allgemeine Schnarchen noch zugenommen, aber nach der Anstrengung sank Lukas schließlich doch noch in einen unruhigen, von düsteren Träumen geplagten Schlaf, der im ersten Morgengrauen von lautem Kanonendonner jäh beendet wurde.

Mit verklebten Augen erhob er sich, gähnte ausgiebig, bevor er seine schmerzenden Glieder streckte, in denen noch die Anstrengung von gestern steckte.

«Können die Hundesöhne nicht wenigstens kurz Ruhe geben?»

Giacomo steckte seine Nase aus seinem Lager und rieb sich die Augen.

«Komm, auf. Heute wird etwas geschehen, das habe ich im Gefühl», verkündete Lukas und erhob sich. Vor dem Zelt stand ein kleiner Eimer mit frischem Wasser, aus dem er zwei Handvoll schöpfte und sich ins Gesicht spritzte, bevor er sich das kühle Nass unter seinem Hemd über den Körper rieb. Der Himmel war klar, aber noch war die Welt in das Grau des anbrechenden Tages getaucht. Lukas atmete tief ein. Der Wind von See hatte die schlimmsten Gerüche vertrieben, es lag Salz in der Luft. Er nahm es als gutes Zeichen.

«Hilf mir mal», bat Giacomo, als Lukas in das Zelt zurücktrat. Der Venezianer zeigte Lukas seine Seite, wo die Schnallen seines Brustpanzers herabhingen. Lukas schloss sie mit geübten Bewegungen. Danach machte er sich selbst daran, seine Kleidung und schließlich seinen Panzer anzulegen, bei dem ihm nun im Gegenzug Giacomo half. Zuletzt packte er den großen Schild, den Symeon Hyakos ihm persönlich überreicht hatte, ein uraltes, schweres Monstrum aus dickem, mit Eisen bebändertem Holz. Vorne war er mit Leder bespannt, auf das schwarz auf rot zwei aufrecht stehende Löwen gemalt worden waren. Ein altes, längst vergessenes Wappen, wie passend für ihn.

Derart gerüstet und gegürtet, schritten sie zu der inneren Mauer, durchquerten das Tor und erklommen die Stufen der äußeren Mauer.

Einige Soldaten hatten sich schon auf ihr versammelt, andere kamen so wie sie gerade erst an. Hier und da wurden Begrüßungen gemurmelt, Italienisch, Griechisch, Fränkisch, ein wildes Gemisch.

Lorenzo stand heute nicht auf dem Turm, sondern auf dem angrenzenden Mauerabschnitt. Er begrüßte die beiden mit einem Nicken.

«Wie sieht es aus?», erkundigte sich Lukas.

«Sieh selbst.»

Lukas ließ seinen Blick über die Front der Osmanen

wandern. Das Zeltlager war bereits erwacht, und es herrschte emsige Betriebsamkeit. Viele Kochfeuer brannten, Soldaten liefen umher, Wagen fuhren durch die breiten Gassen zwischen den einzelnen Zeltgruppen, immer wieder wurden Wimpel erhoben, wohl um Befehle weiterzugeben. Die Artilleristen wuselten um ihre Kanonen wie Ameisen über ihren Hügel.

Da ihnen noch keine Gefahr drohte, lehnte sich Lukas über die Brüstung der Mauer und begutachtete die Schäden. Dort, wo sich der Beschuss konzentriert hatte, waren nur noch Fetzen von den riesigen Strohsäcken übrig. Steine waren abgeplatzt, ein Teil nach unten weggebrochen und lag nun als Geröll und Schutt zu Füßen der Mauer. Aber die Beschädigungen wirkten hauptsächlich oberflächlich.

Lorenzo strich mit der behandschuhten Hand über die Zinne.

«Sie hält.»

Lukas nickte. Er unterdrückte ein Gähnen und lehnte sich an die Mauer. Ob die Osmanen genauso müde waren wie er? Hatten sie auch Hunger? Sehnten sie sich nach einem offenen Kampf?

Zumindest die letzte Frage schien sich zu beantworten, als er sah, wie sich viele von ihnen jenseits ihres Walles versammelten. Jetzt hörte man auch Befehle herüberwehen, sah Offiziere zwischen ihnen hindurchschreiten.

Vor dem Zelt des Sultans hatte sich eine große Gruppe versammelt. Sie waren zu weit entfernt, um Einzelheiten erkennen zu können, doch Lukas spürte die Aufmerksamkeit des Herrschers auf der Mauer und auch auf sich ruhen.

«Gleich geht es los», murmelte er. Lorenzo und Giacomo gaben es leise weiter, die Nachricht verbreitete sich wie ein Lauffeuer entlang der Mauer.

Quälend langsam begann der Aufmarsch der osmanischen Truppen. Nach dem beeindruckenden Schauspiel gestern wirkte er ungeordnet und schlecht durchdacht. Es gab Zusammenballungen von Hunderten von Kriegern, dafür waren zwischen ihnen große Lücken. Immer wieder spähten einige zwischen den Astgeflechten hindurch, und Lukas erkannte, dass sie nur leicht gerüstet waren. Ihre Kleidung wirkte anders als die der Osmanen, die er zuvor gesehen hatte.

«Serben, Ungarn, Böhmen», knurrte Lorenzo und bestätigte damit Lukas' Vermutungen. «Der Sultan schickt zuerst seine Hunde in die Schlacht.»

Mehr und mehr Verteidiger versammelten sich auf den Mauern. Den Peribolos entlang kamen Genuesen aus dem Norden, angeführt von Giustiniani Longo, der auf einem prächtigen Pferd ritt. Läufer kamen auf die Mauer, riefen leise alle Italiener hinab. Lukas folgte ihnen, auch wenn er offiziell weder zu den Genuesen noch zu den Venezianern gehörte, aber er fühlte sich ihnen mehr verbunden als den Griechen, schon allein durch Giacomo und seine Freunde.

Einige hundert Männer waren schließlich in dem schmalen Streifen zwischen den Mauern versammelt, so dicht gedrängt, dass immer wieder Metall über Lukas' Brustpanzer schabte. Keiner sprach, alle sahen sie erwartungsvoll zu Giustiniani Longo, der in ihrer Mitte stand.

«Der Feind macht sich bereit», erklärte der Genuese

schließlich. «Und wir sollten ihm einen guten Empfang bereiten. Wir dürfen nicht zulassen, dass er sich direkt vor den Toren einnistet, denn dann ist es nur eine Frage der Zeit, bis er einen Weg gefunden hat, sie zu überwinden.»

Einige Männer grinsten, doch die meisten blickten ernst.

«Wir gehen in zwei Abteilungen, eine durch das vierte Militärtor, die andere durch das fünfte. Wir nehmen sie am Graben in Empfang und schicken sie mit blutiger Nase zurück zu ihrem Herrn, damit er sieht, aus welchem Holz wir geschnitzt sind.»

Lukas wurde kalt. Mit einem Ausfall hatte er nicht gerechnet.

«Lorenzo, du nimmst die Männer im Süden, ich führe die nördliche Abteilung.»

Der Veteran nickte. Sofort begannen die Männer, sich aufzuteilen. Lukas fand sich unter Lorenzos Kommando wieder, ebenso wie Giacomo, Virgilio und Girolamo, die ihm auf die Schulter klopften.

«Glückwunsch, jetzt bist du Ehren-Italiener!»

«Warte erst mal ab, wie er sich schlägt», feixte Virgilio.

«Wieso, wenn er sich tapfer schlägt, beansprucht Venedig ihn als seinen Sohn. Läuft er dagegen wie ein Hase, ist er wohl offenbar Genuese.»

Dies brachte ihm von den umstehenden Söldnern finstere Blicke ein, die er jedoch mit einem breiten Grinsen quittierte.

«Nun habt euch nicht so. Ist das der weitgerühmte Humor der Genuesen? Oder entschwindet der im Augenblick der Schlacht?»

Bevor jemand antworten konnte, rief eine Stimme über ihnen: «Sie kommen!»

Lukas atmete durch und zog sein Schwert. Jetzt war es so weit. Er versuchte, nicht daran zu denken, dass er eigentlich kein Krieger war. Und vor allem, dass er noch nie einen Mann getötet hatte. Der Schild hing schwer an seinem Arm. Obwohl es noch kühl war, sammelte sich Schweiß auf seiner Stirn.

«Nur ein Narr hat keine Angst», flüsterte Lorenzo ihm zu, als könnte er seine Gedanken lesen, dann drängelte er sich durch die Männer bis zum Tor durch. Einige bange Augenblicke verstrichen, dann erklang eine Trompete, und das Tor wurde für sie geöffnet.

Die Masse der Soldaten strömte hindurch, und obwohl es nur so breit war, dass zwei Mann nebeneinander hinausstürmen konnten, gab es keine Verzögerungen. Mit großer Disziplin, ohne Drängeln oder Unordnung liefen die Söldner hinaus.

Von einem Herzschlag auf den nächsten fand sich Lukas im Freien wieder, jenseits der schützenden Mauer. Dies würde kein Übungskampf werden mit stumpfen Klingen. Um ihn herum stürmten die Verteidiger auf den Graben zu, und Lukas tat es ihnen gleich. Voraus donnerte es, doch es waren keine Kanonen, sondern Handbüchsen, die auf sie abgefeuert wurden.

Ein Mann neben Lukas schrie auf, wurde zur Seite gewirbelt, überschlug sich und blieb liegen. Lukas achtete kaum auf ihn. Jenseits des Grabens waren ihre Feinde, eine Masse von Leibern, die sich über die offene Fläche wälzte. Sie mochten das Zehnfache der Söldner zählen, doch auf Lukas wirkten sie wie die ganze Armee der Osmanen.

Die Ersten waren schon am Graben angekommen, sprangen hinein, wollten die andere Seite erklimmen, wo es eine brusthohe Mauer gab, hinter der die Verteidiger Aufstellung nehmen würden. Einige schafften es über die Mauer. Dann kamen die Söldner über sie.

Lukas sprang vor, ein hellhäutiger Mann mit dichtem Schnauzbart stieß einen Speer nach ihm. Lukas glitt zur Seite weg, die Spitze glitt über seinen Schild, die eigene Klinge beschrieb einen langen Bogen, grub sich in die ungeschützte Flanke des Mannes, der nach hinten zurück in den Graben fiel.

Mehr Schüsse ertönten, diesmal auch hinter ihnen, als die Verteidiger der Mauern die Schützen der Feinde aufs Korn nahmen. Pfeile und Bolzen segelten über sie hinweg, schlugen zwischen ihnen ein, prallten gegen die Mauer, durchschlugen Rüstungen, bohrten sich in Fleisch, rissen Soldaten in den Tod.

Giacomo trat einem jungen Burschen ins Gesicht, der aus dem Graben klettern wollte, sodass er mit lautem Platschen zurückfiel. Einer stürmte von der Seite auf den Venezianer zu, doch Lukas sprang ihm in den Weg, fing den Hieb der Axt mit dem Schild ab, stieß mit dem Schwert zu, doch es fand nur den runden Schild des Gegners. Giacomo war damit beschäftigt, mehrere Angreifer daran zu hindern, die Grabenwand zu erklimmen. Lukas stellte sich Rücken an Rücken mit ihm, sah seinen Feind heranstürmen. Er war bullig, sicherlich kräftig, wenn auch klein gewachsen, der Großteil des Gesichtes hinter einem buschigen Vollbart verborgen, ein einfacher Helm, kaum mehr als eine Metallkappe auf seinem Schädel.

Wieder raste die Axt auf ihn zu, diesmal schlug Lukas

sie mit der Klinge zur Seite, drehte sich in den Angriff und riss den Schild hoch. Die Kante kratzte über den Schild des Feindes, schlug ihn nach hinten und traf den Mann dann an der Wange. Er taumelte zurück, die Axt entglitt seinen Händen, doch bevor Lukas nachsetzen konnte, waren da zwei weitere.

Die Gegner waren kaum gerüstet, selten mehr als ein Helm, trugen wild durcheinandergewürfelte Waffen und Schilde und schienen aus aller Herren Länder zu stammen.

Dann war Giacomo an Lukas' Seite, und Virgilio griff die Flanke der beiden Gegner an. Zu dritt trieben sie sie vor sich her, einer fiel durch einen Stoß von Giacomo, der andere suchte sein Heil in der Flucht und sprang in den Graben.

Mit einem Mal war das Scharmützel vorbei. Die gegnerischen Truppen zogen sich zurück, ließen ihre Toten und Verwundeten liegen und rannten Hals über Kopf zu den eigenen Reihen.

Lukas hob sein Schwert und rief ihnen laut seinen Triumph hinterher. Die Söldner schrien und lachten, forderten mehr Feinde, echte Gegner. Selbst die Bogenschützen und Arkebusiere der Osmanen verschwanden wieder hinter den Wällen, als sie ihre eigenen Leute auf sich zuflüchten sahen.

«Denen haben wir es gezeigt!» Giustiniani Longo trat zu Lorenzo und klopfte ihm auf die Schulter. «Gut gemacht, alter Freund.»

Lukas holte tief Luft. Er stand vornübergebeugt und keuchte. Jetzt, da die Aufregung der Schlacht von ihm abfiel, spürte er, wie viel Kraft sie ihn gekostet hatte.

«Ohne diese Hurensöhne hier wäre das nicht geglückt», erwiderte Lorenzo und wies auf seine Soldaten. «Allein der Deutsche da hat ein halbes Dutzend erschlagen!»

Giustinianis Blick ruhte auf Lukas, der sich sogleich aufrichtete.

«Ein Deutscher, eh? Gute Arbeit, mein Junge.»

«Nicht besser als die jedes anderen hier», brachte Lukas hervor, was dem Söldnerführer ein Grinsen entlockte.

«Hätte ich nicht gewusst, dass du kein Genuese bist, jetzt wäre es mir bewusst. Bescheidenheit ... eine seltene Zier für einen Soldaten.»

Er nickte Lukas zu, warf dann einen prüfenden Blick über den Graben hinweg. Lukas sah, dass sich erneut Truppen formierten. Diese Soldaten wirkten organisierter, ihre Banner waren eindrucksvoll.

«Rückzug! Nehmt unsere Verwundeten und Toten mit! Von den Hunden lasst keinen am Leben!»

Sofort begannen die Söldner wieder mit ihrer Arbeit. Der Moment des Sieges währte nur kurz. Lukas wollte den Schild auf seinen Rücken binden, um mit anpacken zu können, und sah, dass ein Armbrustbolzen direkt unterhalb der Kante in ihm steckte. Verwundert starrte er das Geschoss an. Er hatte nicht einmal bemerkt, dass es eingeschlagen war. Ein Stück höher, und es wäre ihm in den Hals oder den Kopf gefahren.

«Komm», rief Giacomo, der einem verwundeten Söldner aufhalf und den schreienden Mann auf die Beine zerrte. Etwas weiter entfernt kniete Virgilio neben einem gefallenen Feind und trieb ihm seelenruhig seinen Dolch in die Brust. Es roch nach Blut und Schweiß, nach Angst und Exkrementen. Im Graben trieben die Leichen ihrer Feinde, einige hatten es verwundet darüber hinaus geschafft und krochen nun fort von dem Ort des Schreckens. Überall ertönten Schreie, ein Mann flehte laut die Jungfrau Maria an, ihn doch zu erlösen, jenseits des Grabens schluchzte eine helle Stimme.

Lukas schloss sich Giacomo an, packte den anderen Arm des Verwundeten, der glitschig von Blut war, und gemeinsam trugen sie ihn zurück zum Tor. Der Mann schrie unablässig, aber sie konnten nichts für ihn tun, außer ihn in Sicherheit zu schaffen.

Das erste Aufeinandertreffen der Armeen hatte den Verteidigern einen Sieg geschenkt, und sie hatten für jeden Gefallenen fünf oder mehr Feinde erschlagen. Doch Lukas fragte sich, wie viele solcher Siege sie verkraften konnten.

Kapitel XXVI

Konstantinopel

Frühjahr 1453

Es war kaum zu fassen, woran sich ein Mensch gewöhnen konnte. Selbst das Donnern der Kanonen, die regelmäßig weiterschossen, war für Lukas inzwischen zu wenig mehr als einem ständigen Hintergrundgeräusch seines Lebens geworden. Die Geschütze spien Feuer, die Erde bebte, die Mauern erzitterten, aber es rührte ihn kaum noch. Sie hielten die Mauer und beobachteten die fortwährenden Anstrengungen der Osmanen, sich ihr zu nähern. Selbst in den wenigen Tagen seit Beginn der Belagerung hatte Lukas an fünf oder sechs Ausfällen teilgenommen, die alle zum Ziel hatten, die vordersten Verteidigungsanlagen zu halten. Er konnte nicht mehr sagen, wie viele Feinde er getötet haben mochte. Seine Erinnerungen an diese Kämpfe waren ein einziges, großes Durcheinander.

Als die Kanonen schließlich verstummten, war es die Stille, die ihn unruhig werden ließ. So sehr hatte er sich an ihren Rhythmus gewöhnt, dass er aufhorchte, als die erwartete Salve ausblieb.

Überrascht kroch er aus dem Zelt und sah zur Mauer hoch, doch die Soldaten dort schienen nicht besorgt zu sein.

«Lukas!»

Die Stimme ließ ihn herumfahren. Alexia stand zwischen den Zelten, gewandet in ein einfaches Kleid und ein langes grünes Tuch über Schultern und Haar gelegt. Inmitten des Heerlagers wirkte sie so fremd und schön, dass Lukas einen Moment glaubte, sie sei nur eine Vision. Doch sie lief auf ihn zu und fiel ihm um den Hals. Ihre Berührung und ihre Wärme ließen jeden Zweifel daran vergessen, ob sie real war. Er drückte sie an sich, genoss ihre Nähe für einen Moment, doch dann schob er sie von sich.

«Wir ... wir haben gekämpft», erklärte er und sah beschämt auf seine schmutzige Kleidung. Dunkle Flecken zeichneten sich im Stoff des Hemdes ab, Schlamm, aber auch Blut, sein eigenes und das der Feinde. Sein Bart war wild gewachsen, und er konnte sich nicht erinnern, wann er sich zum letzten Mal richtig gewaschen hatte.

«Ich weiß. Ich habe für dich gebetet, Tag und Nacht», erklärte sie. «Man sagte mir, du seist bei jedem Angriff dabei gewesen.»

Lukas konnte nicht sagen, ob ihre Stimme erfreut oder vorwurfsvoll klang; vielleicht eine Mischung aus beidem.

«Sie versuchen, Gräben bis zu den Mauern zu legen», berichtete er. «Dann können sie zum Sturm vorrücken, ohne dass wir sie unter Beschuss nehmen können. Das müssen wir, so gut es geht, verhindern. Im Schutz der Gräben können auch Mineure arbeiten, Tunnel bis zu den Mauern graben und sie mit Sprengstoff einreißen. Nein, wir müssen sie für jeden Fußbreit Boden, den sie sich nehmen wollen, bezahlen lassen. Der Schutz dieser Stadt, dieser Mauern, beginnt nicht erst hier.»

Lukas wies in Richtung des Lagers der Osmanen.

«Er beginnt dort draußen.»

Er rieb sich über das Gesicht. Die kurze Nachtruhen und die anstrengenden Tage leisteten ihr Werk an ihm, da war er sich sicher.

«Du solltest nicht hierherkommen», stellte er fest. «Es ist zu gefährlich.»

Sie blickte sich im Lager um. Überall saßen müde Soldaten, einige schliefen einfach auf dem matschigen Boden, der von unzähligen Stiefeln aufgewühlt war. Kaum jemand beachtete sie.

«Ich musste dich sehen.»

Die Worte zauberten ein Lächeln auf sein Gesicht.

«Und ich freue mich sehr, dass du hier bist», erwiderte er. Er trat wieder einen Schritt näher an sie heran.

«Kannst du einen Moment mit mir gehen?»

Den halben Tag hatte er auf der Mauer verbracht, jetzt stand ihm etwas Ruhe zu. Die Kanonen schwiegen, und es schien kein Angriff zu drohen. Sie hakte sich bei ihm ein und führte ihn fort aus dem Zeltlager.

«Vater hat Gerüchte gehört. Der Sultan soll einige Festungen an der Küste eingenommen haben. Es ist schwierig, genaue Informationen zu bekommen.»

Lukas musste an den Anblick denken, der sich ihm heute Morgen geboten hatte, als er auf die Mauer gestiegen war. Reihen um Reihen von Pfählen, direkt vor den Gräben der Osmanen. Auf diesen Pfählen die nackten

Leiber von Männern, aufgespießt wie Stücke Fleisch. Vierzig waren es gewesen, alle bereits tot, gnädigerweise, Warnung und Drohung an die Verteidiger der Stadt. Noch immer wurde ihm flau im Magen, wenn er daran dachte.

«Ich habe davon gehört.»

Mehr sagte er nicht. Es gab keinen Grund, dieses schreckliche Erlebnis mit jenen zu teilen, die es nicht selbst gesehen hatten. Ebenso wenig wollte er von den Gefechten erzählen, die Tag für Tag stattfanden. Er wünschte, er selbst könne die Erinnerungen vergessen, und wollte sie niemandem auflasten, am allerwenigsten Alexia.

«Müsst ihr noch oft hinaus?»

Jetzt schwang Sorge in ihrer Stimme mit. Lukas blickte sie an, und er sah sie auch in ihren Augen.

«Es ist schrecklich zu warten», fuhr sie fort, nur um hastig hinzuzufügen: «Natürlich müsst ihr kämpfen, jedoch ...»

«Hauptmann Longo hat die Ausfälle eingestellt», unterbrach sie Lukas. «Wir haben zu viele Männer verloren, obwohl wir ihnen noch mehr Verluste zugefügt haben. Ab jetzt müssen wir uns auf die Mauern und Tore verlassen.»

Er verschwieg, dass er sich freiwillig für noch einen weiteren nächtlichen Ausfall gemeldet hatte, für den die Genuesen noch Männer suchten.

Ein einzelner Kanonenschuss ertönte aus nördlicher Richtung. Inzwischen konnte Lukas dieses Donnern zuordnen; es war eines der langen Rohre der genuesischen Bocchiardi-Brüder, das oben beim Palast das Feuer der Osmanen erwiderte, mit großem Erfolg, wie einige

Söldner stolz berichtet hatten. Alexia jedoch zuckte zusammen.

«Das war eine der unseren», beruhigte er sie. «Nun genug von mir. Wie ist es dir ergangen?»

«Ich komme zurecht», erklärte sie. «Ich versuche zu helfen, so gut ich kann. Die Menschen haben Angst. Sie versammeln sich in den Kirchen und beten. Einige glauben, die Apokalypse sei über uns gekommen.»

Lukas verstand sie gut. Wer den Beschuss erlebte, konnte glauben, dass das Ende aller Tage gekommen war. Die Erde erbebte unter dem Zorn der Kanonen, Stein zerbrach unter ihrem Ansturm, gestandene Krieger kauerten sich ängstlich zusammen. Wie viel schlimmer musste es für jene sein, die gar nichts tun konnten, außer zu warten?

Er ergriff Alexia, zog sie in den Schatten eines Torbogens, schloss sie in seine Arme. Er spürte seine Hände zittern.

Ihre Lippen fanden sich, suchend, wild, begierig. Er wollte sie spüren, wollte ihr Leben spüren, sich des seinen vergewissern. Einfach alles andere vergessen, Blut und Tod hinter sich lassen, wenigstens für diesen einen flüchtigen Augenblick.

Dann lösten sich ihre Lippen widerwillig. Er legte ihr die Hände auf die Schultern.

«Du musst mir versprechen, dass du nicht in der Stadt bleibst.»

Sie sah ihn verwundert an.

«Ich meine, falls es geschieht ... falls die Mauern fallen. Der Sultan wird die Stadt plündern. Du, deine Familie, ihr müsst vorher aus der Stadt verschwinden.»

«Und wohin sollen wir gehen?»

«Galata. Noch ist das Goldene Horn unser. Des Sultans Flotte kommt nicht über die Kette, also ist der Weg zu den Genuesen sicher. Ihre Angriffe von See wurden alle abgewehrt. Ihr habt Geld, ihr könnt euch dort Schutz erkaufen.»

«Selim wird ...»

«Vergiss das», bat er sie eindringlich. «Falls der Feind durchbricht, wird sich sein Heer in die Stadt ergießen, Abertausende Soldaten. Sie werden ...»

Er sprach nicht weiter. Die Vorstellung war zu schrecklich. Er hatte mit eigenen Augen gesehen, was Männer im Kriege taten. Sie durften einfach nicht versagen.

«Glaubst du denn nicht an einen Sieg?»

Lukas zögerte einen Herzschlag. Er wusste nicht, woran er glauben sollte, schwankte zwischen Hoffnung und Verzweiflung. Bislang hatten sie jeden Angriff abgewehrt, und das Bombardement hatte der Mauer keinen schlimmen Schaden zugefügt. Aber er wusste auch, dass sich die Belagerung noch lange hinziehen konnte. Bislang hatte der Feind nicht mehr als leicht gerüstete Milizen eingesetzt, die zwar wild kämpften, aber über wenig Erfahrung verfügten. Jeder Angriff war eine Probe, eine Prüfung ihrer Standhaftigkeit und Wachsamkeit. Doch die wahren Herausforderungen lagen noch vor ihnen.

«Ich sage nur, falls es geschieht. Sei dann nicht in der Stadt, ich bitte dich.»

Die Eindringlichkeit seiner Worte schien sie zu erreichen. Sie biss sich auf die Unterlippe.

«Aber was ist mit dir?»

Eine Frage, die er sich seit Tagen nicht mehr zu stellen

wagte. Er hatte eine Aufgabe, ein Ziel, und das war alles, woran er denken mochte.

«Ich werde es schon schaffen», behauptete er ohne große Zuversicht.

Sie legte die Hände auf die seinen und hielt sie fest. Lange standen sie sich so gegenüber, sahen sich in die Augen. Worte taten nicht mehr not, es bedurfte ihrer nicht, um zu verstehen, was sie empfanden.

Glocken läuteten in der Stadt. Alexia sah an ihm vorbei.

«Ich weiß, dass es vielleicht töricht klingt, Lukas, aber sei bitte vorsichtig. Ich kann dich nicht verlieren.»

«Wir werden das alles überstehen», gab er ein Versprechen, das er unmöglich aus eigener Kraft halten konnte. Dann küsste sie ihn noch einmal und huschte davon. Er blieb stehen, bis das Gefühl ihrer Lippen auf den seinen vollkommen erloschen war, bevor er ins Lager zurückkehrte. Da er zu aufgewühlt war, um zu ruhen, ging er direkt zur Mauer. Er hielt sich nicht einmal damit auf, seinen Panzer oder Helm anzulegen, sondern legte nur den Waffengurt an und erklomm die Treppen zur inneren Mauer.

Eine Gruppe griechischer Soldaten, hauptsächlich Milizionäre, hatte es sich nahe dem Turm gemütlich gemacht. Einer stand auf seine Hellebarde gestützt und beobachtete das Lager der Osmanen, während die Übrigen hinter der Brüstung saßen und mit Astragalen spielte, den kleinen Knöchelchen, meist von Schafen oder Ziegen, die wie Würfel genutzt wurden.

«Was gibt es?», erkundigte sich Lukas bei der Wache, einem jungen Kerl, der sich verzweifelt bemühte, einen

Bart wachsen zu lassen, jedoch nur einen dünnen Flaum vorweisen konnte.

«Sie machen irgendwas mit den Kanonen. Aber ich kann es von hier nicht gut sehen.»

Lukas nickte ihm zu und erklomm die letzte Treppe zum Turm. Hier hatte eine Handvoll Armbrustschützen aus Genua Stellung bezogen, dazu ein Arkebusier, der sich seiner eigenen Wichtigkeit so sicher zu sein schien, dass er Lukas nicht einmal begrüßte, als der ins Licht trat.

Von hier oben konnte Lukas sehen, dass der griechische Soldat recht hatte. Die Kanonen waren verstummt, aber die Artilleristen ruhten nicht. Ochsen waren herbeigeholt worden, große Gestelle errichtet, Dutzende von Männern standen mit Seilen in der Hand bereit.

«Sie suchen neue Stellungen», erklärte der Arkebusier. Lukas nickte. Doch da war noch mehr im Gange. Oben am Zelt des Sultans waren auch Soldaten und Arbeiter in großer Zahl versammelt. Ein langes Ochsengespann kam in Sicht, Dutzende Tiere zogen etwas durch den Schlamm auf die Hügelkuppe. Rufe waren zu hören, Soldaten begleiteten den Transport, auch sie zogen an dicken Tauen. Was immer sie da heranschafften, es musste unfassbar schwer sein.

Langsam kam es in Sicht. Eine Art Schlitten, auf den ein hohes Gestell gebaut worden war, in dem ein Geschütz hing. Lukas traute seinen Augen kaum. Das Kanonenrohr war riesig. Dagegen wirkten die anderen Geschütze der Osmanen wie dünne Zweige.

«Heilige Mutter Gottes», hauchte der Arkebusier. «Welche Teufelei ist das?»

Lukas wusste keine Antwort. Das Geschütz war ein

Monstrum, das sich auch unter den größten Anstrengungen dieser Masse von Menschen nur sehr langsam bewegte.

Alarm wurde gegeben, Soldaten kamen auf die Mauer, beobachteten das Schauspiel, unfähig, etwas dagegen unternehmen zu können.

Lorenzo und Giacomo kamen zu Lukas, ebenfalls ohne Panzer und Helme, die Haare noch wirr vom Schlaf.

«Deshalb schweigen die Kanonen», stellte Lorenzo grimmig fest. «Sie brauchen jeden Mann, um ... das da zu bewegen.»

An der Batterie im Süden war zwischen den Geschützen Platz geschaffen worden, und eine weitere große Kanone kam in Sicht, kleiner als jene vor dem Zelt des Sultans, aber immer noch riesig.

«Ich glaube, wir müssen uns nicht mehr fragen, wo der Hauptschlag erfolgen wird», stellte Lukas trocken fest. «Sie wollen das Sankt-Romanus-Tor.»

Ohnmächtig mussten sie mit ansehen, wie die beiden gewaltigen Geschütze langsam, aber unaufhaltsam direkt vor ihnen in Stellung gebracht wurden. Vier Batterien standen nun ihrem Mauerabschnitt gegenüber.

«Dies muss die Königin aller Geschütze sein», stellte Lukas fest. «Oder habt ihr so etwas schon einmal gesehen?»

Alle schüttelten den Kopf.

«Die Basilika, die königliche Kanone des Sultans selbst», pflichtete Giacomo bei, und dieser Name verbreitete sich wie ein Feuer unter den Verteidigern.

Der Tag ging langsam ins Land, Zeit verstrich, doch während im Lager der Osmanen so viele arbeiteten, blieb den Verteidigern nur, ihnen zuzusehen.

Als die Sonne sich schon zum Abend senkte, waren beide Geschütze an ihren Plätzen, thronten wie Ungeheuer. Hölzerne Palisaden wurden vor ihnen errichtet, mit großen Klappen darin.

Schon wagte Lukas zu hoffen, dass es am heutigen Tage zu spät sein würde, doch dann öffnete sich die Klappe vor der Basilika. Alle wurden still. Die schwarze Mündung starrte sie bedrohlich an. Die Artilleristen wirkten neben der Kanone lächerlich klein. Einer trat vor und legte Feuer an die Lunte.

Ein paar quälende Sekunden später erbebte die Erde. Die Kanone brüllte auf, lauter als alles, was Lukas je gehört hatte. Sie spie Flammen und Rauch. Die gewaltige Kugel schoss heraus und schlug mit ungeahnter Heftigkeit ein. Der Schuss war gut. Er traf die Mauer neben dem Tor, und das gewaltige Geschoss durchschlug sie wie Papier, zertrümmerte Stein und Ziegel, ließ die gesamte Mauer erbeben. Kopfgroße Steine rasten durch die Luft, scharfe Splitter zerfetzten Fleisch und Knochen. Die unglücklichen Seelen, die dort gestanden hatten, wurden regelrecht zerschmettert. Die Schreie der Verwundeten waren über das tobende Bersten zu hören.

Als sich der Staub legte, sahen sie alle die Wirkung der Basilika. Das Loch, das sie ein paar Meter über dem Boden in die Mauer gesprengt hatte, war groß und tief.

Damit begann die eigentliche Bombardierung der Stadt.

Kapitel XXVII

Konstantinopel

Frühjahr 1453

Das Wasser im Graben war kalt. Es reichte Lukas bis zur Brust, drang unter seinen Panzer, umfloss seinen Leib. Die Osmanen hatten einen Teil der Ummauerung weiter im Süden eingerissen, weshalb das Wasser hier nicht mehr so hoch stand, bevor sie vom Pfeilhagel der römischen Bogenschützen vertrieben worden waren. Andere hatten eimerweise Erde, Steine und Unrat hineingeschüttet, doch waren in den letzten Nächten bereits Ausfälle gemacht worden, um den Graben wieder zu säubern.

Aber auch wenn jeder Vorstoß der Feinde zurückgeschlagen worden war, ein jedes Mal hatten sie ihre Gräben näher an die Stadt getrieben, hatten mehr Schaden angerichtet, die Verteidigung weiter geschwächt.

Doch jetzt war es an der Zeit, sie selbst das Fürchten zu lehren.

Neben sich spürte Lukas Giacomo mehr, als dass er ihn sah. Der Venezianer glitt lautlos durch das brackige Wasser. Überall um sie herum waren andere Söldner, die sich langsam und gewissenhaft vorarbeiteten.

Etwas schlug gegen Lukas' Bein, weich und nachgiebig, und er unterdrückte ein Keuchen. Mit einem beherzten Tritt schob er es fort. Er musste an den hellhäutigen Mann mit dem Speer denken, den er beim ersten Ausfall in den Graben gestoßen hatte. War er entkommen? Oder trieb er immer noch durch die trüben Wasser?

Dann endlich erreichte Lukas die gegenüberliegende Seite und zog sich hoch. Das Wasser floss an ihm herab auf den matschigen Boden.

Die Krieger bildeten kleine Trupps. Hinter Lorenzo liefen geduckt Virgilio und Girolamo, dicht gefolgt von Giacomo und Lukas. Sie erreichten den Graben der Osmanen, den sie in den letzten Wochen stetig vorangetrieben hatten. Nur noch vierzig Schritt trennten Angreifer und Verteidiger voneinander. Lautlos glitten sie der Reihe nach hinein. Es entging Lukas nicht, dass sie die Anlagen der Feinde für sich selbst nutzten, eine Ironie, die ihm grimmige Freude bereitete.

Vor dem Erdwall, der sich hinter dem Graben erhob, gingen sie auf Lorenzos Zeichen hin in die Hocke, verharrten so leise wie möglich. Lukas wagte kaum zu atmen. Jenseits des Walles und der Palisade konnte er Stimmen hören, ein leises Lachen, weiter entfernt sang jemand eine traurige Melodie. Keine fünf Schritt trennten sie von ihren Feinden.

Das Warten zog sich unerträglich lange hin. Noch hingen Wolken vor dem Mond, aber wenn sie aufrissen, wenn auch nur ein Feind aufmerksam war, einen Blick auf das Niemandsland zwischen Lager und Stadt warf – es war nicht auszudenken.

Schließlich kam ein Läufer an, ein junger Genuese, der

auf allen vieren zu Lorenzo kroch und ihm etwas ins Ohr flüsterte. Er nickte.

Alle Geräusche verstummten, und Lukas glaubte sie schon entdeckt, doch es waren nur seine Sinne, die ihm einen Streich spielten. Die anderen bewegten sich langsam, er spürte jeden seiner Herzschläge in rastloser Länge.

«Auf sie!»

Der Ruf kam von der Flanke, dort wo Giustiniani Longo mit seiner Abteilung stand. Lorenzo brüllte laut auf, warf sich gegen das Astgeflecht und riss es mit sich um. Die Genuesen strömten hinter ihm in den Graben der Osmanen, die Waffen gezückt. Diesmal trug Lukas keinen Schild, nur sein Schwert und einen Dolch im Gürtel.

Lukas sah die Überraschung in ihren Gesichtern – und das Entsetzen. Ein Soldat mit dem roten Turban der Azapi griff nach seinem Säbel, doch schon trieb ihm Giacomo die Klinge bis zum Heft in die Brust.

«Macht sie nieder! Keine Gnade!»

Aus hundert Kehlen wurde der Ruf beantwortet. Lukas fand sich in der Enge des Grabens wieder, umgeben von dunklen Gestalten, die wild miteinander rangen. Er duckte sich unter einem Faustschlag hinweg, drang auf einen Osmanen ein, der sich auf Virgilio geworfen hatte. Sein Schlag war unsauber, traf nur die Schulter des Mannes, der dennoch von Virgilio abließ und heulend zu Boden fiel.

Es war ein wildes Hauen und Stechen, gnadenlose Gewalt im Nahkampf Mann gegen Mann. Schon bald musste Lukas seinen Dolch zücken, da nicht genug Platz für sein Schwert blieb.

Unter seinen Füßen bewegte sich etwas, zuckte, wehrte sich, doch er stolperte weiter. Seine Kleidung war feucht und schlammverschmiert, klebte an seiner Haut. Eine Klinge glitt über seinen Brustpanzer, fand die Lücke an seinem Hals, schnitt über seine Haut. Er schrie auf, wollte zurückweichen, prallte gegen jemanden, ging zu Boden. Ein Fuß trat ihm auf das Bein, er warf sich herum, jemand stürzte sich auf ihn. Ohne hinzusehen, rammte Lukas seinen Dolch in den Leib, noch einmal, wieder und wieder, bis heißes Blut über seine Hände sprudelte.

Schwer atmend kam er hoch, die Knie waren weich, sein Hals brannte wie Feuer, der Dolch war ihm entglitten, zu glitschig vom Blut seiner Finger. Er wischte sie notdürftig an seinen Beinkleidern ab und tastete seinen Hals ab. Der Hieb schien ihn nur gestreift zu haben.

In der Ferne gab es Alarmrufe, Trompeten erklangen. Der Feind hatte den Kampfeslärm gehört, doch die Überraschung war komplett gewesen – die Soldaten hinter dem Graben waren alle niedergemacht geworden.

«Weiter!», peitschte Lorenzo sie an und sprang aus dem Graben hervor. Lukas tat es ihm gleich, obwohl sein Leib sich anfühlte, als könne er keinen Schritt mehr tun.

Sie rannten über den zerfurchten Boden, zwei Dutzend Soldaten, doch da waren noch mehr Gruppen, die ebenfalls vorstürmten.

Bei den Geschützen trafen sie auf ein paar Osmanen, die sich im flackernden Schein einiger Feuer eilig aufgestellt hatten. Sie trugen keine Rüstungen, doch sie fochten mit dem Mut der Verzweiflung, Rücken an Rücken.

Lorenzo stürzte sich mitten hinein. Ein Osmane ging zu Boden, Lorenzo prallte gegen zwei weitere und riss sie mit sich um. In die Lücke sprang Lukas, wild mit der Klinge um sich schlagend. Er traf einen Kopf, ein Speer schlug mit Wucht gegen seinen Panzer, trieb ihn zurück. Giacomo haute den Speer mit einem beidhändigen Schlag zu Boden, dann rammte er dem Feind seinen Ellbogen ins Gesicht.

Lukas hatte keine Zeit, sich zu bedanken. Mehr Gegner liefen heran, ein veritables Handgemenge entstand, kleine Gruppen von Söldnern und Osmanen tanzten tödlich umeinander.

Sein Schwert fand sein Ziel, trennte einen Arm ab. Der Feind starrte mit großen Augen auf den blutenden Stumpf, bevor ihn ein Beil am Kopf traf und er nach hinten kippte.

Lorenzo und Girolamo standen Seite an Seite, ebenso Giacomo und Lukas, deckten sich, hielten sich gegenseitig den Rücken frei. Weiter hinten schlug sich Virgilio mit zwei der Artilleristen. Lukas hatte alle Hände voll zu tun, seinen eigenen Balg zu schützen, doch er sah, wie ein Säbel in Virgilios Seite fuhr.

Mit erneutem Eifer warf sich Lukas auf seinen Gegner, trieb ihn mit einem furiosen Schlaghagel vor sich her, bis dieser über einen seiner gefallenen Kameraden stürzte. Lukas setzte nicht nach, sondern warf sich herum, rannte zu Virgilio, der in die Knie gegangen war, die Klinge nicht mehr in der Hand, das Gesicht zum Himmel erhoben.

«Nein!»

Ein Speer drang in Virgilios Kehle, stieß den Genuesen zurück. Der Feind wirbelte zu Lukas herum, doch der war schon heran, schlug ihm mit dem Knauf ins Gesicht, rammte gegen ihn und rollte über ihn hinweg. Der Aufprall trieb Lukas die Luft aus der Brust, doch er rappelte sich irgendwie auf, seine Füße rutschten über den schlammigen Boden, er wandte sich um und taumelte auf den Feind zu, sein Schwert zuckte vor und durchbohrte den Leib.

Lukas ließ die Klinge stecken und rutschte auf den Knien zu Virgilio. Der Freund hatte die Augen geöffnet, seine Lippen zuckten, und Blut strömte aus seinem Mund, färbte sein Gesicht in einer schaurigen Maske rot.

Dann erstarb das Licht in den Augen, jede Bewegung verschwand, und Lukas schlug mit der Faust auf den Boden.

«Nein!»

Widerwillig riss er sich vom Anblick des Toten los, denn um ihn herum dauerte der Kampf an. Er rappelte sich auf, ging einige unsichere Schritte zu der Leiche des Mannes, aus dessen Brust sein Schwert ragte. Seine Finger griffen wie von selbst das Heft, zogen es hervor.

Zwischen zwei kleinen Zelten sah er eine Bewegung. Ohne nachzudenken, lief er in die Richtung, duckte sich an einem Söldner vorbei, der einen Gegner mit bloßen Händen würgte, sprang in die Dunkelheit. Eine Gestalt floh vor ihm, stolperte jedoch über eines der gespannten Seile und stürzte zu Boden. Sofort war Lukas über dem Feind, hob das Schwert hoch über den Kopf.

«Gnade!»

Griechisch. Lukas zögerte. Er beugte sich herab, senkte die Spitze seiner Klinge auf die Kehle des Mannes.

Hinter ihm erstarb langsam der Lärm des Kampfes, dafür wurden die Geräusche aus dem Lager der Osmanen lauter und drängender.

«Lukas?»

Ungläubig blickte er auf den Gestürzten hinab.

«Woher kennst du meinen Namen?»

«Ich bin Selim. Die Galeere ... die Festung.»

Mit einem Mal verschwand die Wut, die Lukas beflügelt hatte, und er sank auf die Knie. Sein Atem ging stoßweise, er zitterte am ganzen Leib.

«Rückzug», kam der Befehl aus der Ferne, gefolgt von dem vereinbarten Trompetensignal. Lukas sah sich um. Einige Söldner kamen zwischen den Zelten durch, darunter Lorenzo und Giacomo. Er atmete erleichtert auf, als er seine Freunde sah.

«Was haben wir denn da? Hast du einen Gefangenen gemacht?», erkundigte sich Lorenzo, dessen Gesicht dunkel von Schmutz und Blut war.

«Das ist Selim», erklärte Lukas. Er wollte nur noch zurück in die Stadt, zurück in sein Zelt, wollte einfach nur schlafen.

«Nehmen wir ihn mit.»

Lukas erhob sich.

«Nein, wir sollten ihn laufen lassen», widersetzte er sich, was Lorenzo grimmig lachen ließ.

«Laufen lassen gibt es heute nicht. Tot oder gefangen, das sind die einzigen Möglichkeiten. Also, Kehle durch oder nicht?»

Lukas blickte auf Selim herab, von dem er wenig mehr als die hellen Augen sehen konnte, die zu ihm aufblickten. Der junge Mann war ein Paşa des Sultans, adlig und ein Teil der Kriegsgewalt, der sie sich gegenübersahen. Aber er konnte ihn nicht als Todfeind sehen, sosehr sein Geist ihm auch sagte, dass es am Ende er oder Selim heißen würde, sein Herz sagte etwas anderes. Er konnte ihn nicht kaltblütig töten.

«Dann kommt er mit.» Lukas beugte sich vor und streckte Selim die Hand entgegen. Der osmanische Adlige ergriff sie zögerlich, und Lukas hob ihn auf die Füße.

Der Weg zurück führte sie über den Schauplatz des Gemetzels. Überall lagen Tote, Verwundete sah er kaum. Sie hatten viele der Artilleristen überrascht. Wer nicht geflohen war, lag nun hier. Ebenso wie Virgilio, neben dem Girolamo stand, das Haupt gesenkt, das Antlitz von Gram gezeichnet.

«Komm, wir müssen zurück. Sie sind gleich hier», befand Giacomo leise.

«Nehmen wir ihn mit?»

Lorenzo schüttelte den Kopf, schien etwas sagen zu wollen, wandte sich dann aber nur ab. Lukas wusste, dass es richtig war, dass sie es sich nicht leisten konnten, die Toten mitzuschleppen, doch es fiel ihm schwer, sich von Virgilio abzuwenden.

Doch als die Rufe aus dem Lager plötzlich dicht hinter ihnen erklangen, blieb ihnen keine andere Wahl. Sie ergriffen die Flucht und rannten, so schnell sie konnten, zurück zum Graben. Selim lief in ihrer Mitte. Lukas wollte nicht über sein Schicksal nachdenken. Gefangene der verhassten Feinde erwartete für gewöhnlich Folter und Hinrichtung.

Sie hatten erreicht, wozu sie aufgebrochen waren, doch wie immer hatten sie einen hohen Preis dafür gezahlt. Viele blieben in dieser Nacht zurück.

Kapitel XXVIII

Konstantinopel

Frühjahr 1453

Wieder einmal rollte das Donnern der Basilika über die Stadt. Lukas zuckte nicht mehr zusammen, nicht einmal, als das Geschoss in die kläglichen Überreste der Mauer einschlug. Fünf Tage lang schoss die gewaltige Kanone nun schon auf die Mauer, und es zeigte Wirkung. Eine dreißig Fuß breite Bresche war entstanden, Teile der äußeren Mauer waren eingestürzt, ebenso zwei der großen und einer der kleinen Türme. Unter Giustiniani Longos Anleitung hatten Bürger der Stadt nachts behelfsmäßige Wälle errichtet, wenig mehr als Haufen aus Erde und Schlamm, mit gespitzten Pfählen, die zum Schutz vor Brandpfeilen mit Häuten und Fellen bespannt worden waren. Diese primitiven Verteidigungsanlagen waren nicht so imposant wie die Mauern, hielten dem direkten Beschuss aber erstaunlich gut stand, da die Kugeln einfach in das weiche Erdreich einschlugen und von ihm aufgenommen wurden.

Fast zwei Wochen war es her seit dem ersten Beschuss durch die kleinen Geschütze. Tag und Nacht donnerten die Kanonen, aufgestellt in mehr als zehn Batterien, und wenn sie pausierten, dann nur, weil ein Angriff bevorstand. Noch konnten die Osmanen stets wieder vertrieben werden, doch für jede Abwehr mussten die Verteidiger einen hohen Blutzoll entrichten.

Einmal hatten die Verteidiger gejubelt, als die Basilika bei einem Schuss wild bockte und der Lauf zersprang, doch die Osmanen hatten sie schnell wieder in Betrieb genommen, den Lauf mit Eisenbändern verstärkt und gesichert.

In den Tagen zuvor hatten die Verteidiger alles versucht, um die Mauern zu schützen. In der Nacht schütteten sie einen dicken Mörtel aus Ziegelstaub und Kalk zur Verstärkung darüber. Alle möglichen Ideen wurden ausprobiert, von Wollballen bis hin zu den kostbarsten Gobelins und Wandteppichen, die über die Mauer gehängt wurden, um die Wirkung der Geschosse zu reduzieren oder wenigstens zu verhindern, dass tödliche Splitter und Brocken in die Reihen der Verteidiger fuhren. Doch alles war vergebens.

Die Theodosianische Landmauer, fast ein Jahrtausend lang Garant der Sicherheit, hatte dem zornigen Angriff der osmanischen Geschütze nicht standgehalten. Und zu dieser Schmach kam noch eine weitere hinzu, denn die kläglichen Bemühungen der Verteidiger, das Feuer mit eigenen Kanonen zu erwidern, mussten eingestellt werden, da die Türme unter den Erschütterungen der Kanonenschüsse einzustürzen drohten. Ein Rohr, das größte im nördlichen Teil der Mauer, war zudem auch noch geplatzt, was vielen wie ein schlechtes Omen erschien, andere zu der Vermutung verleitete, dass die Geschützmeister der Stadt vom Sultan bestochen worden waren.

Doch vor allem zeigte sich, dass die Mauern aus einem anderen Zeitalter stammten, ein Fakt, der allen mehr und mehr bewusst wurde. Weder konnten sie den modernen Geschützen der Osmanen Widerstand leisten, noch konnten sie selbst Kanonen tragen. Sie waren antik. Gegen die wenigen Katapulte, die die Osmanen errichtet hatten, hielten die Mauern hingegen formidabel, doch dies war den Menschen von Konstantinopel kein Trost.

Da sich der Angriff der Osmanen auf das Sankt-Romanus-Tor konzentrierte, war Giustiniani Longo mit seinem gesamten Stab dorthin gezogen und leitete nun de facto die Verteidigung.

Lukas begrüßte dies, denn der Genuese war ein erfahrener Mann, dessen Strategien und Taktiken er vertraute.

Jeder auf der Mauer wusste, dass ein Sturm bevorstand. Die Artilleristen konzentrierten ihr Feuer nun auf die Bresche, versuchten, sie zu erweitern. Das gab zumindest den Verteidigern die Gewissheit, wo die Geschosse einschlagen würden.

Lukas stieg wieder auf den Turm, der in den letzten Tagen seine zweite Heimat geworden war. Er traf auf Giustiniani Longo, der mit einigen seiner Untergebenen an der Brüstung stand und sein Fernrohr über die Reihen des Feindes wandern ließ.

«Ah, der heldenhafte Deutsche. Komm her, Lukas. Wie viele Feinde hast du bislang erschlagen?»

Lukas rang sich ein Lächeln ab.

«Wenn man Lorenzo glaubt, die meisten», erwiderte er. «Aber wenn ich ehrlich bin: Ich weiß es nicht.»

«Das waren nur Geplänkel», erklärte der Söldnerführer ernst. «Die wahre Schlacht liegt noch vor uns.»

Lukas nickte. Es gab keinen Zweifel, dass alles bislang Geschehene kein Vergleich zu dem sein würde, was auf sie wartete.

«Willst du mal?»

Giustiniani Longo hielt ihm das Fernrohr hin. Lukas nahm es neugierig entgegen und hielt es sich ans Auge. Verblüfft beobachtete er die osmanischen Soldaten, die nun zum Greifen nahe schienen.

«Welch Wunder diese Welt kennt», murmelte er.

«Wohl wahr. Einige dieser Wunder stehen dort drüben und speien jeden Tag Tausende Pfund Gestein auf uns.»

«Was mag ein Geschoss der Basilika wiegen?», überlegte Lukas laut. Ein ganzes Heer von Kanonieren war damit beschäftigt, sie zu laden. Einige gossen eine Flüssigkeit über das Rohr, andere stießen mit langen Eisenstangen in die Mündung.

Die Geschosse selbst lagen abseits, große Steinkugeln, Lukas schätzte ihren Durchmesser auf drei Ellen oder sogar mehr.

«Tausend Pfund», erwiderte der Söldnerführer. «Aber das ist nur eine Schätzung. Wissen werden das nur die Artilleristen des Sultans. Und die armen Schweine, die sie in das Rohr hieven müssen.»

Genau dies ließ sich jetzt beobachten. Eine Kugel wurde auf zwei Hölzer gerollt, die mit Ketten verbunden waren, dann hob eine ganze Abteilung Männer diese empor. Selbst aus der Entfernung konnte Lukas sehen, wie ihre Beine unter dem Gewicht zitterten. Doch es gelang ihnen, die Kugel so bis vor die Mündung zu bugsieren und sie langsam in den Lauf rollen zu lassen.

Wieder stießen sie mit den Eisenstangen in die Mündung, drückten die steinerne Kugel bis auf den Pfropfen hinunter, der über dem Schießpulver lag. Erst als sie mit ihrer Arbeit zufrieden waren, begannen sie, das Geschütz wieder auszurichten. Dafür wurden Keile unter die Plattform geschoben, auf der das Rohr ruhte, immer wieder ging ein Mann in prächtiger Uniform um die Kanonen herum.

«Sie haben dazugelernt.»

Lukas setzte das Fernrohr ab und sah zu Giustiniani Longo.

«Inwiefern?»

«Anfangs haben sie versucht, immer nur eine Stelle zu treffen, doch seit die großen Geschütze da sind, gehen sie gescheiter vor. Sie zielen auf drei Punkte in der Wand, wie ein Dreieck, das erschüttert das Mauerwerk und richtet größere Schäden an. Ich vermute, der wahre Geschützmeister ist mit diesen Kanonen gekommen.»

Lukas legte das Fernrohr wieder an und richtete es auf jenen Offizier, der die Befehle gab. Dann sah er, wie die Geschützmannschaft von der Basilika wegrannte. Nur der Offizier verharrte und trat dann, einen langen Eisenstab in der Hand mit einer brennenden Lunte daran, an die Kanone. Die Mündung war auf die Mauer nahe der Bresche gerichtet. Lukas ließ das Fernrohr sinken und hielt den Atem an.

Die Lunte senkte sich herab, ein kleiner Feuerschein fauchte auf. Einen Herzschlag lang gab es Stille – dann brüllte die Basilika auf. Doch für Lukas, der sie schon so oft hatte feuern hören, klang es falsch, nicht tödlich, sondern weidwund.

Flammen schlugen in alle Richtungen, das gewaltige Rohr sprang aus seiner Verankerung, glühend heiße Metallteile fetzten durch die Luft. Der Offizier verschwand in einem gewaltigen Feuerball, selbst die Mannschaft, die sich entfernt hatte, wurde von Splittern und Stücken getroffen. Rauch stieg auf, geformt wie ein Pilz, und einige Zelte in der Nähe des Geschützes fingen Feuer.

Neben Lukas brach Giustiniani Longo in Lachen aus. Er beugte sich vornüber und hielt sich den Bauch. Lukas sah immer noch ungläubig zu den rauchenden Überresten der Basilika. Die Söldner verspotteten lauthals ihre Feinde, doch dann eröffneten die anderen Batterien das Feuer und übertönten alles mit ihrem Donnerschlag.

«Die können sie vergessen», sagte Giustiniani Longo leutselig und streckte die Hand nach dem Fernrohr aus. Longo pfiff durch die Zähne.

«Das scheint dem selbst ernannten Herrn der Welt nicht zu gefallen», erklärte er amüsiert, als er das Fernrohr auf das Zelt des Sultans richtete. «Ich bin gespannt, ob da noch ein paar Köpfe rollen.» Dann wandte er sich an die umstehenden Söldner. «Wir sollten uns vorbereiten. Eine solche Schmach wird sie reizen. Ich will alle gefechtsbereit wissen, jederzeit, verstanden?»

Lukas stieg vom Turm hinab, um seinen Freunden von den Geschehnissen zu berichten und sie vorzuwarnen. Er fand sie am Feuer sitzend vor, missmutig den Eintopf essend, den es für sie zweimal am Tag gab. Lediglich Giacomo hatte einen Zipfel Wurst, in den er hin und wieder biss. Woher der Venezianer immer wieder Wurst, Käse und frisches Brot bekam, war ein Rätsel, aber wenigstens teilte er meist mit seinen Kameraden.

Ohne Umschweife erzählte Lukas, was sich ereignet hatte und welche Schlüsse ihr Kommandant daraus zog. Obwohl die Nachricht von der zerstörten Basilika gut war, schmeckte ihnen allen der Gedanke an einen Sturm der Osmanen ebenso wenig wie ihr Abendessen. Dennoch machten sie sich ohne großes Murren fertig.

Und wie Lukas im Laufe der Belagerung gelernt hatte, war die beständige, hilflose Warterei mindestens ebenso schrecklich wie die kurzen, heftigen Momente des Kampfes. Denn wenn der Feind kam oder man den Kampf zu ihm trug, konnte man wenigstens handeln, auch wenn man sich in tödliche Gefahr begab.

Gemeinsam kauerten sie im Peribolos. Andere waren hinter der inneren Mauer. Es wurde kaum gesprochen. Was gab es schon zu sagen?

Der Abend brach herein, aber der Beschuss flaute nicht ab, eher im Gegenteil. Wieder und wieder schlugen Geschosse ein und erweiterten das Loch in der Mauer beständig.

In den Feuerpausen kletterten sie auf die Wälle und versuchten, sie instand zu setzen, stets unter dem Feuer von Handkanonen, Bögen und Armbrüsten. Ihre eigenen Schützen konnten ihnen nur dürftig Deckung geben, denn die Osmanen waren zahlenmäßig weit überlegen.

Mitten in der Nacht feuerten die Batterien erneut. Wieder hasteten sie anschließend auf den Wall, schütteten Eimer voll Erde und Schlamm in die Löcher, wieder regnete es um sie herum Pfeile und Bolzen, schlugen Kugeln sirrend in Stein, Metall und Fleisch. Doch in der Dunkelheit waren sie einigermaßen sicher.

Lukas verlor jegliches Zeitgefühl. Mal dämmerte er

vor sich hin, mal döste er ein, und wenn er aufwachte, glaubte er, Tage verschlafen zu haben. Der Steinboden war hart und kalt, sein Brustpanzer scheuerte trotz des dicken Wamses, das er darunter trug, über seine Haut. *Wie lange werde ich das noch durchstehen, Herr? Bitte schenk mir die Kraft, meine Pflicht zu tun.* Es war lange her, dass Lukas das letzte Mal gebetet hatte, wie er sich schuldbewusst eingestand.

«Da ist etwas», flüsterte jemand neben ihm. «Ich höre Stimmen.»

Sofort kam Bewegung in die versammelten Soldaten. Wie eine Welle fuhr es durch sie hindurch, trieb sie auf die Beine. Lukas packte seinen Helm, setzte ihn sich auf und zog den Riemen unter dem Kinn fest, bevor er den Schild auf den Arm schob.

Ebenso leise wie die Angreifer harrten sie im Sichtschutz des Walls und der verbliebenen Mauern aus. Lukas lauschte, hörte jedoch nichts. Fast wünschte er sich, den inzwischen vertrauten Donner der Geschütze zu hören, denn solange sie feuerten, gab es keinen Sturmangriff. Doch sie schwiegen.

Dann jedoch brach die Hölle auf Erden los. Ein Schrei ertönte wie aus tausend Kehlen. Die Wachen auf den Türmen riefen sofort Alarm, die Glocken läuteten.

Über den Lärm hinweg donnerte Giustiniani Longos Stimme: «Jetzt!»

Ein brennender Pfeil wurde in den Himmel gesandt. An den verbliebenen Türmen der äußeren Mauer öffneten sich schmale Pforten, aus denen aus schmiedeeisernen Bottichen flüssiges Feuer hinabgegossen wurde. Wie der Zorn des Herrn ging das römische Feuer, wie die Byzantiner diese fürchterliche Brandwaffe nannten, jenseits des Erdwalles auf den Feind nieder. Die Schreie der Getroffenen waren grausam, so voller Entsetzen und Panik, dass es selbst Lukas die Kehle zuschnürte. Steine wurden von den Zinnen geschleudert, Arkebusen krachten, Pfeile zischten durch die Dunkelheit. Sie warfen dem Feind alles entgegen, was sie hatten.

Doch an der Bresche kam der Feind bis an den Wall heran. Lukas stürmte die groben Stufen empor, die Balken und Steine, die sie ins Erdreich gelegt hatten, und fand sich im Zentrum der Schlacht wieder.

Ein gesichtsloser Haufen schwer gerüsteter Feinde wälzte sich auf sie zu.

«Janitscharen!»

Hinter den Infanteristen gingen Arkebusiere in die Knie, legten an. Instinktiv duckte sich Lukas hinter seinem Schild, auch wenn er wusste, dass schnödes Holz ihn nicht vor den tödlichen Kugeln schützen würde. Die Salve knatterte in der Nacht, rechts und links von ihm wurden Genuesen von unsichtbaren Fäusten von den Füßen geschleudert.

Die Janitscharen stürmten den Wall empor. Das weiche, nasse Erdreich gab unter ihren Füßen nach, einige verloren den Halt, doch die schiere Masse drängte sie weiter, vorwärts, in die schmale Bresche.

Wild schlug Lukas nach dem ersten Feind, der vor ihm auftauchte. Sein Schwert traf einen gepanzerten Arm, glitt über Kettengeflecht, doch zumindest ließ die Kraft des Hiebes den Mann stürzen. Andere traten an seine Stelle. Spitze Helme schützten ihre Häupter, Kettengeflecht hing vor ihren Gesichtern, ließ nur die Augen frei. Ihre

Leiber waren mit dicken Panzern bedeckt, aus dünnen Metallstreifen auf Leder bestehend, verstärkt von Kettengeflecht an Armen und Beinen. Sie trugen Schilde und Beile, manche hatten gekrümmte Klingen, wieder andere hielten lange Kriegsäxte mit beiden Händen, drängten die Verteidiger mit ihnen zurück.

Die Spitze einer Axt kratzte über Lukas' Panzer, die Wucht drohte ihn umzuwerfen, doch hinter ihm stand ein Kamerad, fing ihn auf und drückte ihn nach vorne, und er nutzte den Schwung für einen Schlag mit dem Schild. Das Holz prallte auf das Metall des hochgerissenen Schildes seines Gegenübers. Die goldenen Verzierungen darauf schimmerten im Schein des römischen Feuers. Lukas legte sich mit aller Kraft, all seinem Gewicht auf den Schild, trieb den Arm des Feindes hoch, dann schnellte sein Schwert hervor, glitt unter die Rüstung, in die Achsel, zerschnitt die eisernen Ketten, Fleisch, drang tief in den Leib ein. Wie vom Blitz getroffen fiel der Janitschar nach hinten.

«Haltet sie auf!», brüllte Lorenzo an der Seite, der irgendwoher ein Kriegsbeil hatte, mit dessen Sporn er einem Janitschar den Helm und den Schädel einschlug.

Keiner bedurfte des Ansporns. Sie standen Seite an Seite auf rutschigem Untergrund, vor ihnen zahllose Feinde, hinter ihnen ihre Kameraden. Von den Mauern stürzten mehr Steine in die Reihen, trafen Köpfe, zertrümmerten Helme und Knochen. Die Schützen auf den Türmen halfen ihnen, so gut sie konnten, lagen jedoch selbst unter andauerndem Feuer.

So nah war der Kampf nun, dass Lukas kaum noch sein Schwert schwingen konnte. Immer wieder wurde er getroffen, doch stets schützten ihn Panzer und Helm. An

Schwertgeplänkel und Fechterei war nicht zu denken, er hieb und stieß, so schnell er konnte, wehrte hier und da Schläge mit dem Schild ab.

Ein Janitschar traf ihn mit der flachen Seite des Beils an der Schläfe, ein Hieb, der Lukas' Kopf herumriss und in seinen Ohren dröhnte. Er stolperte, wollte sich aufrichten, doch fand sein Gleichgewicht nicht wieder, wusste mit einem Mal nicht mehr, wo oben und wo unten war. Seine Knie gaben nach, er stürzte. Er wusste nicht, wie ihm geschah, sah nur noch Beine und Füße, ein Wechselspiel von Licht und Schatten, und aller Lärm war weit entfernt.

Dann packte ihn eine Hand, zog ihn aus dem Getümmel, halb wurde er getragen, fort von der Schlacht und zurück in den Peribolos.

Als seine Augen wieder Einzelheiten erkannten, erblickte er Girolamo, der neben ihm kniete.

«Lukas? Lukas?»

Er wollte antworten, doch es kam nur ein unverständliches Brummen aus seinem Mund, und er schmeckte Metall auf seiner Zunge. Er schüttelte den Kopf, was einen stechenden Schmerz durch seinen ganzen Leib zucken ließ, von der Decke seines Schädels bis zu den Spitzen seiner Zehen.

«Lukas?»

«Es ... verdammter Dreck, mein Kopf!»

Girolamos besorgte Miene verschwand, und er grinste.

«Wer fluchen kann, wenn auch wie ein Klosterschüler, der verreckt nicht», befand er und schlug ihm auf die Schulter.

Lukas holte tief Luft. «Wir müssen zurück.»

«Einen Augenblick noch, ja? Geh schon vor, ich setze mich eben noch hier hin. Ein wenig Luft.»

Der Genuese lehnte sich mit dem Rücken an die Mauer. An seiner Tapferkeit gab es keinen Zweifel; Lukas wusste, dass er gleich wieder an seiner Seite stehen würde, also schleppte er sich allein zurück zur Bresche.

Das Getöse war ohrenbetäubend. Männer schrien, Arkebusen donnerten, Metall schlug auf Metall, irgendwo blies jemand eine Trompete, als könne es jemanden geben, der ob dieses Lärms noch nicht wusste, dass zum Kampf gerufen wurde. Pulverdampf wehte in die Bresche, ein dichter Nebel, in dem die Feuer zuckten. Feind war nicht von Freund zu unterscheiden. Lukas kniete neben einem Gefallenen nieder, einem Griechen, dessen Helmkappe ihn nicht vor dem Hieb geschützt hatte, der sein halbes Gesicht abgetrennt hatte. In der Hand des Mannes war immer noch seine Hellebarde, die Lukas nun vorsichtig aus den Fingern löste.

«Gib her, Freund. Lass mich deine Stadt verteidigen.»

Als habe der Tote ihn verstanden, gaben die blutigen Finger die Waffe frei. Lukas wusste nicht, wo sein Schild abgeblieben war. Er musste es beim Sturz verloren haben. Er packte die lange Stangenwaffe fest mit beiden Händen und stürmte wieder in das Getümmel, vorbei an Verwundeten, die vom Kampfplatz taumelten, stieg über die blutenden Leichen der Gefallenen, erklomm den Wall.

«Treibt sie zurück!», rief er abwechselnd auf Italienisch und Griechisch. «Haltet den Wall! Steht fest, Brüder, steht vereint!»

Er warf sich in die Schlacht, riss jene um sich mit, schlug mit der Hellebarde einen Janitscharen vom Wall, sprang in die Lücke und trieb weitere vor sich her.

«Vorwärts! Vorwärts!»

Die Schlacht verschlang ihn, wogte um ihn, empfing ihn. Stahl auf Stahl, Klinge gegen Panzer, unter beständigem Donner, gehüllt in beißenden Pulverdampf, von flackerndem Licht beschienen, stand Lukas auf der Höhe des Walls und hielt ihn gegen alles, was der Feind gegen sie warf.

⬩⬩ ⬩⬩

Wie lange die Schlacht gedauert hatte, vermochte Lukas nicht zu sagen. Als ihn die ersten Strahlen der aufgehenden Sonne fanden, saß er zusammengesunken zwischen den Zelten. Der Kampfeslärm war längst verebbt. Noch im Schutze der Dunkelheit hatten die Osmanen ihren Sturm aufgegeben und waren in Scharen geflohen. Ihre Verwundeten und Toten hatten sie zurückgelassen. Das Schreien und Klagen lag noch in der Luft, aber Lukas hatte keine Ohren mehr dafür. Es war ihm gleichgültig geworden. Alles war egal, seine Sinne abgestumpft, sein Körper nur noch eine Hülle, deren Schmerzen er nicht einmal mehr wahrnahm.

Erst die Sonne, die ihn wärmend mit ihrem Licht bedachte, riss ihn aus seiner Starre. Mit langsamen Bewegungen sah er zum Himmel empor, genoss ihre Liebkosung auf seinem Gesicht, dann erhob er sich.

Überall um ihn herum sah er Männer wie ihn, eingefallene Gesichter, leere Augen. Die wenigsten hatten sich aus ihren Panzern geschält, viele waren einfach irgendwo zusammengebrochen, manche schliefen, viele wünschten sich, sie könnten Schlaf finden.

Mit zittrigen Fingern löste Lukas die Schnallen seines Brustpanzers, hob ihn über den Kopf. Jede Bewegung war eine Qual. Seine Hände waren taub von den vielen Schlägen, die Finger wollten ihm kaum gehorchen. Jede Faser seines Leibes war geschunden.

Überall war Blut. Auf seinem Panzer, seiner Kleidung, seiner Haut. Er wusste nicht, ob es von Freund oder Feind stammte oder gar von ihm selbst. Auch dies war ihm egal.

Der Panzer fiel zu Boden. Mit schlurfenden Schritten ging Lukas zum Tor, das in den Peribolos führte. Es stand weit offen, keine Wache war in Sicht.

Wie ein Sirenenruf zog ihn die Bresche an. Als er sie erblickte, stockte ihm trotz seines trüben Geistes der Atem. Leichen lagen auf dem Erdwall verstreut wie Spielzeuge kleiner Kinder, die Gliedmaßen wild verdreht, teilweise einfach zerfetzt, abgetrennt, in den Schlamm getreten, bedeckt von Dreck und Blut. Sie hatten gesiegt, doch die Gewissheit löste keine Freude aus.

Langsam erklomm Lukas zwischen den Gefallenen den Wall. Im Dreck sahen sie alle gleich aus, Osmanen, Griechen, Italiener und wer noch dort alles liegen mochte. Sein Blick wanderte über das Schlachtfeld.

Auch hier das gleiche Bild: unzählige Tote, dazwischen Verwundete, die flehentlich die Hände emporreckten und nach Hilfe schrien. Flammen leckten noch über Körper.

Rammböcke waren zurückgelassen worden, einige rauchten noch vom Feuer, das sie getroffen hatte. Dahinter lag das osmanische Lager, über dem Rauchfahnen von den Kochfeuern aufstiegen, ein unwirklicher Kontrast zu den Feuern, die letzte Nacht vor den Mauern der Stadt gebrannt hatten. Die Kanonen schwiegen noch immer.

Langsam stieg Lukas wieder hinab. Er versuchte, nicht auf die Toten zu treten, wollte sie jedoch auch nicht ansehen, wollte keine Gesichter sehen, keine vertrauten Züge, keine erschlagenen Freunde.

Eine Prozession bewegte sich auf ihn zu, doch er bemerkte sie erst, als ein hochgewachsener, rothaariger Soldat mit einer mächtigen Axt ihn barsch zur Seite stieß.

«Mach Platz für den Kaiser!»

Lukas taumelte an die Wand.

«Lass den Mann», befahl eine Stimme, und der Soldat trat sofort von ihm zurück. «Er hat für ihn gekämpft und geblutet. Er verdient deinen Respekt.»

Als Lukas aufsah, blickte er in das besorgte Gesicht von Konstantin XI., der in seiner Prunkrüstung aussah, als käme er aus einer anderen Welt. Neben ihm stand Giustiniani Longo, ebenso dreckig und blutbeschmiert wie Lukas, das Gesicht aschfahl, aber das Haupt hoch erhoben. Beim Anblick des Söldnerführers gelang es Lukas, sich zusammenzureißen.

«Wir haben gesiegt, mein Sohn», erklärte der Kaiser mit feierlicher Stimme. «Ein großer Sieg!»

«Ja, Herr», erwiderte Lukas, der immer noch keine Freude verspüren, geschweige denn die richtigen Worte finden konnte, um dem Kaiser angemessen zu antworten.

«Die Leichen müssen bestattet werden», stellte der

Kaiser fest. «Und zwar schnell, sonst drohen Seuche und Pest.»

«Keiner meiner Männer kann noch den Arm heben», erwiderte Giustiniani Longo müde. «Ich schlage vor, wir lassen es die Mönche machen.»

«Was ist mit den Verwundeten des Feindes?»

«Schickt einen Unterhändler, Herr, und erlaubt ihnen, sie zu bergen, aber vorher sollten wir die Rammböcke verbrennen.»

«Ein guter Vorschlag», befand der Kaiser, dann setzte die unwirkliche Prozession ihren Weg vorbei an Lukas fort. Giustiniani Longo hielt neben ihm und legte ihm die Hand auf die Schulter.

«Du warst tapfer, Lukas. Ich habe dich kämpfen gesehen», sagte er leise, bevor er sich abwandte und den Herren der Stadt folgte. Lukas wollte etwas antworten, doch es gab keine Worte für das, was er empfand. Er ging langsam zurück, halb an der Wand entlanggleitend, nicht sicher, ob er ohne ihren Halt nicht einfach stürzen würde.

Eine Gestalt war ihm im Weg. Ein sitzender Mann, das Kinn auf die Brust gefallen, die Hände im Schoß. Lukas erkannte Girolamo, der noch genauso saß, wie er ihn gestern in der Schlacht verlassen hatte, und ging neben ihm in die Knie.

Die Haut seines Freundes war wächsern und weiß. Eine große Lache dunklen Blutes hatte die Steine um ihn befeuchtet, Fliegen stieben von ihr auf. Lukas nahm sanft die Hand des Genuesen und hoch sie hoch. Ein rundes Loch prangte in der verbeulten Brustplatte, so dick, dass er einen Finger hätte hineinstecken können. Die Kugel einer Arkebuse hatte sie durchschlagen. Girolamos letzte Tat war es gewesen, Lukas vor den stampfenden Stiefeln zu retten.

Mit einem Mal verließ ihn alle Kraft. Er sank nach vorne, schloss den toten Freund in seine Arme, spürte die kalte Haut an seiner Wange. Das Entsetzen bahnte sich nun seinen Weg, endlose Trauer erfüllte ihn. Tränen rannen frei über seine Wangen, gruben lange Linien in Schmutz und Blut. Sein Herz wollte bersten, konnte doch nicht, er schluchzte und wollte seinen Schmerz in die Welt hinausschreien, doch seine Kehle war trocken und seine Zunge taub.

In der Ferne läuteten die Glocken der Hagia Sophia. Dort versammelten sich nun die Adligen und hohen Geistlichen der Stadt, um dem Herrn für diesen Sieg zu danken. Lukas hatte keine Gebete mehr. Er hielt Girolamo fest und weinte, bis nichts mehr von ihm selbst übrig war.

Zwischenspiel

Marmarameer

Frühjahr 1453

Seit sein Ausguck am späten Vormittag die große Kuppel der Hagia Sophia gesehen und diese Entdeckung mit lautem Gebrüll vom Mast herab verkündet hatte, war Francesco Lecannella vorsichtig geworden, oder besser gesagt: noch vorsichtiger. Er hatte nicht nur die Matrosen auf seinem Schiff in Bereitschaft versetzt, sondern auch den drei Karacken äußerste Vorsicht empfohlen. Natürlich hatte er keine Befehlsgewalt über die drei genuesischen Segelschiffe, die auf päpstlichen Befehl oder vielmehr durch päpstliches Geld bezahlt die Fahrt nach Konstantinopel angetreten hatten. Er empfand das nicht als verwerflich, im Gegenteil, da er selbst Genuese im Dienste einer fremden Macht war, konnte er sie nur allzu gut verstehen.

Die Karacke unter seinem Kommando, die Herakleios, war das größte Schiff in ihrem kleinen Verband, dafür aber das am schlechtesten bewaffnete. Es gehörte zur Marine des Kaisers und hatte Getreide aus Sizilien geladen, um der belagerten Stadt Nachschub zu bringen. Durch einen Zufall hatten sie an den Dardanellen die kleine päpstliche Flotte getroffen und sich in ihren Schutz begeben. Die anderen Karacken hatten Soldaten und Waffen an Bord.

Doch Lecannella ahnte, dass ihnen der Weg in den Hafen nicht so leicht gemacht werden würde. Ein Teil von ihm befürchtete sogar, dass sie zu spät kamen. Doch noch schien die Stadt sich dem Ansturm der Osmanen zu erwehren.

Die vier Schiffe fuhren nahe beieinander, so nahe, dass man zwischen ihnen hin und her rufen konnte. Mit den höchsten Masten und damit der weitesten Sicht, war Kapitän Lecannella sicher, dass es seine Seeleute sein würden, die als erste den Feind erblicken würden. Doch noch blieb alles ruhig, keine Alarmrufe ertönten, keine Segel wurden gesichtet.

Da er derjenige war, der die Gewässer um die Stadt am besten kannte, hatte die päpstliche Flotte eingewilligt, ihm das Setzen des Kurses zu überlassen. Der Wind stand günstig, fast direkt in ihrem Rücken, und sie machten gute Fahrt. Lecannella ließ Kurs auf den nun gut sichtbaren Turm von Demetrios dem Großen setzen, der auf der Akropolis stand und den Seeleuten seit jeher als Wegmarke diente.

Sein Plan war es, nahe an der Stadt vorbeizufahren und dann mit einem schnellen Manöver ins Goldene Horn vorzustoßen. Doch als sein Ausguck im Krähennest laut schrie, wusste der Kapitän, dass es nicht so einfach werden würde. Er rannte an den Bug und suchte den Horizont ab. Und tatsächlich, bald erblickte er sie. Unzählige Masten. Er musste sie nicht zählen, um zu wissen, dass ihre vier Schiffe hoffnungslos in der Unterzahl waren.

Sofort sprang er nach backbord und legte die Hände an den Mund.

«Galeeren und Langschiffe voraus!»

Der Kapitän der vordersten Karacke hob die Hand zum Zeichen, dass er verstanden hatte. Lecannellas Gedanken rasten. Der Wind stand gut, die See war unruhig, was den Galeeren mit ihren niedrigen Bordwänden einen Angriff erschwerte. Erneut hastete er zum Bug. Jetzt konnte man Details ausmachen. Es mussten hundert oder mehr Schiffe sein, die meisten klein, darunter aber auch Triremen.

«Wir brechen durch!», rief er schließlich den päpstlichen Schiffen zu und wartete einen bangen Moment, bis ihn die Antwort erreichte.

«Seite an Seite!»

Erleichterung durchfuhr ihn, dann begann er sofort, Befehle zu rufen.

«Alle Mann an Deck! Schiff klar zum Gefecht! Na los, bewegt euch, bewegt euch!»

Seine Offiziere gaben die Rufe weiter, und seine Besatzung stürmte aus den Luken. Sie alle hatten gewusst, dass ihnen am Ende ihrer Reise ein Kampf bevorstehen würde. Alles wurde vorbereitet, Waffen ausgeteilt, Eimer voll Löschmaterial verteilt, einige mit Sand, andere mit Seewasser.

Leider trieb der Lärm auch seinen Passagier aus seiner Kabine, der sein geierartiges Gesicht in den Wind reckte.

«Was ist hier los?», verlangte er auf seine arrogante Art zu wissen. Der Kapitän hatte jetzt wahrlich keine Zeit für Erklärungen.

«Nur eine Flotte der Türken, hoher Herr. Begebt Euch

wieder unter Deck, dann wird Euch kein Leid geschehen.»

Doch stattdessen trat der hagere Mann an Deck. Francesco Lecannella bereute bereits, ihn mit an Bord genommen zu haben, doch zum einen war die Entlohnung mehr als angemessen gewesen, zum anderen hatte Stephanus behauptet, mit einflussreichen Familien der Stadt bekannt zu sein, und es schadete nie, sich in den hohen Kreisen beliebt zu machen.

«Meine Güte! Was für eine Flotte! Wir müssen umkehren, schnell, umkehren!»

Fast erregte es sein Mitleid, wie Stephanus seine Arme um den Leib schlang und wild den Kopf schüttelte, doch Kapitän Lecannella hatte andere Sorgen.

«Unter Deck, sagte ich!», brüllte er so, wie er einen widerspenstigen Seemann zurechtweisen würde, was seine Wirkung nicht verfehlte. Kleinlaut begab sich Stephanus wieder in seine Kabine.

Dann wandte sich Francesco an seine Männer.

«Die Stadt ist umschlossen und auf sich gestellt. Wir sind ihre einzige Hoffnung! Was auch geschieht, wir werden durch die Feinde brechen und unsere Ladung in den Hafen bringen. Habt ihr verstanden?»

Alle brüllten begeistert, und der Kapitän gönnte sich ein kleines, selbstzufriedenes Grinsen. Doch es erstarb schnell, als er sah, was der Feind gegen sie aufbrachte.

Über hundert Galeeren und lange Ruderschiffe näherten sich ihnen, vollgepackt mit Soldaten und bis an die Zähne bewaffnet.

«Setzt alle Segel!»

Jetzt kam es darauf an, wer schneller war. Die Galeeren liefen gegen den Wind auf sie zu, nur von ihren Ruderern getrieben. Die Karacken mochten zahlenmäßig weit unterlegen sein, aber solange sie am Wind liefen, waren sie schnell. Ruderer ermüdeten, der Wind niemals.

Schon war die Stadt zum Greifen nahe. Francesco Lecannella konnte das Hippodrom sehen, natürlich die Hagia Sophia in all ihrer Pracht, die Seemauern, auf deren Türmen Lichter schienen. Dort standen Menschen und verfolgten diesen ungleichen Kampf.

Die Galeeren schossen auf sie zu. Die Ruderer legten sich wie Männer, die auf ihren sicheren Sieg vertrauten, in die Riemen. Lecannella hörte Trommeln, Schalmeien, Rufe drangen zu ihnen herüber.

Die vier Karacken rückten noch enger zusammen. Dies war gefährlich in den unberechenbaren Gewässern des Bosporus – fast konnten sie sich über die Bordwände hinweg die Hände schütteln –, doch ihnen blieb keine Wahl, wollten sie sich gegenseitig schützen.

Die Galeeren schnitten ihnen den Weg in das Goldene Horn ab, fuhren ebenfalls dicht beieinander. Eine große Trireme setzte sich an der Spitze der osmanischen Flotte und drehte bei.

«Im Namen unseres gnädigsten Herrn, dem Sultan», rief eine prachtvoll gekleidete Gestalt vom Heck der großen Galeere mit den drei Ruderbänken. «Ich bin Admiral Baltaoglu. Streicht die Segel und streckt die Waffen!»

«Beachtet den Hund gar nicht!», bellte Lecannella und sah hinauf zu den weit geblähten Segeln. «Schützen auf das Achterkastell! Wenn sie kommen, gebt ihnen, was sie verdienen!»

Ein großer Teil der Mannschaft versammelte sich wie

befohlen auf dem Kastell am Heck, das hoch über die Wasserlinie aufragte. Die Bordwand der Karacke war viel höher als jene der Galeeren, obwohl sie durch die schwere Ladung tief im Wasser lag. Es würde sich zeigen, ob es genügte.

Am Heck des osmanischen Flaggschiffes wurden Banner geschwenkt. Die Flotte teilte sich auf, Galeeren drehten bei, näherten sich mit hohem Tempo und unter lauten Rufen. Der Kapitän lief nun selbst auf das Achterkastell, von wo er den besten Überblick hatte.

Einige Galeeren nahmen Kurs auf die ehrwürdige Herakleios. Die Kanonen an ihrem Bug feuerten mit lautem Donnerschlag. Die meisten Kugeln plumpsten ins Wasser, doch ein paar trafen ihr Ziel. Holz splitterte, doch die Geschosse waren zu klein, um die Karacke ernsthaft zu beschädigen. Die einzige Gefahr bestand darin, dass sie Takelage und Segel trafen, doch dafür lagen die Galeeren zu tief im Wasser.

Sein eigenes Schiff hatte nur kleinere Feuerwaffen für den Nahkampf, doch die päpstlichen Schiffe an seiner Seite erwiderten das Feuer, und schon bald trieb eine Trireme in Schieflage davon.

Die osmanischen Schiffe schienen erkannt zu haben, dass sie mit ihren Geschützen wenig ausrichten konnten, und kamen nun näher, gingen längsseits. Lecannella konnte auf sie herabblicken, die eng gepackten Ruderbänke sehen, den erhöhten Bug, auf dem die Soldaten standen, die langen Sporne direkt unter Wasser, mit denen sie Schiffe rammen konnten. Doch nicht bei dieser See.

Die meisten Galeeren waren kleiner als die Trireme

des Admirals, kaum dreißig Schritt lang und drei breit, flach wie Flundern und schnell wie Haie.

«Feuer!», rief Lecannella.

Die Seeleute ließen die Bogensehnen sirren, einige warfen Steine auf die Galeere hinab, die sie aus dem Ballast hochgeschleppt hatten.

Die Osmanen hatten Arkebusiere an Bord, deren Waffen ihnen tödliche Kugeln entgegensandten. Schlimmer jedoch waren die Brandpfeile, die überall auf der Herakleios niedergingen. Der Kapitän dirigierte seine Mannschaft, ließ Wasser über brennende Segel kippen, Sand auf Pfeile, die im Deck steckten.

Doch Wind und raue See ließen die Galeeren nicht nahe genug an die Karacken herankommen, um ein Entermanöver zu wagen, und es gelang dem kleinen Konvoi, näher und näher an die Spitze der Akropolis zu kommen, hinter der die Sicherheit des Goldenen Horns nur noch einen Steinwurf entfernt war.

«Gleich haben wir es geschafft, meine Schönen!», rief Lecannella laut. «Was sollen diese Türken schon gegen uns Helden der See ausrichten?»

Näher und näher kam die Landspitze. Längst konnte der Kapitän zahllose Menschen auf den Mauern und Gebäuden der Stadt sehen. Sie alle beobachteten den ungleichen Kampf, sie alle hofften und beteten für sie.

Die Spitze der Akropolis zog vorbei. Gerade wollte Lecannella das Wendemanöver befehlen, als mit einem Mal der Wind abflaute. Die Segel, gerade noch weit gebläht, sackten herab, hingen schlaff in einer leichten Brise. Die Karacke lehnte sich zur Seite, wurde in einer der vielen Strömungen der Wasserstraße gefangen, von der Lecannella wusste, dass sie die Herakleios an die Felsen von Galata treiben würde.

«Bei Neptuns Bart, welch ein Unglück!»

Sofort waren die Galeeren an ihnen heran. Große Triremen nahmen sie wieder unter Beschuss, formten kleine Batterien, die immer wieder Geschosse gegen sie spien, doch die Karacken hielten dem Beschuss stand.

Die Herakleios war kaum noch manövrierfähig. Den päpstlichen Schiffen, die etwas kleiner und agiler waren, ging es kaum besser. Als sich der Beschuss als sinnlos erwies, befahl Admiral Baltaoglu seinen Schiffen den direkten Kampf.

Ein halbes Dutzend Schiffe legte sich um die Herakleios, bedrängte sie von allen Seiten. Lecannella schleuderte Speere auf die Feinde hinab, warf Steine, bis seine Arme schmerzten. Die Katapulte der Genuesen feuerten ohne Unterlass, ihre Arkebusiere schossen, bis die Läufe ihrer Waffen förmlich glühten. Armbrustbolzen zischten von den Schützen aus der Takelage, bohrten sich in Holz und Fleisch. Neben dem Kapitän wurde ein Mann von einem Brandpfeil getroffen, er schrie und schrie, schlug wild um sich, bis er über die Reling stürzte und in der aufgewühlten See verschwand.

Immer wieder trieb die Strömung Galeeren nah an die Karacke heran, Ruder brachen unter dem Druck. Mehr als eines der flachen Langboote wurde von dem weitaus größeren Segelschiff unter Wasser gedrückt und verschwand mitsamt seiner Besatzung in den Fluten. Überall trieben Trümmer, Holz, an das sich Osmanen klammerten.

«Die Ladekräne», rief der Kapitän seinen Männern zu. «Ich will Wasserfässer sehen!»

Inmitten der Schlacht hoben seine Leute eines der schweren Fässer aus dem Laderaum, hievten es am Kran über die Seite – und ließen es auf eine Galeere stürzen. Das Geschoss schlug durch das Holz, riss ein Loch mitten in den Rumpf, die Galeere versank unter dem entsetzten Kreischen ihrer Besatzung. Doch es gab keine Zeit für Freude, keine Atempause, sofort drängte die nächste Galeere in die Lücke.

Ein Stoß ließ die Herakleios erbeben. Das Schiff des Admirals hatte sie mit hoher Geschwindigkeit gerammt und steckte nun im Heck der Karacke.

«Zum Heck! Zum Heck!»

Soldaten liefen über die Enterbrücken, halbnackte osmanische Seeleute versuchten, an der Bordwand emporzuklettern. Seine Männer stachen ihnen Spieße in die Brust, hackten mit Entermessern nach ihren Händen. Lecannella selbst schwang seine Klinge, trieb sie einem Bärtigen ins Gesicht, schlug einem Soldaten die Finger der Rechten ab, mit denen er sich an die Reling klammerte.

«Eine Brücke!», dröhnte eine italienische Stimme über das Wasser. Lecannella verstand sofort. Er hetzte zum Ruder, warf sich dagegen. Die Herakleios reagierte kaum.

«Komm schon, meine Schöne», rief der Kapitän. «Lass uns jetzt nicht im Stich!»

Ob es sein inbrünstiges Flehen war oder sein seemännisches Können oder einfach nur ein Hauch des Glücks, die Karacke folgte seinem Befehl, drehte sich im schwachen Wind und glitt auf das nächste päpstliche Schiff zu, das ebenso von Galeeren umzingelt war wie sie selbst.

Mit einem furchtbaren Knirschen, dem Bersten von

Holz und den Schreien der Verdammten zerquetschten die beiden großen Schiffe die Galeere zwischen sich. Taue wurden geworfen, festgezurrt, vertäut. In einem wahnwitzigen Manöver gelang es den vier Schiffen schließlich, sich aneinanderzulegen, eine große Brücke zu bilden und sich so ein wenig Schutz zu erkaufen. Seeleute und Soldaten rannten zwischen den Schiffen hin und her, eilten immer dorthin, wo der Feind gerade angriff. Die gut gerüsteten Genuesen und Römer waren dem Feind im Kampf Mann gegen Mann überlegen, doch mehr und mehr lichteten sich ihre Reihen.

Fackeln wurden über die Reling geworfen, Feinde erklommen Ankerketten und Taue, immer wieder sausten Geschosse an Lecannella vorbei.

Lecannella wurde sich eines seltsamen Schauspiels an Land gewahr. Dort am Strand unterhalb von Galata trieb ein Mann sein Pferd in die Fluten, sein goldenes Gewand, sein hoher strahlend weißer Turban mit der roten Spitze wies ihn als Mann von Rang aus. Er schien Befehle zu brüllen, ritt aufgeregt durch das Wasser, trieb sein edles Pferd weiter und weiter in die Wellen. Hinter ihm standen Höflinge in großer Zahl, sahen ihm zu, wagten jedoch nicht einzugreifen.

Der Kapitän riss sich von dem Anblick los. Er hatte keine Zeit für wild gewordene Osmanen. Die Masse ihrer Feinde drohte, sie zu überwältigen. Jede Galeere, die sank oder davontrieb, wurde gleich ersetzt, jeder Mann, den sie erschlugen, schuf eine Lücke, die zwei andere füllten.

Weiter und weiter trieben die Karacken auf Galata zu. Die Sonne stand schon tief. Lecannella war erschöpft, ihnen gingen die Geschosse aus, die Männer, einfach alles.

«Kämpft», schrie er trotzig. «Kämpft, wie ihr noch nie gekämpft habt!»

Sie würden ihre Fracht nicht in die belagerte Stadt bringen können, aber ihre Haut würden sie teuer verkaufen. Und den Menschen in Konstantinopel, die von den Mauern aus den ungleichen Kampf verfolgten, so vielleicht ein wenig Hoffnung geben.

Eine sanfte Brise liebkoste seine schweißnasse Stirn. Er blickte auf. Diesen Geruch kannte er. Südwind. Das viereckige Segel über ihm zuckte, tanzte, wurde vom Wind gestreichelt.

«Ja, komm schon! Komm schon!»

Lecannella rannte zum Heck zurück, stürmte auf das Achterkastell.

«Spürt ihr das? Das ist die Hand Gottes, der seinen treuen Dienern hilft!»

Die Segel blähten sich, und das lädierte Floß der vier großen Schiffe setzte sich in Bewegung, nahm quälend langsam Fahrt auf, in Richtung Goldenes Horn.

Die Galeeren, die ihnen den Weg versperrten, wurden einfach zur Seite geschoben. Nichts konnte die vier Schiffe jetzt noch aufhalten.

Ein Trompetensignal ertönte, das Flaggschiff des Admirals löste sich mit einem letzten, gequälten Knirschen vom Heck der Herakleios. Sie war stark beschädigt, aber nun war es nicht mehr weit.

Als sich die Dunkelheit über die Bucht senkte, zog sich die osmanische Flotte zurück, und die vier Karacken liefen unter unbändigem Jubel in das Goldene Horn ein.

Kapitel XXIX

Konstantinopel

Frühjahr 1453

Tage und Nächte vergingen im Gleichklang. Artilleriebeschuss, Angriffe, in die Bresche, wieder und wieder in die Bresche, nächtliche Ausfälle. Lukas war immer mit dabei. Er hatte jegliches Zeitgefühl verloren, unter dem beständigen Rollen der Geschütze wurde alles zu einer einzigen, langen Episode aus Kampf und Erschöpfung. Manchmal sank er einfach hinter der Mauer zu Boden, schaffte es nicht mehr zu seinem Zelt, sondern schlief irgendwo auf hartem Stein. Nicht einmal die Kanonen konnten ihn dann noch wach halten, fanden jedoch Eingang in seine Träume, die von Düsternis und dunklen Ahnungen erfüllt waren.

Seit der Ankunft der vier Karacken hatte die ganze Stadt wieder Hoffnung gefasst. Zwar hatte der Sultan den Beschuss noch einmal verstärken lassen, doch der doppelte Sieg – erst die Abwehr des nächtlichen Sturmangriffes, dann die unglaubliche Fahrt der vier Schiffe gegen hundert – hatte ihren Willen gestärkt.

«Gott ist mit uns», hörte Lukas sie rufen, ein jeder in

seiner Zunge. Doch wann immer sein Blick auf das Niemandsland zwischen Stadtmauer und Lager des Feindes fiel, auf die zahllosen Toten, die Zerstörung, dann fragte er sich, wo Gott für jene war, die dort lagen.

Wenn er nicht auf der Mauer war, hielt er sich im Lager auf. Jede Speise war Asche in seinem Mund, alle Ruhe nur Erwartung des nächsten Sturms, der nächsten Schlacht. Er lebte und atmete für das Töten, das nicht zu enden schien.

In der Nacht waren sie wieder durch die Militärtore hinausgeschlichen und hatten einen Trupp Osmanen überfallen, der die Gräben ausbesserte. Im Morgengrauen fand sich Lukas in seinem Zelt wieder, die schmerzenden Arme um sein Schwert geschlungen, das er hielt wie eine Geliebte. Kurz schloss er die Augen wieder, wollte den neuen Tag nicht wahrhaben, als würde er wieder gehen, wenn Lukas ihn nur nicht anerkannte, doch dann öffnete er sie endgültig.

Er ließ seinen Blick durch das große Zelt schweifen, in dem Dutzende wie er versuchten, Schlaf zu finden. Giacomo hatte sich in seiner Lagerstatt zusammengerollt, ein wildes Bündel aus Decken und Gliedmaßen. Leise, um seinen Freund nicht zu wecken, schlüpfte Lukas aus seinem Lager und stand auf. Er musste sich an der dicken Zeltstange festhalten, bis sein Kopf so klar wurde, dass er nicht mehr befürchtete, einfach umzufallen.

Mit steifen Beinen stapfte er zwischen seinen Kameraden hindurch hinaus in das kalte Licht des Morgens. Seine Beinkleider waren hart von getrocknetem Schlamm, sein Hemd hatte große Löcher, doch wozu sollte er sie reinigen, wozu sie flicken? Schon bald würde er wieder vorne stehen, neue Flecken den alten hinzufügen, neue Wunden empfangen.

Seine Seite schmerzte. Vorsichtig hob er das Hemd und sah auf das Muster aus gelben und blauen Flecken, das sich von seiner Hüfte hoch bis zur Achsel zog. Die Brustplatte hatte sein Leben gerettet, aber die Schmerzen erinnerten ihn an den Moment, als ihn der Hieb von den Beinen holte und rücklings in den Graben stürzen ließ; kaltes Wasser schlug über ihm zusammen, die Rüstung zog ihn nach unten. Hätten die Osmanen den Graben nicht halb zugeschüttet, so wäre Lukas heute eine jener Leichen, die in ihm trieben.

Schritte näherten sich. Von jenseits der Mauer kam Giustiniani Longo mit einigen seiner Offiziere, darunter ein finster dreinblickender Lorenzo, auf das Zelt zu. Sie mussten schon länger auf den Beinen sein. Selbst der genuesische Söldnerführer, der sonst nur selten Schwäche zeigte, wirkte erschöpft.

«Ah, Lukas, genau der Mann, den wir suchen.»

Lukas rieb sich mit dem Daumen ein wenig Schorf von der Wunde an seiner Braue.

«Droht ein Angriff?»

Seine Vermutung beruhte auf dem Schweigen der Kanonen, doch in dem Moment rollte von Süden her das Donnern einer Salve zu ihnen herauf. Longo schüttelte den Kopf.

«Nein, die Osmanen haben ebenso wenig Lust auf ein weiteres Gefecht wie wir. Darum geht es. Lorenzo hier sagte mir, dass du den Sultan einmal getroffen hast?»

Lukas konnte sich nicht erinnern, von der Begegnung

berichtet zu haben, aber er konnte sich an so vieles nicht mehr erinnern. An das Gefühl von Frieden, daran, wie es war, bevor die Belagerung begonnen hatte.

«Nur kurz, drüben in der neuen Festung.»

«Gut, gut. Die Sache ist, wir wollen den Osmanen eine Waffenruhe vorschlagen. Vordergründig, um die Verwundeten und Gefallenen zu bergen. Aber eigentlich weil unsere Männer Ruhe brauchen.»

Lukas sah ihn schweigend an. Eine Waffenruhe klang wie ein Geschenk des Himmels.

«Ich dachte dabei an dich.»

Verwirrt schüttelte Lukas den Kopf.

«Wie meinen?»

«Ich habe mit dem Kaiser gesprochen.» Giustiniani Longo deutete auf das große, kaiserliche Zelt. «Er ist einverstanden. Wir brauchen einen Unterhändler, der hinaus in das Lager reitet und den Osmanen unser Angebot unterbreitet.»

«Ihr wollt, dass ich …? Aber ich bin kein Gesandter, kein Höfling …»

Longo rieb sich über den wie immer perfekt gestutzten Bart.

«Genau deshalb. Mehmed ist Soldat, wie wir, ein Krieger. Er wird den Worten eines solchen Mannes mehr Wert beimessen als den honigsüßen Zungen irgendwelcher Beamter.»

Es dauerte einige Herzschläge, bis Lukas begriff. Langsam nickte er, aber bevor er antworten konnte, mischte sich Lorenzo ein.

«Aber einen Höfling können wir entbehren. Einen Schwertarm nicht, und schon gar nicht einen solchen wie den von Lukas. Zweimal hat er den Wall gehalten, Giustiniani, du hast es doch gesehen.»

Natürlich verstand Lukas die Sorge des Genuesen. Als Unterhändler wäre er der Gnade des Sultans ausgeliefert. Er musste an den einsamen Reiter im letzten Herbst denken, den einzigen Überlebenden einer friedvollen Delegation. Aber ob er sein Leben nun in der Schlacht riskierte oder im Prunkzelt des Sultans, war ihm einerlei. Wenn er seinen Kameraden eine Verschnaufpause erkaufen konnte, war es die Gefahr wert.

«Ich bin bereit», erklärte er. «Ich wollte mir das Lager der Osmanen ohnehin mal bei Tag ansehen.»

Die Söldner fielen in sein Lachen ein. Giustiniani Longo schlug ihm auf die Schulter.

«Wärst du doch nur Genuese, dann würde ich dich zu meinem Adjutanten machen!»

Gemeinsam gingen sie zum Lager der hohen Herren, wo Lukas in die Hände einiger eilfertiger Beamter übergeben wurde, die ihn umschwärmten wie Bienen eine Blume. Ihre Kleidung war so prachtvoll und er so abgerissen, dass er fast gelacht hätte, doch er ließ sie gewähren, als sie ihn mit einer Pferdekutsche in die Stadt brachten.

Bald fand er sich in einem fürstlichen Badehaus wieder, in dem Dampf durch die Hallen wallte. Er wusste gar nicht, wie ihm geschah. Diener entkleideten ihn flink und begannen, den Schmutz von seiner Haut zu schrubben. Erde, getrockneter Schlamm, Blut, Ruß, dies alles war zu einer einzigen Schicht geworden. Sie übergossen ihn mit Eimern klaren, warmen Wassers, das sich zu seinen Füßen in eine Kloake verwandelte.

Bürsten glitten über seine Haut, belebten seinen Geist.

Ein Barbier scherte ihm den Bart, während ein anderer sein Haar schnitt, und ein dritter kratzte den Dreck unter seinen Fingernägeln hervor.

Wieder kamen sie mit Wasser, diesmal ergriff Lukas einen der Schwämme und ließ ihn langsam über seine Haut gleiten. Das Wasser war parfümiert, wohlig warm, es liebkoste ihn, und aus dem Soldaten wurde langsam wieder ein Mensch. So wach und als er selbst hatte er sich seit einer Ewigkeit nicht gefühlt. Um die Schlachten zu überleben, hatte er sich in sich selbst zurückgezogen, hatte sie erlebt, als wäre er sich selbst ein Fremder, dessen Schicksal ihn nicht berührte, nicht berühren konnte, nicht berühren durfte.

Mit duftenden Ölen wurde seine Haut gesalbt, sein Haar gekämmt, bis es glänzte. Vorsichtig glitten die Finger über seinen Leib, doch selbst so zuckte er zusammen, als sie seine Wunden berührten. Doch der kleine Schmerz war nichts im Vergleich zu der Wohltat, die diese Berührungen in ihm auslöste, und er ertrug den Preis gerne.

Als sie ihm einen großen, silbrig polierten Spiegel brachten, starrte er den Mann vor sich ungläubig an. Die Wunden hatten die Bediensteten nicht entfernen können, die Schnitte an seinen Armen, die schmale Scharte auf der Wange, die blauen Flecke an der Seite, an den Schenkeln. Doch sonst hatten sie ein wahres Wunder vollbracht. Er drehte den Kopf hin und her, betrachtete sich von allen Seiten.

Danach führten sie ihn in ein Gemach, in dem ein junger Diener mit einem wahren Berg von Kleidern auf ihn wartete, ein jedes prachtvoller als alles, was Lukas bislang getragen hatte. Seide und Brokat in leuchtenden

Farben, mit Goldfäden bestickt, dazu Mützen und Kappen mit eleganten Federn oder mit Perlen besetzt. Doch er schüttelte den Kopf.

«Nein, ich brauche etwas Schlichtes. Das Gewand eines Soldaten.»

Der junge Diener sah ihn überrascht an, warf einen Blick auf die Beamten, die ihm zunickten, und rannte dann davon. Es dauerte lange, bis er wieder zurückkehrte. Vermutlich wusste er nicht einmal, wo sich ein solches Gewand auftreiben ließ, doch er hatte eine einfache, graue Tunika gefunden, aus gutem Stoff wohl, aber ohne viel Schmuck außer einer Borte an den Säumen. Dazu Beinlinge aus weichem Hirschleder, die hohen Stiefel eines Reiters, einen breiten, einfachen Gürtel.

Lukas legte die Kleidung an. Er konnte an den Gesichtern seiner Begleiter sehen, dass sie sich mehr Pomp gewünscht hätten, doch er selbst war zufrieden. Kein Prunk würde einen Mann beeindrucken, der eine solche Armee befehligte.

Zum ersten Mal seit Tagen fühlte sich Lukas frisch, und die Schmerzen in seinen Gliedern waren nur noch eine dumpfe Erinnerung. Derart gewandet, trat er vor das Badehaus und atmete die frische Seeluft ein, in der man kaum noch Rauch und Feuer schmecken konnte, so weit war er von der Schlacht entfernt.

Ein Reiter näherte sich in wildem Galopp, erst als er ihre Stimme hörte, erkannte Lukas Alexia, die sofort von ihrer Stute sprang und auf ihn zurannte. Vor den Augen der erstaunten Beamten fiel sie ihm um den Hals und bedeckte sein Gesicht mit Küssen.

«Lukas, mein Lukas!»

«Ich habe ein Bad genommen», erklärte er bescheiden mit schiefem Grinsen. «Und mich rasiert.»

Doch sie hörte seine Worte gar nicht.

«Lukas, etwas Schreckliches geschieht! Oben am Kerker von Anemas haben sich wütende Bürger zusammengerottet! Sie wollen die gefangenen Osmanen hinrichten!»

Er seufzte.

«Selim.»

«Wenn er stirbt ...»

Sie musste nicht weitersprechen. Falls der schlimmste Fall eintrat und die Stadt fiel, lagen alle Hoffnungen ihres Vaters auf dem jungen osmanischen Adligen, seinem zukünftigen Schwiegersohn. Lukas verspürte einen Stich der Eifersucht, doch in ihren Augen sah er nur die Sorge um ihren Vater, ihre Familie. Ihre Liebe galt ihm, da war er sicher.

«Ich mache einen Umweg», erklärte er den fassungslosen Beamten und stellte den Fuß in den Steigbügel der Stute. Mit einem Schwung war er im Sattel. Er reichte Alexia die Hand und zog sie hoch. Ihre Arme schlangen sich um seinen Leib, die Süße dieser Berührung wog den Schmerz auf.

«Aber ... Herr, Ihr müsst zum Tor ... der Sultan ...»

«Sagt Hauptmann Longo, dass ich bald eintreffen werde.»

Mit diesen Worten trieb Lukas die Stute an und ritt davon. Alexia wies ihm den Weg. Lukas war überrascht, wie wenig sich alles verändert hatte. An der Mauer hatten sich die Pforten der Hölle aufgetan, doch kurz dahinter schien die Stadt unberührt von den Gräueln. Zumindest die Gebäude. Den Menschen sah man das Leid, die Sorgen und den Hunger an. Lukas sah nur Frauen, Kinder, Alte. Die Männer waren an den Mauern.

Doch nicht alle. Als sie auf den kleinen Platz vor dem Kerker zuritten, hörte Lukas schon das Toben einer wütenden Menge. Mehr als hundert Köpfe waren es, darunter viele Frauen, die sich vor den Toren der gedrungenen Feste versammelt hatten. In unbeschwerteren Tagen hatte ihm Alexia von den Gruselgeschichten dieses Ortes erzählt, davon, wie Johannes V. hier seinen Sohn und seinen Enkelsohn blenden ließ. Jetzt drohte er Schauplatz einer neuen Barbarei zu werden.

Lukas zügelte die Stute und drehte sich zu Alexia um.

«Warte hier auf mich.»

Sie glitt hinab, packte noch einmal seine Hand, sah ihn flehentlich an. Sie brauchte nichts zu sagen.

Lukas trieb sein Pferd durch die Menge. Die Stute bockte, hatte Angst, aber er zwang sie unter seinen Willen, denn er brauchte sie. Rüde stieß er Menschen aus dem Weg, rief laut, bahnte sich einen Weg, bis er in ihrer Mitte ankam.

Dort knieten drei Dutzend Gefangene. Zerlumpte, geschlagene Gestalten, mit Wunden übersät. Einige schluchzten, andere beteten stumm. Lukas sah angstgeweitete Augen, sah zwei, deren Köpfe umherrollten und denen Speichel aus den Mündern lief. Er riss sich von dem Anblick los.

Zwei Soldaten standen im Eingang des Kerkers, halb im Schatten verborgen, leicht gerüstete griechische Milizionäre. Lukas sah ihnen ihre Sorge an und wusste, dass sie ihm nicht helfen würden.

«Was geht hier vor?», brüllte er, so laut er konnte.

«Wir schlachten die Teufel ab!»

«Tötet sie!»

«Schlagt ihnen die Köpfe ab!»

Lukas richtete sich im Sattel auf.

«Seid ihr so schlechte Christenmenschen?»

Eine gefährliche Stille senkte sich herab. Ein älterer Mann trat vor. Ein Auge war hinter einer Binde verborgen, und er stützte sich auf einen langen Stab. Seine Robe war schmutzig, seine Haare wirr, doch es war offensichtlich, dass ihm die Menge Respekt zollte.

«Bessere Christenmenschen als du, Franke», zischte er. «Diese Heiden wollen unsere heilige Stadt vernichten. Sie haben den Tod und mehr verdient.»

In der Menge sah Lukas nur feindselige Gesichter. Mochte er auch noch vor wenigen Stunden für diese Menschen gefochten haben, jetzt sahen sie in ihm einen Feind, einen Papisten, Unionisten, einen Fremden.

«Ich bin im Auftrag des Kaisers hier, eures Kaisers», rief er, so hochmütig er konnte.

«Der Verräterkaiser, der lieber den Stiefel Roms küsst, als sich vor dem Herrn in den Staub zu werfen und um Vergebung zu bitten! Das Ende kommt über uns, weil wir dem wahren Glauben abgeschworen haben!»

Heute trug Lukas keine Waffe an seiner Seite, hatte keine Kameraden um sich wie in der Schlacht, die mit ihren Schilden seinen Rücken deckten. Heute war er allein. Wie würde wohl Giacomo an seiner Stelle zu dem Pöbel sprechen?

«Gleich noch reite ich hinaus vor die Tore der Stadt», hub Lukas an. «Als Unterhändler zum Sultan. Die Kanonen sollen schweigen.»

Die Leute sahen sich überrascht an. Hoffnung keimte auf in ihren Mienen.

«Als Unterpfand soll ich Gefangene mitnehmen. So haben es die Herren der Stadt beschlossen.»

Eine kleine Lüge nur, um Leben zu retten. Leben, die er morgen vielleicht schon auslöschen musste, wie ihm bewusst war. Doch ihnen auf dem Schlachtfeld zu begegnen war eine Sache, sie als Gefangene niederzumetzeln, eine ganz andere.

«Wird es Frieden geben?», rief eine Frau ungläubig. Es wäre einfach gewesen, doch Lukas brachte es nicht über sich, ihnen diese falsche Hoffnung zu geben.

«Eine Waffenruhe.»

«Pah!» Der Einäugige spie aus. «Die Teufel werden nie darauf eingehen.»

«Vielleicht doch, wenn wir unseren guten Willen beweisen. Ich stehe an der Mauer, Tag für Tag, ich kämpfe neben Griechen und Italienern, neben Franken und Katalanen. Sie alle sind müde. Der Feind ist zahlreich. Uns würde dies mehr nutzen als ihm.»

«Fünf», sagte der Einäugige schließlich. «Du kannst fünf von ihnen haben.»

Lukas atmete aus. Konnte er sich auf solch ein schändliches Geschäft einlassen? Doch als er sich in der Menge umsah, die Mordlust in ihren Augen wahrnahm, begriff er, dass seine Worte nicht ausreichen würden, um diese Männer zu retten. Zumindest nicht alle.

«Gut.»

Er ritt die Reihen der Knienden entlang, bis er Selim entdeckte. Der junge Adlige war nicht wiederzuerkennen, gehüllt in Lumpen und Fetzen, das Gesicht geschwollen,

Schmutz, Blut und Kot am ganzen Leib. Lukas beugte sich zu ihm herab.

«Alexia sendet mich», erklärte er leise. «Steh auf. Und ich habe eine schreckliche Pflicht für dich.»

Selim sah ihn aus einem Auge an, das andere war zugeschwollen.

«Du musst entscheiden, welche vier außer dir leben dürfen.»

Mühsam erhob sich Selim, blickte sich um wie ein Mann, der sein eigenes Schicksal nicht mehr verstand. Lukas konnte es ihm nachfühlen. Nach kurzem Überlegen wählte Selim vier Männer aus. Lukas wies sie an, ihm zu folgen.

Diesmal machte die Menge ihm freiwillig Platz, öffnete eine Gasse, durch die er die Gefangenen führte. Am Rand wartete Alexia auf ihn, sie hatte nur Augen für Lukas, kümmerte sich weder um die Menschen noch um Selim.

«Geh nach Hause, Alexia. Sieh es dir nicht an», bat er sie eindringlich. Sie warf einen Blick auf die Menge, die näher und näher an die Gefangenen heranrückte. Ein Schrei ertönte, so voller Angst und Schmerzen, dass selbst Lukas zusammenzuckte. Tränen stiegen ihr in die Augen, sie wandte sich ab und lief davon.

Lukas hingegen ritt mit seinen fünf Mündeln zur Mauer zurück, wo schon eine große Gruppe hoher Herren um den Kaiser persönlich und Giustiniani Longo auf ihn wartete.

«Was ist das?», erkundigte sich der Söldnerführer, als er der Gefangenen gewahr wurde.

«Eine Geste», erwiderte Lukas ruhig. «Ein Geschenk für den Sultan, kostbarer als Gold oder Seide.»

Der Kaiser nickte verstehend, dann richtete er das Wort an Lukas: «Einen Tag sollen die Waffen ruhen. Wir gestatten den Osmanen, ihre Gefallenen und Verwundeten zu bergen. Niemand wird sie jenseits der Mauern und der Wälle stören. Dies ist mein Wort.»

«Ich werde es überbringen.»

Mehr gab es nicht zu sagen. Ein Söldner kam zu Lukas gelaufen und brachte ihm ein Banner, das ihn als Unterhändler auswies. Er nahm es in die Rechte, während er mit der Linken die Zügel hielt.

Das Tor wurde für ihn geöffnet, er ritt durch den Peribolos, durch ein weiteres Tor und hinaus vor die Mauern der Stadt. Genuesen kamen gelaufen, geduckt, trugen dicke Balken, die sie über den Graben legten. Die Hufe klangen hohl auf dem Holz. Die Söldner rannten zurück, und Lukas war allein mit den Gefangenen.

Langsam arbeitete er sich durch das aufgewühlte Land zwischen Stadt und Lager. Überall um ihn herum war Tod und Vernichtung. Er sah spähende Augen zwischen den Palisaden, wusste, dass sie Waffen auf ihn richteten, Arkebusen, Armbrüste. Die Stute trottete langsam weiter. Er war vollkommen schutzlos.

Noch vor dem Erdwall nahmen sie ihn in Empfang. Janitscharen stürmten zwischen zwei versetzt gestellten Astgeflechten hervor, diesmal fand sich Lukas ihnen nicht in Rüstung gegenüber, und auch sie trugen nur spitze Helme und keine Panzer über ihren strahlend grünen, mit Gold durchsetzten Tuniken. So kostbar war ihre Kleidung, dass sie von den Regimentern des Sultans selbst sein mussten. Zehn von ihnen umstellten ihn.

«Ich bringe eine Botschaft des Kaisers», erklärte er auf Griechisch. «Und als Geschenk diese Gefangenen.»

Er wies auf die fünf. Der Offizier der Janitscharen nickte und deutete seinerseits hoch zum Zelt des Sultans auf dem Maltepe.

«Wir führen dich dorthin.»

Er stieg von der Stute, lehnte das Banner an die Palisade und begleitete die Janitscharen hinein in das Lager der Osmanen. Misstrauische Blicke trafen ihn. Die Soldaten des Feindes saßen, standen und lagen überall, ihre Waffen griffbereit. Ihre Gesichter waren ebenso verschmutzt wie jene der Verteidiger, ihre Augen ebenso hohl, ihre Bewegungen ebenso langsam. Auch sie entrichteten einen Zoll.

Lukas hörte jemanden husten. Das Lager war gut organisiert, aber schon so manche Armee war nicht durch Feinde, sondern durch Krankheit besiegt worden.

Doch je näher sie dem Prunkzelt kamen, desto weniger dieser Gesichter des Krieges sah Lukas und desto mehr ausgeruhte Kämpfer, frische Soldaten, die offenbar noch nicht einmal in die Schlacht geschickt worden waren. Jeder Einzelne in der Stadt hatte bereits gekämpft, doch die Osmanen hatten anscheinend noch große Reserven. Sein Herz sank.

Viele blickten ihn feindselig an, doch einige waren auch einfach nur neugierig. Er fragte sich, ob er wohl ein Freund des einen oder anderen in Friedenszeiten geworden wäre. Waren sie alle nur Soldaten, oder waren sie mehr, waren sie Bäcker, Köhler, Bauern? Hatten sie auch Familien?

Bevor sie das Zelt des Sultans erreichten, ließ der Offizier seine Truppe anhalten.

«Die können nicht mit», befand er mit einem Nicken auf die nun befreiten Gefangenen. «Ihr Anblick und ihr Gestank würden unseren Herrn erzürnen.»

Lukas drehte sich zu Selim um.

«Ein zweites Mal hast du mir das Leben gerettet, Lukas», erklärte der junge Adlige ernst.

«Nicht ich», erwiderte Lukas. «Alexia.»

Selim blickte zu Boden.

«Was immer auch geschieht», sagte Lukas eindringlich, «diese Schuld musst du begleichen. Falls die Stadt fällt, liegt es an dir, sie zu retten. Die Blicke aller Engel und Heiligen werden auf dir ruhen und deine Taten beurteilen. Begleichst du nicht diese Schuld, wird das vergossene Blut über dich kommen und dich verdammen!»

Lukas meinte jedes dieser Worte so, wie er es sprach. Ihm wurde schmerzlich bewusst, warum. Fiel die Stadt, würde er Alexia nicht beschützen können. Denn mit der Stadt würde wohl auch er fallen.

Selim schluckte.

«Du hast mein Wort.»

«Gut. Mögen wir uns nicht noch einmal wiedersehen, denn so wie die Welt für uns ist, wäre es wohl keine Freude.»

Dann folgte er dem Offizier durch das Lager der Janitscharen bis zum Prunkzelt des Sultans. Zu seiner Überraschung wurde er direkt hineingeführt und fand sich Angesicht zu Angesicht mit dem Anführer ihrer Feinde wieder.

Der Sultan trug eine einfache, scharlachrote Robe und einen weißen Turban. Über der Robe hatte er einen Kettenpanzer angezogen, auf dessen Brust eine große, kreisrunde, spiegelglatte Metallscheibe als zusätzlicher Schutz befestigt war. Hinter ihm standen in einem Halbkreis Würdenträger und Berater, zwar nicht sein ganzer Hofstaat, doch genug, um Lukas einzuschüchtern.

Ohne Aufforderung sank Lukas auf ein Knie und wartete, dass jemand das Wort an ihn richtete. Als die Augenblicke verstrichen und niemand sprach, räusperte er sich.

«Gnadenvoller Herr, ich bringe eine Botschaft von Konstantin in Christus' Namen, Basileus, Kaiser und Autokrator der Rhomäer.»

Stille antwortete ihm. Er hielt das Haupt gesenkt. Nichts in seinem Leben hatte ihn auf diesen Moment vorbereitet.

«Ich kenne dich», erklärte der Sultan schließlich auf Griechisch. «Dein Name ist Lukas.»

In unbändiger Verblüffung sah Lukas auf.

«Du warst an der Baustelle meiner Festung.»

«So ist es, weiser Herr.»

«Erhebe dich.»

Der Sultan trat an ihn heran, bis kaum noch zwei Schritt sie trennten.

«Was ist die Botschaft meines törichten Bruders?»

Lukas wiederholte sie gewissenhaft Wort für Wort. Der Sultan hörte sie sich schweigend an, dann legte er den Kopf zur Seite.

«Was hätte ich von einer solchen Ruhe der Waffen? Warum sollten meine Geschütze schweigen?»

Lukas schluckte. Man hatte ihn nicht ausgesandt, um mit einem mächtigen Herrscher das Für und Wider zu diskutieren, sondern um ein Angebot zu unterbreiten.

«Eure Soldaten sind müde, Herr», schilderte er, was er auf seinem Weg durch das Lager gesehen hatte.

«Hm. Nicht so müde wie jene auf den Mauern, möchte ich meinen.»

«Und die Toten haben es verdient, dass man sich ihrer annimmt. Sie dienten Euch treu und kämpften tapfer. Es sollte nicht ihr Los sein, von Aasfressern vertilgt zu werden.»

Mehmeds Augen verengten sich. Innerlich schloss Lukas mit seinem Leben ab.

«Du hast gekämpft, Lukas. Man sieht es dir an. Sag mir, wo standest du?»

«Am Mesoteichion», nannte Lukas den Namen seines Mauerabschnitts. «Direkt dort unten.»

Über die Schulter wies er auf die Mauern, die nun endlos weit entfernt schienen.

«Wo am heftigsten gefochten wird.»

Lukas nickte müde. Er wollte nur noch, dass dieser Moment vorbeiging.

«Weißt du, Lukas, seitdem die Schiffe ins Goldene Horn vorgestoßen sind, breiten sich Gerüchte in meinem Lager aus. Ich war sehr zornig, als mein Admiral versagte. Ich musste ihn auspeitschen lassen, hundert Hiebe, und all sein Besitz wurde konfisziert.»

«Eure Männer kämpfen mit viel Tapferkeit für Euch», sagte Lukas, und er meinte es so. «In Sieg und Niederlage.»

Wieder schwieg der Sultan einen Moment, bevor er fortfuhr.

«Meine Berater sind unterschiedlicher Meinung.» Mehmed trat zurück und wies auf einen älteren, reich gekleideten Mann. «Mein alter Freund, Çandarlı Halil Paşa, Erster unter meinen Wesiren, rät mir, den Kaiser zu Tribut und Eingeständnissen zu zwingen und die Belagerung abzubrechen. Er befürchtet, dass venezianische Flotten kommen oder ein ungarisches Heer, je länger die Stadt mir widersteht.»

Verblüfft sah Lukas den Großwesir an, der beschämt zu Boden blickte.

«Zağanos Paşa hingegen, Zweiter unter meinen Wesiren, rät, die Anstrengungen noch zu verdoppeln. Er sagt, ein letzter Schlag ist alles, was noch fehlt.»

Lukas ließ seinen Blick über die versammelten Berater wandern. Dass es im Lager der Osmanen eine solche Uneinigkeit gab, verwunderte ihn, wirkten sie doch sonst wie eine untrennbare Einheit. Aber Armeen ließen sich nicht endlos in Niederlagen schicken. Auch Soldaten sank der Mut.

«Was sagst du?»

Überrascht blickte Lukas den Sultan an.

«Es steht mir nicht zu, einem großen Herrscher wie Euch einen Rat zu erteilen.»

«Aber du solltest antworten, wenn er dir eine Frage stellt.»

Lukas zögerte, seine Gedanken rasten, er suchte fieberhaft nach Worten.

«Falls Ihr weiter angreift, werden wir weiter kämpfen», sagte er schließlich. «Auf den Mauern, auf den Wällen, wenn es sein muss in den Straßen und in jedem Haus.»

Mehmed blickte ihn lange an, dann nickte er zufrieden.

«Sag deinem Herrn, dass unsere Waffen heute schweigen werden. Dieser Tag soll den Toten gehören.»

Erleichtert atmete Lukas auf.

«Sag ihm zudem, dass mein Angebot noch gilt: Übergibt er die Stadt, so mögen er und seine Brüder die Peloponnes erhalten und dort herrschen. Verweigert er die Kapitulation, wird sein Reich mit ihm untergehen.»

«Wie Ihr wünscht.»

«Du bist ein mutiger Mann, Lukas. Dein Herr kann sich glücklich schätzen, dass du ihm dienst.»

Lukas verneigte sich erneut tief, murmelte einen Dank, dann zog er sich langsam rückwärts zurück, bis er sich vor dem Zelt wiederfand. Der strahlende Sonnenschein war unwirklich, denn er fühlte sich, als müsse er längst tot sein.

Sein Blick fiel auf die Erde. Eine kleine, weiße Blume streckte ihre Blüte dem blauen Himmel entgegen. Unbemerkt hatte der Frühling Einzug gehalten.

Lukas beschloss, es als ein gutes Zeichen zu deuten.

Kapitel XXX

Konstantinopel

Frühjahr 1453

Nach Ablauf der kurzen Waffenruhe nahmen die Batterien das Feuer wieder auf, und Tag und Nacht rollte ihr Donner über die Stadt hinweg. Offenbar hatte sich der Sultan für die Fortführung der Belagerung entschieden, und ebenso dafür, seine Anstrengungen noch zu vergrößern.

Eines Tages, als Lukas wieder auf der Mauer stand, erreichte ihn das unbegreifliche Gerücht, dass osmanische Galeeren im Goldenen Horn standen. Niemand wollte es glauben, lag die Sperrkette doch immer noch quer über der Meerenge und hinderte jedes Schiff daran, sie zu befahren. Doch es erwies sich als wahr.

In einem unfassbaren Kraftakt hatten die Osmanen eine Straße aus Bohlen vorbei an Galata gelegt und an die siebzig Schiffe über diese geschoben, bis sie sie im Goldenen Horn wieder zu Wasser lassen konnten. Niemand hatte das Schauspiel beobachtet, da alle Augen auf die Armee vor der Landmauer gerichtet waren und nur wenige Soldaten die sicher geglaubten Seemauern bewachten.

Alle Versuche der eigenen Flotte, sich gegen diese zu wehren, waren gescheitert, und nun lagen auch die Seemauern in der Reichweite der Osmanen. Die Flotte musste sich in den kleinen Prosphorianus-Hafen zurückziehen, da sie nun ständigen Angriffen und Beschuss ausgesetzt war.

Unmut erhob sich. Den Venezianern wurde vorgeworfen, dass die Osmanen diese Taktik von ihnen hätten, andere glaubten an einen Verrat der Genuesen aus Galata, was diese empört zurückwiesen. Doch die Spannungen waren da. Es hieß, dass es Streit im Kriegsrat des Kaisers gab, dass sich die Kommandeure uneins waren.

Inmitten der schlechten Nachrichten fand sich Lukas immer wieder in der kleinen Kapelle von Theóderos wieder, um mit dem alten Mönch zu sprechen und zu beten. Es war eine willkommene Abwechslung vom Leben an und auf der Mauer, vom Kampf und vom Tod.

«Habt Ihr keine Angst, Vater?»

Der Mönch lächelte.

«Ich habe vor vielem Angst. Doch was meinst du?»

«Dass die Stadt fällt. Dass die Osmanen sie plündern.»

Theóderos seufzte und rückte auf seinem Schemel hin und her, bis er eine bequemere Position gefunden hatte.

«Ich bin alt, Lukas. Von mir ist nicht mehr viel geblieben. Ich bin der Letzte meines Ordens. Sollte der Herr in seiner endgültigen Weisheit entscheiden, dass die Stadt fallen soll, so werde ich hier sein und zu ihm beten, wie ich es jeden Tag tue, jeden Tag getan habe. Und sollte er entscheiden, dass meine Zeit gekommen ist, so werde ich mit Freuden zu ihm gehen.»

Lukas glaubte ihm. Kanonen ertönten, lenkten ihn einen Moment ab. Es waren die Geschütze im Norden, die auch schon Teile der Mauern eingerissen hatten. Es hatte einen Sturm gegeben, von so schrecklicher Macht, dass die Osmanen in die Stadt eingedrungen waren, bis in den Blachernae-Palast. Viele waren zu Hilfe geeilt, auch Lukas, und er hatte inmitten von Gärten und Springbrunnen gekämpft, in Säulengängen voller Mosaiken. Dass er den Palast zum ersten und wohl auch zum letzten Mal betreten sollte, um eine Schlacht zu schlagen, hatte ihn fast amüsiert. Doch zu schrecklich und lang war der Kampf gewesen, bis sich die Osmanen schließlich tief in der Nacht zurückgezogen hatten.

Dünner und dünner wurden die Reihen der Verteidiger auf den Mauern, längst waren alle Reserven im Einsatz. Mit jedem großen Angriff drohte das Gleichgewicht zu kippen.

«Du fürchtest dich?»

Lukas nickte stumm. Für sein Leben, natürlich, aber auch für das von Alexia, von Giacomo, von den Männern und Frauen der Stadt.

«Du bist jung. So Gott will, liegt dein Leben noch vor dir.»

«So Gott will», wiederholte Lukas leise. Er wusste nicht, was Gott von ihm wollte. Aber welcher Erdenmensch konnte dies schon von sich behaupten? Der Sultan vielleicht, der besessen davon war, die Stadt einzunehmen.

«Du bist ein guter Mann, Lukas. Ich bin sicher, der Herr hat noch Großes mit dir vor.»

Einst hätte Lukas diesen Worten Glauben schenken

können, wäre hochmütig und seines Wertes so sicher gewesen, dass er in ihnen Wahrheit sah. Ein junger Mann, dazu bestimmt, als Ritter zu dienen, sich einen Namen zu machen. Doch das war so unendlich lange her. Kaum noch konnte er sich daran erinnern.

«Ich habe gesündigt, Vater», erklärte er ernst. «Häufig und viel.»

Er dachte auch an Alexias Berührung, an ihren Leib unter dem seinen. Doch immer wieder schoben sich Bilder der Gefechte in seinen Geist, sah er die aufgerissenen Augen der Toten, die zerfetzten Leichname.

«Gott vergibt den Reuigen.»

«Vergibt er auch jenen, deren eigene Familie sie verstoßen hat?»

Jetzt horchte Theóderos auf.

«Mein Vater ... er starb ... und mein Bruder jagte mich regelrecht davon», erzählte er stockend. «Ein Mann ohne Familie, wie kann das Gott gefällig sein?»

«Wann ist das geschehen?»

Lukas überlegte. Es mochte tausend Jahre her sein. Doch noch immer lastete es auf seiner Seele, noch immer war da die nagende Gewissheit, dass es seine Schuld war.

«Drei Jahre fast auf den Tag genau», stellte er zu seiner Verwunderung fest. «In meiner Heimat, einem kleinen Weiler namens Eschwege.»

Der alte Mönch atmete scharf ein.

«Eschwege? Die Heimat von Johannes von Eschwege?»

Lukas riss die Augen auf.

«Du kanntest meinen Vater?»

Wieder eine Kanonensalve, näher diesmal, im Süden.

«Er hat hier in dieser Kapelle gebetet. Zusammen mit seinem Herrn und anderen papsttreuen Männern, die auf einer gemeinsamen Pilgerfahrt waren.»

Lukas starrte den Alten an. «Wann? Wie kommt es … wer …» Tausend und mehr Fragen schossen durch seinen Geist.

«Der Vornehmste unter ihnen war Albrecht, ein junger Bursche damals noch, recht wild. Ihm folgte dein Vater, wenn ich mich recht erinnere. Sie wollten nicht in den Kapellen der Venezianer und Genuesen beten oder gar beichten, trauten sie ihnen doch allerlei Schandtaten zu. Wir waren noch vier Brüder damals.»

«Hat mein Vater von mir gesprochen?»

«Nein, daran kann ich mich nicht erinnern. Er sprach von seinem Eheweib, aber nie von Kindern.»

Lukas knirschte mit den Zähnen.

«Meine Mutter … sie war nicht seine Angetraute. Er hat mich auf seiner Pilgerreise gezeugt, ein Bastard, mehr nicht.»

Theóderos erhob sich zitternd. Sein Kopf fuhr hin und her. Er wollte etwas sagen, doch es kam nur unverständliches Gemurmel über seine Lippen. Schließlich fing er sich wieder.

«Nein, das kann nicht sein … du bist nicht … er brachte dich von seiner Pilgerreise mit?»

Lukas nickte, bevor ihm bewusst wurde, dass Theóderos das nicht sehen konnte, und ein leises «Ja» entrang sich seinen Lippen.

Der alte Mönch stolperte nach hinten. Geistesgegenwärtig sprang Lukas auf und fing ihn auf, sodass er nur sanft zu Boden glitt.

«Alter Taten böse Saat», flüsterte Theóderos. «Mein Junge, es tut mir so leid.»

Lukas kniete neben ihm.

«Was? Was tut Euch leid?»

Doch der alte Mönch schüttelte das weiße Haupt.

«Es wurde mir im Schutz der Beichte berichtet. Ich darf es nicht sagen.»

Unter Lukas öffnete sich eine Grube, in die er zu stürzen drohte. Ein endlos tiefes, schwarzes Loch, das ihn verschlingen wollte. Sein Leben, seine eigene Geschichte, war nun in Dunkelheit gehüllt, vor ihm selbst verborgen.

«Stephanus», hauchte Theóderos. «Er war dabei, schon damals ein Berater des jungen Herzogs. Er muss es wissen.»

Lukas setzte sich auf den kalten Steinboden der Kapelle.

«Was nutzt mir Stephanus, der ist abgereist, lange bevor die Osmanen kamen.»

Theóderos' Antlitz erhellte sich.

«Aber er ist zurückgekehrt. Er war hier, vor wenigen Tagen erst, wollte wissen, ob ich Kontakte zu den Christen in Galata habe, ob ich ihn aus der Stadt schmuggeln kann.»

«Stephanus ist hier? In Konstantinopel?»

Lukas konnte es kaum glauben, doch der alte Mönch nickte energisch. Lukas sprang auf die Füße, packte Theóderos am Arm und half ihm auf.

«Rede mit ihm, Lukas. Er wird es wissen, er kann es dir sagen.»

Mit einem kurzen Abschiedswort lief Lukas aus der Kapelle in den regnerischen Tag. Unten am Hafen erklangen Geschütze. Er scherte sich nicht darum, sondern ging schnurstracks zum Anwesen, in dem Stephanus bei seinem letzten Aufenthalt in der Stadt residiert hatte. Die Fensterläden waren geschlossen, alles schien dunkel und still. Lukas schlug fest mit der Faust gegen die Tür.

Das Echo hallte durch die Straße. Nichts rührte sich. Wieder hämmerte Lukas auf das Holz.

Plötzlich öffnete sich die Pforte, und ein grobschlächtiger Kerl spähte heraus.

«Ich muss zu Stephanus», befand Lukas. «Sofort!»

Der Mann schüttelte den Kopf, wollte die Türe schließen, doch Lukas lehnte sich dagegen.

«Sag ihm, Lukas ist hier.»

Eine nur zu gut bekannte Stimme erklang in der Dunkelheit hinter dem Diener.

«Lass ihn hinein.»

Der Kerl verzog das Gesicht, kam dem Befehl aber nach. Lukas trat in einen langen dunklen Gang. Türen standen rechts und links offen, führten in ebenso dunkle Räume. Lediglich aus einem Raum am Ende des Korridors drang schwaches Licht.

Lukas warf dem Torwächter noch einen finsteren Blick zu, dann ging er vorsichtig den Gang hinunter. Die Räume waren größtenteils leer, der Boden von Staub bedeckt. In einem Zimmer saßen zwei Männer an einem Tisch, eingehüllt in Dunkelheit, sodass Lukas nur ihre schemenhaften Umrisse erkennen konnte.

Die Tür am Ende des Ganges stand sperrangelweit offen. Dahinter öffnete sich eine kleine Halle, in der große Unordnung herrschte. Tische und Stühle standen wild verteilt herum, einige waren umgefallen und einfach liegen gelassen worden. Zwei Truhen standen offen, Kleider hingen heraus, waren auf dem Boden verstreut.

Doch Lukas' Blick wurde von der Gestalt angezogen, die an der langen Tafel saß. Stephanus' fahles Gesicht wurde von einigen kleinen Kerzen gespenstisch beleuchtet.

Vor ihm lag ein Schwert auf der Tischplatte, eine wundervoll gearbeitete, verzierte Klinge, Heft und Parierstange vergoldet und mit funkelnden Juwelen besetzt, in einer ebensolch verzierten Scheide.

«Lukas, mein guter Lukas», empfing ihn Stephanus mit süßer Stimme. «Ich wusste, dass du kommen würdest. Höre, mein Junge, ich befinde mich in einer Notlage.»

Lukas blieb nahe der Tür stehen. Der Torwächter war ihm gefolgt und stand nun wenige Schritt hinter ihm.

«Ich grüße Euch», erwiderte er vorsichtig. Der seltsame Anblick hatte seinen Zorn für den Moment verrauchen lassen.

«Ich bin in dieser verfluchten, von Gott verlassenen Stadt gefangen», erklärte Stephanus und erhob sich. Er streckte Lukas die Hände entgegen. «Du bist hier bekannt. Sicher kannst du mir helfen, sicher nach Galata zu gelangen?»

Vorsichtig betrat Lukas den Raum, in dem es muffig und nach Schweiß roch.

«Ich bin nur ein Soldat, mehr nicht», erwiderte er wahrheitsgemäß. «Ich kenne keinen Weg hinaus, ich bin hier, um die Stadt zu verteidigen.»

Stephanus' Antlitz verzog sich zu einer grässlichen Fratze.

«Verräter! Feiglinge! Ich bin von euch umzingelt!»

«Beruhigt Euch», bat Lukas und hob die Hände. «Ich bin sicher, Ihr findet auch ohne mich einen Weg.»

Tatsächlich schien das den Mann aus seinem Wutanfall zu reißen. Er schüttelte den Kopf, setzte dann ein falsches Lächeln auf.

«Verzeih mir, die Belagerung lastet auf meinem Gemüt.»

Nur mit Mühe verkniff sich Lukas eine schneidende Erwiderung.

«Ich muss mit Euch sprechen. Theóderos sagte mir ...»

«Der alte Mönch? Dieser nutzlose Geselle? Schickt er dich? Hat er einen Weg gefunden?»

Hoffnung zeigte sich auf Stephanus' Miene wie die Sonne an einem bewölkten Tag. Doch Lukas schüttelte den Kopf.

«Nein, es geht um eine andere Sache. Seht Ihr, mein Vater war mit Eurem Herrn in dieser Stadt und ...»

«Ja, ja, alte Geschichten», unterbrach ihn Stephanus barsch. «Wir müssen an das Hier und Jetzt denken, Lukas!»

Doch er ließ sich nicht beirren. Er war so kurz davor, die Wahrheit zu erfahren.

«Er sagte mir, dass Ihr etwas über meine Herkunft wisst. Ein Geheimnis, das er mir nicht enthüllen kann, da er an das Sakrament der Beichte gebunden ist.»

Jetzt verengten sich Stephanus' Augen. Er trat einen Schritt auf Lukas zu.

«So, sagt er das? Die geschwätzige alte Elster!»

«Was ist es? Was konnte er mir nicht sagen?»

Die stickige Luft im Raum nahm Lukas den Atem.

Ihm war heiß und kalt. Doch Stephanus wirkte nun ganz ruhig, vollkommen gefasst.

«Eine Hand wäscht die andere, Lukas, das weißt du doch, hm? Hilf mir, diesem Höllenloch zu entkommen, und ich sage dir alles, was ich weiß.»

Lukas schüttelte den Kopf. In seinem Geist liefen Szenarien ab, doch keines davon war umsetzbar. Er wusste nicht, wie jemand noch die Stadt verlassen konnte, seit die Osmanen im Goldenen Horn waren.

«Was macht Ihr überhaupt hier? Wann seid Ihr zurückgekehrt?»

Der Schreiber seufzte laut und vernehmlich. Es klang gestellt.

«Ich diene meinem Herrn, so wie du. Ich kam an Bord der Herakleios, um die Geschäfte Albrechts in der Stadt zu einem Ende zu führen, bevor ... nun ja, hätte ich geahnt, wie wenig Mumm die Byzantiner haben, so wäre ich fortgeblieben.»

«Ihr dient Eurem Herrn immer gut, nicht wahr?»

Ein selbstgefälliges Grinsen erschien auf dem hageren Gesicht.

«Schon immer. Nun, wie steht es, kannst du mir helfen?»

«Sagt mir, was Ihr wisst, und ich werde mein Bestes geben», versprach Lukas, sich der halben Lüge bewusst. Denn sein Bestes würde kaum ausreichen. Doch Stephanus durchschaute seine Scharade.

«Ganz der Vater, einfach kein Talent zur Intrige», erklärte er boshaft. «Oder hast du das von Johannes? Immer aufrecht, immer ehrlich, bereit, jedes Los zu tragen.»

Lukas blinzelte.

«Johannes ist ... war mein Vater ... oder nicht?»

Stephanus lachte gehässig.

«Johannes war ein Bauer, ein günstiger Sündenbock, willig und begierig. Du glaubst doch nicht, dass so ein Mann in der Fremde sein Weib betrügt?»

«Aber wer ...?»

«Na, wer wohl. Meine Güte, du bist wirklich langsam.» Stephanus kam auf ihn zu. Dunkle Freude blitzte in seinen Augen. Lukas' Welt zu zerstören, ließ ihn sogar den Krieg vergessen.

«Albrecht, der dumme Junge! Ein Abenteuer mit der Tochter des Patriarchen. Oh, die Jugend und ihre törichten Begierden. Und dann wird sie auch noch schwanger. Aber ein Bastard? Das kam nicht in Frage. Ich ... wir hatten andere Pläne.»

Als habe man den Boden unter seinen Füßen weggezogen, taumelte Lukas. Seine Hände fuhren hilflos durch die Luft, fanden die Lehne eines Stuhls, und er ließ sich auf das weiche Polster fallen. Die Offenbarung traf ihn bis ins Mark. Sein Vater, nicht sein Vater, alles wirbelte um ihn herum.

«Aber das ist jetzt egal, nicht wahr?», riss ihn Stephanus' Stimme aus seiner Starre. Der Schreiber stand neben ihm, vornübergebeugt, flüsterte ihm ins Ohr: «Wir werden beide hier sterben, du auf der Mauer, ich in den Straßen, wenn diese blutgierigen Bestien über uns herfallen.»

«Vielleicht kommt noch Entsatz», würgte Lukas hervor, dessen Zunge ganz von allein zu sprechen schien.

«Entsatz! Jeden Tag schauen die griechischen Narren aufs Meer. Wer soll denn kommen? Venedig? Zu teuer!

Ungarn? Haben ihre eigenen Probleme! Der Papst? Mehr als drei Schiffe kann er nicht aufbringen, bankrott, wie er ist!»

Stephanus war nun richtig agitiert, sprang um den Tisch herum.

«Nein, Konstantinopel ist verloren, und es ist gut so. Aber ich kann mich noch retten. Der Rest kann brennen.»

Die grausamen Worte verfehlten ihre Wirkung nicht. Lukas spürte Zorn in sich aufsteigen. Er musste an Alexia denken, an all die Menschen in der Stadt, die noch auf Rettung hofften.

«Wie könnt Ihr so sprechen?»

Doch Stephanus winkte nur ab. Lukas' Blick fiel auf das prächtige Schwert.

«Ist das der Grund für Eure Rückkehr?»

Der Schreiber ging zum Tisch, ließ seine langen Finger über die bestickte Scheide wandern. Sein Blick drückte eine Gier aus, die Lukas abstieß.

«Beeindruckend, nicht wahr? Es ist das Reichsschwert von Friedrich Barbarossa, dem größten aller Kaiser.»

Lukas sah Stephanus erstaunt an.

«Was? Hier in Konstantinopel?»

Erneut lachte Stephanus abschätzig.

«Unsinn! Das Schwert ging verloren, vermutlich von irgendeinem Ritter gestohlen, die Steine herausgebrochen und das Gold eingeschmolzen und verhökert.»

«Aber Ihr sagtet ...»

«Ich wollte sehen, wie du reagierst. Das Geld der fetten Byzantiner ist eine Sache, aber ein Kaiser braucht mehr als nur Gold für Soldaten. Er braucht ein Symbol. Mit genug Gold kann man sogar Fürstenstimmen kaufen, doch nicht alle erliegen seinem Glanz. Aber die Macht der Geschichte, die Kraft der Vorsehung – sie kann jene bewegen!»

Die Worte sanken in Lukas' Geist, und mit einem Mal verstand er.

«Euer Herr will Kaiser werden!»

Stephanus klatschte in die Hände.

«Sehr gut! Es hat bei dir weitaus weniger Jahre gedauert, dies zu verstehen, als bei ihm.»

«Das alles ist Euer Werk. Ihr wollt ihn zum Kaiser machen. Und Ihr selbst ...»

«Die wahre Macht hinter dem Thron», fuhr Stephanus kalt fort. «Ein verschwenderischer Mann sitzt auf ihm. Man kann ihn mit allerlei Tand und Blendwerk ablenken. Und die Geschicke des Reiches: in meiner Hand. Nenn mich Kanzler, Minister, wie immer du willst, vielleicht bin ich aber auch nur ein einfacher, bescheidener Schreiber.»

Jetzt erhob sich Lukas wieder. Er ballte die Fäuste.

«Wie lange plant Ihr das schon?»

Stephanus sah ihn freundlich lächelnd an.

«Genauso gut könntest du fragen: Wie lange atme ich schon?»

«Ihr habt ihm dazu geraten, mich zu verleugnen. Ihr wolltet Eure Pläne nicht durch einen Bastard gefährdet sehen!»

«Du bist nicht deines Vaters Sohn», erklärte Stephanus nun mit trockenem Humor. «Nicht deiner Väter, möchte ich sogar sagen. Es ist eine Schande. Andererseits, was will ein Mann wie ich mit einem klugen Mündel?»

Zum ersten Mal in seinem Leben spie Lukas voller Verachtung auf den Boden.

«Mögen deine Pläne zu Asche werden! Du bringst nur Leid!»

«Ich tue, was getan werden muss. Erst letztes Jahr hat Albrecht einen guten Bund geschlossen, mit einer sehr passenden Frau, eine Verbindung, die noch gute Früchte tragen wird.»

«Wie lange wusstest du schon, wer ich bin?»

Stephanus lachte.

«Seit ich das erste Mal deiner ansichtig wurde.»

«Deine Ränke interessieren mich nicht. Lass mich einfach in Ruhe», sagte Lukas kalt und wandte sich ab, aber der Schreiber hielt ihn zurück.

«Hast du es noch nicht gehört?»

Lukas blieb in der Tür stehen.

«Was?»

«Du bist heute auf den Mauern gefallen.»

Lukas lief ein Schauer den Leib hinab.

«Ich werde deinem leiblichen Vater die traurige Kunde überbringen. Keine Sorge, du bist als Held gestorben, wie es sich für den Sohn des zukünftigen Kaisers gehört.»

Dann rief Stephanus in aller Seelenruhe nach seinen Dienern. Lukas' Hand fuhr zum Waffengurt, doch sein Schwert war in seinem Zelt, zusammen mit Schild, Panzer und Helm. Er fluchte und zückte den kurzen Dolch. Der Torwächter stürmte auf ihn zu, eine schwere Keule in der Hand. Lukas sprang in den Raum zurück, blieb jedoch an der Tür, damit sie ihn nicht umzingeln konnten. Er lenkte den Schlag mit der Linken zur Seite, wobei die Keule schmerzhaft seinen Unterarm traf, dann stach er mit dem Dolch zu, doch der Angreifer war schnell für einen Mann seiner Größe und zuckte zurück.

Seine beiden Kumpanen kamen in den Gang; einer trug ein kleines Beil, der andere einen Säbel. Hastig blickte Lukas sich um. Stephanus war hinter einige Tische geflüchtet. Es gab keinen anderen Ausweg als die Tür, alle Fenster waren verschlossen.

Die Keule raste heran, Lukas musste zurückweichen, die Waffe traf den Türrahmen. Holzsplitter flogen durch die Luft. Die Angreifer nutzten den Moment, um in die Halle zu gelangen. Lukas bewegte den Dolch in langem Bogen vor sich her, hielt sie auf Abstand, doch die drei verstanden ihr blutiges Handwerk, kreisten ihn ein, sodass er immer nur zwei von ihnen im Auge behalten konnte. Er musste die Initiative ergreifen.

Lukas täuschte einen Stich auf den Beilschwinger an, warf sich jedoch zur Seite, tauchte unter dem Säbel hinweg, schnitt mit dem Dolch eine lange Wunde in sein Bein und rollte über den Boden. Doch schon war die Keule wieder da, schlug ihm auf die Brust, als er gerade aufstehen wollte. Lukas warf sich mit dem Schlag nach hinten. Dennoch wurde ihm die Luft aus der Brust getrieben.

Er stolperte, prallte mit der Hüfte gegen eine Kante, riss den Tisch mit sich herunter. Etwas klapperte neben ihm auf den Marmorboden. Edelsteine funkelten im flackernden Schein der Kerzen. Eine Gestalt baute sich drohend über ihm auf, das Beil erhoben. Lukas rollte zur Seite, als das Beil hinabsauste, zog die Klinge aus der Scheide, parierte den Hieb, sprang dann auf und zog das Schwert über den Leib des Feindes.

Vor ihm brach der Beilschwinger stöhnend zusammen.

Sein Blut lief über den Boden. Lukas atmete schwer, hielt das prächtige Schwert mit beiden Händen.

«Tötet ihn!», kreischte Stephanus. «Macht schon, ihr Dummköpfe!»

Die beiden sahen sich kurz an, dann stürzten sie sich gemeinsam auf Lukas. Das Schwert lag gut in seinen Händen, die beste Klinge, die er je geführt hatte, perfekt ausbalanciert und von großer Schärfe. Er warf sich nach rechts, entging der Keule, der Säbel drang auf ihn ein, verkeilte sich an der Parierstange. Lukas drückte ihn hoch, der Angreifer tat einen Schritt zurück, sein verletztes Bein gab ein wenig nach. Genug für Lukas, der ihn mit einem Schrei von den Beinen hob und zu Boden schleuderte.

Mehr aus Ahnung duckte er sich vor und wirbelte herum, gerade rechtzeitig, um der Keule zu entgehen, die auf seinen Kopf zielte. Aus der Drehung riss Lukas das Schwert in einem großen Bogen herum, der Mann stolperte in den Schlag hinein. Die Klinge biss in seinen Hals, durchtrennte Haut, Fleisch und Knochen. Leblos sackte der Mann zu Boden, der abgetrennte Kopf schlug mit einem dumpfen Geräusch auf.

Der letzte Angreifer kroch davon, offensichtlich hatte er genug. Lukas atmete schwer, sah sich um. Stephanus flog auf ihn zu, das Gesicht eine Maske des Hasses, einen Dolch in der Hand.

Lukas riss die Klinge hoch, und Stephanus lief geradewegs hinein, trieb sich die Spitze in die Brust. Sein Mund öffnete sich in kaltem Entsetzen, der Dolch fiel aus seiner Hand.

Fast sanft ließ Lukas ihn zu Boden gleiten. In diesem Moment verspürte er keinen Hass mehr. Er spürte gar nichts mehr. In der Ferne donnerten die Kanonen. Das gewohnte Geräusch holte ihn zurück, erinnerte ihn daran, wo er war und wer er war.

Er kniete neben Stephanus nieder. Seine Augen waren weit geöffnet, die Finger in das blutige Gewebe seiner Robe verkrampft.

Keiner von ihnen sprach ein Wort, bis das Licht in den Augen des Schreibers erlosch. Lukas war müde, endlos müde.

Doch die Alarmglocken auf den Mauern riefen ihn zur Schlacht.

Kapitel XXXI

Konstantinopel

Frühjahr 1453

Der Kampf um die Stadt ließ Lukas keine Zeit innezuhalten. Keine Atempause, keine Ruhe, und zum ersten Mal war er dankbar dafür. Das falsche Schwert hatte er in der Villa der Familie Hyakos verborgen, aber noch hatte er nicht einmal Alexia von seinen Entdeckungen berichtet. Er wollte sie nicht auch noch damit belasten, dass seine Herkunft einer Intrige entsprang. Lediglich Theóderos beichtete er, was geschehen war. Der alte Mönch senkte nur das Haupt in Trauer und Scham.

«Deine Mutter», erklärte er langsam. «Sie ging noch im selben Jahr von uns. Der Herr rief sie zu sich, auch wenn ich mich jetzt fragen muss, ob es wirklich das Fieber war.»

Darauf wusste Lukas nichts zu sagen. Inzwischen traute er Stephanus alles zu, jede Untat, jeden Mord.

Schließlich verabschiedete er sich von Theóderos. Der alte Mönch war ihm mehr als Glaubensbruder und Beichtvater geworden, aber sosehr Lukas ihn auch drängte, sich einen sichereren Ort zu suchen, er bestand darauf, das Schicksal, das ihm bestimmt sein mochte, in seiner kleinen Kapelle zu erwarten.

Vor zwei Nächten hatten unzählige Fackeln in der Nacht gebrannt. Lukas erinnerte sich an den Moment, als ein siegestaumelnder Grieche gerufen hatte: «Sie verbrennen die Zelte! Sie ziehen ab!»

Doch er hatte sich getäuscht. Es war nur eine gewaltige Versammlung des osmanischen Heeres, ein großes Fest mit Feuern und lautem Gesang, das bis tief in die Nacht ging, während die Verteidiger wieder damit beschäftigt waren, die Mauern und Wälle auszubessern.

Am Vortag hatten die Osmanen begonnen, den Ring um die Stadt enger zu ziehen. Ihre Schiffe hatten im Goldenen Horn die Flotte angegriffen und lagen nun in der ganzen Länge der Seemauern vor der Stadt, vom Goldenen Horn bis in das Marmarameer. Nun war Konstantinopel vollkommen abgeschnitten, und jede Hoffnung auf Hilfe erstarb.

Die Infanterie war bis zum Graben vorgerückt und hatte unter dem Schutz ihrer Artillerie und Schützen begonnen, ihn in weiten Bereichen aufzufüllen. So viele waren bei den Kämpfen um die vordersten Verteidigungsanlagen gefallen, doch nun mussten die Verteidiger hilflos mit ansehen, wie sie ohne Gegenwehr überwunden wurden. Niedergeschlagenheit machte sich breit. Der beständige Regen tat das Seine dazu.

Alle wussten, dass die Entscheidung bevorstand. Prozessionen zogen die Mauern entlang, Priester sprachen ihren Segen über Männer und Waffen, über Stein, Stahl und Fleisch. Die Bürger der Stadt versammelten sich in Kirchen, unablässig läuteten die Glocken. Ständig liefen der Kaiser und seine Kommandeure die Mauern ab, überzeugten sich vom Zustand, sprachen den Verteidigern Mut zu.

Auch die Geschütze der Osmanen rückten näher an die Stadt heran, ein beeindruckendes Schauspiel, hätte es nicht von großer Gefahr gekündet.

Die Schlinge zog sich immer enger zusammen.

Lukas stand im Regen, der auf seinen Helm und seinen Panzer fiel, ein feines Trommeln. Um ihn herum standen die Kameraden, ebenso gerüstet. Sie alle starrten in die Dunkelheit. Die Stille war aufreibend. Fast wünschte er sich den Donner der Kanonen.

Es musste nach Mitternacht sein, doch diese Nacht würde noch lange währen. Bewegung war in der Dunkelheit zu erkennen, Lichter, die hinter den Linien der Osmanen liefen.

Giacomo schnaufte.

«Verdammte Scheiße, ist das nass», murrte er. «Da hätte ich mich ja gleich zum Dienst auf den Schiffen melden können.»

«Halt den Mund!», knurrte ihn Lorenzo an. «Sonst versenken wir dich im Hafen.»

Der Venezianer, sonst nicht um eine schnelle Antwort verlegen, schwieg. Auf seinem Gesicht zeigte sich die Anspannung, die auch Lukas empfand.

«Bruder», sagte er leise und wandte sich von der Dunkelheit, die sich vor ihnen voller Schrecken erstreckte, ab. Giacomo sah ihn an.

«Bruder, egal, was geschieht, es war mir eine Ehre, an deiner Seite zu stehen.»

Wasser rann über sein Gesicht. Der Regen verbarg die

Tränen. Giacomo nickte stumm. Mehr gab es nicht zu sagen.

Quälend langsam verging die Zeit, noch immer fiel Regen, doch die Tropfen wurden weniger, der Vorhang dünner. Dann erstarb er.

Sie alle spähten in die Dunkelheit. Noch immer kein Angriff, keine Regung, nur stille Arbeit der Osmanen.

Als die Geschütze schließlich aufbrüllten und ihre Flammen die Nacht erhellten, war Lukas fast froh. Er zog sein Schwert und hob den Schild. Die Geschosse schlugen in die Mauern ein, in den Wall, rissen Schneisen in die Reihen der Verteidiger. Männer schrien wie Säuglinge, doch die Lücken schlossen sich sofort.

«Zusammen», rief Giustiniani Longo über den Lärm hinweg, und seine befehlsgewohnte Stimme unterdrückte jede Unruhe. Man sah ihm nicht mehr an, dass er erst gestern von einem Steinsplitter verletzt worden war. Jetzt stand er wieder unter ihnen, führte sie an, gab Befehle, war Herz und Kopf der Verteidigung.

Von überall um die Stadt herum war nun Kanonendonner zu hören. Kein Ort war mehr sicher.

Dann brachen brüllend und schreiend die Feinde über sie herein. Die letzten Reserven römisches Feuer wurden von den verbliebenen Türmen gegossen, Arkebusen knallten, Pfeile und Bolzen zischten.

Lukas fand sich auf dem Erdwall einer dunklen Masse von Gegnern gegenüber, ein einziges Ungetüm mit unzähligen Klauen, Augen und Mäulern, schrecklicher als jeder Drache. Doch es war nicht der erste Angriff, dem sie sich entgegenstellten. Die Verteidiger blieben ruhig, ließen den Feind kommen, empfingen ihn am Wall. Es waren

Männer ohne Rüstung, sie trugen selten mehr als Schild, Speer und Helm. Die Genuesen mit ihren dicken Panzern standen dicht, Lukas und Giacomo in ihrer Mitte. Sie hackten, hieben, stießen und schlugen. Fiel einer von ihnen, nahm der Mann dahinter seine Position ein.

Die Ungerüsteten warfen sich in Scharen gegen sie, doch gegen die erfahrenen Kämpfer waren sie wie Korn vor der Sense. Schon bald bedeckten ihre Leiber den Wall, doch wieder und wieder stürmten sie vor, gegen jede Angst, gegen jede Vernunft. Sie versuchten, mit schierer Masse und Willenskraft den Sieg zu erringen.

Doch die Verteidiger standen felsenfest.

Als schließlich das Signal für ihren Rückzug ertönte, kehrte fast so etwas wie Ruhe ein. Lukas machte sein Herz hart gegen die Schreie der Verwundeten. Giacomo kniete neben ihm, schwer keuchend. Ein dünnes Blutrinnsal lief aus seinem Helm über die Stirn, aber als er Lukas' besorgte Miene sah, lachte er.

«Nur ein Kratzer. War das alles?»

«Sie wollen uns müde machen», stellte Lukas fest. Überall lagen Tote, zerhackt, zerstückelt, aufgespießt, verstümmelt. Der Regen hatte den Gestank kurzzeitig davongespült, doch schon stieg er erneut auf, dampfend aus geöffneten Leibern.

«Das kann vielleicht bei dir funktionieren, alter Mann», stichelte Giacomo und richtete sich langsam auf. «Aber ich könnte den ganzen Tag so weitermachen.»

«Sei vorsichtig, was du sagst – es könnte wahr werden.»

Eine Salve Artilleriebeschuss unterbrach ihren Austausch. Neue Feinde rückten vor. Im Osten wurde der

Himmel langsam hell. Die Osmanen trugen Fackeln in die Schlacht, und ihr Licht spiegelte sich auf ihren Rüstungen.

Alle Breschen in der Mauer wurden gleichzeitig angegriffen. Dies waren andere Soldaten, besser gerüstet und bewaffnet. Anatolische Regimenter. Ihr Ansturm war fürchterlich, mit lautem Geschrei erklommen sie die Wälle. Die Verteidiger brüllten nicht, sondern sparten ihren Atem für den Kampf.

So dicht gedrängt standen sie nun, dass die Toten nicht umfallen konnten. Lukas kämpfte wie besessen, Schild an Schild mit Giacomo, er hieb nach Händen, stieß seine Klinge nach Gesichtern, Blut spritzte ihm in die Augen.

Urplötzlich zogen sich die Feinde zurück, wie auf ein geheimes Zeichen hin. Lukas wollte schon jubeln, doch dann ertönte der Kanonendonner, Geschosse schlugen in ihre Reihen, die Mauer barst unter Treffern. Und sofort stürmten die Soldaten wieder gegen sie an.

Mündungsfeuer blitzte in der Dunkelheit auf, Steinkugeln durchschlugen Panzer, zerschmetterten Knochen. Eine osmanische Kanone feuerte in die eigenen Reihen. Die wenigen Geschütze auf den Türmen verschossen Ladungen kleiner Kugeln, die blutige Ernte hielten. Doch die Feinde waren wild entschlossen, diesmal zu siegen, und sie ließen nicht ab, wie groß auch ihre Verluste waren.

Wieder und wieder geschah es so, ein kurzer Rückzug, Zeit für eine Salve, dann der Sturm. Beim dritten Mal brach ein Teil der Mauer unter dem Geschoss der verbliebenen großen Kanone. Lukas sah, wie ein Teil der Anatolier auf die neu entstandene, unbewachte Bresche zustürmte.

«Mir nach!», schrie er und drängte sich durch die eigenen Reihen. Giacomo folgte ihm, dazu noch andere.

Sie passten die Feinde an der Lücke ab. Hunderte drängten herein, Lukas wurde getroffen, zurückgeworfen, Dutzende pressten sich gegen ihn, er stemmte die Füße gegen den Boden, lehnte sich gegen seinen Schild.

«Treibt sie zurück! Zurück!»

Wild warfen sich die Verteidiger gegen die durchbrechenden Feinde. Hier standen sie sich Mann gegen Mann gegenüber, kein Wall, nur offene Fläche, und mehr und mehr Anatolier stürmten herein. Giustiniani Longo kam mit seinen Genuesen herangestürmt, Giacomo rief mehr und mehr Soldaten zu ihnen. Lukas kämpfte mit dem Mut der Verzweiflung. Verloren sie den Peribolos, war alles verloren. Wieder stieß der Feind vor, drückte ihn wie ein Mann nach hinten. Lukas sah Alexia vor sich, sah, was geschehen würde, wenn er versagte. Mit einer Kraft, von der er nicht einmal geahnt hatte, dass er sie besaß, warf er sich schreiend gegen den Feind, drängte ihn zurück, hackte, schlug, stach.

Die Soldaten um ihn folgten seinem Beispiel. Fußbreit für Fußbreit rangen sie den Anatoliern Boden ab, bis sie zur Mauer zurückgedrängt waren und die Verteidiger im Vorteil waren.

«Lasst keinen entkommen!»

Giustiniani Longos Ruf stachelte sie noch einmal an, und sie machten die Eindringlinge bis auf den letzten Mann nieder. Einige jubelten, doch Lukas war zu erschöpft. Soldaten strömten an ihm vorbei, trieben die Feinde vor sich her, und kurz darauf erstarb der Lärm der Schlacht.

Der zweite Ansturm war abgewehrt.

«Das muss es gewesen sein», keuchte Giacomo. «Wie viele Männer hat der Sultan denn noch?»

Lukas wusste keine Antwort. An allen Abschnitten war gekämpft worden. Viele Soldaten konnten nicht mehr in Reserve sein. Inzwischen war die Sonne aufgegangen. Der Anblick vor ihm war verheerend. Die Leichen der ersten Angriffswelle waren nicht zu zählen, Hunderte Anatolier lagen auf den Wällen und in den Breschen, dazu viele Verteidiger. Zu viele.

«Noch so ein Sieg, und sie brechen», erklärte Giustiniani Longo finster. «Seht euch das an, so viele Tote.»

Lukas sagte dem Söldnerführer nicht, was er wusste: dass der Sultan niemals aufgeben würde.

Und schon stürmte unter dem Klang von Schalmeien und Trommeln die nächste Welle auf sie zu. Lukas schluckte. Er erkannte die Banner wieder, die nahe dem Prunkzelt des Sultans geweht hatten. Die Palastgarde, Stolz und Zierde des Sultans, seine besten Soldaten, gerüstet mit dicken Panzern und scharfen Waffen.

Es gab keine Zeit, sich auszuruhen.

Ein Pfeilhagel ging auf sie nieder, so dicht, dass der Himmel verdunkelt wurde. Die Geschütze brüllten auf, Kugeln schlugen um sie herum ein. Soldaten fielen schreiend zu Boden. Von den Resten der Mauer und den Türmen warfen ihre Kameraden Steine und schossen Bolzen, Pfeile und Kugel, die Kanonen fetzten Dutzende von Janitscharen hinweg.

Doch sie rückten weiter schweigend und gezielt vor, ließen sich nicht von Pfeil noch Kugel einschüchtern. Lukas sah ihre spitzen Helme, die langen Kriegsäxte, Lanzen, Speere.

Er atmete tief ein, trat in die Bresche, hob den Schild. Alles wurde langsam. Die Kanonen spien ihren steinernen Tod, die Flammenzungen leckten aus ihren Mündern. Getroffene stürzten, ihre Arme und Beine glitten durch die Luft. Rauch wallte auf. Lukas blinzelte.

Der Aufprall war schrecklicher als alles, was er bislang erlebt hatte. Metall kreischte über Metall, ein heißer Schmerz zuckte durch seine Seite, sein Schild erbebte, ließ seinen ganzen Leib erzittern.

Um ihn herum fielen Männer in Scharen, stürzten nach hinten, verschwanden unter trampelnden Stiefeln, wurden ins nasse Erdreich gedrückt. Doch ihre Reihen hielten.

Rechts neben sich sah Lukas eine goldene Gestalt kämpfen. Der Kaiser selbst warf sich in die Schlacht, umgeben von seiner Palastwache, tapferen Kretern. Weiter vorne stand Giustiniani Longo mit Lorenzo und den anderen Genuesen.

Im grauen Morgenlicht ging die Schlacht weiter, wie ein lebendiges Tier, das Freund und Feind fraß. Die Janitscharen drängten auf sie ein, doch jeder Sturm wurde blutig zurückgeschlagen.

Dann traf eine Kugel Giustiniani Longo in die Seite. Lukas sah, wie er hinter die Barrikade taumelte. Mit einem Sprung löste er sich von seinen Feinden, überließ einem Griechen seinen Platz und stürmte an die Seite des Söldnerführers. Blut rann aus dem kleinen Loch in der Brustplatte.

«Verdammt», murmelte Giustiniani Longo nur.

«Du musst nach hinten», befand Lukas und zerrte den Schild vom Arm. «Zu einem Feldscher.»

Er sah hoch zur Barrikade.

«Lorenzo! Giacomo!»

Die beiden hörten seine Rufe und lösten sich aus dem Getümmel.

«Schafft ihn hier weg!»

Sie nahmen den Verwundeten in ihre Mitte. Lukas wandte sich um. Der Kaiser hatte einen Angriff zurückgeschlagen und stand hinter dem Wall, inmitten seiner dezimierten Garde. Er sah, wie Giustiniani Longo davongeschleppt wurde.

«Bruder, kämpf tapfer weiter!», rief der Herrscher der Stadt. «Verlasse nicht unsere Reihen. Die Errettung der Stadt ruht auf dir!»

Doch Giustiniani Longo konnte nicht mehr antworten, hob nur matt den Arm. Giacomo und Lorenzo zogen ihn mehr, als dass sie ihn trugen, durch eine kleine Ausfallpforte, die einzige, die ihnen noch offen stand.

Lukas lief hinter ihnen her, wollte die Pforte schließen, doch Schreie ließen ihn herumfahren.

«Er flieht!», rief ein Genuese mit entsetztem Gesicht. «Der Hauptmann gibt uns verloren!»

«Nein!», schrie Lukas, doch der Ruf brandete durch die Reihen, übertönte seinen Protest. Soldaten, gestandene Männer, warfen ihre Waffen von sich und rannten auf ihn zu.

«Zurück! Zurück!»

In der einsetzenden Panik gab es kein Halten mehr. Lukas wurde von der Welle der Leiber erfasst und zum Tor gespült. Hinter ihm rief der Kaiser Befehle, trieb seine Untertanen an, doch die Söldner rannten in kopfloser Furcht davon.

Lukas fand sich jenseits der Ausfallpforte wieder, verwirrt, umgeben von Fliehenden. Er brach aus ihnen aus, rannte die Mauer entlang, fand eine Treppe, stürmte empor.

Im Peribolos bot sich ein schreckliches Bild. Männer drängten auf die kleine Pforte zu, Söldner, die gerade noch mit dem Mut von Löwen gekämpft hatten, stießen und trampelten sich gegenseitig nieder.

Jenseits der Mauer sah Lukas den Sultan hinter den Reihen seiner Janitscharen auf und ab reiten. Er hatte sein Schwert über den Kopf gehoben, und seine Stimme drang bis zu ihm herüber.

«Vorwärts, meine Falken, meine Löwen! Seht unsere Banner auf ihren Mauern! Wir haben die Stadt, wir haben sie schon!»

Lukas blickte sich wild um. Tatsächlich waren die Banner des Kaisers und des heiligen Markus vom Blachernae-Palast verschwunden. Stattdessen wehten dort die Banner der Osmanen.

Derart angespornt, starteten die Janitscharen einen weiteren Sturmangriff. Die Reihen der Verteidiger, ohnehin ausgedünnt, waren durch die Flucht der Söldner zu schwach. Lukas sah, wie dreißig Osmanen, angeführt von einem wahren Hünen, den Wall erklommen. Er trug einen Schild über den Kopf erhoben, von dem die geschleuderten Steine abprallten, und reckte mit der anderen Hand ein Banner in die Höhe. Jubel ertönte. Der Kaiser schrie etwas, die Griechen gerieten ins Wanken. Der Hüne fiel zwar, doch seine Männer hielten den Wall, mehr Janitscharen stürmten darüber hinweg.

Lukas musste hilflos mit ansehen, wie der Feind in

den Peribolos eindrang. Der Kaiser warf sich ihm entgegen, seine güldene Rüstung glänzte im Sonnenschein, dann verschwand sie im Getümmel.

Die Stadt war gefallen.

Lukas rannte die Mauer entlang. Immer noch drängten die Verteidiger zu der einen geöffneten Pforte, zerquetschten sich in tödlicher Angst. Er sah Lorenzo gegen den Strom der Flüchtenden ankämpfen, mit den Armen rudernd, Giacomo an seiner Seite, die beiden wollten zurück zur Mauer.

«Giacomo! Nein!»

Der Venezianer sah zu ihm empor. Lukas zog sich den Helm vom Haupt.

«Galata! Die Schiffe!»

Er wies über sie hinweg zum Meer. Giacomo zögerte, dann nickte er. Einen Herzschlag lang sahen sie sich nur an, dann hob Giacomo den Arm zum Abschied, und Lukas tat es ihm gleich. Sein Freund verschwand in den flüchtenden Massen.

Mit zittrigen Fingern riss Lukas die Schnallen seines Panzers auf und zog ihn über den Kopf. Er würde ihn jetzt nicht mehr schützen. All seine Rüstung fiel klappernd auf die Mauer. Sein Schild lag bereits jenseits davon, zertrampelt von den Füßen der Feinde, die nun die Verteidiger niedermachten.

Er stürmte die Treppe hinab, lief in die Stadt. Schon waren Osmanen auf den Mauern, drängten Janitscharen in die Gassen und Straßen, verfolgten die Fliehenden, schlachteten sie ab wie Tiere. Lukas lief so schnell, wie er noch nie gelaufen war. Auch auf dem Palast hatten die Banner des Feindes geweht, also mussten die Osmanen bereits an einer anderen Stelle durchgebrochen sein.

Trompeten erklangen am Hafen, Rückzugsrufe der Genuesen. Menschen schrien überall, Glocken läuteten, von jenseits der Mauern kam das Jubeln der Osmanen aus unzähligen Kehlen. Lukas kümmerte all das nicht.

An der Villa der Hyakos war es ruhig, doch das Tor stand weit offen. Lukas zog sein Schwert. Im Hof lag eine Gestalt in einer riesigen Lache aus Blut. Bojan, durchbohrt von zahllosen Stichen. Lukas hatte nicht geglaubt, dass einfacher Stahl diesem Mann etwas anhaben konnte, doch am Ende war er wie sie alle gestorben. Sein Beil lag noch neben ihm, schartig und abgewetzt, sicher war es gut genutzt worden.

Jetzt ließ Lukas alle Vorsicht fahren. Er rannte hinein, stürmte die Treppen empor. Ein Schrei!

«Alexia!»

Mit gezogener Klinge brach Lukas durch die Tür in ihre Gemächer. Ein Osmane hielt sie am Haar, ein vierschrötiger Kerl, die Füße bloß, nur mit einer Hose bekleidet, einen Dolch in der Hand.

Für Lukas gab es kein Zögern. Die Klinge wischte den Dolch zur Seite, dann trieb er sie dem Feind bis zum Heft in die Brust. Gurgelnd fiel er nach hinten, ließ Alexia los. Lukas sprang neben sie, schloss sie in die Arme.

«Lukas! Lukas! Ich wusste, du würdest kommen!»

«Bist du verletzt?»

Sie schüttelte den Kopf so heftig, dass ihre Locken flogen. Lukas stiegen Tränen der Erleichterung in die Augen.

«Dein Vater?»

«Oben.»

Sofort kniete er neben dem Toten und zog seine Waffe aus dessen Leib.

«Öffne nur mir», befahl er und lief die Treppen empor und fand Symeon in seinem Gemach. Zwei Osmanen, ebenso dünn bekleidet wie der erste, drehten sich verwundert um. Der Händler lag auf dem Rücken, eine schreckliche Wunde in seiner Kehle.

«Raus!», schrie Lukas. Mit einem Mal hatte er genug vom Töten, genug vom Kampf. Die beiden sahen sich an, dann packten sie einen Sack, in den sie gerade noch Wertsachen gestopft hatten, und liefen davon.

Lukas hockte sich neben den alten Mann. Seine Hände hielten ein Buch umklammert, pressten es an seine Brust. Die Augen des Sterbenden wanderten wild umher, dann jedoch fanden sie ihn. Seine blutigen Lippen bewegten sich. Lukas legte ihm die Hand auf seine Finger.

«Ich bringe Alexia hier raus. Ihr wird nichts geschehen, das schwöre ich bei allen Heiligen.»

Symeon blinzelte. Vielleicht war da ein Lächeln auf seinen Lippen. Lukas riss sich los. Er lief wieder hinunter, rief nach Alexia, die aus ihren Gemächern kam. Tränen rannen ihre Wangen herab. Er wollte etwas sagen, wollte erklären, doch angesichts ihrer Pein konnte er nur den Kopf schütteln.

Sie schluchzte laut auf, fiel ihm in die Arme. Er hielt sie lange.

«Wir müssen aufbrechen», erklärte er schließlich. «Zum Hafen, zu den Schiffen. Nach Galata.»

Alexia nickte. Entschlossenheit trat auf ihr Gesicht.

«Deine Waffe.»

Fragend hob er sein Schwert.

«Nein, jenes, das du gebracht hast. Wir sollten es mitnehmen. Wir werden Geld brauchen.»

Sie holte es unter ihrem Lager hervor und schlug es in eine Decke ein. Er nahm ihre Hand und führte sie die Treppe hinab. Als sie Bojan tot im Hof erblickte, stockte ihr der Atem, doch sie lief weiter neben ihm.

Überall in der Stadt war nun Lärm zu hören, ein infernalisches Chaos, als wäre tatsächlich die Apokalypse über sie hereingebrochen.

«Halt!»

Lukas erstarrte. Osmanische Reiter preschten auf sie zu, zügelten ihre Pferde vor ihnen. Dunkle Augen funkelten aus den Sehschlitzen der Helme, die Pferde schnaubten. Lukas packte den Griff seiner Klinge fester.

«Noch einmal sehen wir uns wieder, Lukas», erklärte Selim und nahm seinen Helm ab. Schweigend blickten sie sich an. Selim sah auf Alexia, dann zurück zu Lukas. «Ich halte mein Wort und begleiche meine Schuld.»

Erleichterung durchströmte Lukas. Selim wandte sich an seine Begleiter: «Diese sind mit mir. Überbringt ihr die Befehle des Sultans.»

Die Berittenen galoppierten davon.

«Mir scheint, Gott hat unsere Lebensbänder untrennbar miteinander verflochten. Bleibt bei mir, ich führe euch hinaus.»

Sie taten, wie ihnen geheißen. Niemand wagte, sie aufzuhalten, als sie im Gefolge des osmanischen Adligen durch die Straßen schritten. Soldaten kamen ihnen entgegen, in geordneten Kompanien, besetzten systematisch die Stadt. Nur an wenigen Orten sah Lukas Spuren von Plünderungen.

Am Sankt-Romanus-Tor, das nun weit geöffnet war, kam ihnen eine lange Prozession berittener Osmanen entgegen, an deren Spitze der Sultan feierlich in die Stadt einritt. Selim lenkte sein Pferd zur Seite, und Lukas und Alexia traten in einen Hauseingang und senkten die Häupter.

Doch der neue Herr über die Stadt erblickte ihn.

«Lukas», rief er ihm zu. «Ein drittes Mal kreuzen sich unsere Wege. Es heißt, dass es Glück bringt, wenn dies geschieht.»

Lukas antwortete nicht. Überall lagen die Leichen der auf ihrer wilden Flucht erschlagenen Verteidiger auf dem Pflaster.

«Dieser Mann steht unter meinem Schutz», erklärte Mehmed. «Gebt ihm Kleidung, Speis und Trank und lasst ihn ziehen, wohin immer er will.»

«Ja, Herr», erklangen einige Stimmen.

«Wohin wirst du ziehen?»

«Ich weiß es nicht, Herr», erwiderte Lukas wahrheitsgemäß. Seine Zukunft war ihm ebenso unbekannt, wie es seine Vergangenheit gewesen war.

«Wer ist das?»

Der Sultan deutete auf Alexia.

«Mein Eheweib», sagte Lukas, ohne zu zögern.

«Das ist gut. Es steht dem Manne an, eine Ehe zu führen und Kinder zu erziehen. Wenn du und deine Familie jemals dies wünschen, bist du in meinem Reich stets willkommen. Tapfere Soldaten wie dich kann ich immer gebrauchen.»

«Mit Verlaub, ich habe genug vom Kriegshandwerk für ein Leben.»

Der Sultan blickte sich um.

«Vielleicht änderst du deine Meinung, wenn du auf der Seite der Sieger stehst», erklärte er ruhig. «Leb wohl, Lukas.»

Er trieb sein Pferd an, und sein Tross setzte sich in Bewegung.

«Herr?»

Lukas trat vor, als Mehmed noch einmal sein Pferd zügelte.

«Was wird mit der Stadt geschehen, Herr?»

Der Sultan lächelte.

«Ein Verteidiger bis zum Schluss. Ich habe Order gegeben, jedwede Plünderung zu unterbinden. Ich werde meinen Hof hierher verlegen. Ich setze die eiserne Krone des Krieges ab und mache die Stadt wieder zu dem, was sie einst war: zum Mittelpunkt der Welt.»

So ritt der Sultan in seine neue Hauptstadt ein, und so verließen Alexia und Lukas Konstantinopel. Noch ahnten sie es nicht, aber einst würden sie zurückkehren und unter den Osmanen in Frieden leben.

Nachspiel

Freiburg

Herbst 1453

Voller Vorfreude betrat Albrecht die Gemächer. Die Magd war seinem Kennerauge gleich aufgefallen, und er verspürte, wie sich die Lust in ihm regte. Ein gutes, reichhaltiges Essen, bester Wein, ein Würfelspiel um hohe Summen hatten den Abend angenehm eingeläutet, doch jetzt war es Zeit für Handfesteres.

Nur eine Kerze brannte auf dem Tisch. Das Bett war jedoch leer.

«Wo bist du, kleine Hexe?», rief Albrecht, erfreut über ihre Initiative. «Versteckst du dich?»

Es kam keine Antwort, kein Kichern, kein verschämtes Rufen. Albrecht runzelte die Stirn.

«Ich habe sie fortgeschickt.»

Erschrocken fuhr er herum. Ein Fremder trat hinter der Tür hervor.

«Wer bist du? Schickt dich mein Bruder?»

«Niemand schickt mich», erklärte der Mann und schob seine Gugel vom Kopf, sodass ein Schopf dichter, blonder Haare zum Vorschein kam. Sein Gesicht war markant, mit kräftigem Kinn, das ebenso wie die Wangen säuberlich geschabt war.

«Und dennoch habe ich eine Botschaft für Euch: Stephanus ist tot, nicht tapfer für Byzanz gefallen, sondern Opfer seiner eigenen Ränkeschmiedereien.»

Albrecht zuckte zusammen.

«Wer bist du?», fragte er erneut, nun ängstlicher.

«Eure Pläne sind dahin, untergegangen wie die Stadt und ihr Kaiser. Euch sollte das eine Lehre sein, nicht einmal Kaiser stehen über der Gerechtigkeit Gottes, schon gar nicht ihre Brüder.»

Beleidigt verzog Albrecht das Gesicht.

«Hüte deine Zunge, Bursche. Sonst lasse ich dich jedes Wort bereuen. Und jetzt noch einmal, und diesmal will ich eine Antwort: Wer bist du?»

Der Fremde schwieg, musterte Albrecht dafür so eindringlich, dass ihm doch angst und bange wurde. Der Mann war groß, mit breiten Schultern, zwar jung an Jahren, doch in seinen Augen zeigte sich eine Erfahrung, die mancher nicht in einem ganzen Leben ansammelte.

«Nur ein Heimatloser», sagte er schließlich. «Meine Botschaft habe ich überbracht. Das andere ist auch getan. Nun gehe ich.»

Verwirrt schüttelte Albrecht das Haupt.

«Welches andere?»

Der Fremde, schon im Begriff, die Pforte zu öffnen, hielt inne.

«Mit eigenen Augen sehen», erklärte er geheimnisvoll, ohne sich umzudrehen. Dann entschwand er in der Nacht und ließ den verdutzten Albrecht allein zurück.

◆◆ ◆◆

Weit draußen vor den Toren der Stadt kletterte Lukas zu Alexia auf den Kutschbock des kleinen Karrens. Eine Laterne erleuchtete ihren Weg, zeigte ihm ihr Gesicht, und wie immer wärmte ihn der Anblick.

«Und?»

«Es ist getan», sagte er schlicht, hob die Zügel und setzte den Wagen in Bewegung. Die Vergangenheit lag hinter ihnen in der Dunkelheit. Es war Zeit, an die Zukunft zu denken.

Danksagung

München, April 2015

Als ich vor fast zwanzig Jahren mein Studium der Geschichte begann, hätte ich niemals vermutet, dass es mich dazu führen würde, einen historischen Roman zu schreiben. Doch die Idee, sich dem byzantinischen Imperium literarisch zu nähern, gärte nun schon lange in mir, und ich bin sehr dankbar, dass mir mein Verlag die Möglichkeit geboten hat, sie umzusetzen.

Natürlich stellt sich beim Verfassen eines solchen Romans immer die Frage, wie nah man der Geschichte kommen kann. Stets blickt man durch die Linse der Zeit auf die Geschehnisse, interpretiert sie für sich und damit für die Leser. Wir können nicht wissen, was die Menschen dachten, wir können es nur aus den uns überlieferten Texten extrahieren und manchmal sogar nur erahnen. Ich habe mich bemüht, allen Beteiligten an diesen großen Ereignissen gerecht zu werden und sie nach bestem Wissen und Gewissen in meinem Text zu repräsentieren.

Allzu leicht kann man bei solchen Konflikten in ein Gut-Böse-Schema fallen; dies zu verhindern war eines meiner Ziele. Schnell wird die Geschichte als Spiegel oder Erklärung aktueller Ereignisse ge-, aber auch missbraucht. Bei aller Relevanz gilt es aber stets zu bedenken, dass uns von der Eroberung Konstantinopels durch die Osmanen mehr als fünfhundert Jahre trennen. Selbstverständlich handelte es sich um einen geopolitischen Konflikt zwischen Weltreichen, der das Ziehen von Parallelen erlaubt, und es braucht die Kenntnis unserer Geschichte, um die Gegenwart zu verstehen, aber simple Deutungen verbieten sich allein schon aufgrund der Komplexität des Sujets.

Deshalb empfinde ich eine tiefe Dankbarkeit gegenüber jenen, die mir geholfen haben, ebenjene Komplexität zu meistern. An vorderster Stelle ist da meine Frau zu nennen, deren literarisches Gespür eine der wichtigsten Wegmarken für mich ist und deren Unterstützung und Vertrauen überhaupt erst meine Arbeit am Text ermöglicht und Quelle meiner Inspiration ist. Die Mitarbeiter im Verlag, allen voran meine Lektorin Katharina Naumann, die mir den Rücken freihielten und mich auch in schwierigen Phasen unterstützten, verdienen ebenfalls meinen Dank. Meine – inzwischen leider ehemalige – Agentur, die mich stets geschickt und geduldig durch die Fährnisse des Bücherschaffens und den manchmal undurchsichtigen Dschungel der Verlagswelt geführt hat, gilt es ebenso zu erwähnen wie meine Testleser, deren Fachwissen und Sachkenntnis von außerordentlichem Wert waren. Danke also an Julia, Sebastian, Daniel und Uli.

Sosehr der Nimbus des Autors auch vom einsamen Schaffen lebt, vom Namen auf dem Buchrücken, der Unabhängigkeit suggeriert, so sehr ist man auf Hilfe und Unterstützung angewiesen. Ich bin dankbar, froh und stolz, dass ich seit nunmehr fast zehn Jahren diese Unterstützung und Hilfe empfange.

MIX
Papier aus verantwortungsvollen Quellen
FSC® C083411

Das für dieses Buch verwendete Papier ist FSC®-zertifiziert.